Weitere Titel der Autorin:

Ausgejodelt
Freudsche Verbrechen
Kaltes Fleisch
Ausgekocht
Mörderisches Idyll
Wein & Tod
Verschieden
Wahlkampf
MillionenKochen
Russen kommen
Leben lassen
Evelyns Fall
Unterm Messer
Unter Strom
Männerfallen
Alles rot

Über die Autorin:

Eva Rossmann, 1962 in Graz geboren, lebt im niederösterreichischen Weinviertel. Sie arbeitete als Verfassungsjuristin, dann als politische Journalistin, u. a. beim ORF und bei der NZZ; seit 1994 ist sie freischaffende Autorin und Publizistin. Seit ihren Recherchen für AUSGEKOCHT arbeitet sie auch als Köchin in einem Buchingers Gastgaus ZUR ALTEN SCHULE im österreichischen Weinviertel. Sie gewann 2009 den BUCHLIEBLING und 2014 den LEO-PERUTZ-PREIS.

FADENKREUZ ist ihr siebzehnter Kriminalroman mit Mira Valensky und Vesna Krajner.

Eva Rossmann

FADEN-
KREUZ

Ein Mira-Valensky-Krimi

BASTEI LÜBBE TASCHENBUCH
Band 17 628

Vollständige Taschenbuchausgabe

Lizenzausgabe mit Genehmigung des FOLIO Verlags, Wien Bozen
Copyright © 2015 by FOLIO Verlag, Wien Bozen

Alle Rechte vorbehalten.

Für diese Lizenzausgabe:
Copyright © 2017 by Bastei Lübbe AG, Köln
Titelillustration: © plainpicture/Westend61/Markus Keller
Umschlaggestaltung: ZERO Werbeagentur, München
Satz: Urban SatzKonzept, Düsseldorf
Gesetzt aus der Adobe Garamond
Druck und Verarbeitung: CPI books GmbH, Leck – Germany
Printed in Germany
ISBN 978-3-404-17628-1

5 4 3 2 1

Sie finden uns im Internet unter
www.luebbe.de
Bitte beachten Sie auch:
www.lesejury.de

Ein verlagsneues Buch kostet in Deutschland und Österreich jeweils überall dasselbe.
Damit die kulturelle Vielfalt erhalten und für die Leser bezahlbar bleibt,
gibt es die gesetzliche Buchpreisbindung. Ob im Internet, in der Großbuchhandlung,
beim lokalen Buchhändler, im Dorf oder in der Großstadt – überall bekommen Sie Ihre
verlagsneuen Bücher zum selben Preis.

[1]

Ich bin allein. Die Wände sind grau. Muffige Kühle. Das ist in einem alten Wiener Keller ganz normal. Ich höre meinen Atem. Dann höre ich noch etwas. Ein Schaben. Ein Klopfen. Es ist nicht einmal zwei Wochen her, dass Hanh ermordet worden ist.

Ich blinzle nach oben. Eine Glühbirne. So eine, die den Fortschritt überlebt hat. Ihr Schein reicht nicht weit. Am Boden Kunststoffbelag mit Parkettmuster. Da und dort fehlt ein Stück. Ratten. Fressen die wirklich alles?

Ich hole so leise wie möglich Luft. Und öffne vorsichtig die Tür.

Messer. Es blitzt im Licht. Tote Körper. Weißbleich übereinander auf einem Tisch aus Stahl. Und eine schmale Gestalt, die sie zerteilt. Flügel, Keule, Brust. Mit flinken Schnitten. Ich habe hier nichts verloren, will die Tür wieder zuziehen. Sie knarrt, und die Frau dreht sich abrupt zu mir um. Vor Schreck aufgerissene Mandelaugen, ein schmales Gesicht. Schwarze Haare, zu einem dicken Zopf geflochten. Das Messer noch immer in der rechten Hand.

»Oh, ich hab die Tür verwechselt. Gibt es heute Huhn?«, frage ich. Das ist Hanh. Die vor kurzem erschossen worden ist.

Hanh starrt mich an. Dann lässt sie das Messer fallen, es klirrt auf den Betonboden. Sie sieht sich panisch um, macht einen Sprung auf mich zu, ich taumle, kann mich gerade noch an der Wand abstützen. Sie ist an mir vorbei, sie rennt, hin zum bunten Webteppich. Dort sind die Toiletten. Die Stufen nach oben. Ich hetze ihr nach. »Hanh!«, will ich schreien und stöhne bloß »Hhhhh«. Brauche alle Luft, um sie einzuholen. Sie ist schlank und klein und schnell wie der Wind. Mehr ein Schatten als eine reale Person. Sie fliegt den Gang entlang, reißt die Tür ins Freie auf. Asphalt, ein winziger Innenhof,

5

Müllcontainer. Fauliger Geruch. Ich sehe gerade noch, dass sie sich zwischen den Behältern für Altpapier und Plastik durchzwängt. Ich muss die Container verschieben, um weiterzukommen. Ein Vieh, das davonhuscht. Katze? Marder? Ratte? Dann die Tür zum nächsten Haus. Was, wenn sie mir auflauert? Hanh? Sie ist einen Kopf kleiner als ich. Wiegt dreißig Kilo weniger. – Und sie ist eigentlich tot.

Wieder Stufen nach oben. Keine Spur von ihr, nur mein Atem. Ich renne Richtung Licht, wieder eine Tür. Und eine schmale Gasse. Geparkte Autos. Straßenlaterne. Keine Hanh. Nirgendwo. Ich lausche. Sehe mich um. Es ist kurz nach zehn am Abend. Es ist so menschenleer, als hätte man die Gehsteige hochgeklappt. Wohnhäuser, renovierungsbedürftige zweigeschossige Handwerkshäuser aus der Biedermeierzeit. Eine unspektakuläre Gasse in der Nähe des Wiener Gürtels. Mir ist empfindlich kalt, es ist Mitte März, und ich hab meine Jacke in dem kleinen vietnamesischen Restaurant gelassen. Sông Lâu – was so viel wie »Langes Leben« bedeutet. Auch wenn die meisten es Song nennen und sich wundern, warum es »Lied« heißt. Ich spähe zwischen die geparkten Autos, keine Hanh. Sie hat das Lokal gemeinsam mit ihrem Mann geführt. Und sie hat kein langes Leben gehabt – oder kann sie doch noch eines haben? Ich begreife es nicht. Ich bin hinunter auf die Toilette. Und ich bin eben ein wenig neugierig. Also bin ich den Kellergang entlang. Dann habe ich dieses Geräusch gehört. Sieht so aus, als wäre Hanh doch nicht tot. Ich bleibe stehen. Zuerst einmal sollte ich überlegen, wo ich bin. Wohl in einer Parallelgasse zum Lokal. Aber in welcher? Ich gehe weiter bis zur Kreuzung. Entscheide mich für die Straße, die zum Gürtel führt. Zwei ältere Männer und ein Hund. Soll ich sie fragen, ob sie eine Vietnamesin vorbeirennen gesehen haben? Aber wäre es so, hätte ich sie wohl gehört. Nicht einmal sie kann sich lautlos bewegen. Oder doch? Ein Schatten? Ein Trugbild? Ihr Geist? Ich hole tief Luft. Ich neige nicht besonders zu parapsychologischen Begegnungen. Wahrscheinlich, weil es so niemanden zu begegnen gibt. – Hanh ist auf dem Weg vom Lokal zu ihrer Wohnung erschossen worden. Vermutlich von einem fahrenden Motorrad aus abgeknallt. Die einen reden von einer Schutzgeldgeschichte. Die anderen von Ausländerfeinden. In den letzten Monaten haben es einige Idioten geschafft, die Stimmung besonders aufzuheizen. Allerdings richtet sich der Zorn eher gegen die türkische Community. Mitglieder einer Türkenbande haben Feuer in einer Kirche gelegt. Zwar war keiner älter als vierzehn, und der Schaden beim Seitenaltar war nicht größer, als wenn ein paar Opferkerzen umgefallen wären, aber es hat gereicht, um die Boulevardpresse zu alarmieren. Und um auch in seriöseren Medien lange Diskussionen darüber zu führen, ob jetzt der Kampf des Islam gegen das Christentum Wien erreicht hat.

Ein großer dunkler Wagen biegt um die Ecke. Ich drücke mich an die Hausmauer. Ich höre, dass drinnen Musik läuft. Schwere hämmernde Bässe. Er fährt vorbei. Ich gehe rasch, renne beinahe. Ruhig bleiben. Hausecke. – Und die Gasse, die ich kenne. Nicht weit von Vesnas Büro entfernt. »Sauber – Reinigungsarbeiten aller Art«. Keine noble Gegend, aber eine ruhige. Arbeiter, Migrantinnen, Pensionisten, immer mehr junge Leute, die erschwingliche Wohnungen brauchen. Vesnas Haus soll seit Jahren abgerissen werden. Aber Spekulanten, Erben und Stadtverwaltung streiten. Meine Freundin ist gerne hier. Auch weil es da weniger Schwellenangst gibt, was ihren kleinen Nebenberuf angeht. Auf dem Schreibtisch ihres gutgehenden Reinigungsunternehmens steht nämlich noch ein anderes Telefon. Seine Nummer kann man wählen, wenn man mehr wissen will. Über verschwundene Freunde, den Lebenswandel der Freundin des einzigen Söhnchens, den Verbleib von Stereoanlage, Fernseher oder Laptop. Meine Freundin liebt das Abenteuer. Während ich eigentlich eher für ein ruhiges Leben bin. Und trotzdem stehe ich jetzt da und überlege, ob ich soeben eine Tote gesehen habe. Beziehungsweise, ob die angeblich Tote gar nicht tot ist. Aber eine Schusswunde kann man schlecht vortäuschen. Ganz abgesehen davon, dass Hanh sicher verwahrt in der Gerichtsmedizin liegt. Oder schon begraben ist. – Wie begraben die Vietnamesen eigentlich ihre Toten?

Vom Gürtel her entfernter Straßenlärm. Was weiß ich schon von den Besitzern des Sông Lâu? Dass er hervorragend Deutsch spricht und sie es auch ganz gut kann. Dass sie bis vor ein paar Monaten in Deutschland waren. Dass sie ausgezeichnet kochen. Warum zerlegt Hanh im Keller Hühner? Weil sie nicht gesehen werden möchte. Die Gänsehaut auf meinen Armen kann nur von der Kälte hier draußen kommen. Dort ist die Eingangstür. Hell. Freundlich. Vietnamesische Schriftzeichen, darunter unsere Buchstaben. Und eine Reihe Fähnchen, auf denen »Langes Leben« steht. Ich stoße die Tür auf, bin vom Stimmengewirr, von der plötzlichen Wärme irritiert. Alles normal. Das Lokal ist voll, plaudernde, zufrieden aussehende Gäste. Sui, die serviert. Sie heißt eigentlich Susi und studiert technische Mathematik. Vesna starrt mich fragend an.

»Dachte schon, du bist in Klo gefallen.«

Oskar sagt etwas von »Montezumas Rache«.

»Ist ja keine lateinamerikanische Küche«, murmle ich zerstreut.

»Die frische Frühlingsrolle mit Mango und Erdnüssen war großartig«, bestätigt Vesna.

»Mir haben die gebackenen Frühlingsrollen mit Huhn und Ingwer fast noch besser geschmeckt«, ergänzt Oskar.

»Und erst der grüne Papayasalat mit Rindfleisch«, setzt Vesna fort. »Du sollst auch einmal vietnamesisch kochen.«

»Das Schwein in Kokosmilch mariniert war derart zart und dazu die feine Chilischärfe«, macht Oskar weiter und sieht mich aufmerksam an. »Was ist los mit dir? Seit wann redest du nicht mehr übers Essen? Ist dir schlecht? Das kommt sicher nicht von dem, was wir hier bekommen haben.«

Ich versuche ein Lächeln und sehe mich nach Tien um. Hanhs Mann. Ein liebenswürdiger, höflicher Vietnamese. Der womöglich ein ziemlich finsteres Geheimnis hat. Dann erzähle ich.

Am Ende meines Berichts schüttelt Vesna den Kopf. »Schauen doch viele sehr ähnlich aus, die Vietnamesen«, meint sie. »Du hast zu viel Fantasie.«

Oskar sagt nichts, aber ich sehe ihm an, dass er meiner Freundin recht gibt.

»Das ist ein dummes Klischee. Wir sehen nur oft nicht genau hin. Es war Hanh«, beharre ich.

Vesna nimmt einen Schluck Mangosaft. »Hanh ist vor zehn Tagen erschossen worden. Ich habe euch schon erzählt, ich kenne einen, der hat es beinahe gesehen. Er ist auf die Straße. Da ist Hanh gelegen. Und er hat Motorrad gehört, fast wie Formel-1-Wagen, laut, stark.«

»Das ist in der Zeitung gestanden. Wahrscheinlich hat er es einfach gelesen«, widerspreche ich.

»Es soll um Schutzgelder gegangen sein. Die beiden sind noch nicht lange da, vielleicht wollten sie nicht zahlen«, überlegt Oskar.

»Schutzgelder? Ich weiß nicht. Vielleicht am Gürtel, in den Bars und Bordelle, aber bei einem kleinen Vietnamesen?« Mir fällt etwas ein, das mir schon durch den Kopf gegangen ist, als ich den Tisch bestellt habe. »Es ist eigenartig, dass Tien das Lokal so bald nach dem Tod seiner Frau wieder aufgesperrt hat.«

»Also doch tot«, wirft Vesna zufrieden ein. »Du wirst wieder vernünftig. Und für Aufsperren gibt es viele Gründe. Wahrscheinlichster ist: Er muss von etwas leben. Sie haben investiert. Und wenn es rassistischer Mord war, dann ist das die beste Reaktion. Nicht unterkriegen lassen.«

»Vielleicht gehen die Vietnamesen anders mit dem Tod um«, überlegt Oskar. Mein Mann. An sich Wirtschaftsanwalt. Aber momentan offenbar Ethnologe. Ich will schon laut spotten, als ich Tien sehe. Man sollte ihn fragen. Aber was? Ob seine tote Frau im Keller Hühner zerteilt? An wen er Schutzgeld hätte zahlen sollen? Ob er von irgendwelchen Nazis bedroht worden ist?

Vesna winkt Tien her. Mir wird heiß. Sie wird wohl nicht wirklich ... aber sie sieht Tien bloß an und meint: »Man weiß schon mehr über ... die fürchterliche Sache?«

Der Vietnamese schlägt die Augen nieder. Dann schüttelt er den Kopf.

»Meine Freundin hat einen sehr guten Freund, er ist Gruppenleiter bei der Polizei. Für Todesfälle. Vielleicht er kann helfen.« Vesna deutet auf mich.

Na super. Zuckerbrot wird sich freuen, wenn er Tien beraten soll. Und kann sein, dass er mich kaum als »gute Freundin« bezeichnen würde. Zumindest nicht, wenn sich unsere Wege quasi beruflich kreuzen.

Tien schüttelt weiter den Kopf. Sagt lange nichts und dann: »Sie haben mich befragt. Es gibt kein Schutzgeld, ich habe das gesagt. Man hat die Türe beschmiert, als wir gekommen sind. Mit roter Farbe. Wir sollen wieder gehen. Es waren Ausländerfeinde. Sie haben auch Milo bedroht. Er wohnt in unserem Haus. Er ist aus Rumänien.«

»Sie haben das der Polizei erzählt?«, mische ich mich ein.

Tien nickt. Er sieht eigentlich aus wie immer. Vielleicht ein wenig ernster. – Aber wie anders sieht man schon aus, wenn plötzlich ein geliebter Mensch gestorben ist? Für immer verheult? Der Schmerz sitzt tiefer. Das wird bei Vietnamesen nicht anders sein.

Zwei Tische weiter winkt ein Gast. Tien murmelt eine Entschuldigung und eilt zu ihm. Ob alle hier wissen, was geschehen ist? Die Sache war natürlich in den Medien. Aber nicht sehr groß und nicht besonders ausführlich. Im »Blatt«, der auflagenstärksten, aber deswegen nicht eben besten Zeitung im Land, hat man davor gewarnt, dass »Ausländerfehden« nun auch auf Österreich übergreifen könnten. Und dass man dagegen rechtzeitig etwas unternehmen müsse. Straffällige Ausländer sollten sofort abgeschoben werden. Daneben war ein Foto von Tien zu sehen, auf dem er ein Tablett mit Gläsern hält und lächelt. Die Bildunterschrift: »Dang Văn Tien in seinem neuen Lokal, ehemals Alpenstüberl«. Sie haben offenbar ein Werbefoto vom Lokal genommen. Wahrscheinlich von der Eröffnung. Das Alpenstüberl war laut Vesna derart heruntergekommen, dass selbst die schweren Alkoholiker aus den umliegenden Gassen lieber auf der Straße vor dem Lokal getrunken haben. Bier. Aus der Flasche. Weil die Gläser schmutzig waren.

»Ich weiß, wo Tien und Hanh wohnen«, sagt Vesna und trinkt den letzten Schluck Mangosaft. Oskar seufzt. »Ihr werdet jetzt wohl nicht dorthin wollen und nachsehen, ob Hanh lebt. Vesna, du hast selbst gesagt, dass Mira …«

Ich sehe meinen Mann empört an. »Dass Mira was? Spinnt?«

Vesna grinst. »Wollte Oskar sicher nicht sagen. Wollte sagen, dass Mira eine Vietnamesin mit anderer verwechselt hat.«

»Und wieso sollte sie im Keller Hühner zerlegen? Und panisch davonlaufen, wenn sie mich sieht?«

»Ist wahrscheinlich nicht legal da.«

Oskar nickt. Klingt plausibel. Aber trotzdem: Die Frau hat genau so ausgesehen wie Hanh.

[2]

Es läutet. An der Wohnungstür und nicht an der Gegensprechanlage. Oskar hat sich vor einer guten Viertelstunde Richtung Kanzlei aufgemacht. Er wird es also kaum sein, auch wenn er üblicherweise den Klingelknopf drückt, bevor er aufschließt. Weil man nicht einfach so reinplatzt, sagt er. Nicht einmal in die eigene Wohnung. Ich sollte eigentlich auch längst weg sein. Redaktionssitzung. Ich bin schon in der letzten Woche zu spät gekommen. Ich hetze durchs Vorzimmer, öffne die Tür. Auch das noch. Die Hausmeisterin. Typ Blockwart. Eine, die alles wissen muss und es dann Leuten weitererzählt, von denen sie sich etwas erhofft. Vernaderin. Tratsche. »Ich hab keine Zeit«, begrüße ich sie wenig freundlich. Meine Katze Gismo steht eng neben mir, den Schwanz hoch erhoben, der orangerote Streifen auf ihrer Brust leuchtet. Sie starrt die Hausmeisterin böse an.

»Es gibt eine Anzeige bei der Polizei. Es ist ein Blumentopf auf die Gasse gefallen. Beinahe wäre jemand erschlagen worden.«

»Der Topf war nicht von uns.«

»Sie sind die Einzige, die so viele Blumentöpfe auf der Terrasse hat. Sie hatten den Auftrag, sie sichern zu lassen.«

»Sie sind gesichert.« Was heutzutage schon alles sicher zu sein hat.

»Ich werde das mit Doktor Kellerfreund selbst besprechen müssen.«

Wirkt, als wäre ich bestenfalls die Haushälterin des Herrn Doktors. »Ich werde es meinem Mann erzählen. Er wird Ihnen auch nichts anderes sagen. Von uns war der Topf nicht.«

»Ihr … Gefährte … wie immer man da sagt … Lebens-

12

abschnitts…dingsbums … weiß vielleicht nichts davon, dass Ihnen ein Topf hinuntergefallen ist.«

»Brauchen Sie meinen Trauschein, damit Sie mir glauben?«

»Nein. Ich brauche den Eigentümer der Wohnung. Und Sie heißen nicht Kellerfreund, nicht einmal Kellerfreund-Valensky, das weiß ich zufällig genau.«

»Was Sie vielleicht nicht wissen: Man darf in Österreich den eigenen Namen behalten.«

Sie sieht mich zweifelnd an. Mist. Ich stehe hier und diskutiere mit unserem Hausspion über Namensrecht und Blumentöpfe, statt in die Redaktion zu starten.

»Ich muss nachsehen, ob die Töpfe ordnungsgemäß gesichert sind«, sagt die Frau resolut und versucht sich an mir vorbei in die Wohnung zu drängen.

Ich stelle mich ihr in den Weg. »Keine Zeit. Ein anderes Mal. Vielleicht wenn mein Mann da ist.«

»Sie wollen doch nicht, dass stattdessen die Polizei kommt?«

»Ist mir sogar deutlich lieber.« Mein Mobiltelefon läutet. Vielleicht jemand aus der Redaktion. Allerdings: Was sollten die vor der Redaktionskonferenz … außer, es ist etwas passiert … Ich habe das Telefon schon auf meine Tasche gelegt, damit ich es in der Morgenhektik nicht vergesse. Ich nehme es in die Hand und dann passiert dreierlei:

Es hört zu läuten auf.

Die Hausmeisterin betritt das Vorzimmer.

Gismo stürzt sich auf sie. Eine Furie mit gesträubtem Fell, ausgefahrenen Krallen, fauchend, doppelt so groß wie üblich, eine pelzige Kampfmaschine. Gismo schlägt ihre Krallen in eine pralle Wade. Die Hausmeisterin schreit auf.

»Gismo!«, rufe ich anstandshalber.

Die Frau taumelt zurück, versucht Gismo abzuschütteln, aber keine Chance. Erst als sie es auf den Gang hinaus geschafft hat, lässt meine Katze von ihr ab, kommt mit immer noch gesträubtem Fell zu mir, schmiegt sich an mich.

Die Hausmeisterin starrt auf ihre zerrissene Strumpfhose, den blutigen Kratzer. »Das werden Sie bereuen!«, zischt sie. Als hätte ich Gismo auf sie gehetzt.

»Sie mag es nicht, wenn Fremde ungefragt in die Wohnung kommen«, sage ich so ruhig wie möglich und schließe die Tür. Gismo drückt ihren dicken Kopf an mein Bein. Sie wartet darauf, gelobt zu werden. Das sollte ich natürlich nicht tun. Aber Oskar ist ja nicht da. Ich streichle meine alte Katze, und ihr Fell legt sich wieder so, wie es sein sollte. Wenn man von den verfilzten Stellen absieht, gegen die sich seit einiger Zeit nichts machen lässt. Eine Alterserscheinung, sagt unsere Tierärztin. Und eine Alterserscheinung ist es wohl auch, dass Gismo seit einigen Monaten ziemlich unleidlich reagiert, wenn Leute unsere Wohnung betreten. Immerhin: Mit achtzehn noch einen Drachen in die Flucht zu schlagen ... Ist vielleicht nicht ganz fein, war aber extrem nützlich. Und schreit nach einem Beutel mit besonders gutem Futter für die ältere Katze. Wer weiß, was da drin ist. Vielleicht putscht sie das Zeug auf. Egal. Sie stelzt neben mir her, ein wenig steif, aber wen nehmen solche Auseinandersetzungen nicht mit. Und das Ragout mit Lamm und allem Möglichen ist in Windeseile verspeist.

Du liebe Güte. Die Redaktionskonferenz. Ich komme wieder zu spät. Aber vielleicht kann ich ja von Gismos Heldinnentat erzählen. Und eine Geschichte über Katzen in reiferen Jahren vorschlagen. Wäre einmal etwas anderes. Während ich nach meiner schwarzen Jacke suche – hatte ich sie nicht über den Schreibtischsessel gehängt? –, verzieht sich Gismo auf ihren Lieblingsplatz in der Ecke des Sofas.

Die Redaktionskonferenz läuft mit der üblichen Routine ab. Die Ressortleiter machen Vorschläge, man diskutiert über die Titelgeschichte. Ich erinnere an die geplante Story über Elektroautos und ernte ein Stöhnen vom Chronikchef, aber der ist schon aus Prinzip gegen alles, was ich vorschlage. Und ein Stöhnen vom Sportchef. Für den ist nichts interessant, was nicht mindestens fünfhundert PS hat,

14

laut ist und stinkt. Als sie in der Formel 1 leisere Motoren eingeführt haben, war er tagelang unansprechbar. Droch sitzt da, als wäre er nicht von dieser Welt. In sich ruhend, ein Buddha im Rollstuhl, dem Nirwana nahe. Er könnte mich ruhig unterstützen. Immerhin ist er mein Lieblingskollege. Mehr noch. Er ist ein echter Freund. – Wenn er nicht gerade den Entrückten mimt. Oder mich zur Weißglut treibt, indem er derart verstaubte Positionen vertritt, dass man nur annehmen kann, er macht es, um mich zu reizen.

»Mira?«

Ich fahre auf.

Klaus, unser Chefredakteur, sieht mich an. »Du kommst zu spät. Du bist abwesend. Was ist los?«

»Unsere Chefreporterin kommt doch dauernd zu spät.« Das ist der Chronikchef. Als ob Pünktlichkeit Dummheit wettmachen könnte. Ich sage es trotzdem nicht, bleibe professionell, Reporterin wie aus dem Bilderbuch.

»Entschuldige«, lächle ich Richtung Klaus. »Ich habe nachgedacht. Und ich bin zu spät gekommen, weil ich an einer spannenden Story dran bin.« Was mache ich bloß, wenn sie mich fragen, an welcher? Ihnen von einer Reportage über alte Katzen erzählen?

»Hast du mit deinem seltsamen Mobil den Hunderter geschafft?«, spottet der Sportchef. Aber er macht es freundlich.

»Ich habe mit meinem E-Auto an der Kreuzung einen BMW und einen Alfa abgehängt, und jetzt denke ich darüber nach, wie es den beiden armen Benzinbrüdern wohl geht«, kontere ich und grinse. Dabei denke ich an etwas ganz anderes. Nämlich an Hanh im Keller. Aber davon kann ich hier nicht erzählen. Da muss ich zuerst mehr wissen. Sonst halten sie mich für noch verrückter.

»Warten wir mit der Elektro-Story noch ein wenig«, schlägt der Chefredakteur vor. »Bis du mehr Erfahrung gesammelt hast. Dann machst du einen Erlebnisbericht.«

»Ich hab schon einen Titel: ›Die elektrische Mira‹«, feixt der Wirtschaftschef.

»Pass bloß auf, ich könnte unter Starkstrom stehen«, feixe ich zurück. »Diese Woche könnte ich eine Story über Katzen in reiferen Jahren machen. Mal etwas anderes. Bewegt viele.«

»Wie alt ist deine Katze?«, fragt Klaus.

»Achtzehn und ein paar Monate.«

»Die muss ganz schön zäh sein«, meldet sich der Chronikchef. Und das soll natürlich heißen, um mit mir so lange zu leben.

Erstaunlicherweise finden alle die Idee recht gut. Irgendjemand kennt immer irgendjemand, der Katzen hat. Und die werden naturgemäß einmal alt. Wenn sie nicht jung sterben.

Nur Droch hat noch nichts gesagt. Der Chefredakteur sieht ihn aufmunternd an. Droch ist so etwas wie die graue Eminenz im Team. Ein weit über unser Magazin hinaus angesehener Journalist. Politiker nähern sich ihm in Demutshaltung. Er wird für seine pointierten Kommentare gleichermaßen gefürchtet und geschätzt. Hängt eben immer von der jeweiligen Position ab.

Droch blickt in die Runde, dann schaut er zu mir und lächelt. »Ich bin einverstanden. Scheint eine ruhige Woche zu werden.«

Als ich etwas später in Drochs Einzelzimmer sitze – ein Luxus, wir anderen sind, angeblich zur Förderung der Kommunikation, in einem Großraumbüro untergebracht –, ist er davon nicht mehr so überzeugt. Ich habe ihm von der Vietnamesin im Keller erzählt. Durchs Erzählen, so hoffe ich, gelingt es mir, die Gedanken besser zu ordnen. Außerdem kenne ich niemanden, der derart logisch denken kann wie Droch. Vielleicht mit Ausnahme von Oskar, aber der macht sich gleich wieder Sorgen um mich. Ist ja auch gut so. An sich zumindest.

»Es geht nicht darum, die Tote zu finden. Es geht darum, den Mörder zu finden«, sagt Droch.

Ich sehe ihn empört an. Ich hätte mir mehr und anderes erwartet.

»Die Tote ist mit großer Sicherheit in der Gerichtsmedizin. Damit ist klar: Sie ist tot«, ergänzt Droch, der meinen Blick gesehen hat.

»Und wenn eine andere Frau in der Kühllade liegt?«

»Warum sollte das euer Vietnamese wollen? Außerdem muss sie identifiziert worden sein.«

»Ja, von ihm wahrscheinlich.«

»Wahrscheinlich. Wenn er gelogen hat und eine andere Vietnamesin erschossen wurde, muss seine Frau untertauchen. Sie wird illegal, obwohl sie legal war. Das ist widersinnig. Diesen Status gibt man nicht freiwillig auf. Sie brauchen eine Menge Genehmigungen, um das Lokal betreiben zu können. So etwas wird geprüft. Und auch die Fremdenpolizei ist auf Zack.«

»Leider.«

Droch seufzt. »Ohne Kontrolle gewinnen nicht die Guten und Friedlichen, sondern die Bösen, Miramädchen.«

Ich hasse es, wenn er Miramädchen zu mir sagt. Er weiß es. Ich hole Luft und sage so friedlich wie möglich: »Und was ist mit den Schikanen? Gibt's immer wieder.«

»Genau hinzuschauen hat nichts mit Ausländerfeindlichkeit zu tun. Es gibt Chinesen, die über ihre Lokale Geld waschen. Und alles mögliche andere lässt sich da auch drehen. Sind eben nicht alle lieb, die bei uns Geschäfte machen, egal, woher sie stammen.«

»Und Polizisten sind immer lieb, oder was?«

»Reden wir jetzt noch von deinen Vietnamesen?«

»Auch. Womöglich.« Wieder wird mir klar, wie wenig ich von ihnen und ihrem Leben weiß. »Es geht also darum, den Mörder zu finden, sagst du. Wer kann es gewesen sein?«

»Sinnlos zu spekulieren. Das ist eine klassische Polizeiangelegenheit. Vorausgesetzt, du willst dich nicht ins Milieu der Schutzgelderpresser bewegen.«

»Du glaubst also auch an eine Schutzgeldsache? Und wie passt das mit Hanh im Keller zusammen? Vielleicht haben sie gedroht, seiner Frau etwas anzutun?«

»Sie wurde vom Motorrad aus erschossen.«

»Und warum zerteilt dann eine Frau, die aussieht wie Hanh, im Keller Hühner?«

Droch seufzt. »Du solltest Zuckerbrot davon erzählen.«

»Damit sie Hanh festnehmen?«

»Noch einmal: Die ist tot.«

»Weißt du etwas über den Fall und lässt mich im Dunkeln tappen? Ist er bei Zuckerbrot?«

Droch wiegt den Kopf. Ich könnte ihn erwürgen, wenn er so überlegen dreinsieht. Zuckerbrot ist einer der erfahrensten Ermittler, Gruppenleiter Leib und Leben, wie das im österreichischen Beamtendeutsch heißt. Aber er hört auch auf Chefinspektor. Man hat aus dem Fernsehen gelernt. Sogar bei der Polizei. Zuckerbrot ist außerdem einer der ältesten Freunde von Droch. Sie haben gemeinsam studiert. Seither gehen sie einmal die Woche gemeinsam essen. Was viel über die beiden und ihre Einstellung zum Leben aussagt. Sie legen Wert auf Beständigkeit. Sie schätzen geordnete Verhältnisse. Und sie sind treu. Eigentlich gar nicht so übel. Allerdings haben sie ziemlich unterschiedliche Lebenswege eingeschlagen und vereinbart, bei diesen Treffen Berufliches auszusparen. Keine Ahnung, ob sie sich wirklich daran halten.

»Hat er den Fall oder nicht?«, frage ich ungeduldig nach.

»Er hat ihn.«

»Und?«

»Nichts und. Mehr weiß ich nicht.«

»Du erzählst ihm nichts von Hanh.«

»Ich rede mit ihm über gar nichts, was mit dem ›Magazin‹ zu tun hat. Und er redet mit mir nicht über seine Ermittlungen.«

»Kannst du ihn trotzdem fragen, ob die Identität der Toten einwandfrei feststeht?«

»Nein.«

Na super. »Ich gehe erst zu ihm, wenn ich weiß, wer die Tote ist.«

»Wem willst du drohen? Mir? Ihm? Deinem Vietnamesen? Dem Rechtssystem? Du bist verpflichtet, Beweismittel in einem Mordfall weiterzugeben.«

»Ihr glaubt mir doch ohnehin nicht. Ich hab mich getäuscht. Ich hab nichts gesehen.«

»Vielleicht will dir Zuckerbrot ja selbst erzählen, wie tot deine Hanh ist. Und du kannst dich dann entscheiden, was du ihm sagst.«

»Du fragst ihn, ob er mich treffen will?«

Er nickt. »Wie geht's eigentlich Gismo? Kann doch wohl bloß mit ihr zu tun haben, wenn du eine Story über ältere Katzen anbietest.«

Ich erzähle ihm, dass sie die Hausmeisterin in die Flucht geschlagen hat.

Droch lacht. »Dafür sollte man ihr einen Orden geben, oder besser eine Riesenportion Oliven. Ich hab den alten Drachen erlebt, als ich vor ein paar Monaten zu euch zum Essen gekommen bin. Die Hausmeisterin hat mich im Stiegenhaus gestoppt und angesehen, als ob ich eine gefährliche ansteckende Krankheit hätte. Und dann hat sie gemeint, dass man mich abholen müsse, weil ich doch nicht allein Lift fahren könne.«

Ich sehe Droch an. Hat er nie erzählt. Muss nicht witzig sein, immer wieder für in jeder Beziehung minderbemittelt gehalten zu werden, bloß weil man im Rollstuhl sitzt.

»Ich habe ihr gesagt, dass ich schon älter als zwölf bin und dass sie mich jetzt in Ruhe lassen soll.«

»Und sie?«

»Sie wollte wissen, zu wem ich komme. Ich hab ihr gesagt, es handle sich um eine verdeckte Ermittlung und wenn ich sie einbeziehe, dann werde sie von ausländischen Geheimdiensten verfolgt.«

»Ich kann mir vorstellen, wie sie dreingesehen hat!«

»Sie hat vor sich hin geschimpft und ist verschwunden.«

»Sie hat sicher kontrolliert, in welches Stockwerk du gefahren bist.«

»Worauf du Gift nehmen kannst. Irgendwann wirst du aussagen müssen, wegen Kontakten zu einem verdächtigen Typ im Rollstuhl.«

Auf der Fahrt nach Hause telefoniere ich mit Vesna. Natürlich mit Freisprechanlage. Die erste übrigens, die gut funktioniert. Vielleicht auch bloß, weil es in einem Elektroauto leiser ist. Vesna findet, wir sollten mit Tien reden, bevor ich Zuckerbrot treffe. Was könne schon passieren? Mir fällt da alles Mögliche ein. Wenn er zum Beispiel eine Vietnamesin getötet hat, damit er vorgeben kann, dass seine Frau nicht mehr lebt, dann möchte er vielleicht nicht, dass das herauskommt. Selbst wenn ich seine frischen Reisteigrollen immer sehr gelobt habe.

»Das ist eine gute Idee«, sagt Vesna. »Du redest mit ihm über Essen.«

»Ach ja, und da flechte ich dann so ganz zufällig ein, apropos Huhn, ob seine tote Frau immer im Keller die Hühner auslöse und dass die phở gà hervorragend gewesen ist.«

»Du machst schon. Ich halte Tien nicht für gefährlich. Ich kann nicht. Habe zuerst eine Nachforschung, und dann muss ich zu Party mit den amerikanischen Autofreaks nachkommen. Hans sagt, er braucht da Frau an seiner Seite.«

»Texanischer Oldtimerclub klingt irgendwie anstrengend. Nach viel Bier und schlechtem Whisky.«

»Muss man ja nicht trinken. Außerdem, wer weiß, es kann auch lustig werden. Du darfst natürlich auch kommen.«

»Und erzähle ihnen von meinem Elektroauto, während sie für alte Buicks schwärmen.«

»Na und? Bandbreite ist eben groß. Und Hans weiß das, er . . .«

»Hans ist höchstens mittelgroß.« Manchmal geht mir meine Freundin ein wenig auf die Nerven, wenn sie so von ihrem Hans schwärmt. Wobei: Hauptsache, sie ist mit ihrem Autohändler glücklich. Er ist ja auch wirklich ein besonderer Mensch. Sonst hätte sie sich für ihn nicht von Valentin getrennt. Dem eleganten, erfolgreichen Produzenten internationaler Fernsehshows, der ursprünglich Philosophie studiert hat. Wir sollten wieder einmal mit ihm essen gehen. Vielleicht ins »Lange Leben« alias Song.

»Hörst du noch, was ich sage?«, ruft Vesna ins Telefon.

»Klar. Dass Hans riesengroß ist und dass sein Autohaus US-Speed auch mit Elektroautos handelt.«

»Unsinn. Dass Party bei uns in der Oldtimerhalle ist.«

Es ist kurz vor sechs, als ich beim Sông Lâu parke. Ich blicke mich vorsichtig um. Keine Hanh. Wäre allerdings auch verwunderlich, würde sie sich öffentlich zeigen. Zwei Kinder stehen an einer Hausecke, als ob sie auf jemanden warten würden. Ich habe keinen festen Plan. Vielleicht esse ich einen Bambussprossensalat mit Pilzen und gehe dann wieder.

Es ist bloß ein Tisch besetzt. Zwei ältere Frauen, vor ihnen stehen große Schüsseln. So wird die Suppe serviert, die bei den Vietnamesen eigentlich eine komplette Mahlzeit ist. Und vor allem in der Früh gegessen wird. Hat uns Tien erzählt. Phở mit Rind, mit Schwein, mit Huhn. Ich könnte vielleicht wirklich fragen, wer die Hühner zerlegt hat. Aber wer will so etwas schon ohne Hintergedanken wissen? Vielleicht sollte ich besser mit den beiden Frauen ein Gespräch anfangen. Und dann Tien einbeziehen. Ob sie sich gestört fühlen würden? Sie scheinen ohnehin nicht viel miteinander zu reden. Aber wahrscheinlich brauchen sie ihre ganze Konzentration, um die Nudeln und das Fleisch zwischen die Stäbchen zu kriegen. Ganz abgesehen davon: Eigentlich sind die »älteren Frauen« gar nicht so viel älter als ich. Vielleicht ein paar Jahre. Wenn überhaupt. Ich sollte mich damit abfinden, dass mich andere womöglich auch schon als »ältere Frau« bezeichnen. Na und? Als ich vierzehn war, waren Dreißigjährige für mich uralt.

Ich habe Sui gar nicht kommen gehört. »Sie brauchen einen Tisch? Oder wollen Sie bloß reservieren?«

»Ich war zufällig in der Nähe. Bei der Firma meiner Freundin. Ich weiß, dass es noch früh ist, aber sie musste weiter und ich dachte ... ich esse eine Kleinigkeit.«

Die pummelige Studentin nickt und deutet auf einen Tisch in der Ecke. Ich brauche mich wirklich nicht dafür zu entschuldigen, dass ich hier bin. Wirkt bloß verdächtig. Sui bringt mir die Karte.

»Ganz schlimm, was passiert ist«, sage ich.

»Ganz, ganz schlimm. Deswegen bin ich jetzt auch jeden Abend da, obwohl ich viel für die Uni zu tun hätte. Irgendjemand muss ihm helfen. Und Marek ist schrecklich unzuverlässig, außerdem passt er nicht hierher. Ein Slowake bei einem Vietnamesen!«

Ich suche in ihrem Gesicht nach asiatischen Spuren und kann beim besten Willen keine finden. Da hilft es auch nicht, dass sie sich statt Susi jetzt Sui nennt.

»Weiß man schon irgendetwas?« Sui scheint ganz gern zu tratschen. Gut, dass wir in den letzten Monaten einige Male hier waren. Da wirken meine Fragen weniger neugierig als anteilnehmend. Hoffe ich.

»Tien redet nicht viel. Die Polizei war natürlich da. Sie haben mich gefragt, ob es Streit gegeben hat. Aber die beiden haben sich wirklich gut verstanden. Da sage ich nichts.«

»Es hat also doch Streit gegeben?«

»Nur selten. Sie in der Küche, er draußen. Üblicherweise streiten Koch und Kellner viel mehr, da gibt's einfach Konfliktpotenzial. Der eine bestellt, der andere soll liefern, hält sich aber für den Wichtigeren. Köche sind so. Manche halten sich sogar für Künstler, habe ich alles schon erlebt. Ich serviere, seit ich zu studieren begonnen habe.«

»Wahrscheinlich ist es für ihn schwierig mit der Polizei. Ich meine . . . ich habe Verständnis, wenn jemand nicht ganz legal da ist. Unsere Einwanderungsgesetze sind ziemlich streng.«

Sui schüttelt den Kopf. »Er hat gut aufgepasst. Die ausländischen Lokale, vor allem die kleinen, werden dauernd überprüft. Sie sind schon zweimal gekommen, beim letzten Mal waren es gleich drei Leute von der Sozialversicherung, und dazu Fremdenpolizisten. Bewaffnet. Einfach so. Ohne Verdacht. Das sei eine Routinekontrolle, haben sie gesagt. Sie wollten die Sozialversicherungskarten sehen. Tien hat alle angemeldet, sogar Memi, der abwäscht. Total mies waren die und haben während der Geschäftszeit den ganzen Betrieb aufgehalten. Die Gäste hatten womöglich das Gefühl, wir hätten etwas verbrochen. Tien hat eine Lokalrunde ausgegeben. Und versucht, ihnen zu erklären . . .«

»Wann war das? Vor oder nach dem . . .«

»Dem Mord? Vorher. Die Fremdenpolizei will den Ausländerfeinden beweisen, dass sie alles unter Kontrolle hat. Seit diesem blöden
Brandanschlag auf die Kirche noch mehr. Im Bombay Blues, dem
Inder in der übernächsten Straße, waren sie erst letzte Woche. Dafür
war da bei uns der Lebensmittelinspektor. Der hat uns allerdings
gelobt. Vietnamesen sind sehr sauber, es ist alles frisch, sonst wird es
nicht verwendet. Daheim haben die wenigsten einen Kühlschrank,
auch die nicht, die sich einen leisten könnten. Weil man frisch ein-
kauft und das gleich verarbeitet. Hat mir Hanh erzählt.«

Die im Keller Hühner zerteilt hat. »Sie bereiten alles in der Küche
zu?«

»Wo sonst?«

»Na, manchmal gibt es eigene Vorbereitungsküchen.«

»Wir haben Lagerräume im Keller. Für Fett und Mehl und so.
Und eine Kühlzelle. Das ist alles. Bei uns wird nicht viel vorbereitet,
à la minute ist besser, wenn Sie verstehen. Da steht nicht so viel herum, und man braucht nicht so viel Platz.«

»Sie scheinen sich hier sehr wohlzufühlen.«

Sui lächelt. »Tien ist der netteste Chef, den ich je gehabt habe,
und Hanh . . .« Sie sieht zu Boden. »Ich rede so viel Zeug. Beinahe
hätte ich vergessen, was geschehen ist. Ich habe der Polizei gesagt,
dass ich mir ganz sicher bin, dass das so ein irrer Ausländerhasser
war. Weil es keinen Grund gibt, dass ihr sonst jemand etwas getan
hat. Sie haben fast rund um die Uhr gearbeitet und waren immer
freundlich.«

»Warum sind die beiden eigentlich nach Wien gekommen?«

»Das weiß ich nicht so genau. Nur dass sie in Leipzig gemeinsam
mit Freunden ein Lokal hatten. Die sind nach Saigon. Sie übernehmen ein Haus von Verwandten und wollen es mit dem Geld, das sie
hier verdient haben, auf internationales Niveau bringen. Es gibt
immer mehr Touristen im Land. Sie wissen, was Europäer und Amerikaner wollen. – Wissen Sie schon, was Sie nehmen?«

Ich sehe die junge Frau irritiert an. Ach so. Essen. Deswegen bin ich eigentlich hier. »Wer kocht jetzt?«

»Das ist kein Problem. Tien kann genauso gut kochen. Und wir haben eine Vietnamesin, die hilft ihm stundenweise. An sich arbeitet sie als Kindermädchen.«

Vielleicht ist die Erklärung für meine Begegnung im Keller viel einfacher als gedacht. »Sieht sie Hanh ähnlich?«

»Warum? Es schauen nicht alle Vietnamesen gleich aus.«

»Bitte Glasnudelsalat mit Mango und viel Chili«, sage ich. Noch einmal nachzufragen wäre doch etwas auffällig.

Der Salat kommt rasch, Tien ist immer noch nicht zu sehen. Ich werde Vesna erzählen, was ich von Sui weiß. Dass sie die beiden für sehr nett hält . . . oder dafür gehalten hat. Was Hanh angeht.

Es schmeckt großartig. Die Glasnudeln perfekt bissfest, die feinen Mangostreifen knackig. Erdnussöl, vermute ich. Limettensaft und Jungzwiebel und großzügig frischer Koriander und Chili. Könnte ich daheim auch ausprobieren. Ich werde mit Tien übers Kochen reden. Er weiß, dass ich fürs »Magazin« arbeite. Ich habe vor einigen Wochen unserer zuständigen Redakteurin einen Tipp gegeben. Er hat sich sehr über die freundliche Lokal-Besprechung gefreut. Wenn er nicht in die Gaststube kommt, dann muss ich eben in der Küche nachsehen.

Schön langsam füllt sich der Raum. Eine Familie mit drei Kindern. Ein Paar, das sich zögerlich umsieht, bevor es sich dann doch für einen Tisch am Fenster entscheidet. Drei Männer, die wirken, als würden sie miteinander Geschäfte machen. Sui ist verschwunden. Das ist meine Chance. Ich stehe auf, bin im schmalen Gang zur Küche, sehe nach drinnen: ein kleiner Raum, in der Mitte ein großer Herd mit sechs Gasflammen, eine Anrichte aus blitzendem Edelstahl, darüber und darunter Regale. Und ganz nah bei mir ein Salamander, dieses Gerät zum Überbacken, in dem alles ganz schnell knusprig wird. Beinahe kriege ich nostalgische Gefühle. Ist schon ziemlich lange her, dass ich meiner Freundin Billy im »Apfelbaum«

geholfen habe. Mit dem Rücken zu mir steht eine sehr runde Frau und schneidet Ingwer in feine Streifen. Ihre Haare hat sie unter einer weißen Kappe verborgen. Ich gehe zwei Schritte in die Küche hinein. Ich weiß, dass man so etwas nicht tut. Aber ich kann mich ja dummstellen. Die Frau trägt eine dicke Brille, und obwohl sie offenbar Vietnamesin ist, sieht sie Hanh so wenig ähnlich wie eine Kartoffel einer Lotusblume.

Räuspern. Tien steht hinter mir, er trägt eine Metallschüssel voll mit winzig kleinen Oktopussen. Er muss sie aus dem Keller geholt haben. In Italien heißen sie Moscardini. Sie sind köstlich. Auf der Speisekarte standen sie bisher nicht, daran könnte ich mich erinnern. Tien sieht mich alles andere als freundlich an.

»Draußen war keiner«, versuche ich zu erklären. »Also habe ich Sie in der Küche gesucht. Ich würde gerne im ›Magazin‹ etwas über exotische Rezepte bringen. Sie werden bei uns immer beliebter.«

»Es tut mir sehr leid, jetzt muss ich arbeiten«, sagt er kurz angebunden und deutet Richtung Durchgang zum Gastzimmer.

»Tut mir auch leid«, murmle ich und fühle mich missverstanden. Der freundliche Herr Tien ist offenbar nicht immer freundlich. Könnte allerdings auch eine spannende Erkenntnis sein.

»Mir tut es leid«, sagt er jetzt schon höflicher und mit einer kleinen Verbeugung. Er folgt mir in den Gang.

»Ich komme dann wieder, wenn es besser passt. – Ist die Frau in der Küche eine neue Mitarbeiterin?«

Tien macht wieder eine kleine Verbeugung. »Ich bitte, dass Sie Tote ruhen lassen.«

»Wie ... was ...«

»Sui hat gesagt, Sie fragen nach dem Tod von meiner Frau.«

»Ich wollte nicht neugierig sein, ich finde das einfach schrecklich. Und ich dachte, vielleicht kann ich irgendwie helfen.«

»Indem Sie in die Küche kommen?«

»Nein, das war wegen der Rezepte. – Haben Sie Ihre Frau identifizieren müssen? Das muss fürchterlich sein.«

»Ja. Das. War. Ich.« Die Worte kommen abgehackt, jedes wie eine Pistolenkugel. »Egal, auch wenn Sie an einer Reportage über Schutzgeld arbeiten. Niemand hat Geld gewollt. Ich habe nie gezahlt. Wissen Sie, was Hanh bedeutet? Aprikosenblüte. Man hat meine Aprikosenblüte erschossen. Weil hier keine Menschen leben sollen, die anders aussehen.«

»Es sind nicht alle so.«

»Natürlich. Aber das macht meine Hanh nicht mehr lebendig. Und jetzt lassen Sie mich bitte arbeiten.«

»Woher können Sie so gut Deutsch?«

»Wir haben lange in Leipzig gelebt. Ich hatte Deutsch schon in der Schule, und ich habe es in Hanoi studiert. Außerdem hat mein Onkel lange in Leipzig gelebt, bevor er zurück ist in seine Heimat. – Zufrieden?«

Ich nicke, das Gespräch ist mir ohnehin unangenehm. Aber wer weiß, wann sich wieder eine Gelegenheit findet. »Hanh hat auch sehr gut Deutsch gekonnt. Nicht so gut wie Sie, aber sehr gut. Aprikosenblüte. Das wusste ich nicht. Wunderschön.«

»Sie hat sehr leicht und schnell gelernt. Und hier heißt Aprikose Marille. Wir haben da bloß in Frieden leben wollen. Wir haben großen Respekt vor Ihrem schönen Land gehabt. Wir wollten nach Österreich, weil es ruhig und sicher ist. Und weil wir seine Kultur und Tradition lieben.«

Und jetzt? Ich frage es natürlich nicht. »Ich finde Vietnam faszinierend. Und die Küche sowieso.« Was rede ich da? Smalltalk nach einem Todesfall, der vielleicht keiner war, oder jedenfalls ein anderer? Aber ich kann ihn wohl schwer um einen Beweis dafür bitten, dass es sich bei der Toten um Hanh gehandelt hat. Und um die Telefonnummer eines unverdächtigen Zeugen. Ganz abgesehen davon: Sollte es einen gegeben haben, dann kriege ich das hoffentlich aus Zuckerbrot heraus.

»Sie haben Sui gefragt, ob alle hier legal sind«, sagt Tien mit ausdruckslosem Gesicht.

Es hat eben immer auch einen Nachteil, wenn jemand gerne erzählt. »Ich habe mir bloß Sorgen gemacht. Und ich finde es eine Sauerei, dass Sie dauernd kontrolliert werden, während das bei den österreichischen Lokalen wahrscheinlich seltener passiert.«

»Ja.«

»Kann man ... irgendwo kondolieren? Oder am Begräbnis teilnehmen?«

Tien sieht mich zweifelnd an und seufzt dann. »Es wird kein klassisches Begräbnis geben. Hanh wird verbrannt. Es ist einfacher. Bei ihrer Familie in Vietnam hat man sie in einer Zeremonie beerdigen gewollt. Aber wenn man in die Fremde geht, ist auch der Tod anders. Es war schon schwierig, die wichtigen Rituale nach ihrem Tod zu machen.«

»Welcher Religion gehören Sie denn an?«

Tien lächelt fein. »Ich bin Katholik. Das ist übrigens die zweitgrößte Religionsgruppe in Vietnam, auch wenn bloß fünf Prozent der Menschen katholisch sind. Die Familie meiner Frau ist buddhistisch. In Vietnam lebt man keine Religionen mit vielen festen Regeln. Vieles ist Tradition und Ritual. Wir ehren die Ahnen, sie leben weiter mit uns. Drei Tage und drei Nächte müssen die Räucherstäbchen brennen, sonst findet ihre Seele keinen Frieden.«

»Und Sie glauben an das? Als Katholik?« Das ist mir dummerweise so herausgerutscht.

»Ich sehe keinen Widerspruch. Man macht es. Und Hanhs Familie ist sehr traditionell, sie lebt auf dem Land, in der Nähe von Hanoi. Ich bin es ihren Verwandten schuldig. Ich habe Hanh alles geschickt, was sie braucht, dort drüben.«

»Geschickt? Heißt das, sie ist gar nicht tot? Sie ist bei ihrer Familie?« Ich merke, wie mein Herz schlägt. Kann es sein, dass er sich jetzt versprochen hat?

»Wie kommen Sie darauf? Sie ist tot. Von einem Hasser ermordet. Ich war bei der Kundgebung gegen den Brandanschlag auf die Kirche. Ich habe nichts übrig für radikale Moslems und alle diese. Aber

27

die Ausländerfeinde unterscheiden nicht. Und die Polizei weiß nichts. Sagt sie. Wir schicken den Toten Essen und Trinken und alles, was sie brauchen. Sie sind bei uns, und wir versorgen sie. Symbolisch. Über den Ahnenaltar.« Er sieht mich traurig an. »Aber das ist für Sie wohl nicht zu verstehen.«

»Doch. Es ist bloß . . .«

»Und jetzt bitte lassen Sie mich. Ich freue mich, wenn Sie Gast sind. Ich freue mich, für Sie zu kochen. Aber mein Leben ist anderes.«

Oskar kommt heute spät. Trotzdem hatte ich keine Lust, ins US-Speed zum Fest mit den texanischen Oldtimerfreunden zu gehen. Vesnas Tochter Jana mag Hans sehr. Sie wollte ihm einreden, dass er sein Autohaus umbenennt. US-Speed sei einfach ein peinliches Macho-Ding. Hans hat gemeint, dass sie noch sehr viel übers Geschäftemachen lernen müsse. Von ihm akzeptiert sie so etwas. Ich sperre die Wohnungstür auf. Gismo begrüßt mich begeistert. Ich streichle sie und lobe sie dafür, dass sie auf ihre alten Tage noch zur gefährlichen Wachkatze wird. Oskar findet ja, man muss ihr das austreiben. Aber ich habe meine Zweifel, ob es geht. Ganz abgesehen davon, dass es wunderbar war, wie sie den Hausdrachen angefallen hat. Schon möglich, wir kriegen da ein kleines Problem. Aber ich kann damit leben. Und Oskars Kollege, so ein Kampfstreichler, der sich ohne jede Einleitung über Gismo hermachen wollte, hatte sowieso eine kleine Ermahnung verdient. Wird wohl nicht an einem Kratzer sterben. Wenn man Gismo sagt, dass sie Ruhe geben soll, verzieht sie sich ohnehin. Und hört nach einer gewissen Zeit auch auf zu fauchen und zu knurren.

Ich habe beim exotischen Supermarkt vis-à-vis von der Hauptbücherei vietnamesische Reisteigblätter gekauft. Dazu noch frischen Koriander und Ingwer und Pak Choi. Garnelen habe ich ohnehin daheim. Sogar biologische. Weil es dann mir, und hoffentlich auch der Umwelt, besser geht. So schwierig können diese Reisteigrollen nicht sein. Dazu mache ich eine meiner Lieblingssaucen: Ketjap Manis und Knoblauch und Ingwer und Hot Sauce. Passt auch wunderbar zu kaltem Huhn oder zu rohem Fisch. Ich werde im Internet recherchieren, wie man diese hauchdünnen getrockneten Reisblätter in eine zarte Hülle für alles Mögliche verwandelt. Einweichen, so viel ist sicher. Fragt sich nur, wie lange und worin.

Zuerst wird natürlich Gismo gefüttert. Sie verschlingt ihr Spezialfutter und sieht mich danach fragend an. »Oliven?«, heißt das. »Warum warst du einkaufen und hast keine Oliven mitgebracht? War ich etwa keine gute Katze? Keine Heldin? Oder vergisst du so schnell? Na ja, du wirst schließlich älter. Ich mag dich trotzdem. Aber ich hätte gerne Oliven.«

Besser, ich bin nicht zu viel allein zu Hause. Sonst bilde ich mir wirklich ein, ich könnte mit Gismo kommunizieren wie mit einem Menschen. Obwohl: Ich glaube schon, dass wir einander verstehen. Wir kennen uns so lange, länger als ich Oskar kenne. Wir sind uns nahe. Näher vielleicht, als mir Tien ist, der meistens so freundliche Vietnamese. Oder ist es rassistisch, so etwas zu denken? Hm. Ich werde es ohnehin für mich behalten, und ich werde darüber nachdenken. Er ist katholisch und hat einen Ahnenaltar. Was es nicht alles gibt. Ich öffne den Kühlschrank und nehme aus einem Plastikbehälter fünf wunderschöne schwarze Oliven. Gismo stößt einen Entzückensschrei aus. Das ist unverkennbar. Ich lege drei der Oliven in ihre Schüssel und ziehe die Hand so schnell wie möglich zurück. Kann schon passieren, dass sie nicht genau achtgibt, wenn sie auf ihre Lieblingsdelikatesse fixiert ist. Drei Oliven sind die übliche Belohnung. Sie verspeist sie mit vor Begeisterung zitternder Schwanzspitze und sieht mich dann wieder an. Ich grinse und gebe ihr die anderen zwei. »Für besondere Verdienste um die Vertreibung von Eindringlingen.«

Gismo verzieht sich aufs Sofa, und ich starte meinen Laptop. »Vietnam« gebe ich ein und dann »Frühlingsrolle«. Du liebe Güte. Das Angebot an Webseiten ist unüberschaubar. Und das Letzte, was ich möchte, sind eingedeutschte Rezepte. *Lecker! Vietnamesische Röllchen mit Hackfleisch.* Ich klicke mich durch einige authentischer klingende Seiten. Auf Wikipedia teilt man mir mit, dass es sich bei Frühlingsrollen um ein beliebtes Tiefkühlprodukt handelt. Es geht dabei allerdings um die frittierten Rollen. Die vietnamesischen Rollen würden sich dadurch unterscheiden, dass sie mit Reisteig umwickelt sind. Als ob das der einzige Unterschied wäre. Na gut. Irgendwo kriegt man sie sicher tiefgekühlt. *Frühlingsrollen werden auch zum Qingming-Fest gegessen, an dem der Verstorbenen gedacht wird. Die Füllung soll ursprünglich aus Resten der Gemüseopfer bestanden haben, die den Verstorbenen dargebracht wurden.* Klingt nicht besonders appetitlich. So, als würde der welke Grabschmuck danach verspeist.

Zwei Klicks, und ich bin beim Totengedenken in Vietnam.

In jedem Haus gibt es an zentraler Stelle einen Hausaltar – den Ahnenaltar. Hier finden Sie die Fotos der letzten verstorbenen Generation, ursprünglich wurden sogar die Ahnen mehrerer Generationen geehrt.

Es werden Räucherstäbchen angezündet, den Ahnen Geldscheine geschickt, indem man Papiergeld verbrennt, Votivgaben (in der modernen Zeit z. B. kleine TV-Geräteattrappen oder Miniautos) und neue Kleidung dargebracht. Auch Festmahle werden den Ahnen regelmäßig dargeboten. Frische Früchte und Gemüse werden auf den Altar gelegt. Die Betreuung des Altars ist Sache des ältesten Sohnes. Schon allein deswegen und wegen anderer streng hierarchischer Überlieferungen des Konfuzianismus haben Söhne einen höheren Stellenwert als Töchter. Durch das Anzünden von Räucherstäbchen werden die Gaben, die die lieben Angehörigen im Jenseits versorgen sollen, übertragen. Ist das Räucherstäbchen abgebrannt, ist die Übertragung abgeschlossen und die Hinterbliebenen können die Lebensmittel verwenden. Hohe Tage des Totengedenkens sind auch eine besondere Freude für die Kinder im Haus: Immerhin bekommen sie, nach einer gewissen Zeit, die süßen Leckereien, die man den Ahnen gesandt hat.

Ziemlich praktisch eigentlich. So ähnlich wie virtuelles Beamen.

Und nachdem ein Räucherstäbchen nicht ewig brennt, ist das Gemüse sicher noch frisch. Kein Problem, es in Frühlingsrollen aller Arten zu packen.

Ob Tien seiner Hanh auch einen Fernseher geschickt hat? Damit ihr nicht langweilig ist? Oder braucht er ihr bloß etwas zu bringen, damit sie in ihrem sehr irdischen Versteck satt wird? Ich schüttle den Kopf. Vielleicht kann mir Zuckerbrot weiterhelfen. Aber vorher sollte ich entscheiden, wie viel ich ihm sage.

Wenig später stehe ich in der Küche. Ich habe Pak Choi, Jungzwiebeln, Knoblauch, Ingwer fein gehackt und in wenig Öl angeröstet. Ganz zum Schluss habe ich ein paar Garnelen der Länge nach halbiert und kurz gebraten. Sie sollen glasig bleiben. Die Sache ist nur: Wie und wie lange feuchte ich die Reisteigblätter an? Besser, ich hätte Tien danach gefragt. Weil im Netz finde ich die unterschiedlichsten Angaben. Unter anderem den Hinweis, dass Vietnamesen die Reisteigblätter über Nacht in ein frisches Bananenblatt legen. Klingt großartig, aber hilft mir hier nicht viel weiter. Auf der Packung mit den Reisteigblättern sind ausschließlich vietnamesische Schriftzeichen. Ich hacke eine Menge Koriander, aber jetzt ist wirklich alles vorbereitet. Ich lege zwei Reisteigblätter in eine Schüssel mit Wasser und fühle dann einfach, ob sie weich werden. Das dauert nicht einmal eine Minute. Das erste raus aus dem Wasser und auf ein Brett und die Fülle drauf und einrollen. Bloß dass das nicht so einfach ist. Im Song sind die Rollen prall gefüllt, meine sieht eher aus wie eine blasse Palatschinke. Ich nehme das zweite Blatt aus dem Wasser. Es zerreißt, bevor ich es noch aufs Brett bringe. Irgendwo habe ich gelesen, man solle die Reisteigblätter bloß unters fließende Wasser halten. – Wie lange?

Ich lasse also Wasser über das Reisteigblatt rinnen. Es bleibt hart. Ich lege es auf das Brett. Zum Glück bin ich allein. Ich habe Zeit, und wenn das Experiment nicht gelingt, ist das auch kein Problem. Zurück zum Laptop. Ich hätte bei der Sache mit dem frischen Bananenblatt bloß weiterzulesen brauchen. Es gibt noch einen universeller einsetzbaren Tipp: Kurz vor dem Bearbeiten mit einem feuchten Lappen über das trockene Blatt wischen. Zurück in der Küche, will ich das Reisteigblatt am Brett entsorgen – und merke, dass es inzwischen weich geworden ist. Und dass es sich robust anfühlt. Garnelen-Gemüsemischung drauf, frischen Koriander drauf, Enden wie bei einem Strudel umschlagen und fest einrollen. Wer sagt es denn. Fast so schön wie beim Vietnamesen. Ich versuche es jetzt trotzdem noch mit einem angefeuchteten Geschirrtuch. Funktioniert auch. Alles halb so schwierig, wenn man weiß, wie es geht. Wobei ich mich bei der Menge der Fülle gründlich verschätzt habe. Da kann ich locker sechs Rollen machen. Als Variante könnte ich zur Fülle noch etwas gegrillte Hühnerbrust geben. Sie ist von vorgestern übrig geblieben und riecht tadellos. Werden es eben acht oder zehn Stück. In lange, ganz dünne Streifen schneiden, so habe ich es bei einem Salat im Song ... wie heißt jetzt »Langes Leben« noch einmal auf Vietnamesisch? Ich war stolz, dass ich es mir gemerkt habe. Song ist natürlich einfach, so wie das Lied. Und das andere ... Lau! Passt zu den frischen Frühlingsrollen. Sie sind nicht eiskalt und nicht warm. Sie werden nicht frittiert, sondern so gegessen. Ich verziehe mich mit meinen Frühlingsrollen zum Esstisch. Ich werde Oskar welche übrig lassen. Keine Ahnung, wie lange der Teig hält und zart bleibt.

Die Sauce ist ziemlich scharf geworden. Deutlich schärfer als die Sauce, die wir im Lokal dazu bekommen haben. Aber ich mag es so. Und wer sagt, dass man vietnamesische Küche nicht abwandeln darf?

Als Oskar kommt, sind nur mehr drei von den Rollen übrig. Und die Flasche Riesling von unserer Winzerfreundin Eva ist fast leer. Ich erzähle meinem Mann von Tien, der gar nicht begeistert war, dass ich mit Sui geredet habe und in die Küche gekommen bin. Er hält das für nicht besonders verwunderlich. Wer mag es schon, wenn sich jemand in seine Privatangelegenheiten mischt?

»Es ist doch bloß höflich, Anteilnahme zu zeigen«, entgegne ich.

Oskar sieht mich mit leisem Spott an: »Und du glaubst, er kann nicht zwischen einem Kondolenzbesuch und deiner Neugier unterscheiden?«

Dafür lobt er wenig später meine Frühlingsrollen.

Ich sitze mit Zuckerbrot in einer Nische des Café Museum. Fast wie alte Freunde. Na gut. Immerhin bin ich eine Freundin eines seiner besten Freunde. Es hat drei Tage gedauert, bis er Zeit gefunden hat, mit mir zu reden. Ob ihn denn die Ermittlungen im Fall Hanh so beanspruchen würden, habe ich ihn am Telefon gefragt. Er hat irgendetwas in der Art gemurmelt, dass neugierige Reporterinnen viel anstrengender seien. Und dass ich nicht glauben solle, er sei so dumm anzunehmen, dass ich wirklich nur im Interesse des verstörten Witwers ein paar Sachen klären möchte.

»Wir reden informell«, sagt er jetzt zu mir. »Das heißt aber nicht, dass ich Ihnen etwas über unsere Ermittlungen erzähle. Klar?«

Ich habe einen Sprizz mit Campari vor mir, nehme einen Schluck und lächle. »Ich bin Stammgast im Song. Ich will den armen Tien unterstützen. Es muss schwer sein, so weit weg von daheim und dann das . . .«

»Er kann hervorragend Deutsch. Und er hat auch keine Probleme mit unserer Mentalität. Er hat mehr als fünfzehn Jahre in Deutschland gelebt.«

»Eben. In Deutschland.«

Zuckerbrot grinst. »Na gut. So anders sind wir Österreicher dann doch wieder nicht, dass sich Mira als Vermittlerin einmischen muss.« Neben seinem Kaffee steht ein beachtliches Stück Schokotorte. Der Chefinspektor hat eben auch seine süßen Seiten.

»Weiß man eigentlich, was sie in Leipzig gemacht haben?«

»Sie hatten ein vietnamesisches Lokal. Gemeinsam mit einem anderen vietnamesischen Paar. Hat Dang Văn Tien Ihnen das nicht erzählt?«

»Hat er.« Eine halbe Lüge. Es war Sui, die es mir erzählt hat. Aber besser, Zuckerbrot glaubt, ich kenne Tien wirklich gut. »Ich meine ... gibt's über sie irgendetwas ... Polizeiliches?«

»Genau das habe ich gemeint, sehr verehrte Mira Valensky. Ich werde nicht über Ermittlungen reden.«

»Also gibt's was. Sonst wäre es ja irrelevant für den Fall und Sie könnten es mir sagen.«

Zuckerbrot nimmt einen großen Bissen von seiner Schokotorte. Mir ist selten nach Süßem, aber die sieht wirklich verlockend aus. »Also okay. Es gibt nichts Relevantes. Zufrieden?«

»Hat noch jemand außer Tien seine Frau identifiziert?«

Der Gruppenleiter sieht mich interessiert an. Mist. Ich wollte die Frage ganz beiläufig stellen.

»Der Sprizz mit Campari ist genau richtig«, lenke ich ab. »Aperol Sprizz ist nicht mein Ding. Aber mit Campari – großartig! Das Original hab ich im Veneto kennengelernt. Dort nennen sie ihn ›Grande Sprizz‹ oder ›Sprizzone‹ – was so viel heißt wie ›großer Spritzer‹. Letztes Jahr hat ein Barkeeper in Zypern sogar einen eigenen Drink mit Campari für mich kreiert. Mit Grapefruitsaft. Pink Mira.«

»Sieh an«, antwortet Zuckerbrot und wischt sich ein paar Krümel von der Strickjacke. Mit den Polizeibeamten aus dem Fernsehen hat er wirklich nichts gemeinsam. Weder harter Kerl mit weichem Kern im Lederdress noch eleganter Schnüffler im Sakko, nicht einmal besonders dick oder besonders schräg. Wahrscheinlich nicht einmal besonders unglücklich. Ein Mann etwas über sechzig, mittelgroß, mittelschlank, mit Cordhosen und einer Jacke, die andere nicht einmal in die Altkleidersammlung geben würden. Aber ein guter Kombinierer mit Verstand, Instinkt und jeder Menge Erfahrung.

»Es wird davon geredet, dass es sich um eine Schutzgeldsache gehandelt hat«, versuche ich weiter abzulenken. Dem Thema, wer da wirklich in der Gerichtsmedizin gelandet ist, muss ich mich später und hoffentlich eleganter nähern.

»Ja.«

»Und?«

»Wir ermitteln.«

»Irgendwas Konkretes?«

Zuckerbrot verdrückt den letzten Bissen seiner Torte, sieht hinüber zur Vitrine.

»Ich lade Sie auf ein zweites Stück ein, auch auf ein drittes. Dafür krieg ich zumindest einen Anhaltspunkt. – Wie wär es?« Ich lächle ihn an und klimpere mit den Wimpern.

»Haben Sie etwas im Auge?«

Ich muss an mir arbeiten. Keine Spur von Mata Hari und Verführungskünsten, wenn es darum geht, was rauszukriegen. »Ich hab versucht, mit den Wimpern zu klimpern. In der Hoffnung, dass das vielleicht nützt.«

Zuckerbrot lacht und schüttet beinahe das Wasser neben seinem Kaffee um. »Warum interessiert Sie, wer Hanh identifiziert hat?«

Ich räuspere mich. »Vielleicht weil es heißt, dass ein Vietnamese wie der andere aussieht. Betrifft natürlich auch Frauen. Ich weiß, dass das ein Klischee ist, aber ich dachte, vielleicht ist noch jemand bei der Obduktion beigezogen worden. Zur Sicherheit.«

»Wir hatten keinen Grund anzunehmen, dass die Ermordete nicht Dang Hanh ist.«

»Thi Hong.«

»Wie bitte?«

»Sie heißt eigentlich Dang Thi Hong Hanh: Thi zeigt an, dass es sich um eine Frau handelt, und Hong ist so etwas wie ein zweiter Vorname. Habe ich nachgesehen. Ich habe ein extrem schlechtes Namensgedächtnis, aber ausgerechnet vietnamesische Namen merke ich mir ganz gut.«

»Interessant. Stimmt. In unseren Unterlagen stehen vier Namensteile. Erklärt Ihr Zugang zu vietnamesischen Namen Ihr etwas übergroßes Interesse an dem Fall? Vielleicht eine Art innerer Verbundenheit?«

»Was weiß man. Auf alle Fälle ist es Zuneigung zu einem Witwer, der ausgezeichnet kochen kann. – Also hat bloß Tien sie identifiziert.«

Zuckerbrot seufzt. »Sie hatte ihre Handtasche dabei, als sie ermordet wurde. In der Tasche war auch ihr Personalausweis. Abgesehen davon, dass einige Leute sofort gesagt haben, das sei doch die Frau aus dem vietnamesischen Lokal. Das Ganze hat sich nur ein paar hundert Meter vom Sông Lâu entfernt abgespielt. Und Vietnamesen sind bei uns nicht gerade häufig. Sie war auf dem Weg nach Hause.«

Was nicht besonders viel sagt. Wenn Tien jemanden gefunden hat, der Hanh ähnlich sieht, und sie dann mit ihrer Handtasche nach Hause geschickt hat ... – bloß: Warum sollte er so etwas tun? Wollte er Hanh verschwinden lassen, um sie zu schützen? Hat er dafür tatsächlich jemand anderen ermordet? Zuckerbrot ist inzwischen aufgestanden und hat an der Kuchentheke Nachschub geordert. »Landmannkugel«, erklärt er. »Rummasse mit dunkler Schokolade glasiert. Ich habe zwei davon bestellt. Die mögen auch Sie.«

Ich sehe ihn verblüfft an. Woher weiß er, dass ich bei genau so etwas mit möglichst hochprozentiger Schokolade schwach werde?

Ohne dass ich die Frage laut stelle, antwortet er: »Passt eben zu Ihnen. Spricht nicht gegen Sie.«

Der Ober kommt mit den Kugeln, und ich finde, sie passt auch ganz ausgezeichnet zum Sprizz mit Campari.

»Also Identifikation einwandfrei«, sage ich mit Rum-Schoko-Mund.

»Warum interessiert Sie das so?«

»Tut es eigentlich gar nicht so besonders. Ich denke nur, man sollte gründlich sein.«

»Es wirkt fast, als würden Sie Ihrem Freund Tien nicht trauen. Wir haben darüber hinaus auch noch ihren Pass. Stimmt alles überein und ist quasi von den strengen vietnamesischen Behörden bestätigt. Sie war ja erst vor kurzem in ihrer Heimat und hatte die entsprechenden Sichtvermerke.«

»Hanh war in Vietnam?«

»Ich dachte, Sie kennen die Familie fast wie Ihre eigene?«

»Ich war einige Wochen nicht dort. Viel zu tun.«

»Sie war, wie offenbar Millionen von Auslandsvietnamesen auch, beim Neujahrsfest Têt. Es ist heuer auf den 19. Februar gefallen.«

Ich rechne nach. Wenn ich mich nicht sehr täusche, dann war ich am 20. Februar im Song. Und Hanh war da. Wäre auch seltsam, wenn sie so kurz nach der Lokaleröffnung verreist wäre. Die Sache wird immer eigenartiger. Ich versuche, möglichst neutral dreinzuschauen. Auch wenn ich leider nicht gerade Expertin in Sachen Pokerface bin. »Hat man mit den vietnamesischen Behörden Kontakt aufgenommen?«

Zuckerbrot sieht mich mit einem eigenartigen Blick an.

»Diese Kugel ist übrigens ausgezeichnet. Ich werde Droch eine mitbringen. Sind sie bei der Polizei besonders beliebt? Weil eben ganz andere Kugeln? Geben Sie sich sozusagen hin und wieder die Kugel?« Ich breche ab, es wird immer dümmer. Aber ich habe das Gefühl, dass Zuckerbrot mich dauernd aufs Glatteis führt. Ich hätte mehr über Tien herausfinden sollen, bevor ich mit dem Chefermittler rede.

Aber Zuckerbrot grinst. Ich fürchte allerdings, weniger über meine Kalauer als über mich. »Sie wissen sicher, dass die Dang deutsche Staatsbürger sind?«

»Nein«, murmle ich. »Darüber haben wir nie geredet. Also nicht Vietnam, sondern Deutschland. – Und was sagen die deutschen Kollegen?«

»Dass sie unauffällig waren.«

»Vielleicht haben sie in Deutschland Schutzgeld gezahlt. Oder sie haben nicht mehr gezahlt und sind dann nach Österreich. Und da hat man sie wieder zur Kasse gebeten.«

»Wie heißt es so schön? Wir ermitteln in alle Richtungen.«

»Auch Richtung Ausländerfeindlichkeit? Tien glaubt, es war ein ›Hasser‹ – genau so hat er sich ausgedrückt. Er hat erzählt, dass er bei der Kundgebung gegen den Brandanschlag in der Kirche war. Weil er

37

nichts mit radikalen Moslems am Hut hat. Also ein superbrav Integrierter, sozusagen. Und seine Frau wird dann womöglich von einem Rassisten ermordet. Alles irre.«

»Dann könnten es genauso gut radikale Moslems gewesen sein. Die wütend sind, dass sich ein Vietnamese mit den Katholiken solidarisiert.«

»Er ist Katholik. Und ich sehe nicht ein, dass ausgerechnet andere Migranten verdächtigt werden, während unsere eigenen Rechten tun können, was sie wollen.«

Der Gruppenleiter funkelt mich an. »Ich habe gesagt, wir ermitteln in alle Richtungen. In alle! Wir sind nämlich kein Haufen engstirniger Nationalisten, auch wenn Sie das anzunehmen scheinen.«

»Hab ich nicht gesagt.«

»Aber ist doch ein Bild, das Journalisten gerne vermitteln, oder? Rechte schießwütige Dumpfbacken, die ihre Freunde schützen und Ausländer und Linke verfolgen.«

»Ich hab es nicht so mit den Klischees. Zumindest bemühe ich mich.« Wie kommt er dazu, mir so etwas zu unterstellen? Ganz abgesehen davon, dass es sehr wohl Polizeibeamte gibt, die in jedem Schwarzen einen Drogendealer sehen.

»Tut mir leid«, erwidert Zuckerbrot und versucht ein Lächeln. »Ich habe noch die idiotische Demonstration im Kopf. Die Polizei musste die Identitären natürlich begleiten. Demonstrationsfreiheit für alle hat mit Demokratie zu tun. Die Ultralinken waren nicht davon abzubringen, sich ihnen in den Weg zu stellen. Also sind sie zusammengekracht. Wir haben gewirkt, als würden wir die Rechten unterstützen. Was ausgemachter Blödsinn war. Ganz abgesehen davon, dass mir diese Schutzgeldmafia-Geschichte ziemlich auf die Nerven geht. Samt allen damit verbundenen Vorurteilen. Ein Motorrad in der Nacht, das keiner gesehen hat, sondern nur einige gehört haben. Eine Frau, die gegen Mitternacht allein nach Hause geht und mit einem Schuss gezielt getötet wird. Mitten in Wien. Es gibt welche, die fragen sich: War das erst der Anfang?«

[3]

Meine Katzengeschichte kommt gut an. Tiere mag man eben. Wenn sich die Lieblingsschauspielerin des Landes mit ihren beiden alten Perserkatern fotografieren lässt, Österreichs erfolgreichster Export-Fußballer seine Liebe zu Katzen gesteht und ein international gefeierter Autor Rührendes über seine siebzehnjährige Maxi erzählt, die Einzige, die ihn immer begleitet hat, die sich mit ihm gefreut und ihn getröstet hat, dann kann aber auch gar nichts schiefgehen. Gismo hat eine eigene Kolumne bekommen, in der sie über ihr Leben erzählt. Inklusive ihrer Mithilfe bei der Klärung eines Mordes rund um eine Bundespräsidentenwahl. Das ist ganz schön lang her. Ich rechne nach. Sechzehn Jahre. Du liebe Güte.

Ich bekomme auch in der Redaktionssitzung Lob, die heilige Auflage der Nummer des »Magazin« war in Ordnung, und das hatte offenbar mit meiner Story zu tun. Trotzdem kann niemand annehmen, dass ich in Zukunft nur mehr über lahmende Hunde oder rosa Elefanten schreibe, selbst wenn das vielen recht wäre. Ich biete eine Reportage über asiatische Lokalbesitzer an. Von Schutzgeldern und ausländerfeindlichen Umtrieben aller Art erwähne ich nichts. Es soll um ihre Hoffnungen und Sorgen gehen, um ihr Leben bei uns, erkläre ich den versammelten Ressortleitern.

Die Idee wird überwiegend positiv aufgenommen, auch wenn der Chronikchef spöttelt: »Alles gute Menschen, solange sie unserer Mira Valensky zu essen geben.«

»Ich werde fürs Essen zahlen«, kontere ich. »Ich möchte ja nicht mit gewissen anderen in unserer Branche verwechselt werden.«

Der Chronikchef will gerade auffahren, als Droch sich einmischt. »Die Sache hat mit der toten Vietnamesin zu tun, nicht wahr?«

Muss er das in der Redaktionskonferenz sagen? Hätte er mich nicht unter vier Augen fragen können? »Es wird ein Aspekt sein«, antworte ich. »Auch wenn die Polizei offenbar keine neuen Erkenntnisse hat. Ich werde unter anderem darüber schreiben, dass es für Ausländer schwer sein kann, ihre Toten nach den eigenen Traditionen zu bestatten.«

Die Praktikantin, die heute bei der Sitzung dabei ist, nickt: »Es heißt, es gibt gar keine chinesischen Friedhöfe bei uns. Obwohl an jeder Ecke ein chinesisches Lokal ist.«

»Hund soll ja auch leicht süßlich schmecken«, weiß der Sportchef. »Und wenn man gut würzt . . .«

Unser Chefredakteur mahnt, zum Thema zurückzukommen.

»Die werden schnell verbrannt und dann zurückgeschickt oder ins Regal gestellt. Und an ihrer Stelle kommt ein anderer Chinese und benützt die Papiere des Toten. Bei den Namen und Gesichtern merkt ja ohnehin keiner den Unterschied«, schwadroniert der Chronikchef.

»Ich werde auch etwas über Vorurteile schreiben«, sage ich und kritzle in meinen Block. Als ob ich mir das extra notieren müsste. Ich will mich nicht provozieren lassen. Und ich bin froh, sie von Hanh und dem Motorradmord abgelenkt zu haben.

Wenig später gehe ich Richtung Tiefgarage. Ich überlege, ob mir der Chronikchef nicht einen wichtigen Hinweis geliefert haben könnte. Tien hat den Pass seiner Frau für seine Geliebte gebraucht. Es ist ja oft so, dass Zweit-und Drittfrauen ihren Vorgängerinnen erstaunlich ähneln. Seine Geliebte hat nur so eine Chance, in Österreich zu leben. Also bringt er Hanh um. Quatsch. Erstens sagen alle, dass sich die beiden sehr gemocht haben. Und zweitens: Dann hätte er sie ja ganz still verschwinden lassen müssen. Damit niemand weiß, dass eine andere ihren Platz eingenommen hat. Erschießen ist da keine gute Idee. Jetzt hat die Polizei ihre Papiere. – Was, wenn bei seinem Plan etwas schiefgegangen ist?

Ich stoße die Tür zur Garage auf. Ich sollte an meinem Schreibtisch sitzen und nachdenken. Und mit asiatischen Lokalbesitzern reden. Natürlich auch über Schutzgelder. Über Ausländerfeinde. Über Totgeglaubte, die im Keller Hühner auslösen. – Kann es sein, dass Tien seine Frau versteckt, weil er Angst hat, man könnte ihr etwas antun? Ich muss herausfinden, ob ihn jemand bedroht hat. Und wen man dann an der Stelle von Hanh erschossen hat. Stattdessen muss ich Oskars Tochter Carmen abholen und zum Flughafen bringen. Weil Oskar Verhandlungstag hat und nicht kann. Die liebe Carmen hat in den letzten Monaten gleich zwei Wohnungsschlüssel verloren. Wir brauchen ihren letzten, um nach dem Rechten sehen zu können. Da borge ich Carmen meine Wohnung, und zum Dank dafür kann ich sie auch noch in der Gegend herumfahren und kriege statt drei einen Wohnungsschlüssel zurück. Natürlich mag ich Carmen. Zumindest an sich. Sie hat zweieinhalb Studien abgeschlossen, ist gerade dabei, einen interessanten Job in China anzunehmen, sie ist attraktiv, sie ist vor allem Oskars Tochter. Auch wenn sich die beiden erst vor ein paar Jahren kennengelernt haben. Vielleicht rühren meine gemischten Gefühle einfach daher, dass ich mich nicht zur Stiefmutter eigne. Außerdem hätte ich heute anderes zu tun. Mein kleiner roter Elektroflitzer steht in der gegenüberliegenden Ecke der Garage. Dort gibt es eine Steckdose. War gar nicht so leicht, der Verwaltung des »Magazin« klarzumachen, dass das Laden von so einem Auto höchstens drei, vier Euro kostet. Nichts im Verhältnis zu den dummen Klimaanlagen, die auch laufen, wenn sie keiner braucht.

Ich gehe ums Auto herum und will den Stecker ziehen. Da hat schon jemand abgesteckt. Das gibt es doch nicht! Irgend so ein Idiot hat nicht begriffen, dass ich so quasi tanke! Wollte staubsaugen oder das Handy aufladen oder sonst etwas Unsinniges! Und ich muss jetzt schauen, ob ich genug Reichweite habe, um zur Wohnung, dann zum Flughafen und wieder retour zu kommen. Wenn sie wenigstens am Flughafen eine Schnellladestation hätten. Damit wäre die Batterie in zwanzig Minuten wieder fast voll. Eine umtriebige Windkraftfirma ist dran, ein flächendeckendes Schnellladenetz zu bauen. Hoffentlich werfen ihnen die alteingesessenen Energieanbieter nicht übergroße Steine in den Weg. Die wollen nicht, dass jemand etwas tut, während sie schlafen. Das habe ich recherchiert. Darüber sollte ich schreiben. Aber meine Elektroauto-Story ist ja verschoben worden. Apropos Steine im Weg.

Ich setze mich ins Auto, drehe den Startschlüssel. Das freundliche Plim. Ich bin startklar. Einhundertachtzehn Kilometer Reichweite. Vorausgesetzt, ich verzichte aufs Heizen. Aber so kalt ist es ohnehin nicht mehr. Sollte also funktionieren. Und wenn ich den Haustechniker treffe, erzähle ich ihm etwas. Wahrscheinlich war er es, der abgesteckt hat. Außerdem: Sonst kontrolliert er auch alles, was in der Garage passiert.

Carmen wartet bereits mit einem Köfferchen vor dem Haus. Sie sieht auf die Uhr. Wirklich nicht notwendig. Ich bin bloß wenige Minuten zu spät dran. Wir haben noch zwei Stunden bis zum Abflug. Ihr großes Gepäck hat die Firma vorgeschickt. Sie küsst mich auf beide Wangen. »Hoffentlich klappt es noch«, sagt sie.

»Da können wir zweimal hin-und herfahren«, versichere ich und unterdrücke den Impuls, ihr zu einem Taxi zu raten.

»Bevor ich es vergesse!« Sie legt den Wohnungsschlüssel ins Handschuhfach. Kein Wort über verlorene Exemplare, kein Danke, dass sie gratis bei mir wohnen durfte. Okay, ich sollte nicht ungerecht sein. Sie hat sich beim Abschiedsessen, bei dem natürlich Oskar mit dabei war, ausführlich bedankt und auch entschuldigt. Und jetzt ist sie sicher aufgeregt. Flug nach Shanghai. Ein neuer Job auf einem anderen Kontinent. Auch wenn die Firma ein europäisches Konsortium ist. Ich werfe ihr einen raschen Blick zu. Kurze blonde Haare, ausreichend struppig, um nicht als doofe Blondine gehandelt zu werden. Schmal geschnittener dunkler Hosenanzug.

»Hast du keine Jacke?« Vielleicht mutiere ich doch noch zur späten Mutter.

»Am Flughafen ist es ohnehin warm. Und im Handgepäck hab ich einen Pullover, falls es im Flieger zu kalt ist. – Diesen Wagen hat dir der seltsame kleine Autohändler geborgt?«

»Er wollte ihn mir borgen. Ich hab ihn gekauft. Und Hans Tobler ist gar nicht seltsam. Er handelt höchst erfolgreich mit Oldtimern und amerikanischen Luxusschlitten. Aber er hat begriffen, dass man weiterdenken muss. Deswegen als Ergänzung die Elektroautos.«

»Sorry, ich weiß, er ist Vesnas Freund. Aber irgendwie wirkt er immer noch wie ein Mechaniker. Und er hüpft beim Gehen. So, als ob er gern größer wäre.«

Ist mir noch nicht aufgefallen. »Was spricht gegen Mechaniker? Ganz abgesehen davon, dass er es vom Mechaniker zum bekannten Autohändler gebracht hat. Und er spielt übrigens hervorragend Schlagzeug.«

»Ich hab ja nichts gegen ihn gesagt.«

Dann ist eine Zeit lang Funkstille. Hinter uns ist ein schwarzer Mittelklassewagen. Am Steuer ein Typ mit Sonnenbrille. Absurd. Der Himmel ist bedeckt, und wir haben März.

»Und was machst du dann so in Shanghai?« Ich frage es, bevor das Schweigen peinlich wird.

»Habe ich euch doch schon erzählt. Ich versuche Geschäfte einzufädeln. Zwischen chinesischen und europäischen Firmen. Mein Spezialgebiet ist der Energiebereich. Weißt du übrigens, dass in China in den nächsten zwei Jahren dreißig Prozent der neu zugelassenen Autos elektrisch fahren oder zumindest Hybridantrieb haben sollen?«

»Klingt irgendwie nach den alten sowjetischen Fünfjahresplänen. Aber ist an sich natürlich gut. Hast du damit zu tun?«

»Wer weiß. Vielleicht will der … Vesnas Autohändler ja chinesische Autos importieren. Aber in erster Linie geht's bei dem, was ich tun werde, um Windräder und Photovoltaikanlagen. Da ist China längst ganz vorne dabei.«

»Und was ist mit der Qualität?«

»Teilweise gleich hoch. Man muss eben achtgeben. Aber das ist überall so.«

Der schwarze Wagen ist immer noch hinter uns. Natürlich sind viele Menschen Richtung Flughafen unterwegs. Und ins Burgenland – oder nach Ungarn. Alle auf derselben Autobahn.

»Saukalt ist es hier«, sagt Carmen in ihrem dünnen Hosenanzug und schaltet die Heizung ein.

»Mach sie bitte wieder aus«, antworte ich.

»Warum?«

»Weil ich noch zurück möchte in die Stadt.«

»Der hat so wenig Reichweite?«

»Ich bin heute schon gefahren. Und in der Redaktion hat irgendein Idiot den Ladestecker gezogen.«

»Ich würde mir das nicht antun.«

»Ich tue mir nichts an. Es ist praktisch. Ich kann daheim in der Garage laden und brauche nie mehr zu einer Tankstelle.«

»Ich bin lieber unabhängig. In allen Belangen. Aber das ist vielleicht auch eine Generationenfrage.«

Schön langsam werde ich wütend. Als ob mir Unabhängigkeit nicht wichtig wäre. Ich habe Oskar lange nicht geheiratet, weil ich nicht nur ihn, sondern auch meine Freiheit liebe. Und sie ist mir jetzt noch wichtig. Ich bin Jahre zwischen unseren Wohnungen gependelt, weil ich nicht dauerhaft zu ihm ziehen wollte. Dass ich es dann doch getan habe, war Carmens Glück. So hatte sie in den letzten Monaten eine wunderbare Gratis-Altbauwohnung. Und ich arbeite im »Magazin« auf freier Basis, weil ich nicht angestellt sein möchte. Wenn auch mit einem ziemlich guten festen Vertrag.

Der Mann mit der Sonnenbrille ist immer noch hinter uns. Leider kann ich keine Details ausmachen. Und Carmen will ich nicht fragen.

»Jetzt bist du sauer, aber ich habe es nicht so gemeint«, kommt es vom Nebensitz. »Elektroautos sind schon in Ordnung. Jedenfalls besser als so ein langweiliger Durchschnittsjapaner. Oder ein Opel oder so etwas. Das ist was für die Spießer, die beim Fahren einen Hut aufhaben. Wahrscheinlich, damit es ihnen nicht auf die Glatze zieht.«

Jetzt muss auch ich grinsen. »Kennst du die umhäkelten Klopapierrollen auf der Ablage? Oder bist du dafür zu jung?«

»Klar hab ich die gesehen! Als ich ein Kind war. Ich hab bloß gedacht, das gibt es nur bei uns in der Schweiz. Wegen Sicherheitsdenken und so.«

Wir lachen gemeinsam. Man sollte sich mit Oskars gefundener Tochter einfach über derart Unverfängliches unterhalten, dann geht es großartig. »Hast du in Shanghai eigentlich ein Auto?«

»Die Firma hat Autos mit Chauffeur, das sei deutlich praktischer, haben mir die Leute gesagt. Vielleicht kriege ich sogar einen eigenen.«

Ich blinke und nehme die Flughafenausfahrt. Der schwarze Wagen ist immer noch da. Auffahrt zu den Abflügen. Wenig los heute, ich bekomme einen Halteplatz. Das schwarze Auto fährt an unserem vorbei. War alles Zufall. Ich atme auf. Aber ich will lieber auf Nummer sicher gehen. Mich umsehen. Hier sind viele Menschen, was soll da schon passieren? Warum sollte mich jemand verfolgen? Selbst von meiner Reportage über die Asiaten weiß noch keiner. Abgesehen von allen, die bei der Redaktionskonferenz waren. Aber es ist doch nicht anzunehmen, dass einer unserer Ressortleiter gemeinsame Sache mit Rechtsradikalen oder Unterweltbossen macht. Das traue ich nicht einmal dem Chronikchef zu. – Oder hat es einer auf Carmen abgesehen? Vielleicht sind die Geschäfte, die sie in China macht, gar nicht so harmlos, wie sie uns glauben machen will. Hat sie womöglich mit Industriespionage zu tun?

Ich steige aus. Nichts vom schwarzen Auto und dem Fahrer mit der Sonnenbrille zu sehen. Ohne Sonnenbrille würde ich ihn allerdings auch nicht erkennen.

»Du begleitest mich?« Carmen strahlt mich an. »Das finde ich supernett. Sonst begleitet mich nie jemand!«

Ich nicke. Ich will ihr die Freude nicht nehmen. Und die Sicherheitskontrollen sind ohnehin nah bei diesem Eingang. Außerdem: Wenn der schwarze Wagen in einigen Minuten noch immer verschwunden ist, kann ich die Sache wohl endgültig vergessen.

Ich küsse Carmen zum Abschied und winke, als sie Richtung Gates geht. Ich sehe mich um. Ich mag Flughäfen. Dieses Gefühl, zwischen den Zeiten zu sein, nicht da und auch noch nicht anderswo. Aufbruch. Die Chance, abzuheben. Zumindest theoretisch. Weil praktisch bin ich ganz froh, wenn ich nicht fliegen muss. Ich denke mit Schaudern an das letzte Jahr und meine vielen beruflich bedingten Flüge zurück. Von heute auf morgen hatte ich ziemlich schlimme Flugangst. Glücklicherweise hat sie sich, als alles recherchiert und die Story geschrieben war, wieder weitgehend gelegt. Aber eben nur weitgehend.

Ich eile Richtung Ausgang. Den schmalen grauen Gang entlang. Eigentlich ist die Haltezone ja nur zum Aus-und Einsteigen gedacht. Auch wenn man für gewöhnlich nur wenige Menschen bei den Autos sieht. Warum sie den neuen Wiener Flughafenterminal in Grautönen gehalten haben, wird mir immer ein Rätsel bleiben. Hier sollte alles bunt, fröhlich, optimistisch sein. Sodass Gedanken an eventuelle Flugkatastrophen gar nicht erst aufkommen. Oder wollte man mit dem Grau einen Kontrast setzen, damit die Umgebung des Flughafens farbiger und freundlicher erscheint? Ist schiefgegangen. Grau drinnen, grau draußen. Nur die Sonne kann helfen. Aber die scheint heute nicht.

Eine Hand auf meinem Oberarm. Ich fahre erschrocken herum. Und sehe den Mann mit der schwarzen Sonnenbrille. Aufgestellter Mantelkragen. Ich kann so gut wie nichts von seinem Gesicht erkennen. Er hält mich fest. Er ist nicht besonders groß, aber er hat den Moment klug gewählt. In diesem Gang ist momentan keiner außer mir. Die unbeschriftete Tür da vorne. Was, wenn er mich hineinzerrt? Soll ich schreien? »Verwechslung«, knurre ich. Ich muss den Arm abschütteln und unvermittelt loslaufen. Oder hat er in der anderen Hand ein Messer?

»Nein. Ich muss reden.«

Ich starre auf mein Gegenüber. »Tien?«

»Ja. Ich muss reden.«

Hanh im Keller. Die Frau, die vom Motorrad aus erschossen wurde. Ich bin ihm zu nahe gekommen. Wer weiß, in welche Mafia-Geschichten er verwickelt ist. Bedeutet gar nichts, dass er höflich ist. In Asiaten kann man nicht hineinschauen. – O du liebe Güte, was für ein dummes Vorurteil! Als ob ich in einen Wiener hineinschauen könnte, bloß weil er in der gleichen Stadt lebt.

»Bitte«, sagt Tien. Jetzt hat er meinen Arm losgelassen.

Ein so guter Koch kann kein ganz schlechter Mensch sein. Ich hoffe, dass das nicht auch bloß ein Vorurteil ist. »Hier?«

»Ja, das ist gut. Hier fallen Asiaten nicht auf.«

Eine Gruppe Italiener oder Spanier kommt vom Eingang her und geht Richtung Schalterhalle. Die Tasche einer Frau streift mich am Oberarm. Ich brauche sie nur festzuhalten und um Hilfe zu bitten. Oder einfach mit ihnen zu gehen.

Trotzdem nicke ich Tien zu.

»Ich brauche Sicherheit. Aber ich kann nicht zur Polizei. Gestern hat man versucht, in meine Wohnung einzubrechen.«

»Gibt's das nicht immer wieder in dieser Gegend?«

»Natürlich. Aber nicht so oft. Es ist zu viel Zufall. Ich weiß nicht, ich glaube, man wollte mich aus der Wohnung locken. Aber ich bin drinnen geblieben. Ich hätte gekämpft. Ich habe große Messer. Ich kann damit umgehen. Und die Wohnung hat ein sehr gutes Schloss. Sie sind nicht reingekommen, sie sind wieder weggegangen.«

»Sie sollten das der Polizei sagen. Reden Sie mit Zuckerbrot, der ist in Ordnung. Vielleicht hat es mit dem Mord zu tun. Sicher. Sonst wäre es, wie Sie gesagt haben, zu viel Zufall.«

»Ich kann nicht. Deswegen ich rede mit Ihnen. Ich hoffe, Sie können helfen. Sie haben Interesse. Sie kennen Leute. Sie sind ein guter Mensch. Wegen Vui. Sie ist die Schwester von Hanh. Sie ist ohne Papiere da. Das heißt, sie hatte Papiere von Hanh, aber die hat jetzt die Polizei.«

»Sehen die beiden einander ähnlich?«

»So sehr, dass Hanh ihr den Pass geschickt hat und sie ist damit gekommen.«

»Nach dem Tết-Fest. Ich habe sie im Keller gesehen. Sie hat Hühner zerteilt.«

»Sie hat gar nichts erzählt.«

»Sie war sehr erschrocken und ist davongelaufen. Ich habe sie für Hanh gehalten.«

»Warum waren Sie in dem Raum?«

»Ist das jetzt wichtig?«

»Ich weiß nicht. Ich weiß nur, dass die Toiletten auf der anderen Seite sind.«

»Ich habe mich eben geirrt.«

Tien sieht mich an, als würde er mir nicht glauben. Kann ich ihm kaum verdenken. So schnell geht das und man hat die Lösung für eine Frage, die einen schon tagelang beschäftigt. – Oder will er mir bloß einreden, dass es sich so verhält?

»Man braucht ein Visum, oder? Wenn man ihr den Pass geschickt hat, dann fehlt der Einreisevermerk«, gebe ich zu bedenken.

»Vui kennt jemanden, der ist angeblich ein wichtiger Gewerkschafter, die haben gute Beziehungen. Er hat ihr den Einreisevermerk besorgt.«

»Gefälscht.«

»Wie immer. Er war da.«

»Und jetzt ist jemand hinter Vui her? Oder hinter Ihnen? Oder stimmt die Sache mit den Schutzgeldern?«

Er sieht mich böse an. »Nein, das ist Unsinn. Ich gehe sofort zur Polizei, wenn jemand so etwas versucht. Ich bin nicht dumm. Wir sind deutsche Staatsbürger, uns kann nichts passieren. Uns können sie nicht abschieben.«

»Warum sollten Sie abgeschoben werden, wenn jemand von Ihnen Schutzgeld will?«

»Ich sage ja, das kann niemand. Auch wenn immer etwas hängen bleibt. So als ob wir schuld wären, wenn Verbrecher etwas von uns wollen.«

»Wurden Sie in der letzten Zeit verfolgt? Sind Ihnen Typen aufgefallen, die Neonazis oder so etwas sein könnten?« Meine Güte. Wie sieht ein Neonazi aus? Haben die immer Springerstiefel an? Wohl kaum.

»Ist nicht lange her, da hat einer ›Schlitzauge go home‹ gerufen. Ich wollte schon fragen, ob er mit daheim Deutschland meint, aber ich will nicht provozieren.«

»Wie hat er ausgesehen?«

»Groß . . . braunhaarig . . . normal . . . sozusagen. Jeans und Lederjacke. Keine Ahnung, wie im Detail. Ich wollte lieber keinen Blickkontakt.«

»Haben Sie der Polizei davon erzählt, als Hanh . . .«

»Ich habe alles erzählt! Alles, was helfen kann! Aber ich habe gemerkt: Sie haben das nicht ernst genommen. Mit so etwas muss einer wie ich leben. Die Zeitung hat auch von ›Ausländerfehde‹ geschrieben, als sie meine Frau ermordet haben.«

»Das Lokal, das Sie übernommen haben, war früher ein altes Wirtshaus. Kann es sein, dass Gäste des Alpenstüberls oder die ehemaligen Besitzer sauer sind, weil es sich in ein asiatisches Restaurant verwandelt hat?«

»Der Besitzer ist gestorben. Und der Sohn wollte verkaufen. Er war ganz glücklich. Ein Elektriker, der damit nichts anfangen konnte. Ihm war peinlich, in welch schlechtem Zustand es war.«

»Sind Gäste von früher zu Ihnen gewechselt?«

»Ich glaube nicht. Da waren nur mehr einige Alkoholiker. Ich wollte nicht so genau hinsehen. Es war peinlich. Es war sehr schmutzig. Ich war bloß einmal dort, als geöffnet war.«

Haben Zuckerbrot und seine Leute die Gäste des früheren Lokals kontrolliert? Ich habe keine Lust, die alten Saufköpfe aufzustöbern und zu befragen. Vielleicht ist es den Ermittlern nicht anders gegangen. Ob Vesna . . .

Tien zuckt zusammen. Hinter einer Führerin mit aufgespanntem rosarot kariertem Schirm trabt eine Gruppe Asiaten auf uns zu. Sieht aus, als würde er sich vor den eigenen Leuten ebenso fürchten wie vor unseren. Sie haben Vui nach Österreich gelotst. Vielleicht müssen wir da ansetzen. »Vui hätte mit dem Pass ihrer Schwester gut hier leben können, oder?«

»Ich hoffte es. Sie hätten sich den Pass teilen können, sozusagen. Wahrscheinlich wäre das gegangen. Aber wichtig war vor allem, dass Vui damit nach Österreich kommt.«

»Jetzt braucht Hanh ihren Pass nicht mehr.«

Tien schüttelt traurig den Kopf. »Wo denken Sie hin? Dass jemand meine Frau ermordet, damit ihre Schwester einen Pass hat? Ich ... ich glaube an etwas anderes. Vui und Hanh sehen einander sehr ähnlich, das haben Sie selbst gemerkt. Ich bin mir nicht sicher, ob der Mörder nicht eine für die andere angesehen hat.«

»Sie meinen: Er hat die beiden verwechselt? Warum? Wer ist hinter Vui her?«

»Ich habe keine Ahnung.« Der Vietnamese sagt es ganz langsam.

»Warum ist Hanhs Schwester nach Österreich gekommen?«

»Weil es schwer ist, in Vietnam Arbeit zu haben. Sie will lernen und sie ist jung. Sie will nicht auf dem Land Reis ernten oder in der Fabrik arbeiten.«

»Kann es sein, dass jemand hinter ihre illegale Einreise gekommen ist? Gibt es so etwas wie einen vietnamesischen Geheimdienst in Europa?«

Die asiatische Reisegruppe ist an uns vorbei, ganz auf den rosa Schirm vor ihnen konzentriert.

»Man sagt so. Ich weiß das zumindest von Deutschland. In Österreich gibt es nicht viele Vietnamesen. Man sagt, dass der Geheimdienst sich sehr um Illegale kümmert. Er will nicht, dass sie zurückkehren. Und wenn sie von Deutschland ausgewiesen werden, dann müssen sie in ein Internierungslager. Heißt es. Aber vielleicht sind das auch Geschichten von früher.«

»Sie wissen es nicht.«

»Es gibt Gerüchte. Vui muss weg aus meiner Wohnung. Sonst passiert etwas.«

»Vielleicht kann die Caritas helfen und sie in einem Flüchtlingshaus unterbringen.«

Tien schüttelt so heftig den Kopf, dass ihm die Sonnenbrille auf die Nase rutscht. »Niemand soll wissen, dass es sie gibt.«

»Was seit dem Tod Ihrer Frau sehr schwierig geworden ist. – Weiß eigentlich Sui Bescheid? Und Ihre anderen Mitarbeiter?«

»Nein. Wir dachten, wir sagen es ihnen. Das war vor dem Mord. Es ist so viel geschehen. Die anderen kommen nur stundenweise. Sui ist am Abend da, sie hat nicht viel Interesse für Lagerräume. Aber sicherheitshalber hat sich Vui im Keller eingesperrt. Und dann haben wir sie doch in meine Wohnung gebracht. Bis eben gestern ...«

»Warum haben Sie gewusst, dass ich zum Flughafen fahre?«

»Habe ich nicht gewusst. Ich weiß, Sie arbeiten im ›Magazin‹. Und ich kenne Ihr Auto. Und ich habe sonst niemanden. Also bin ich Ihnen nachgefahren. Ich wollte reden, wenn es eine gute Möglichkeit gibt. Und nicht warten, bis Sie wieder zu uns essen kommen. Dann kann es zu spät sein.«

»Warum soll die Schwester nicht zur Caritas?«

»Weil sie sie dort finden!«

»Wer sind ›sie‹, und warum sucht man die Schwester?«

»Ich habe keine Ahnung. Ich habe Angst. Und Vui auch.«

»Sie müssen zur Polizei.«

»Dann wird Vui ausgewiesen. Und kommt in ein Lager. Oder noch Schlimmeres.«

»Und wenn ich dafür sorge, dass sie ein faires Asylverfahren bekommt? Aber dafür muss ich wissen, warum man sie sucht.«

»Ich weiß nur: Hanh ist tot. Und vielleicht ist Vui auch bald tot. Sie ist illegal. Die offiziellen Österreicher werfen sie aus dem Land. In Vietnam hat sie sich strafbar gemacht. Verstecken Sie

Vui. Ich habe sie wieder ins Lokal gebracht. Aber da kann sie nicht bleiben.«

»Ich denke mir etwas aus. In Ordnung?«

»Sie fahren mir nach und nehmen sie mit. Gleich. Bitte.« Er drückt meinen Arm so fest, dass ich beinahe aufschreie.

[4]

Zum Glück hat Vesna nicht viel gefragt. Ich habe sie angerufen und ihr gesagt, wir müssten dringend ins Song. Es ist halb vier am Nachmittag. Nicht eben unsere klassische Essenszeit. Aber um Vui abzuholen und sie in ein hoffentlich sicheres Versteck zu bringen, langt die Reichweite meines Wunderautos nicht mehr. Ganz abgesehen davon, dass ich Vesna gerne dabeihätte.

Vesna hat von ihrem Liebling einen Chevrolet Camaro zum Geburtstag bekommen. Absolut verrückt, dieser notorischen Raserin so ein Geschoss zu schenken. Außerdem ist der Wagen nicht eben unauffällig. Und die hinteren Sitze taugen bestenfalls für klein gewachsene Pygmäen. Gut. Vui ist nicht groß.

Ich bin hinter Tien ins Lokal gegangen. Aus der Küche dringen leise Geräusche. Tien lauscht, dreht sich dann zu mir um. »Duong wascht Gemüse.«

»Sicher?«

Er nickt.

»Und sie hat nie etwas von Vui bemerkt?«

»Sie ist erst kurz da. Und immer nur wenige Stunden. Ich glaube nicht. Und wenn, sie sagt nichts. Sie hat Probleme bei ihrer Arbeit als Kindermädchen. – Warten Sie auf Ihre Freundin? Dann nehmen Sie Vui mit? Soll ich wissen, wo sie dann ist?«

So viele Fragezeichen. »Ich weiß es selbst noch nicht. Aber ich sage es Ihnen.«

»Vielleicht ist es besser, ich weiß es nicht.«

Worauf habe ich mich da bloß eingelassen? Will ich wirklich die Verantwortung für eine unbekannte illegale Vietnamesin übernehmen?

»Sie wollen etwas essen?«

Ich schüttle den Kopf. Ausnahmsweise ist mir nicht einmal nach frischen Frühlingsrollen.

»Vui ist im Keller. Aber da ist es auch gefährlich.«

Vielleicht leidet Tien unter Verfolgungswahn. Irgendein frühes Trauma. Wer weiß, warum er aus Vietnam weg ist. Als Kind hat er den Krieg erlebt – oder ist er dafür zu jung? Die Tür geht auf. Wir zucken beide zusammen. Es ist Vesna.

»Bitte! Schnell!«, sagt Tien, als ich beginne, meiner Freundin die Geschichte zu erzählen. »Vui muss weg.«

»Vui?«, fragt sie.

»Die Vietnamesin, die im Keller Hühner zerteilt hat.« Ich sage es mit einer gewissen Genugtuung. Ich habe nicht fantasiert. Sondern bloß ein paar falsche Schlussfolgerungen gezogen.

Tien nickt. »Eine geht zum Auto. Die andere wartet vor der Tür und schaut, ob Ungewöhnliches passiert. Ich komme mit Vui, und wenn alles klar ist, man geht mit ihr zum Auto, und Sie fahren ab.«

Wir sehen Tien an. Wirkt, als hätte er Erfahrung mit so etwas. Manipuliert er uns? Ich sollte das Ganze abblasen und Zuckerbrot anrufen. Er wird schon dafür sorgen, dass diese Vui nicht abgeschoben wird, wenn sie in Gefahr ist. – Kann er das wirklich? Außerdem hat Vesna diesen gewissen Gesichtsausdruck. Sie will herausfinden, was hinter der Sache steckt. Sie will mit Vui in der Gegend herumbrausen, und sei es bis Vietnam.

Ich bleibe also vor der Tür zum Restaurant stehen, und Vesna geht zum Auto. Wieder einmal bewundere ich sie für ihren Instinkt. Sie ist nicht mit dem Sport-Dings da, sondern mit dem total unspektakulären Ford ihrer Tochter Jana. Ich sehe mich um. Alles friedlich. Um nicht zu sagen, verschlafen. Ein weißes Auto biegt in die nächste Straße ab. Ein schwarzes fährt geradeaus weiter. Ein Mann steigt in einen silbernen SUV. Wohin sind die Farben gekommen? Wer hat befunden, dass die durchschnittlichen Autokäufer Rot, Gelb, Blau nicht mehr mögen? Eine Radfahrerin. Sie wirkt nicht, als wäre sie vom vietnamesischen Geheimdienst, von einer ausländerfeindlichen Gang oder der Schutzgeldmafia. Die Tür hinter mir geht auf. Neben Tien steht . . . Hanh. Ich reiße die Augen auf. Erst als ich ganz genau hinsehe, fällt mir auf, dass diese Frau wohl jünger ist. Und vielleicht noch um eine Spur zarter.

»Alles in Ordnung«, flüstere ich den beiden zu. Eigentlich blödsinnig, zu flüstern. Erst im allerletzten Moment frage ich Tien: »Kann sie Deutsch?«

»Ein wenig.« Sie nicken einander zu.

Wortlos gehen Vui und ich die paar Schritte zum Auto, steigen beide hinten ein. Vesna fährt los.

»Wohin eigentlich?«, fragt sie. »Außerdem will ich jetzt mehr wissen.«

»Wir fahren zum Weingut Berthold.«

»Ins Weinviertel zu Eva? Ich denke, Chinesen sind wild auf österreichischen Wein.«

»Wir müssen sie verstecken.« Und zu Vui gewandt sage ich langsam: »Verstehen Sie uns?«

Vui nickt. »Verstehe.«

»Wir fahren aufs Land. Tien hat Angst, dass es bei ihm nicht sicher ist.«

Vui nickt wieder. »Angst.«

»Ich hab nicht den Eindruck, dass die uns versteht«, sagt Vesna von vorne.

»Verstehe«, sagt Vui.

»Wer ist sie?«, ruft Vesna und ist, wie immer, viel zu schnell unterwegs.

»Vui.« Dann deute ich auf mich und sage: »Mira.« Dann deute ich nach vorne und sage: »Vesna.«

Die Vietnamesin nickt, deutet auf sich: »Vui.« Dann auf uns: »Mira. Vesna.«

Und jetzt erzähle ich meiner Freundin das, was ich weiß. Vui sagt zwischendurch immer wieder »verstehe«.

»Tien sagt nicht Wahrheit, zumindest nicht ganze«, ruft Vesna zu mir zurück.

»Tien wie Bruder«, sagt Vui, und ich schöpfe Hoffnung. Vielleicht versteht sie doch mehr, als wir annehmen. Ich versuche es ganz langsam: »Warum sind Sie fort aus Vietnam? Wer ist hinter Ihnen her? Hanh tot.«

»Hanh tot«, sagt Vui und sieht aus, als könnte sie nie mehr lachen. »Schwester.«

»Warum?«, frage ich.

Schweigen. Und dann, ganz leise: »Weiß nicht.«

Eva schüttelt den Kopf. Wir sitzen bei ihr in der Küche. Großer Holztisch, der gut zehn Leuten Platz bietet. Jetzt ist niemand außer ihr zu Hause. Und auch sie wollte gerade weg. Einkaufen und dann zur Sitzung des örtlichen Winzerverbandes.

»Das geht nicht. Ich würde sie gerne aufnehmen. Aber eine Vietnamesin fällt hier viel zu sehr auf.«

»Habt ihr nicht alle möglichen Weingartenhelfer?«, versuche ich es.

»Ja, aber keine aus Vietnam.«

»Kann arbeiten. Fabrik«, mischt sich Vui in eigenartig singendem Tonfall ein und sieht entschlossen drein.

Ich weiß noch immer nicht, wie viel sie von dem versteht, was wir reden. »Vielleicht gibt es irgendwo ein Versteck, in dem sie bleiben kann. Eine abgelegene Hütte oder so etwas?«, probiere ich es weiter. Es gäbe uns Zeit, mehr herauszufinden.

»Wir sind da nicht auf der Alm, Mira. Ich hab nichts gegen sie, ich würde gern helfen, aber wenn sie bei uns ist und wirklich gesucht wird: Morgen weiß es das ganze Dorf.«

Vesna nickt. »Fürchte ich auch. Kann mich erinnern, wie ich Weingartenhelferin war, weil im Weingut Kaiser Verdächtiges los war. Alle, die anders sind, fallen auf. Und getratscht wird immer.«

Vor uns stehen Gläser mit Evas bestem Grünen Veltliner, sie hat damit im letzten »Wine Guide« die Höchstbewertung geschafft. Vui lächelt und schüttelt den Kopf.

»Gut!«, sage ich und lächle zurück.

Vui nimmt das Glas, riecht am Wein und sieht uns seltsam ernst an. Sie macht einen winzigen Schluck. Wir prosten einander zu. Vui nippt noch einmal. »Gut!«

Wirkt, als hätte sie noch nie Wein gekostet. Dabei gibt es natürlich auch im Song Wein. Aber sehr lange war sie ja nicht dort. Ich versuche es wieder. Vielleicht geht es nach ein paar Schluck Wein leichter: »Warum bist du nach Österreich gekommen, Vui?«

»Arbeit.«

»Und warum verfolgt man dich dann? Oder ist das nur eine Ausrede, damit wir dich vor der Fremdenpolizei verstecken?«

»Verstehe«, antwortet Vui. Zumindest so viel habe ich inzwischen kapiert: Wenn Vui »verstehe« sagt, versteht sie gar nichts.

»Du you speak English?«, fragt Eva, als sie uns allen nachgeschenkt hat.

»Warum sie sollte Englisch können?«, knurrt Vesna, die sich regelmäßig darüber ärgert, dass sie es schlecht kann.

»Yes«, antwortet die zierliche Vietnamesin.

»Do you understand me?«, probiere ich es.

»Yes. I am no good, but friend learn.«

»Why are you here?«

»Work.«

»Sie sagt das Gleiche wie auf Deutsch«, erkläre ich Vesna.

»Bin ich dumm? Dafür reicht mein Englisch.« Und sie ist es, die die nächste Frage stellt: »Hanh dead. You have fear. Why?«

Vui sieht sie mit großen Augen an. »Hanh tot. Ich Angst.«

Wir müssen jemanden finden, der Vietnamesisch spricht. Oder wir müssen sie so gut unterbringen, dass Tien wagt, zu ihr zu kommen. Dann kann er übersetzen. – Aber will er es auch? Wie können wir überprüfen, was er sagt?

Eva schüttelt den Kopf. »Ich will niemandem etwas unterstellen.

Aber wahrscheinlich geht es darum, dass sie hierbleiben kann und nicht gefunden wird. Von der Polizei.«

»Und was ist mit dem Mord an Hanh?«, erwidere ich.

»Eine ganz andere Geschichte. Sonst wäre eure Vui wahrscheinlich lange nicht aufgefallen. Sie hätte kein Problem gehabt. Eine weitere Küchenhilfe. Wenn wer fragt, ist sie weg. Oder sie gibt sich als ihre Schwester aus. Die beiden dürfen bloß nicht gleichzeitig da sein, wenn eine Kontrolle kommt. Hat ja sogar bei der Ausreise aus Vietnam funktioniert. Und wenn selbst die vietnamesischen Beamten sie mit ihrer Schwester verwechseln . . .«

Vui starrt uns an, versucht mitzubekommen, was wir reden. Ich streichle ihr über den Unterarm. Egal, wer uns da was nicht sagt: Es muss schlimm sein, in einem fremden Land, unbekannten Leuten ausgeliefert, die Schwester tot, und noch ist nicht klar, ob der einzige Mensch, den sie hier versteht, damit zu tun hat. »Ich nehme sie einfach mit zu uns«, sage ich.

Ich hoffe, dass Oskar noch nicht zu Hause ist. Vesna hat uns in die Garage gefahren, noch bis zum Lift begleitet und ist dann gegangen. Sie hätte eigentlich schon am Nachmittag keine Zeit gehabt, murmelt sie. Ich glaube, sie fürchtet sich davor, was Oskar zu unserer Aktion sagt. Auch wenn sie üblicherweise die deutlich Mutigere von uns beiden ist. Ich nicke Vui zu, wir gehen zur Eingangstür. Ich schließe auf, denke erst dann daran, zu läuten. Zeichen des Respekts vor der Privatsphäre des anderen. Finde ich gut. Vui bleibt im Vorzimmer stehen.

»Besser Deutsch? Better English?« Ich lächle sie an.

»Mit wem redest du da?«, ruft Oskar aus unserem großen Wohnraum. Er ist also doch schon da. Dann habe ich eine Überraschung für ihn. »Ich habe eine Freundin mit«, rufe ich und sage leise zu Vui: »Freundin!«, und deute dann abwechselnd auf uns beide. Sie lächelt. »Friend.«

»Vesna?«

Als ob ich da jemals von »einer Freundin« reden würde. Sie ist meine Freundin. Eben Vesna.

»Nein, Vui.«

»Was? Wen?«

Ich gehe mit Vui Richtung Wohnraum. Oskar sitzt am Esstisch und hat irgendwelche Akten und seinen Laptop vor sich. Er sieht Vui erstaunt an.

»Guten Tag«, sagt Vui und versucht ein Lächeln.

»Guten Tag«, sagt Oskar. »Möchten Sie etwas trinken?«

»Verstehe«, antwortet Vui.

»Was versteht sie?«

»Besser, wir trinken alle etwas.« Ich deute Vui, Platz zu nehmen, und gehe zur Küchenzeile. Eine Minute Zeit gewinnen. Drei Gläser. Ich nehme genau den Grünen Veltliner, den wir auch bei Eva getrunken haben. Wobei Vuis Glas noch fast voll war, als wir gegangen sind. Ob er ihr nicht geschmeckt hat? Oder ob sie vorher tatsächlich noch nie Wein getrunken hat? Wichtiger freilich ist: Wie sage ich es Oskar? Er ist gastfreundlich. Aber ob er eine Illegale, deren Schwester ermordet wurde, bei uns aufnehmen will, weiß ich nicht. Vielleicht hält er es schlicht für unvernünftig. Und für keine Lösung. Womit er . . .

»Sie war es, die du im Keller gesehen hast!«, ruft er.

Ich lasse beinahe die Gläser fallen. Ich war so durcheinander, dass ich überhaupt nicht daran gedacht habe, dass Oskar Hanh gekannt hat. Und dass er dabei war, als ich geglaubt habe, eine Tote zu sehen, die Hühner zerteilt. Ich hab mich im Song häufiger mit Vesna getroffen, schon weil das Lokal so nahe bei ihrem Büro ist. Aber wir waren auch mehrere Male zu dritt und zu viert dort.

»Stimmt«, sage ich matt und schenke uns ein. Vui nippt. Ich nehme einen Riesenschluck. Und setze zu einer Erklärung an, als Gismo auftaucht.

»Nein!«, rufen Oskar und ich gleichzeitig. Nicht fein, wenn die alte neue Kampfkatze über eine womöglich ohnehin traumatisierte Vietnamesin herfällt. Ganz abgesehen davon, dass in Vietnam Gastfreundschaft sicher sehr großgeschrieben wird. Und wir zeigen sollten ...

Gismo geht etwas steif auf Vui zu. Vui zwitschert in seltsamen Tonlagen Worte.

»Vorsicht«, sage ich.

Gismo beginnt zu schnurren und reibt ihren dicken Kopf am Hosenbein von Vui. Vui lächelt und beginnt dann zu weinen.

»Auch wenn sie Katzen mag, und mehr noch, wenn Gismo sie mag: Hier kann sie nicht bleiben«, sagt Oskar leise, als wir zwei Stunden später vor einem Gute-Nacht-Glas sitzen. Jameson, mein Lieblingswhiskey. Ich habe ihn mir nach all der Aufregung verdient. Vui schläft im Gästezimmer.

»Sie kann sonst nirgendwohin«, erwidere ich halbherzig. Ich weiß ja auch nicht, wie das weitergehen soll.

»Du musst mit Zuckerbrot reden. Es wird nicht jeder sofort abgeschoben.«

»Sie ist illegal ins Land gekommen. Vietnam gilt als stabiler Staat.«

»Sie muss jemandem ihre Geschichte erzählen. Die ganze Geschichte. Erst dann ist klar, was man für sie tun kann.«

»Sie will hier arbeiten. Was, wenn bloß das ihre Geschichte ist?«

Oskar seufzt. »Es geht trotzdem nicht, dass wir eine Illegale bei uns verstecken. Ich bin Anwalt.«

»Was sollen wir sonst tun?«

Oskar kommt zu mir und nimmt mich in den Arm. Und das ist jedenfalls gut. Sehr gut.

[5]

Da ist ein Geräusch. Leises Rumpeln, so als ob etwas verschoben würde. Nein, als ob jemand an der Tür wäre. Ich klappe die Augen auf. Es ist Nacht. Neben mir schläft Oskar. Tief und fest. Ich lausche mit angehaltenem Atem. Nichts. Jetzt ist es ruhig. Vielleicht habe ich mir das bloß eingebildet. Oder ich habe geträumt. Da ist es wieder. So ein Kratzen, Ruckeln. Leise. Es hat uns jemand verfolgt. Sie sind keine Idioten beim vietnamesischen Geheimdienst. Und auch nicht bei der Schutzgeldmafia. Tien weiß nicht, wo seine Schwägerin ist. Aber er kann uns nachgefahren sein. Hat er ja auch bis zum Flughafen geschafft. Unsinn. Er wollte Vui in Sicherheit bringen. – Weil man versucht hat, in seine Wohnung einzubrechen, und er das für zu viel Zufall gehalten hat. Jetzt bricht man bei Oskar ein. Soll ich ihn wecken? Oder soll ich hoffen, dass Gismo aufwacht und die Einbrecher in die Flucht schlägt? Mira. Du schickst deine alte Katze vor, weil du dich fürchtest? – Es ist klug, sich zu fürchten. Polizei. Mein Mobiltelefon liegt neben dem Bett. Aber was ist dann mit Vui? Sie werden sie mitnehmen. – Und was ist mit Vui, wenn sie sie entführen und uns fesseln? Oder halten sie sich mit so etwas erst gar nicht auf? Was ist Vuis wahre Geschichte? Hanh haben sie von einem Motorrad aus erschossen. Ich bin schweißgebadet. Ich kann nicht liegen bleiben. Ich kann aber auch nicht aufstehen. Ich muss Oskar wecken. Und wenn da draußen bloß Gismo herumsteigt? Solche Geräusche hat sie noch nie gemacht. Vielleicht sucht Vui die Toilette. Aber das Gästebad ist gleich neben ihrem Zimmer.

Ich setze mich vorsichtig auf. Lausche. Alles ruhig. Nein. Ein ganz leiser tiefer Brummton. Vielleicht ein elektrisches System, mit dem man Sicherheitstüren öffnen kann? Letztes Jahr haben sie im Haus alle Eingangstüren ausgewechselt, aus Angst vor Einbrechern. Ich habe darüber gespottet. Unwahrscheinlich, dass der Geheimdienst in eine österreichische Wohnung einbricht. Vui ist nicht Bin Laden. Und die Vietnamesen haben keine Sondereinheiten hier. Sie haben auch nichts mit James Bond zu tun. Wenn, wären sie eher die Bösen. Eben. Oder doch Schutzgelderpresser? Vielleicht hat Vui etwas gesehen. War sie dabei, als ihre Schwester erschossen wurde? Oskar bewegt sich im Schlaf, dreht sich auf die Seite. Ich nehme mein Telefon, tippe den Polizeinotruf ein. Nur ein Tastendruck, und ich bin verbunden. Ich steige ganz vorsichtig aus dem Bett, halte mich quasi am Mobiltelefon fest. Die Tür lässt sich lautlos öffnen und schließen, das weiß ich. Sehr praktisch, wenn ich zu spät heimkomme und Oskar längst schläft. Soll ich sie zusperren? Dann ist Oskar vielleicht sicherer. Aber dann kann er auch nicht raus. Um mir zu helfen. Um sich zu retten. Wenn sie Feuer legen. Ich habe keine Ahnung, wer sie sind und was sie wollen. Ich tappe zu unserem großen Wohnraum. Küche, Esszimmer, Wohnzimmer, Arbeitsplatz, alles in einem. Durch die Glasfront zur Terrasse dringt genug Licht, um Umrisse wahrzunehmen. Ein Schatten. Gebeugt bei der Terrassentür. Lauert. Sind sie von draußen gekommen? Oskar hat eine Dachwohnung. In der Nacht geht kaum jemand durch unsere schmale Gasse, auch wenn wir in der Innenstadt leben. Fassadenkletterer. Für einen vom Geheimdienst kein Problem. Vielleicht doch James Bond und seine Kollegen. Oder seine Feinde. Vielleicht bin ich gar nicht wach, sondern träume einen übertrieben realistischen Traum. Keine Ahnung, wie spät es ist. Jedenfalls nach zwei, um zwei gehen die Solarlichter auf der Terrasse aus. Oder sind sie heute schon früher ausgegangen? Es war kaum Sonne. Aber das spielt jetzt wirklich keine Rolle.

Das Brummen kommt vom Schatten her. Es hört sich seltsam bekannt an. Noch hat man mich nicht entdeckt. Telefon. Polizei. Aber wenn ich das Telefon einschalte, dann leuchtet das Display auf. Daran hab ich nicht gedacht. Ich muss zurück ins Schlafzimmer. Tür versperren. Und Gismo? Gismo. Das Brummen. Schnurren. Spinne ich schon? Sie hätte keinen Fremden reingelassen. Außer sie schläft. Oder man hat sie betäubt. Dann schnurrt sie allerdings nicht. Oder ... Ich mache einen Schritt auf ihren Lieblingsschlafplatz zu und stolpere über eine Tasche.

Ein Schrei. Ein Fauchen. Ich rase Richtung Küchenzeile, will mich verschanzen.

»Mira.« Ich gehe in die Hocke.

Der Schatten. »Mira«, zwitschert er wieder. Der Schatten gehört zu Vui, und neben ihr ist Gismo. Sie hat sich zu ihr hinuntergebeugt und sie gestreichelt, und Gismo hat geschnurrt. Ein so bekanntes Geräusch. In der Nacht und in der Angst konnte ich es trotzdem nicht eindeutig zuordnen.

»No sleep«, sagt Vui und dann: »Ich habe denken. Mira gut. Vesna gut. Hilfe. Muss reden. Must talk. Tien will nicht. Angst.«

Täusche ich mich, oder kann Vui in der Nacht besser Deutsch als tagsüber? Vui geht an mir vorbei ins Gästezimmer. Ich fühle Gismo an meinem Bein, streiche sie. »Verstehst du sie?« Gismo schnurrt.

Vui taucht wieder aus dem Dunkel auf, hält mir etwas hin. Ich sehe das Ding an. Ein Datenstick. »Was ist da drauf?«, flüstere ich. Wir könnten auch laut reden. Es ist keiner eingebrochen. Wir dürfen auch Licht machen. Mein Telefon. Ich halte es noch immer in der Hand. Hoffentlich habe ich nicht versehentlich die Verbinden-Taste gedrückt. Dann gibt's bald ziemliche Unruhe hier. Ich sehe nach. Bin erleichtert. Der Polizeinotruf. Aber ich habe ihn nicht angewählt. Ich gehe zurück ins Hauptmenü. Damit nicht doch noch etwas passiert.

»You have laptop. Wir sehen. Geheim.«

Vielleicht besser, wenn Oskar nicht geweckt wird. Wir gehen zu meinem Schreibtisch. Ich setze mich und starte meinen Computer. Was für geheime Dokumente kann Vui haben? Das ultimative Rezept für gefüllten Tofu? Vielleicht Unterlagen zur Fälschung des Einreisestempels nach Vietnam. Der Laptop fährt hoch, ich stecke den USB-Stick an.

»Du kannst besser Deutsch und Englisch, oder?«, flüstere ich. Vui steht neben mir. Ich deute auf die Sessel beim Esstisch. Sie holt einen und setzt sich neben mich.

»Nicht viel. Wenig Deutsch. Wenig Englisch. Deutsch von Buch und Onkel von Tien. Englisch von Freund bei Union.«

»Gewerkschaft?«

»Ja, ist deutsch Wort. Ich nicht reden.«

»Sagt wer?«

»Tien. Hanh. Angst.«

»Hanh ist tot.«

»Ja.«

Auf dem Stick sind viele Fotos, aber auch einige Schriftdokumente. Ich klicke auf das erste Foto. Ein hell erleuchteter Raum, in dem offenbar alles Mögliche übereinandergestapelt und gelagert ist. Irgendwelche Maschinen.

»Mehr groß«, flüstert Vui.

Ich vergrößere das Foto. Kaltes Licht. Da ist nichts gestapelt, sondern es steht nur ganz dicht nebeneinander. Nähmaschine neben Nähmaschine, dazwischen auf Bänke gezwängte Frauen. Bunte Stoffe. »Textilfabrik?«, frage ich. Vietnam. Fast alles, was wir tragen, kommt inzwischen aus Fernost. Das weiß ich. Und auch dass die Bedingungen für die Arbeiterinnen alles andere als gut sein sollen. Vor einigen Jahren sind in Bangladesch mehr als tausend Frauen gestorben, weil ihre Fabrik eingestürzt ist. Man hat sie gezwungen, zur Arbeit zu kommen, obwohl das Gebäude eigentlich schon gesperrt war.

»Factory«, bestätigt Vui. »Documents. Friend Union. Good English.« Sie deutet auf ein Word-Dokument.

»Warum habt ihr Angst? Vor wem habt ihr Angst?«

Ich sehe Vuis Gesicht nur als Schattenschnitt. Sie schüttelt den Kopf. »Ich weiß nicht«, sagt sie dann leise. »Daheim Polizei. Gefängnis. Da? Polizei? Bosse?«

»Du meinst, du wirst gesucht? Du sollst ins Gefängnis in Viet-

64

nam? Und hier in Wien sucht dich die vietnamesische Polizei auch? Der Geheimdienst? Welche Bosse?«

»Ich weiß nicht. Von Fabrik.«

»Was hast du getan? What did you do?«

»Strike. Wildcat strike.«

»Illegale Streiks?«

Vui nickt. »Neue Bosse. Nicht Vietnam. Korea. Supervisor bad, we slaves.«

»Was machen die Aufseher? Supervisor?«

Vui schüttelt den Kopf. »Alles in Dokument. Green Hands, du kennst?«

Ich überlege. Ist mir schon untergekommen. Aber wo? Wie? Googeln geht schneller, als Vui zu fragen.

Green Hands: Internationale Organisation, die sich für ökologische Produktion und faire Arbeitsbedingungen in der Textilerzeugung einsetzt. Sie vergibt die »grüne Hand« an Unternehmen, die sich an einen strikten Katalog von Maßnahmen gegen die Ausbeutung der Umwelt und der Menschen halten. Unter Einbeziehung der Arbeiterinnen vor Ort setzt sie sich für einen existenzsichernden Mindestlohn ein und verlangt mehr Transparenz von internationalen Markenfirmen. Ihr Gütesiegel zeigt eine grüne Hand.

»Du kennst jemand von Green Hands?«

»Besuch. In Fabrik. Card mit Mail-Adress. An Minh. Minh Union. Und Freund. Aber undercover.«

»Und ihr hattet die Idee, dass du nach Österreich kommst und Green Hands alles erzählst?«

Vui nickt eifrig. »Weil wegmuss. Wegen Polizei. Und Boss da. Auch Card.«

»Ein Boss deiner Fabrik ist hier? In Wien?«

»Verstehe.«

»A boss of your factory is here? In Austria? Vienna? Wien?«, probiere ich es noch einmal.

»Boss von Boss. Die sagen, wir nähen.«

»Du willst zu Boss von Boss?« Ich weiß, man sollte mit Menschen anderer Muttersprache in ganzen Sätzen sprechen, aber da geht es nicht um einen Deutschkurs.

»Ja. Internet dangerous.«

»Internet? Ihr habt Internet?«

Vui sieht mich erstaunt an. »Ja. Klar. Mail. Facebook.«

»Ihr habt Green Hands und dem Boss vom Boss geschrieben?«

»Nicht viel. Nur ich komme.«

»Und das hat jemand gesehen, und deswegen wirst du jetzt verfolgt. Und deine Schwester Hanh . . .«

Vui senkt den Kopf. Scherenschnitt im Halbdunkel. »Schuld. Schwester tot.«

»Du bist nicht schuld. Schuld ist der Mörder. Und seine Hintermänner.« Wer immer die sein mögen. Wie es aussieht, kommen immer mehr dafür in Frage. »Du hast Tien und Hanh davon erzählt? Did you tell Tien and Hanh about Green Hands?«

»Only I must go. Bad factory. Sonst kein Passport. Erst da reden. Und Tien und Hanh: Angst. Ich soll still sein. Aber . . .«

Gleißendes Licht. Wir fahren gleichzeitig auf. Hinter uns steht Oskar in seinem blauen Bademantel. Eine eindrucksvolle Gestalt, nicht nur, weil er über eins neunzig groß ist.

»Hast du mitbekommen, worum es geht?«, frage ich ihn.

»Nur das letzte bisschen. Es hat aber eigentlich gereicht.«

Vui versucht sich noch kleiner zu machen, als sie schon ist.

»Tien wollte nicht, dass Vui Dokumente über die Fabrik in Vietnam öffentlich macht. Er wollte, dass sie untertaucht. Sie sagt, sie sei schuld an Hanhs Tod. Sie sagt, daheim sucht die Polizei nach ihr.«

Vui nickt. Sie scheint mir zu vertrauen. Ich kann mir nicht vorstellen, dass sie alles mitbekommen hat. Wenngleich: Gestern noch hat sie getan, als verstünde sie so gut wie gar nichts.

»Wir reden morgen«, sagt Oskar und verzieht sich wieder Richtung Schlafzimmer. Hat er nicht begriffen, was da los ist? Kann er wirklich einfach weiterschlafen?

Ich sehe mit Vui Fotos durch. Ein Teil ist ziemlich unscharf. Viele zeigen ähnliche Motive. Junge, manchmal sehr junge Frauen hinter Nähmaschinen. In Hallen, in denen offenbar Sohlen an Schuhe geklebt werden. Die Menschen tragen Mundschutz. Berge von Kleidungsstücken. Jeans, Jacken, T-Shirts. Wenn ich Vui richtig verstehe, dann weiß sie nicht, für wen das genäht wurde. Die Aufträge scheinen rasch zu wechseln. Jedenfalls seien immer wieder auch welche von ganz bekannten Markenfirmen dabei. KINE, idadis, M&H, ALLES GUT!, KOK. Schade, dass auf keinem der Fotos ein Hinweis auf die Labels zu sehen ist. Aber offenbar werden die Aufnäher erst ganz spät oder woanders angebracht. Dann ein weiteres Foto. Da steht eine kleine Gestalt auf einem Stuhl. Davor viele Reihen von Nähmaschinen und über Stoffe gebeugte Arbeiterinnen. Kann nicht sein. Ich reibe mir die Augen. Ich bin übermüdet. Sieht aus, als wolle man sie erhängen. Nein, alles lassen die Frauen nicht zu. Oder? Unter welchem Druck stehen sie? Keine Information darf nach außen. Sonst muss man weg.

»Hang?«, flüstere ich Vui zu und mache eine entsprechende Geste.

Vui schüttelt den Kopf. »No. Müde. Strafe. Augen offen.«

Ich vergrößere das Bild: Eine zierliche Frau, eigentlich noch ein Mädchen, steht auf dem Stuhl und hat die Augen aufgerissen. In beiden Augen ist etwas. Ein Stückchen Draht. Oder Holz. Irgendwas, das hineingesteckt wurde, damit sie die Augen nicht schließen kann. Mir wird übel.

Vui fasst mich leicht am Unterarm. Dann nimmt sie ein Zündholz aus der Schachtel, die immer auf dem Tisch liegt, bricht es entzwei und tut so, als wolle sie sich die Stäbchen zwischen Oberlid und Unterlid stecken. »Supervisor. Sehr, sehr böse.« Draußen wird es Tag.

[6]

Ich bringe Vui in meine Altbauwohnung. Es war der Kompromiss, den ich mit Oskar gefunden habe. Er war dafür, dass sie das Material Green Hands schickt und um Asyl ersucht. Wobei ich gar nicht weiß, ob sie das möchte.

Ich habe von den Daten auf dem Stick drei Kopien gemacht. Vui wollte unbedingt einen bei sich haben, sie habe das Minh versprochen. Kann sein, sie traut mir doch nicht restlos.

Ich habe bei den Unterlagen auch ihre zwei österreichischen Kontaktadressen gefunden. Es gibt Kopien der Nachrichten, die sie offenbar von einem Internetcafé in Hanoi aus an Lea Stein, Österreich-Geschäftsführerin von Green Hands, und an den Vorstandsvorsitzenden der AG-AG geschickt haben. Daniel Hofmann ist der Gründer von ALLES GUT!. Begonnen hat er vor Jahren mit bunten T-Shirts, auf die er den Spruch »ALLES GUT!« gedruckt hat. Jeder musste plötzlich so eines haben. Inzwischen gibt es von ALLES GUT! Sportmode und Taschen und sogar aufklebbare Tattoos, mit oder ohne Strasssteine. Daniel Hofmann ist ein österreichischer Vorzeigeunternehmer. International aktiv, ständig auf Expansionskurs, gern gesehener Talk-Gast, der über Gott und die Welt etwas zu sagen hat. Einer, der es geschafft hat und trotzdem wirkt wie der Typ von nebenan. Oder zumindest wie der Typ aus der Villa von nebenan. Ich kenne ihn von einigen Charity-Galas. Natürlich engagiert er sich auch sozial.

Die Mails sind kurz: Vui werde nach Österreich kommen und sich mit ihnen in Verbindung setzen. Antworten habe ich keine in den Unterlagen gefunden. Vui muss bald nach den Mails abgeflogen sein.

Die meisten der englischsprachigen Dokumente enthalten Beschwerden von Textilarbeiterinnen – Männer scheint es so gut wie keine im Betrieb zu geben, aber ich kann die vietnamesischen Vornamen auch schwer zuordnen – und Aufzeichnungen zu den generellen Arbeitsbedingungen. Bisweilen wurden zu den neun Stunden Arbeit noch fünf Überstunden gemacht. Außerdem scheint es verschiedene Kategorien von Arbeiterinnen zu geben. Manche haben mehr bekommen und mussten weniger arbeiten. Andere scheinen auch von Sozialleistungen ausgeschlossen zu sein. Vielleicht kann mir die Frau von Green Hands mehr darüber erzählen. Das, abgesehen von den Fotos, wohl Brisanteste: Es ist ziemlich genau dokumentiert, welche Aufträge unter welchen Bedingungen erledigt wurden. Und neben KOK, KINE und Co. kommt auch ALLES GUT! besonders häufig vor. Auftrag für siebzigtausend Sweatshirts, gerade hereingekommen, muss in zwei Wochen erledigt sein. Überstunden bis zum Umfallen. Und das ist wörtlich zu verstehen. Minh und seine Leute haben Fälle von Ohnmachten während der Arbeitszeiten dokumentiert. Kein Wunder, wenn junge Mädchen Stunde um Stunde eingezwängt sitzen und nähen und nähen und nähen.

Auch über Betriebsbesuche habe ich etwas gefunden. Offenbar kommen hin und wieder Auftraggeber in die Fabrik, die eher eine Fabrikstadt sein dürfte. Klingt eigentlich gut. Nur dass zuvor alles schön hergerichtet wird. Zusätzliche Ventilatoren werden hergeschafft, die Frauen müssen in der Nacht die Säle, die besichtigt werden, putzen. In der Kantine gibt es doppelt so viel und Besseres zu essen, die Pausen werden eingehalten, und kein Aufseher bestraft Arbeiterinnen, weil sie auf die Toilette gehen, reden oder einschlafen. Die Sache mit den Hölzchen in den Augen scheint eine Ausnahme zu sein, aber es reicht, wenn man stundenlang mit den Füßen in einem Eimer Wasser stehen muss und einem das vom Lohn abgezogen wird. Wer wie viel verdient, ist für mich undurchschaubar. Da gibt es Zuschläge und Abschläge und Überstunden und Gebühren für Essen und Steuern und andere Abgaben. Außerdem wohnt ein Teil der Arbeiterinnen offenbar gleich auf dem Fabrikgelände, und die

Zimmer scheinen den Fabrikeigentümern zu gehören. Wohnungen, so wie wir sie kennen, sind es nicht. Fotos zeigen langgezogene Beton-Baracken, in jedem Raum sind mehrere Frauen untergebracht.

Die Unterlagen des Gewerkschafters zum letzten österreichischen Betriebsbesuch sind dürftig. Eine Wirtschaftsdelegation habe die Fabrikgebäude 3 und 7 besichtigt. Sie hätten mit von der Firmenleitung ausgewählten Arbeiterinnen gesprochen. Zwei Teilnehmer hätten versucht, jemandem von der Belegschaft Visitenkarten zuzustecken. Die eine war Lea Stein von Green Hands. Der andere Daniel Hofmann von ALLES GUT!, dem soll eine Visitenkarte aus der Tasche gefallen sein. Ob absichtlich oder unabsichtlich, lasse sich nicht klären, er habe sich aber nach den Arbeitsbedingungen erkundigt und erklärt, sein Unternehmen lege großen Wert darauf, dass alles in Ordnung sei.

Ich habe das Material noch nicht restlos gesichtet. Irgendwann bin ich über dem Laptop eingenickt. Als ich aufgewacht bin, habe ich gesehen, dass Vui neben mir auf dem Teppich liegt und schläft.

Jetzt geht sie durch meine frühere Wohnung und inspiziert sie wie ein seltsames Museum. Wenn ich Vui richtig verstanden habe, dann findet sie, dass das Postgebäude in Hanoi so ähnlich aussieht. Aber vielleicht habe ich mir da auch etwas ganz Falsches zusammengereimt. Ich sollte mir von Tien ihre Geschichte erzählen lassen. Allerdings will der, dass sie schweigt. Was ich ihm unter den gegebenen Umständen nicht verdenken kann. Andererseits wird dadurch nichts besser. Ich kann nur hoffen, dass uns niemand verfolgt hat. Ich bin mit Oskars Wagen gefahren, Vui ist auf der Rückbank gelegen, ich habe sie mit einem Mantel zugedeckt. Zwei ziemlich unterschiedliche Frauen, die rasch in ein Altbauhaus gegangen sind. Natürlich hätte man uns von einem Fenster aus beobachten können. Und am Straßenrand parken zahlreiche Autos. Keine Chance zu sehen, ob da wer drinnen sitzt, der Interesse an Vui und ihrer Geschichte hat.

Ich habe der jungen Vietnamesin meinen alten Laptop mitgebracht. Carmen hat in der Wohnung WLAN installiert. Ohne so etwas könne sie nicht vernünftig leben, hat sie damals gesagt. Ich fand es übertrieben. Im Nachhinein betrachtet war es eine gute Idee. Oder ist es gefährlich, wenn über meine Adresse plötzlich vietnamesische Seiten aufgerufen werden? Besser, wir entwickeln keine Paranoia. Ich stelle den Laptop auf den Esstisch. Meinen ehemaligen Schreibtisch hab ich in Oskars Wohnung mitgenommen. Vui kommt und deutet auf den Computer.

»Ja, den kannst du nutzen. Aber Vorsicht. Nichts über die Fabrik. Und keine vietnamesischen Seiten. Sonst finden sie dich. No Mail!«

Vui nickt. »Danger.« Dann gibt sie erstaunlich flott ein paar Befehle ein und ist auf einer internationalen Wetterseite. In Hanoi hat es fünfundzwanzig Grad. Gewitter sind angesagt.

»Warum hast du damals im Keller Hühner zerteilt?« Ich mache eine entsprechende Bewegung. »Gà«, füge ich hinzu. Das heißt auf Vietnamesisch »Huhn«, zumindest wenn es sich um Suppe mit Huhn handelt.

»Huhn«, kichert sie. Wie alt ist Vui eigentlich? Dreißig? Fünfundzwanzig? »Angst. Lieber Sông Lâu. Arbeiten. But: Nobody must see me.«

»Und dann bin ich gekommen und war neugierig.«

Vui nickt und wedelt mit den Händen. »Weg, weg!« Sie kichert.

»Du warst sehr schnell.«

»Du nicht schnell.« Vui kichert wieder.

Danke vielmals. Dann grinse ich auch. Und ich sage nichts von Hanh und dass ich sie verwechselt habe. Schön, wenn Vui einmal fröhlich ist. »Wie alt bist du?«

»Twenty. Nine. Zweizig. Nein.«

»Zwanzig. Neun. Die Zahl gemeinsam heißt Neunundzwanzig.«

Vui wiederholt brav. »Ich lerne Deutsch«, sagt sie dann.

Ob sie jemals nach Vietnam zurücksollte? Ich weiß nicht, wie die vietnamesischen Behörden ticken. Aber wenn man nach ihr sucht, weil sie sich an illegalen Streiks beteiligt hat, dann ist es wohl besser, hierzubleiben. Nur dass sie sich das nicht so einfach aussuchen kann. Keine Ahnung, ob so etwas als Asylgrund gilt. Trotzdem werde ich das ganze Material irgendwann an Zuckerbrot übergeben müssen. Nachdem ich es genau durchgesehen habe. Und mit einigen Leuten geredet habe. Immerhin könnte eine Verbindung zwischen den Unterlagen und dem Mord an Hanh bestehen. Man könnte Hanh und Vui verwechselt haben. Tien hat das schon einmal angedeutet, fällt mir ein. Nur habe ich damals die Zusammenhänge nicht gekannt.

»Du machst die Tür nicht auf. You do not open the door«, sage ich Vui zum Abschied. Vui nickt. Ich winke. Dann gehe ich noch einmal zu ihr und umarme sie. Sie lässt es mit sich geschehen. Passiv, ohne Gegenumarmung. Aber sie lächelt mich an. »Danke. Danke.«

Ich nehme den Lift. Da ist die Wahrscheinlichkeit höher, dass ich niemandem begegne. Früher hat es keinen Aufzug gegeben. Vierter Stock Altbau, eine sportliche Herausforderung. Jetzt ist dafür die Miete teurer. Aber ich denke nicht daran, meine Wohnung aufzugeben. So viel zum Thema Unabhängigkeit, liebe Carmen.

Auf der Gasse blicke ich mich so unauffällig wie möglich um. Sitzt da einer im Auto und lauert? Eigentlich bräuchte ich eine Brille. Aber üblicherweise ist es mir egal, wenn ich nicht alles ganz scharf sehe. Ich nehme Oskars Wagen und fahre zu Vesnas Büro. Zwei Gassen weiter, beim vietnamesischen Lokal steht mein Auto. Vesna wird Oskars Wagen in die Garage bringen. Er braucht ihn ohnehin nur selten. Eigentlich ein Unsinn, ihn zu behalten. Aber er ist inzwischen ziemlich alt und hat nicht besonders viele Kilometer drauf. Ich habe Vesna am Telefon nicht erzählt, wo ich Vui untergebracht habe. Besser so. Was weiß ich, ob da nicht irgendein Spion in der Leitung hängt. Andererseits: Ich sollte realistisch bleiben. Wie wichtig kann eine Textilarbeiterin für den vietnamesischen Staat sein? Setzt man für sie wirklich den Geheimdienst in Bewegung? Textilfirmen sind doch häufig mit Vorwürfen konfrontiert. Man streitet schlechte Arbeitsbedingungen ab oder beteuert, von nichts gewusst zu haben.

»Sauber – Reinigungsarbeiten aller Art«. Das Schild von Vesnas Firma ist immer blitzblank geputzt. Ihr früherer Lebensgefährte Valentin wollte sie überreden, in eine bessere Gegend zu wechseln. Hans der Autohändler hingegen findet es eine kluge Idee, hierzubleiben. Man vertraut denen, die ähnlich leben. Vielleicht mit ein Grund, warum Vesna jetzt ihn liebt. Ganz abgesehen davon: Der Firma geht es gut, auch was den detektivischen Nebenzweig angeht. Eine Mitarbeiterin ist im Büro, zehn Frauen sind fest angestellt und erledigen in erster Linie die Putz-Jobs. Ihre Cousins Slobo und Bruno putzen bisweilen auch, ansonsten kann man sie schon ihrer Ausmaße wegen sehr gut als Leibwächter oder Ähnliches einsetzen. Vesna versucht sich in erster Linie um ihre Zusatzleidenschaft zu kümmern, manchmal hilft ihre Tochter Jana. Sie hat nach ihrem Studienabschluss noch keine spannende Arbeit gefunden. Der Job im Meinungsforschungsbüro ödet sie eher an. Fran, Janas Zwillingsbruder, hat seit fast einem Jahr eine Software-Firma und scheint damit ziemlich erfolgreich zu sein. Alles in allem Vorzeigezuwanderer, die im Jugoslawienkrieg zu uns gekommen sind. Ich sollte eine Reportage über sie machen. Aber vielleicht bin ich doch ein wenig zu nah dran, um objektiv sein zu können. Außerdem ist es gut möglich, dass das mit Vesnas Nachforschungen nicht allen gefällt. Jedenfalls nicht dem Detektivverband. Die legen Wert auf eine langwierige Ausbildung und eine Prüfung. Ob irgendjemand von ihnen mehr kann als Vesna oder gar seriöser ist, wage ich allerdings zu bezweifeln. Wobei: Das mit der Seriosität ist natürlich relativ.

Vor mir eilt eine Frau die Gasse entlang. Bodenlanger Mantel mit grünem Blumenmuster. Großes Kopftuch, das farblich dazu passt. Flache Schuhe. Soll sich jede anziehen, wie sie möchte. Mir ist nur wichtig, dass sie keiner dazu zwingt. Kein Mufti und kein Ehemann. Aber das denke ich mir auch bei einer gewissen fülligen Society-Lady, die von ihrem Gatten ein enges Kleid und High Heels verordnet bekommt und aussieht wie eine bunte Wurst auf Stelzen. Die Frau hält vor Vesnas Haus, zieht einen Schlüssel aus der Tasche. Offenbar eine neue Nachbarin. Ich sehe ihr Gesicht im Profil und schnappe nach Luft. Die Frau ist Vesna. Sie grinst mir zu und tut, als wäre das ganz normal. Vielleicht ist sie ja auch von heute auf morgen zum Islam konvertiert. Aus Protest gegen islamfeindliche Tendenzen. Es wäre ihr zuzutrauen.

Im Vorraum nimmt sie das Kopftuch ab und sagt: »Auf Frau mit Tuch schaut keiner. Im Gegenteil, da schauen alle dran vorbei. Außerdem sieht man weniger von mir. Sehr gut zum Beobachten. Wenn es die richtige Umgebung ist. Habe ich seltsamen Fall. Ein Firmenchef will wieder einmal, dass ich Mitarbeiter überprüfe, weil er glaubt, dass er nicht wirklich krank ist. Damit hat er recht. Aber ich finde heraus, dass Firmenchef seine Leute unter Druck setzt und keine Überstunden zahlt und sie hinten und vorne ausnützt. Mitarbeiter ist in Krankenstand, weil er seine Frau, die wirklich krank ist, pflegen muss und keinen Urlaub bekommen hat. Per Zufall habe ich mitbekommen, dass Firmenchef eine Freundin hat. Ist mir an sich egal. Nur: Die Firma kommt eigentlich von seiner Frau. Jetzt kriegen zwei Vertrauensleute im Betrieb Fotos von Chef mit Freundin und haben etwas gegen ihn in der Hand.«

»So etwas nennt man Erpressung.«

»Er kann entscheiden: Entweder Mitarbeiter fair behandeln, oder Sache mit Freundin wird öffentlich. Außerdem habe ich natürlich kein Geld genommen von ihm. Habe gesagt, ich habe doch keine Zeit, aber der Mann scheint wirklich krank.«

»Ich habe mit ihr noch nicht darüber geredet, ob ich das Material im ›Magazin‹ veröffentlichen darf«, sage ich wenig später zu Vesna. Wir sitzen in ihrer Besprechungsecke, schwarze einfache Ledersessel, praktisch und bequem. »Sie versteht zwar mehr, als sie uns zuerst vermittelt hat. Offenbar will Tien, dass sie so wenig wie möglich sagt. Aber trotzdem ist es nicht einfach, so etwas mit ihr zu vereinbaren. Ganz abgesehen davon, dass wir sie schützen müssen, wenn das Material öffentlich wird. Natürlich wäre es eine tolle Geschichte.«

»Ob es Arbeiterinnen wirklich nützt, wenn das öffentlich wird? Solche Berichte gibt es immer wieder.« Vesna scheint deutlich weniger beeindruckt. Aber sie hat ja auch die Fotos nicht gesehen.

»Man muss die großen Markenfirmen unter Druck setzen. Sie müssen sich um bessere Arbeitsbedingungen kümmern.«

»Gerade hat noch eine gesagt, das, was ich mache, ist Erpressung.«

»Es ist keine Erpressung, wenn ich die Wahrheit schreibe!«

»Ach nein. Das wohl nicht. Aber du weißt so genau, was Wahrheit ist?«

»Die Wahrheit ist, dass Millionen von Textilarbeiterinnen ausgenützt und ausgebeutet werden.«

»Weil wir billige Kleidung wollen.«

»Weil die Unternehmen nur an ihren Gewinn denken. Gerade bei den Markenfirmen ist nichts billig.«

Vesna seufzt. »Natürlich bin ich dagegen, dass die schuften und andere reich werden. Hast du Vui gefragt, warum sie in Fabrik arbeitet?«

»Wahrscheinlich hat sie keine andere Chance.«

»Sie konnte herkommen.«

»Weil sie Verwandte hier hat. Und jetzt hat man ihre Schwester ermordet. Womöglich weil sie verwechselt wurde.«

»Du glaubst, das Material hat so viel Sprengstoff?«

Das habe ich mir auch schon überlegt. »Es muss so sein, sonst würde das alles keinen Sinn ergeben. Was glaubst du, was es KINE kostet, wenn bekannt wird, dass ihre schicken Schuhe und Sportsachen in Fabriken hergestellt werden, wo man Frauen Zahnstocher in die Augen drückt, wenn sie einschlafen?«

»Und die große Marke hat im großen Unternehmen Abteilung für Mord an kritischen Arbeiterinnen? Damit nichts rauskommt? Die haben etwas anderes: Werbeabteilung und Presseabteilung. Die regeln alles mit schönen Worten.«

»Und wenn das nicht mehr geht?«

»Leider. Liebe Mira, ich glaube, es geht immer. Und vielleicht ist der Mord doch eine Sache in der Familie Dang. Wir haben schon einmal falsche Schlüsse gezogen. Warum nicht ein zweites Mal? Man muss viel genauer hinsehen. Ohne Vorurteile. In keine Richtung.«

»Kann sein. Aber das Material ist Tatsache. Einige Leute haben viel dafür riskiert, es aus dem Land zu schaffen.«

»Vui wollte es der Frau von Green Hands geben. Und vielleicht diesem Unternehmer. Nicht an Medien, oder?«

»Sie hatte diese beiden Kontakte. Und keinen zu einer Zeitung. Außerdem ist ja wohl klar, dass ich es ohne ihr Einverständnis nicht verwenden werde.«

»Und wie lange willst du Vui in der Wohnung lassen?«

Wenn ich das bloß wüsste.

Zuerst einmal will ich aber mit dieser Lea Stein reden. Leider hat Vesna keine Zeit, mich zu begleiten. Aber vielleicht ist es auch besser, wenn wir nicht gleich im Doppelpack auftreten. Vesna legt einen der Sticks mit dem Material in ihren Safe. Jedenfalls wird es, für wen auch immer, nicht einfach sein, die Informationen verschwinden zu lassen.

Ich gehe die zwei Gassen zum Sông Lâu. Langes Leben. Ich weiß nicht, wo genau Hanh niedergeschossen worden ist. Vielleicht will ich es auch nicht wissen. Ich habe die Gegend immer gemocht. Aber die Gegend ist ohnehin nicht am Mord schuld. Oder höchstens insofern, als es hier in der Nacht ruhig ist. So unbelebt, dass keiner den Motorradfahrer gesehen hat. Ob die Polizei genau genug ermittelt? Diese Fakten wohl doch, da bin ich mir bei Zuckerbrot sicher. Aber wie breit sind ihre Ermittlungen angelegt? Schritte hinter mir. Es ist Tag, und das ist normal. Auch ich bin hinter der Muslima hergegangen, die sich dann als Vesna entpuppt hat. Es sind leichte Schritte. Sie werden schneller. Kommen näher. Ich drehe mich nicht um. Es wäre lächerlich. Dort drüben an der Straßenecke steigen zwei Frauen aus einem Taxi. Die Schritte kommen noch näher.

»Frau Valensky?« So etwas wie ein heiseres Flüstern. Jetzt fahre ich herum. Und sehe Tien. Diesmal ohne Sonnenbrille.

»Wir haben Vui gut untergebracht.« Aber ich sage ihm lieber doch nicht, wo. Ist unter Umständen auch zu seinem Schutz.

»In bin Ihnen zu großem Dank verpflichtet. Ich würde Sie und Ihre Freunde sehr gerne einladen, unsere Gäste zu sein.«

Ein wenig einfach macht er es sich schon. Er verbietet Vui, etwas zu erzählen, er sagt uns nichts vom Material aus der Fabrik, und wir sollen sie verstecken. Eigentlich kann es Vui nicht schaden, wenn er weiß, dass ich inzwischen informiert bin. Im Gegenteil. Sollte er doch mit der einen oder anderen Mafia unter einer Decke stecken, ist damit klar, dass es keinen Zweck hat, sie wegen der Unterlagen umzubringen.

»Ich habe den Stick. Ich habe alles gesehen.«

Tien starrt mich an. »Sie hat geredet?«

»Es war Zufall«, lüge ich. »Sie wollte schweigen. Wie Sie es ihr befohlen haben.«

»Befohlen . . . Es ist doch nur zu ihrem Schutz!«

»Warum gehen Sie dann nicht zur Polizei? Warum erzählen Sie nicht, was Sie vermuten?«

»Weil es nichts nützt. Und weil Vui ausgewiesen wird. Sie machen sich keine Vorstellungen von der Polizei in Vietnam. Alles wirkt friedlich. Ist es auch meistens. Aber es gibt Willkür. Und wenn ein Funktionär vermutet, man will der Demokratischen Republik Vietnam schaden, man will dem kommunistischen und vor allem ihrem turbokapitalistischen System schaden, dann kann man sehr schnell und für lange im Gefängnis verschwinden.«

»Kommunistisch und turbokapitalistisch – wie passt das zusammen?«

»Es ist praktisch. Einige machen große Geschäfte, und die anderen müssen ruhig sein, weil es keine Demokratie gibt. Wobei bei uns

77

in Europa auch nicht viele aufmucken, trotz Demokratie. Jedenfalls haben sie in Vietnam alles: Wirtschaftswachstum und internationale Nobelboutiquen und Buddhismus und bittere Armut.«

»Hat Buddhismus nicht auch mit Teilen zu tun?«

»Hängt davon ab, von welchem Buddhismus Sie reden. Der empathische, indisch geprägte Buddhismus hat in Laos und Kambodscha großen Einfluss. Die mitfühlenden Buddhisten leben entspannt im Hier und Jetzt und sammeln Geld für die Armen. In Vietnam haben wir einen chinesisch orientierten Buddhismus. Sie kennen diesen fetten ›Lucky Buddha‹, der eine dicke Perlenkette trägt und in seiner Hand mehrere Goldbarren balanciert?«

Ich nicke.

»Er hat nie Geld für Arme gesammelt. Er steht ausschließlich für Reichtum und Wohlstand und passt perfekt in den vietnamesischen Turbokapitalismus. Wenn Sie einen Porsche Cayenne mit einem dicken Buddha auf dem Armaturenbrett sehen und den Fahrer fragen, welche Religion er hat, wird er antworten: ›Ich bin Buddhist.‹ Solche mag man. Während die wenigen empathischen Buddhisten von der Regierung als ›terroristische Vereinigung‹ bezeichnet werden.«

»Der vietnamesische Geheimdienst: Reicht sein Arm wirklich bis hierher?«

Tien schüttelt den Kopf. »Ich weiß es nicht. Ich weiß nur, dass man dagegen nichts machen könnte. Was kann man gegen Auslandsgeheimdienste tun? Da gibt es diplomatische Wege, aber wenn jemand tot ist, wird die Wahrheit schwer gefunden. Oder gesucht. Außerdem spinnt sich Vui etwas zusammen. Sie haben das Material unter Gefahr zusammengetragen, aber für den Westen ist es nicht viel Neues. Man weiß, dass die Textilarbeiterinnen ausgenützt werden. Die Guten sind dagegen. Den anderen ist es egal. Oder sie wollen es gar nicht wissen. Außerdem haben viele Menschen nicht viel Geld. Man kauft, was billig ist. Was sollen ihre Dokumente ändern?«

»Wenn man so denkt, dann wären wir noch im Mittelalter. Oder zu Beginn der industriellen Revolution. Man muss protestieren, sonst ändert sich nie etwas.«

»Sie leben in Österreich. Ihnen kann ein wenig Protest nicht schaden. In Vietnam ist das anders.«

»Wie lange arbeitet Vui schon in dieser Fabrik?«

»Sie war in der Grundschule. Die Familie lebt auf dem Land. Es reicht gerade zum Überleben. Es war klar, dass sie heiraten muss oder in die Stadt gehen. Sie hat keine Ausbildung. Also Textilindustrie. Oder sonst eben Spielzeugindustrie. Oder Reinigungsfrau, dann ohne Versicherung. Sie war in einer Schuhfabrik, aber da hat sie der Dampf, den es beim Verkleben der Sohlen gibt, krank gemacht. Seither arbeitet sie in der Industrial City WestWest. Sie hat es immerhin zur Näherin gebracht. Es gibt auch Hilfsjobs, die schlechter sind.«

»Industrial City WestWest: eine englische Bezeichnung?«

»Es gibt auch eine vietnamesische. Aber die Fabriken gehören zum Großteil Ausländern. Und die Kunden aus dem Westen müssen verstehen, mit wem sie Geschäfte machen.«

»Vui hat erzählt, dass die Eigentümer gewechselt haben.«

»Ja. Offenbar haben Koreaner die Firma gekauft.«

»Das geht in Vietnam?«

»Seit der wirtschaftlichen Öffnung ist es leicht für Ausländer. Sie können Firmen gründen. Oder Firmen kaufen. Es gibt Vietnam-Partner, aber die sind oft Marionetten. Man sagt, die Unternehmer aus Korea sind ganz schlimm. Ich weiß es nicht.«

»Aber es gibt eine Gewerkschaft, wenn ich Vui richtig verstanden habe.«

Tien lacht. Wir sind inzwischen bei seinem Lokal angekommen. Er sperrt auf, lässt mich vorangehen, sperrt hinter sich wieder zu. »Auch wenn Vui jetzt in Sicherheit ist, besser man sieht uns nicht zusammen.«

»Ich mache fürs nächste ›Magazin‹ eine Reportage über asiatische Lokale. Darf ich Sie dafür interviewen?« Die Idee kommt mir auf einmal erschreckend harmlos vor. Was weiß ich schon über die Lebensgeschichte dieser Menschen? Wie viel davon werde ich erfahren? Und: Ich sollte eigentlich über das schreiben, was Vui gestern Nacht erzählt hat.

»Ich weiß nicht. Wir waren schon genug in den Medien, denke ich. Und weil Sie Gewerkschaft sagen: Vui hat einen Freund bei der Gewerkschaft. Ich glaube, er nützt sie aus.«

»Minh. Er hat offenbar viel von dem Material gesammelt, das Vui mithat.«

»In Vietnam sind die Gewerkschaftsfunktionäre Teil des politischen Systems. Die Gewerkschafter sitzen in den Fabriken in hohen Positionen. Sie machen mit den ausländischen Eigentümern gemeinsame Sache.«

»Aber warum hat Minh ihr dann Material gegeben?«

»Ich weiß es nicht. Sie sagt, er kämpft für bessere Bedingungen, weil ihm die Arbeiterinnen leidtun. Und weil er Ideale hat. Es gibt auch viele gute Kommunisten, sagt Vui. Sie ist naiv. Die bereichern sich, wo sie können. Und für die einfachen Menschen bleibt nichts übrig. Ich habe studiert. Deutsch und Geschichte. Ich wollte an der Universität lehren. Aber meine Familie hat nichts mit den Kadern zu tun. Also hätte ich höchstens eine Anstellung als Lehrer auf dem Land bekommen. Mit einem Gehalt, das nicht höher ist als das der Fabrikarbeiterinnen. Deswegen bin ich fortgegangen.«

»Und jetzt haben Sie ein Lokal.«

»Ich habe immer schon gerne gekocht. Meine Frau ... Hanh ... sie hat an einer Schule kochen gelernt. Sie ist mit mir gekommen. Mein Onkel hat uns damals geholfen. Er war Bauingenieur in Dresden. Während der DDR-Zeit konnten junge Leute aus dem Bruderland Vietnam hier ihre Ausbildung machen. Auch wenn er erzählt hat, dass sie nicht immer sehr brüderlich behandelt worden sind. Jetzt ist er wieder in Hanoi. In Rente. Von ihm hat Vui ein wenig Deutsch gelernt. Sie wollte jedenfalls weg. Nur dass das jetzt viel schwieriger ist, als es vor fünfzehn Jahren war.«

»Dieser Minh: Könnte er etwas mit dem Mord zu tun haben?«

Tien klopft mit der Faust auf die Theke. »Ich weiß es nicht. Ich kann es nicht wissen. Es ist nicht logisch. Aber vielleicht auch doch. Vui war bei wilden Streiks mit dabei. Sie hat mir erzählt, sie haben sie als Anführerin bezeichnet, obwohl sie das nicht immer war. Sie wollte nicht, dass sich die Frauen alles gefallen lassen, nur weil sie ihren Job brauchen. Sie ist immerhin besser ausgebildet als viele, die vom Land in die Stadt kommen. Sie kann lesen und schreiben und etwas Englisch und Deutsch. Und sie hat uns. Legale Streiks gibt es nicht. Weil die müssten von der Gewerkschaft ausgehen und außerdem hundertfach genehmigt werden. Also gibt es illegale. Kurz. Dann schlafen sie wieder ein. Vietnam wird alles tun, damit diese Streiks nicht größer werden. Es schadet dem Ruf als Wirtschaftsstandort. Sie wissen, was in Kambodscha passiert ist?«

Ich schüttle den Kopf.

»Die Textilarbeiter haben für einen Lohn gestreikt, von dem sie leben können. Sie sind auf die Straße gegangen. Die Regierung hat Leute erschossen. Das mag man nicht im Westen. Die großen Textilunternehmen sind unter Druck. Sie haben so getan, als sind sie für besseren Lohn und mehr Rechte. Aber in Wirklichkeit sind die meisten mit ihren Aufträgen einfach weggegangen. Nach Myanmar zum Beispiel. Dort ist es noch billiger. Und noch muckt dort keiner auf. Die Textilproduktion geht immer dorthin, wo es am wenigsten kostet.«

»Was können wir tun?«, frage ich Tien.

»Es ist sinnlos, sich mit einem System anzulegen.«

»Und wenn alles beim Alten bleibt?«

»Sie reden wie Vui. Ich bitte Sie: Es zahlt sich nicht aus, das Material an die Öffentlichkeit zu bringen. Es ändert nichts. Aber es kann unser Leben zerstören. Es hat schon ein Leben zerstört.«

»Woher wissen Sie das? Es könnte auch Ausländerhass gewesen sein. Oder eine Schutzgeldsache.«

Tien funkelt mich an. »Mich hat niemand nach Schutzgeld gefragt. Also nimmt auch niemand Rache.«

[7]

Ich begleite Droch zu einer Feierstunde in die Hofburg. Nicht, dass er solche Anlässe besonders liebt, aber er bekommt den Großen Journalistenpreis für sein Lebenswerk. Das »Magazin« hat ihn gebeten, diese Auszeichnung doch anzunehmen. Weil es einer Wochenzeitung mit Hang zum Boulevard gar nicht schaden kann, wenn hin und wieder die seriösen Seiten im Mittelpunkt stehen. Drochs Frau ist auf einem internationalen Bridge-Turnier. Sie hält sich ohnehin gerne von allem Journalistischen fern.

Ich gehe neben meinem alten Freund zum Festsaal. Dicke Teppiche, Stuckornamente, imperiale Umgebung. Auch wenn unser Bundespräsident angenehm republikanisch ist.

»Lebenswerk«, spotte ich. »Jetzt wirst du alt.«

»Ich werde alt, wenn ich anfange, deine kleinen Spitzen ernst zu nehmen, liebe Mira. Würdest du dich nur ein wenig anstrengen, dann könntest du in zehn Jahren so weit sein wie ich, hier stehen, Dankesworte stammeln und ein Blatt Papier vom Staatsoberhaupt entgegennehmen. Aber du beschäftigst dich lieber mit seltsamen Vietnamesinnen oder alten Hunden als mit Politik.«

»Katzen in reifen Jahren.«

»Oh, Entschuldigung.«

»Ganz abgesehen davon, dass ich einige unserer Politiker für viel eigenartiger halte als das, worüber ich schreibe.«

Droch grinst. Er sieht gut aus in seinem dunklen Anzug. Wie ein Journalist aus einem Film. Charakterkopf mit Falten und diesem halb spöttischen, halb wissenden Zug um den Mund. Held im Rollstuhl, wenn man der Sage glauben will. Kriegsberichterstatter. Vietnamkrieg. – Moment einmal, daran hab ich noch gar nicht gedacht.

»Vietnam. Du warst im Vietnamkrieg. Warum hast du nichts gesagt?«

Droch blinzelt mich an. »Ich hab es dir nicht verschwiegen, verehrte Chefreporterin. Ich gebe es zu. Ich war Kriegsberichterstatter. Wenn auch noch sehr jung und dumm.«

»Ich meine, wegen der Vietnamesin.«

»Kenne ich nicht. Nicht einmal ihre Großmutter.«

»Bitte, Droch! Sei ein wenig ernst!«

»Noch habe ich den Großen Preis nicht. Ab dann verspreche ich dir, würdig zu sein.«

»Ich meine: Du hast einen Zugang, du warst dort.«

»Es ist ewig her. Ich war damals in Saigon so gut wie die ganze Zeit unter Journalistenkollegen. Wenn wir ausgegangen sind, haben die Vietnamesen versucht, mit uns Geschäfte zu machen. Oder uns über den Tisch zu ziehen. Außerdem war Krieg, schon vergessen? Und solltest du von den anderen Vietnamesen reden, die haben sich versteckt und die Amerikaner aus dem Hinterhalt angegriffen. Was ich allerdings verstehen kann.«

»Auf welcher Seite warst du?«

»Ich habe berichtet. Aber wir waren in Saigon, von dort aus sollte Nordvietnam von den Kommunisten befreit werden. Was, wie man weiß, nicht gelungen ist, obwohl sie es mit allen Mitteln probiert haben. Und ich war ja auch bald weg. Dank eines Kopfsprungs in den Swimmingpool ohne Wasser. Aber wehe, du erzählst das hier herum. Ich liebe mein Heldenimage.«

»Im Einsatz als Kriegsreporter verwundet. Steht aber nicht in deiner offiziellen Biografie.«

»Ich bin ja kein Lügner. Es reicht, wenn man etwas auslässt. Ich war drei Monate in Saigon, das steht drin. Und danach war ich wieder in Wien. Über das, was mit meinem Rückgrat passiert ist, wird geschwiegen. Die denken, aus Pietät. Ich denke, weil nicht jeder alles wissen muss.«

Jetzt hat der Bundespräsident Droch entdeckt und eilt auf ihn zu.

83

Um ihn herum, wie immer, ein Schwarm Menschen. Security, Sekretäre, Polit-Groupies und Pressefotografen. Ich ziehe den Bauch ein. Heute arbeite ich nicht an einer Story, heute bin ich sozusagen Teil davon. Und das schwarze Kleid ist, seit ich es zum letzten Mal getragen habe, ziemlich eng geworden. Ich lächle. Ich würde Droch da gerne sehr schnell durchschieben, ich möchte mit ihm über Vietnam reden. Aber er hasst es, wenn ich den Rollstuhl packe und so dirigiere, wohin es geht. Er kann sich selbst fortbewegen, darauf legt er großen Wert.

Ich sehe mich um. Der Saal hat sich gefüllt. Chefredakteure, Kolleginnen, Politiker, Leute aus der Wirtschaft. Gleich wird das Lob der Meinungsfreiheit und der unabhängigen Presse gesungen. Man hat Droch gebeten, in seiner Rede vor allem auf die Rolle der Medien für die Stärkung außereuropäischer Demokratiebewegungen einzugehen. Wahrscheinlich wollte man verhindern, dass er sich zu ausführlich über die hiesigen Zustände äußert. So ist das eben mit der Freiheit. Wobei ich bei Droch ohnehin keine Angst habe, dass er ein Blatt vor den Mund nimmt.

Dort drüben steht Daniel Hofmann von ALLES GUT!. Wenn das keine Gelegenheit ist. »Ich bin gleich wieder da«, flüstere ich Droch ins Ohr und überlasse ihn der Feiermeute.

Hofmann unterhält sich mit Martin, dem Anchor-Man der angeblich wichtigsten Nachrichtensendung. Der andere Typ ist Banker, das weiß ich. Aber von welcher Bank, hab ich vergessen. Ich kenne Martin seit unseren gemeinsamen Anfangstagen im Journalismus. Heute halte ich das für ein Glück. Angriff. Küsschen auf beide Wangen, ein paar freundliche Worte, und dann schüttle ich Hofmann die Hand. Großer, schlanker Mann, wie gestylt, um Erfolg zu haben.

»Sie wollte ich ohnehin schon anrufen.«

»Pass auf, Daniel. Mira ist eine ganz Raffinierte. Die lächelt, und schon bist du mitten drin in einer ihrer Storys.« Klingt etwas herablassend, aber vielleicht bin ich übersensibel. Martin hat mich auf der Karriereleiter eben deutlich überholt. Stört mich doch auch sonst nicht.

»Droch ist der Gefährliche. Dafür wird er ausgezeichnet. Ich schreibe bloß über alte Katzen.« Ich lächle harmlos.

»Oh, ich mag Katzen«, erwidert Hofmann.

»Wunderbar: Wann haben Sie Zeit für mich?«

»Und worum geht es wirklich?«

»Um Vietnam. Unter anderem. – Wussten Sie, dass Droch Kriegsberichterstatter im Vietnamkrieg war?«

»Ich habe Sie gemeinsam in den Saal kommen sehen. Sie schreiben eine Story über ihn?«

»Kann man so sagen. Wann also?«

»Rufen Sie meine Assistentin an. Ich gebe ihr Bescheid. Ich bin in den nächsten Tagen da, mehr oder weniger. Auch wenn nicht mehr viel Platz im Terminkalender ist.«

Ich nehme die Visitenkarte. Ist es so eine, die er in der Fabrik verloren hat? Nein. Der große Wirtschaftsboss hat mir die Karte seiner Assistentin gegeben. Wir werden aufgefordert, uns zu setzen. Gleich geht es los.

Ob Hofmann Zeit für mich haben wird? Ob seine Sekretärin mich abwimmeln soll? Ich hätte nichts von Vietnam sagen sollen, überlege ich, als auf der Bühne Drochs journalistische Karriere beschrieben wird. Ich muss zumindest eine gewisse Aufmerksamkeit vortäuschen. Ich sitze in der ersten Reihe. Ich drehe mich um. Schon eindrucksvoll. So viele Menschen feiern einen Journalisten. Oder feiern sie eher den Preis? Den Umstand, wichtig genug zu sein, um in die Hofburg eingeladen zu werden? Wobei: Nicht alle lauschen ehrfürchtig. Der Typ schräg hinter mir glotzt auf sein Smartphone und tippt etwas ein. Der Staatssekretär im Außenministerium scheint angestrengt zu beobachten, ob der ohnehin kurze Rock einer meiner Kolleginnen noch etwas höher rutscht.

85

Nach dem Festakt gibt es den obligaten Empfang mit Sekt, Wein und Brötchen. Händeschütteln, Küsschen. Um den Geehrten eine Menschentraube, jeder will ihm gratulieren. Ich nehme ein Glas Weißwein. Ist mir deutlich lieber als der alkoholische Sprudel. Ich sehe mich nach Hofmann um. Viele gut gekleidete Menschen. Wer hat ihre Hemden, ihre Hosen und Röcke genäht? Wo hat man die rote Handtasche gefertigt? Und wie leben die Menschen, die uns angezogen haben? Mein schwarzes Kleid. Ich hab es billig in einem Modehaus im Veneto gekauft. Ich hab nicht einmal nachgesehen, woher es stammt. Der Hosenanzug der Innenministerin war sicher teurer. Ist für irgendeines dieser Kleidungsstücke eine Näherin mit Zündhölzern zwischen den Lidern auf einem Stuhl gestanden?

»Warum starrst du die Ministerin so an?«, sagt Droch hinter mir.

Ich drehe mich irritiert um. »Ich hab nachgedacht. Wer unsere Kleider gemacht hat. Und dass man bewusster einkaufen sollte.«

»Mira ohne Schnäppchen, nicht vorstellbar!«

Ich grinse. »Vielleicht gibt's ja auch faire Sonderangebote.«

»Das Klügste wär trotzdem, nicht so viel zu kaufen. Wer braucht ganze Kleiderschränke voll Zeug? Ein paar Sachen von guter Qualität, und wenn du schon willst, auch ordentlich erzeugt.«

»Klingt schaurig vernünftig.« Oje. Unser Geschäftsführer und ein paar meiner Kollegen auf dem Karrieretrip. Immer auf der Schleimspur rund um den Mann mit dem Geld. Es gelingt mir nicht mehr rechtzeitig, mich zu verziehen. Ich stoße mit allen an, und unser Geldzähler lobt Drochs Arbeit und seinen Wert fürs »Magazin« in den höchsten Tönen. Ich kann mich freilich daran erinnern, wie er über Drochs unverblümte Kommentare getobt hat. Immer dann, wenn sich einer seiner Freunde beschwert hat. Hofmann sehe ich nicht mehr. Er scheint nach dem offiziellen Akt gegangen zu sein.

Es stellt sich heraus, dass es nicht so einfach ist, einen Termin mit ihm zu bekommen. Seine Assistentin ist sehr freundlich, teilt mir aber mit, dass Daniel Hofmann in den nächsten Tagen »keinerlei Zeitfenster« mehr habe. Die einzige Chance sei, dass kurzfristig ein Termin ausfalle, ob ich da »ausreichend flexibel« sei?

»Wie ein Stretch-Rock«, antworte ich. Dieser Manager-Sprech geht mir auf die Nerven. Assistentin. Ob sie besser bezahlt wird als das, was früher Sekretärin geheißen hat?

Ich bin gerade auf dem Weg nach Hause, als mich Vesna anruft. Sie habe jemanden gefunden, der Interessantes über das Alpenstüberl erzählen kann. Ich soll zum türkischen Laden in der Nähe ihrer Firma kommen. Dem kleinen an der Ecke. »Sofort?«, habe ich gefragt. Ja, weil nicht klar sei, wie lange der Typ noch reden könne. Es klingt so, dass ich sofort kehrtmache und den nächsten Taxistandplatz ansteuere.

»Mehmet – Immer frisch«. Wir haben über das Ladenschild schon genug gelacht. Mehmet nickt mir zu und deutet zum hinteren Teil des kleinen Gemischtwarenladens. Hier stehen vier Plastiktische mit Plastikstühlen. An einem sitzt Vesna mit einem Typ, der gar nicht frisch aussieht. Roter Kopf, ausgebeulte Cordhose, blaues zerknittertes Hemd. Unmöglich zu schätzen, wie alt er ist. Vor den beiden stehen Gläser mit einer braunen Flüssigkeit. Mehmet scheint Tee spendiert zu haben. Die berühmte Gastfreundschaft.

»Das ist Harald«, sagt Vesna anstelle einer Begrüßung. Der gibt einen Grunzlaut von sich. Vesna hält ihm das Teeglas hin. Er nimmt es in beide Hände, trinkt gierig.

»Darf ich auch so etwas haben?«, frage ich Mehmet.

»Er war Stammgast im Alpenstüberl«, erklärt mir Vesna. »Und er hat gesehen, dass da Treffen waren.«

Mehmet bringt mir ein Glas, ich danke ihm und koste. Das ist kein Tee. Das ist starker Alkohol. Ich sehe den Geschäftsinhaber fragend an.

»Bester türkischer Cognac, sozusagen.«

Schmeckt gar nicht übel. Nur etwas süß.

»Harald! Aufwachen!«, ruft Vesna, der Feldwebel.

Der zerknitterte Harald hebt den Kopf. »Wer ist die?«

»Ist Freundin. Zahlt Runde.«

»Dann ist sie eine Freundin.« Harald versucht ein Lächeln. »Meister, noch eine Runde!« Das kommt beinahe fließend.

»Du wolltest vom Alpenstüberl erzählen.«

»Ja. Sauerei, dass die Schlitzaugen es gekauft haben. War so was wie unser Wohnzimmer.«

»Wenn auch ziemlich abgewohnt«, fügt meine Freundin hinzu.

»Kann man sagen. Deswegen waren wir bei gutem Wetter lieber auf der Straße. Aber das Bier war in Flaschen, da kann nichts sein. Und beim Schnaps kann nie was sein, der desinfiziert sich selbst. Und uns auch.«

»Der Betreiber ist gestorben, und sein Sohn hat es verkauft. Die Vietnamesen können nichts dafür, dass das Alpenstüberl geschlossen wurde«, versuche ich zu erklären.

»Darum geht es nicht«, fällt mir meine Freundin ins Wort.

Ich sehe sie empört an. Sie verdreht genervt die Augen. »Es geht um die Treffen im Nebenraum. Harald, wer hat sich dort getroffen?«

»Na, Männer eben. War wohl irgendeine Versammlung, immer wieder. Die haben die Tür zugemacht, und wir wollten eh nichts wissen.«

»Und denen hat vor gar nichts gegraust?«, werfe ich ein.

»Für die hat die alte Sau geputzt. Die haben dafür gezahlt. Und ihre eigenen Gläser haben sie auch gehabt. Die waren ja sozusagen was Besseres, dabei waren es Rocker oder so was. Ein paar ganz schwere Maschinen sind dann draußen gestanden. Franz hat sich einmal angelehnt, und einer von denen hat es gesehen und hat ihm ...«

Vesna fällt unserem Informanten ins Wort. »Du hast gesagt, sie haben gestritten. Die im Hinterzimmer.«

»Ja.« Er kichert und nimmt noch einen Schluck. Mehmet kommt

mit der nächsten Runde. Ich hoffe, es fällt nicht auf, wenn ich nicht mittrinke. Ist irgendwie noch zu früh für so ein Zeug. Vielleicht ist es sogar immer zu früh dafür.

»Einer ist aus dem Zimmer, und der andere ist ihm nach und hat ihn gepackt. ›Deutschland den Deutschen‹, hat er geschrien. Und der andere hat geschrien, ›Scheiß auf die Deutschen, die sind auch Ausländer! Österreich den Österreichern!‹, und dann ist einer gekommen und hat sie getrennt und hat sie gefragt, ob sie übergeschnappt sind. Das haben wir uns auch gedacht. Sich wegen so was zu streiten. Aber wenn du streiten willst, dann findest du immer einen Grund, sage ich.«

Ich sehe Vesna an. Sie nickt. »So eine rechte Gruppe, nicht wahr?«, sagt sie zu ihrem Harald.

»Was weiß ich. Ist uns doch egal.«

»Und sonst haben Sie nie etwas mitbekommen?«, frage ich.

»Das waren große Burschen. Mit denen legt man sich besser nicht an. ›Einig ewig! Ewig einig!‹, haben sie gerufen. Das hat man auch durch die Tür gehört.«

Fragt sich nur, wo wir die ewigen Burschen finden und sie fragen können, wie sauer sie über das Ende des Alpenstüberls und auf seine neuen Besitzer sind. »Sie können die Typen nicht zufällig beschreiben?«, frage ich mit wenig Hoffnung.

Harald sieht mich mit wässrigen Augen an. Und mir wird klar, dass er höchstens so alt ist wie ich. Weniger trinken, nehme ich mir vor. Jedes zweite Glas Wein streichen, meinen geliebten Jameson nur mehr in homöopathischen Dosen.

»Nein. Aber ich weiß, wo zwei von ihnen wohnen.«

Vesna fährt zusammen. Warum hat sie ihr Glas über die mickrige Grünpflanze hinter ihr gehalten? Sie stellt es leer auf den Tisch. Und nimmt einen Schluck aus dem neuen. »Wo?«

Harald beschreibt ein Haus in einer Gasse gleich in der Nähe. Mir sagen die Angaben nicht viel, aber Vesna scheint sich auszukennen.

»Aber von mir habt ihr das nicht, verstanden?« Unser Zerknitterter sieht mit einem Mal verängstigt aus.

»Wir schweigen wie Grab«, antwortet Vesna. Was ich wiederum, angesichts der toten Hanh, für nicht besonders beruhigend halte. »Du hast zufällig auch Namen?«

»Das sind keine Namen. Vielleicht ist es wie beim Geheimdienst.« Haralds Glas ist schon wieder leer. Vesna schiebt ihm ihres hin.

»Wie? Beim Geheimdienst? Codes?«

»Ich weiß nicht.« Harald trinkt. »Da kann man sich wohlfühlen, auch wenn der aus der Türkei kommt.«

»Keine Namen? Dann was?«, versuche ich ihn zurückzulenken.

»Der eine heißt S. Der andere Doppel-S. Kein Scheiß. Ich habe es gehört. Ich habe eine Freundin im Nachbarhaus. Das heißt, jetzt ist sie nicht mehr dort. Wenn man aus ihrem Fenster auf die Straße schaut, dann hört man alles. ›S‹, hat der eine gesagt, und der andere ›Doppel-S‹, und dann haben sie eine Begrüßung mit den Fäusten und Schulterklopfen und so gemacht. Und als einmal ein anderer gekommen ist, hat er zu ihrem Fenster hinaufgeschrien: ›S! Doppel-S! Wo bleibt ihr? Die verdammte Scheißtür ist zu!‹ Die Eingangstür war meistens offen, auch wenn sie zu sein sollte, das weiß ich.«

»Sag nicht, dass du mit uns geredet hast«, trägt ihm Vesna auf. »Wenn ich dich wiedersehe und alles läuft gut, dann bekommst du neuen türkischen Cognac.«

Harald versucht, mit uns aufzustehen. Es misslingt. »Du hast neue Stammkunden«, sagt meine Freundin zu Mehmet. »Gratulation. Vielleicht sie akzeptieren dich als neues Wohnzimmer.«

Mehmet sieht drein, als wollte er auswandern.

»Du glaubst, rechte Spinner könnten Hanh ermordet haben, aus Rache, weil das Stammlokal weg ist?«, fragt mich Vesna auf dem Weg zu ihrem Reinigungsunternehmen.

»Wäre etwas drastisch. Jedenfalls scheinen sie schwere Motorräder zu haben. Wobei: S und Doppel-S. Das klingt eher kindisch.«

»Schon einmal was von der SS gehört? Ich werde herausfinden, was die beiden tun. Ich hoffe, ich habe morgen Zeit. Wenigstens sind sie gleich um die Ecke da.«

»Sehr beruhigend«, spotte ich.

»Idioten gibt es überall«, kontert Vesna.

»Pass auf. Du bist auch nicht von da.«

»Sie werden schon nicht alle Menschen aus dem Ausland umbringen wollen. Da hätten sie viel zu tun.«

»Es reicht, wenn sie es bei denen versuchen, die ihnen in die Quere kommen. Können dir Jana oder Fran helfen?«

»Meine Kinder sind wirklich gut. Aber wenn es um Rechtsradikale geht, sie werden auch radikal. Das trübt den Blick. Jana ist glatt imstand und zündet Haus von diesen S-Herren an.«

»Ich könnte sie verstehen.«

»Hass macht wieder Hass. Ich will, dass Typen verschwinden. Aber ich will es klug angehen.«

Ich seufze. »Sei trotzdem vorsichtig.«

Während ich bei ALLES GUT! in der Warteschleife bleibe, ist es bei Green Hands einfacher, einen Termin zu bekommen. Nach einem Kurzbesuch in der Redaktion mache ich mich am Vormittag auf Richtung Naschmarkt. Die Initiative ist in einem Gründerzeit-Bau in der Linken Wienzeile untergebracht. Im Erdgeschoss ein Schlüsseldienst und ein Kebab-Laden. Ich stehe vor der Eingangstür und lese die Schilder. Im ersten Stock ein Immobilienbüro und ein Verlag mit dem Namen »Besser leben«. Kann zwischen Esoterik und alternativem Reiseverlag alles sein. Von »Langes Leben« zu »Besser leben«. Im zweiten Stock sind eine »Agentur für die Revolution« und »Green Hands« angeschrieben. Ob es Querverbindungen gibt? Ich drücke auf den Klingelknopf, ein Summen, ich stehe im kühlen Foyer des ehemaligen Patrizierhauses. Marmor, geschwungene Treppe, Handlauf aus dunklem Holz. Aber der Boden ist fleckig, und gestrichen wurde hier schon lange nicht mehr. Einer der Stufen fehlt ein Eck.

Die »Agentur für die Revolution« sieht aus, als bestünde wenig Aussicht auf radikale Veränderung. Kein Fußabstreifer, die Tür zerkratzt. Der Klingelknopf mit Leukoplast überklebt. »Nicht klingeln« hat jemand mit Filzstift darauf geschrieben. Ohne »bitte«. Aber vielleicht bitten Revolutionäre nicht. Ich läute an der hell gestrichenen und sehr sauberen Flügeltür nebenan. Wieder ein Summen. Wieder trete ich ein. Im Vorraum steht eine schlanke Frau mit roten Locken. »Die Revolution ist abgesagt«, sagt sie und lacht.

Sie hat wohl mitbekommen, dass ich die Nachbartür inspiziert habe. »Schaut so aus. Mira Valensky.«

Sie mustert mich. »Lea Stein. Sie sind die Journalistin vom ›Magazin‹, nicht wahr?«

Ich habe bei unserem Telefonat nichts vom »Magazin« erwähnt.

Sie zuckt mit den Schultern. »Ich habe nachgesehen. Der Name ist mir so bekannt vorgekommen.«

»Schon in Ordnung.«

Sie führt mich in ihr Büro. Ein PC, ein Laptop, viele Regale. Fotos von Asiatinnen in bunten Gewändern an der Wand. Eine Weltkarte. Ein Poster, auf dem steht: »Wenn du willst, ist es morgen besser.« Darunter eine kleine grüne Pflanze.

Lea Stein zieht einen Schwingstuhl neben ihren Schreibtischsessel, wir setzen uns.

»Ich recherchiere nicht für eine Reportage. Oder vielleicht sollte ich sagen, ich überlege zu recherchieren. Sie waren mit einer Delegation in Hanoi. Man hat Ihnen eine Mail geschickt. Eine Textilarbeiterin wird nach Österreich kommen, um mit Ihnen zu reden.«

Lea Stein sieht mich an. »Ja. Beides stimmt.«

»Sie haben ihr geantwortet?«

»Nein, auf solche Mails antwortet man nicht. Vietnam ist zwar nicht China. Das Internet wird dort nicht lückenlos überwacht, aber es kann trotzdem unangenehm werden, wenn eine Vietnamesin Kontakt zu Menschenrechtsorganisationen aufnimmt. Ganz abgesehen davon, dass diese Mail, soweit ich mich erinnere, aus einem Internetcafé gekommen ist. Ist die Frau da?«

»Wie war Ihre Reise nach Vietnam? Was haben Sie dort gemacht?«

»Ich habe eine Wirtschaftsdelegation begleitet. Es ist einer der wenigen Wege, um ins Innere von Textilfabriken zu kommen. Ich wollte mir ein Bild machen.«

»Und?«

»Wir waren in einer Fabrik am Rande von Hanoi. Industrial City WestWest. Eine von den großen. Es war leider wie fast immer. Ich bin mir sicher, dass sie für unseren Besuch alles schön hergerichtet haben. Ich habe durch das Fenster in eine andere Halle gesehen. Da gab es keine bunten Bilder und auch keine Standventilatoren. Außerdem sind die Frauen dort doppelt so eng gesessen. Wobei man sagen muss, dass die Bedingungen in Vietnam trotzdem im Durchschnitt besser sind als zum Beispiel in Bangladesch. Dort gibt's oft nicht einmal reguläre Fabriken. Dort werden T-Shirts in jedem Hinterhof, in jedem verlassenen Gebäude zusammengenäht. Ohne irgendwelche Standards.«

»Sie haben jemandem eine Visitenkarte zugesteckt.«

»Ich habe einigen eine Visitenkarte zugesteckt, ich lasse auch einfach welche liegen. Mache ich immer. Damit jemand eine Chance hat, sich zu melden. Die, mit denen wir offiziell reden, sind entsprechend indoktriniert. Übrigens nicht nur in Vietnam. Das erleben wir in Osteuropa oder in der Türkei auch.«

»Was für einen Sinn hat es dann, mitzufahren?«

»Man kann trotzdem das eine oder andere sehen. Aber man macht sich natürlich auch zum Feigenblatt für die Herren von der Wirtschaftsdelegation. Ganz nach dem Motto: Wenn die von Green Hands dabei ist, kann es nicht so schlimm sein. Das ist mir schon klar. Es ist eine Gratwanderung. – Was ist mit der Frau, von der Sie gesprochen haben?«

»Sie hat Material. Darüber, wie es in den Fabrikhallen üblicherweise aussieht. Über Strafaktionen von koreanischen Aufsehern. Und es gibt Aufzeichnungen, welche Produktionen in welcher Zeit mit wie viel Überstunden abgearbeitet werden mussten. Samt den Namen der Marken.«

»Warum hat sie mir das Material nicht gebracht?«

»Weil sie sich fürchtet.«

»Und dann gibt sie es einer Journalistin?«

»Das war Zufall. Ich werde es nicht ausnützen.«

»Wie hat sie es überhaupt bis hierher geschafft? Ich gebe zu, als ich die Mail gelesen habe, bin ich nicht davon ausgegangen, dass sie wirklich kommt. Ist Ihnen klar, dass die Frauen oft nicht einmal genug verdienen, um sich ordentlich zu ernähren? Die meisten schicken Geld in ihre Heimatdörfer, damit die Familie leben kann.«

»Sie hatte Hilfe.«

»Ich würde sie gerne treffen. Und ich würde das Material gerne sehen. Es ist bei uns am besten aufgehoben. Man muss sorgfältig mit solchen Informationen umgehen.«

»Das heißt: Sie wollen es unter Umständen gar nicht veröffentlichen?«

»Das kann ich jetzt nicht sagen. Wir kämpfen für faire Arbeitsbedingungen. Wir setzen uns für einen existenzsichernden Mindestlohn ein. Wir versuchen, die großen Markenfirmen, aber auch alle anderen dazu zu bringen, auf diesen Standards zu bestehen, sie zu achten und sie zu kontrollieren. Aber es hat keinen Sinn, wenn die Leute dort ihre Arbeitsplätze verlieren. Sie brauchen die Jobs.«

»Auch wenn sie davon nicht leben können? Auch wenn sie bestraft werden wie im Mittelalter?«

»Kennen Sie die Alternative für die meisten dieser Frauen? Lebenslange Abhängigkeit von der Familie. Arbeit auf dem Feld. Sie sind ihrem Mann ausgeliefert. Und allen Älteren im Haus. Das ist nämlich die Kehrseite des Konfuzianismus und verwandter buddhistischer Strömungen. Für uns klingt es exotisch. Aber es bedeutet strikte Hierarchie. Alt vor Jung. Männer vor Frauen. Da arbeiten viele junge Frauen lieber unter schlimmen Bedingungen in den Fabriken, als daheimzubleiben, früh verheiratet zu werden und ewig zu kuschen.«

»Aber wenn man die Zustände in diesen Fabriken nicht öffentlich macht: Wie soll sich dann etwas ändern? Stille Diplomatie mit Firmenbossen?«

»Sicher nicht. Wir brauchen Fakten. Sie sollen uns nicht vorwerfen, dass wir bloß auf die Tränendrüse drücken. Aber niemand will in dieser Branche über Zahlen reden. Es hat lange gedauert, bis zumindest ein Bio-Produzent offengelegt hat, was welcher Produktionsschritt seiner T-Shirts kostet. Wie hoch, glauben Sie, sind die Arbeitskosten für ein gutes T-Shirt um dreißig Euro? Null Komma sechs Prozent. Die Frauen, die es zuschneiden und nähen, bekommen achtzehn Cent. Das Material kostet zwölf Prozent, der Gewinn der Textilfabrik beträgt vier Prozent, die Provision des Agenten ist übrigens auch vier Prozent. Acht Prozent kostet der Transport, der Rest sind Kosten für die Werbung und den Einzelhandel. Und natürlich der Gewinn der beteiligten Unternehmen. Wenn die Arbeit dreimal so viel kosten würde, macht das bei so einem T-Shirt vierundfünfzig Cent aus. Für die Frauen würde es bedeuten, dass sie ohne Überstunden von ihrem Einkommen leben könnten. Für uns macht es nicht viel Unterschied, wenn wir pro T-Shirt vierzig Cent mehr zahlen.«

»Und warum geschieht es dann nicht?«

»Profitmaximierung. Rechnet man in Millionen Stück, dann wird aus ein paar Cent plötzlich viel Geld. Und außerdem gibt's so Ausreden wie: Wer weiß, ob die Fabriken das Geld an die Arbeiterinnen weitergeben? Oder: Ich würde gern mehr zahlen, aber wenn es die anderen Auftraggeber nicht tun, hat es keinen Sinn und wir sind die Dummen.«

»Sie könnten doch Listen mit denen veröffentlichen, die ordentlich zahlen. Und die anderen kritisieren.«

»Machen wir doch ohnehin. Es gibt Firmen-Checks. Aber auch für uns sind die Produktionsketten schwer nachzuvollziehen. Es gibt kurzfristige Lieferverträge, die meisten beschäftigen Subfirmen, Textilfabriken haben viele Auftraggeber. Agenten versuchen die jeweils billigsten zu finden und streichen dafür ihre Provision ein.«

»Hat die Industrial City WestWest Ihr Green-Hands-Siegel?«

Lea Stein starrt mich wütend an. »Natürlich nicht! Außerdem geben wir das Siegel keinen Fabriken, sondern nur Firmen, die Textilien in Umlauf bringen.«

»Und wenn jemand, der dort produziert, so ein Siegel will: Was muss er dafür tun?«

»Dafür muss sich Grundlegendes ändern, das kann ich Ihnen versichern. Das darf auch nicht bloß behauptet werden, das wird geprüft. Und zwar unter Einbeziehung der Belegschaft und ihrer Vertretung.«

»In der Fabrik gibt es eine Gewerkschaft.«

»Ja, die staatliche vietnamesische. Die hat nicht viel mit den Arbeiterinnen zu tun. Und schon gar nicht mit den Arbeiterinnen, die vom Land kommen und nicht einmal das Stadtrecht haben. Die haben so gut wie gar keine Rechte. Ihre Kinder dürfen nicht gratis in die Schule, sie sind sozial kaum abgesichert und das vorgeschriebene bisschen wird auch immer wieder übergangen. Man holt sie, wenn man sie braucht, und schickt sie weg, wenn man sie nicht mehr braucht.«

»Die Vietnamesin hat Angst. Es könnte sein, dass der vietnamesische Geheimdienst weiß, dass sie brisantes Material hat und es veröffentlichen möchte.«

»Das scheint mir jetzt etwas überdramatisch.«

Sie dürfte vom Mord an Hanh nichts mitbekommen haben. Oder ihn jedenfalls nicht in Zusammenhang bringen. Sie hat keine Ahnung, wie dramatisch die Sache ist.

[8]

Ich habe mit zwei sehr unterschiedlichen Besitzern von China-Lokalen geredet. Die einen sind schon in Wien geboren, sie betreiben ein kleines Gasthaus in der Nähe von Schönbrunn. Die anderen sind Dissidenten und haben es zu einem schicken Restaurant im ersten Bezirk gebracht. Über Kontrollen wollten beide nicht viel erzählen. Besser, man beschwere sich nicht. Sonst könnte mit Schikanen zu rechnen sein. Aber das sei bei einheimischen Lokalbetreibern wohl nicht viel anders. Auch von Schutzgeldern wollten beide bloß aus den Medien wissen. Als ob Österreich doch fast eine Insel der Seligen wäre.

Sieht so aus, als würde meine Reportage harmloser als geplant. Vielleicht gar nicht schlecht, einfach den Alltag von Asiaten in Wien zu schildern, überlege ich an meinem Schreibtisch in der Redaktion. Muss ja nicht alles spektakulär sein.

Ich telefoniere noch einmal mit der Assistentin von Daniel Hofmann. Sie vertröstet mich weiter. Jetzt sei er für einige Tage im Ausland, aber wenn er zurückkomme, werde sie sich umgehend bei mir melden. Ob ich ihr glauben soll? Bisher hat er nicht eben medienscheu gewirkt. Ich hätte Vietnam nicht erwähnen sollen.

Drei Stunden später ist meine Story beinahe fertig. Nette und rührende Familiengeschichten, lustige Pannen und viel Lob für die neue Heimat. Man will nicht auffallen. Man will sich anpassen. Und es gibt ja tatsächlich einiges, was dafürspricht, bei uns zu leben.

Einzig ein Thailänder hat mir erzählt, dass sie bei ihm regelmäßig die Fensterscheiben einschlagen. Und dass ihm daher die Versicherung gekündigt wurde. Was Schutzgelder angeht, so hat er mich an einen Türken verwiesen. Und dieser Türke hat mich an einen Chinesen verwiesen. Und dieser Chinese hat mir erzählt, dass er einen entfernten Verwandten hat, der damit zu tun hatte. Wenngleich dessen Unternehmen offenbar anderes angeboten hat als süß-saures Schweinefleisch. Und dieser Chinese hat mit mir dann endlich ein wenig über Schutzgelder geplaudert. Er hat gemeint, die asiatischen Restaurants seien einfach kein Geschäft. Nichts zu holen. Hat geklungen, als wäre er eher auf der Seite der Schutzgelderpresser als auf jener der Lokalbetreiber. Die meisten kämen ohnehin nur über die Runden, weil die ganze Familie mithelfe. Und wenn sie für irgendwelche Hintermänner Schwarzgeld waschen, sei es besser, man verbrenne sich nicht die Finger. Daran habe ich noch gar nicht gedacht. Könnte im Song Geld gewaschen worden sein? Aber: Die finanziellen Verhältnisse der Familie Dang hat Zuckerbrot sicher überprüft.

Jedenfalls habe ich meine bunte Geschichte noch durch ein Interview mit einem Bestatter abgerundet. Der konnte die Frage nach den chinesischen Friedhöfen ganz gut beantworten. Erstens gingen viele Chinesen im Alter zurück in ihr Land, also gäbe es gar nicht so viele Todesfälle bei uns. Die meisten, die hier sterben, würden eingeäschert. Selbst wenn das eigentlich der Tradition der chinesischen Mehrheitsbevölkerung widerspricht. Ihre Verwandten schicken die Urne heim zu den Grabstätten ihrer Vorfahren. So etwas Ähnliches hat mir Tien auch erzählt. Eigentlich würde ich viel lieber über das schreiben, was ihm und seiner Familie passiert ist. Aber zuerst sollte Vesna mehr über die rechte Szene im ehemaligen Alpenstüberl herausfinden. Und ich will mit Daniel Hofmann reden, bevor ich entscheide, wie wir weitermachen. Ich möchte wissen, wie er auf Vuis Unterlagen reagiert. Dann kann ich vielleicht auch einschätzen, wie wichtig sie tatsächlich sind. Und ob jemand bereit wäre, dafür zu morden. Er hat sich öffentlich immer wieder für ordentliche Produktionsbedingungen eingesetzt. Er plant eine eigene Öko-Linie zu ALLES GUT!. Klingt irgendwie passend. Aber warum kriege ich keinen Termin bei ihm?

Vui wird abwechselnd von mir, Vesna und Jana versorgt. Sie ist sehr geduldig und lernt via Internet Deutsch. »Für Zukunft«, sagt sie. Hoffen wir es, dass sie hier bei uns eine Zukunft hat.

Am späten Nachmittag bestellt mich Vesna ins Büro. »Habe wenig Zeit, aber gute Informationen über die S-Männer«, hat sie gemeint. Da meine Geschichte fertig ist und alles Weitere ohnehin bis nächste Woche warten muss, mache ich mich sofort auf den Weg. Sogar im Stau hat mein Elektroauto einen Vorteil: Wenn es nicht weitergeht, verbraucht es wenigstens so gut wie keine Energie. Vom ersten Bezirk bis zu Vesna verringert sich die Reichweite bloß um drei Kilometer. Ändert freilich nichts daran, dass ich mit der U-Bahn schneller gewesen wäre. Und dann ist auch noch die Straße aufgegraben, Halteverbot auf beiden Seiten. Ich drehe zwei Runden, bis ich endlich nicht allzu weit von ihrem Haus eine Parklücke entdecke.

Vesna hat, ganz Detektivin, Dossiers über die beiden Männer angelegt. Ich sitze neben ihr vor dem PC, und sie erklärt, was sie gefunden hat.

»Das ist Siegfried Gross. Siebenundzwanzig, hat eine Lehre als Bauschlosser gemacht.« Ich sehe das Porträt eines stiernackigen jungen Mannes mit Glatze. Keiner, dem man gern im Finsteren begegnet. Kleine Augen, deren Farbe nicht zu erkennen ist, schmaler Mund, eingedrückte Nase, große Ohren ohne Piercing. »War auf Baustellen vor allem im arabischen Raum beschäftigt, bis vor drei Jahren. Dann hat er als Wachmann in der Sicherheitsfirma ER angefangen. Waffenbesitzkarte, Waffenpass, eingeschränkt auf seine Tätigkeit. Keine Vorstrafe, soll allerdings zu einer Gruppe von Fußball-Hooligans gehören.«

»Hinweise auf rechtsradikale Umtriebe?«, frage ich meine Freundin.

»Die sind nah bei den Hooligans. Aber so viel Zeit für Beweise war noch nicht. – Der Zweite.« Vesna öffnet das Foto eines blonden Mannes mit auffällig schmalem Gesicht und hellen Augen. »Stefan

Sorger. Zweiunddreißig, sieht aus, er hat keine fertige Ausbildung. Gelegenheitsjobs, vor allem am Bau und bei großem landwirtschaftlichem Betrieb. Gutsverwaltung Hohenfels. Seit zwei Jahren Wachmann bei Sicherheitsfirma ER. Das Gleiche: Darf eine Waffe führen, soweit er sie für seinen Job braucht. Nicht vorbestraft. Bei ihm es hat allerdings Vorerhebungen gegeben wegen Brandstiftung und Körperverletzung. Ist eingestellt worden. Ich glaube, er steht aber unter Beobachtung.«

»Hat einer der beiden ein Motorrad? Dieser Harald hat was von schweren Maschinen vor der Tür erzählt.«

»Auf keinen ist eines zugelassen. Aber sie haben beide Motorradführerscheine. Den Rest werden wir klären. Jedenfalls gibt es zwischen Rockerbanden und Hooligans und politischen Rechtsextremen Verbindungen.«

»Wie hast du das alles so schnell herausgefunden?«

»Das weiß man, wenn man in der Stadt lebt und Familie und Freunde von anderswo hat. Der Rest ist Berufsgeheimnis.«

»Ein Reinigungsunternehmen hat ein Berufsgeheimnis?«

»Was glaubst du? Wenn ich vom Dreck anderer Leute erzählen würde, dann kommt viel ans Licht.«

»Jetzt redest du von deinem Nebengeschäft.«

»Rede ich von beiden. – Sache mit den S-Männern war nicht so schwierig. Es gibt Facebook. Es gibt Hausmeisterin. Es gibt Homepage von ER. Es gibt Leute, die mir gerne Gefallen tun, weil ich ihnen auch einen getan habe.«

»Jedenfalls nette Jungs«, murmle ich. »Und die beiden wohnen miteinander bei dir ums Eck? Kann es sein, dass sie schwul sind?«

»Solche nie. Und selbst wenn, dann würden sie es nicht zugeben. Richtige Männer sein, Machozeug. Das gehört bei denen dazu. Stefan Sorger – daher auch wahrscheinlich Doppel-S, und weil es vielleicht so gut zu SS und Hitler und Heil passt – hat eine Freundin. Eine frühere Frau hat er verprügelt, aber sie hat die Anzeige zurückgezogen. Vielleicht weil sie selbst Vorstrafen hat: Diebstahl, illegale

Prostitution, Nötigung. Einfach-S weiß ich nicht, ich habe ja nicht hundert Detektive. Die beiden sind gute Kumpels, ich würde sagen. Aber das Beste kommt noch.«

Vesna klickt auf eine Homepage. Die Buchstaben E und R füllen die ganze Seite. Im Hintergrund sieht man Männer in schwarzen Pseudo-Uniformen. Sie stehen breitbeinig da und vermitteln den Eindruck, als könnten sie in einigen Sekunden prügeln, stechen, schießen. Ganz unten in zarterer Schrift: »Mit uns sind Sie sicher!«

»Weißt du, wem die Firma gehört?«, fragt meine Freundin.

Woher sollte ich? Ich sehe sie an.

»Gunter Unger. Name sagt dir etwas, oder?«

»Ich hab ihn schon gehört . . . Kann es sein, dass er bei den Rechten kandidiert hat? Da war ein Skandal . . . irgendeine Nazi-Sache?«

»Nicht ganz falsch. Aber auch nicht ganz richtig.« Vesna macht eine Pause. Sie liebt es, mehr zu wissen als ich. »Mit Nazi hat sein Ende als Politiker nichts zu tun gehabt. Der Skandal war, dass er in Wien einige Bordelle betreibt. Und Glücksspiel organisiert. Also hat man ihn noch vor der Wahl zum Nationalrat wieder entfernt. Man hat gesagt, man hat das nicht gewusst. Er ist nur als Chef von Sicherheitsfirma aufgetreten. In Wirklichkeit er ist einer der Großen im Wiener Rotlichtmilieu. Schickt gerne rumänische und ukrainische Lakaien vor, die führen offiziell die Bordelle. Aber in Wirklichkeit gehören sie ihm.«

»Netter Typ. Und was will so einer in der Politik?«

»Dreinschlagen, wahrscheinlich. Gibt es ja viele, die wollen, dass einmal so richtig aufgeräumt wird.«

»Schutzgelderpressung würde ganz gut zu seinen Geschäften passen«, murmle ich. »Er gibt den Jungs von der Sicherheitsfirma eine zusätzliche Chance, sie dürfen bei den Lokalen in ihrem Bezirk Geld kassieren. Gegen eine nette Provision. Und wenn die Besitzer nicht zahlen wollen, dann wird eben zu härteren Methoden gegriffen.«

»Kann sein. Muss nicht sein. Ich weiß noch nichts darüber. Wer redet schon über Schutzgelder?«

Ich nicke. »Hab ich auch festgestellt, bei meiner Reportage. Ein Chinese, der offenbar am Rotlicht-Business angedockt hat, war allerdings der Meinung, dass bei den ausländischen Lokalbesitzern nichts zu holen sei. – Vielleicht ist es anders gelaufen. Die Typen aus dem Alpenstüberl waren stinksauer, dass sie ihr Lokal verloren haben, also haben sie sich gerächt. Und eine Vietnamesin abgeknallt.«

»Wir müssen die beiden beobachten. Es kann sein, sie sind wirklich gefährlich. Deswegen will ich nicht, dass Jana es macht. Auch wenn sie momentan gerne ermittelt, weil sie ihr Job im Meinungsforschungsinstitut nervt. Da studiert man Soziologie, etwas Psychologie und Politikwissenschaft, sogar mit sehr guten Noten, und danach man befragt Leute, welches Klopapier sie lieber haben. Und das bloß mit befristetem Werkvertrag. Ich habe ihr schon gesagt, sie soll Privatdetektivausbildung machen. Dann machen wir offizielle Detektei. Das bringt mehr. Und ist interessanter. Und sie kann viel einsetzen, was sie gelernt hat.«

Ich lache. »Und was hat Jana geantwortet?«

»Sie überlegt. Ernsthaft. Am liebsten allerdings will sie in die Politik.«

»O du liebe Güte.«

»Du hast einen Schaden durch deinen Politiker-Vater. Aber ich finde es gar nicht schlecht. Es muss mehr Junge geben, die mitreden. Und reden kann sie. Und denken auch. Außerdem will sie nicht in politische Funktion, sondern als Beraterin arbeiten. Für die zwei S-Wachmänner ist sie mir zu schade. Fran arbeitet momentan rund um die Uhr in seiner Software-Firma. Sie machen Programme und Apps nach Maß. Eine Firma oder ein Privater will etwas, das es nicht gibt – und Fran und seine drei Leute erfinden es.«

Früher war das Büro, in dem wir jetzt sitzen, Vesnas Wohnzimmer. Ich kann mich noch gut daran erinnern, wie die Zwillinge von der Schule heimgekommen sind. Fran eher ruhig, Jana immer lebhaft. Sie war es auch, die sich geprügelt und Schrammen abbekommen hat. Damals war Vesna noch mit ihrem Lebensgefährten aus Bosnien zusammen. Und hat als illegale Putzfrau gejobbt. So haben wir uns kennengelernt. – Kann das schon so lange her sein? Werden wir alt? Ich will es Vesna fragen, tue es aber nicht.

Eine Stunde später bin ich unterwegs zu meinem Auto. Vesna wird an den beiden S-Typen dranbleiben. Eine ihrer Angestellten übernimmt ohnehin lieber Nachforschungen als Reinigungsjobs, sie und ihr Bruder sollen die Wachleute zumindest immer wieder beobachten. Mehr ist nicht drin. Zumal es ja auch niemanden gibt, der zahlt. Ich sollte Zuckerbrot einen entsprechenden Tipp geben – oder wissen seine Leute ohnehin von den Männern im Alpenstüberl?

Es ist inzwischen dämmrig geworden. Ich kneife die Augen zusammen. Da vorne. Ich muss es mir einbilden, aber die beiden Typen sehen genau so aus wie die in Vesnas Dossier. Ich bin kurzsichtig. Aber da gehen ein Stiernacken mit Glatze und ein schmaler Blondschopf. Sie sind um eine Ecke gekommen und sind jetzt zwanzig, dreißig Meter vor mir. Keine schwarze Uniform allerdings. Dunkle Hosen und voluminöse Jacken. Ich sollte näher ran, um mir sicher zu sein. Ich beschleunige meine Schritte. Leise, möglichst leise und unauffällig. Wie nahe kann ich ihnen kommen, ohne dass sie mich bemerken? Die beiden gehen ganz schön schnell. Nicht so einfach, den Abstand zu verringern. Eine Verkleidung wäre gut. Vesnas langer Mantel mit dem Blumenmuster und das Kopftuch. Aber ob eine Türkinnenverkleidung bei den rechten Jungs klug wäre, ist die Frage. Wahrscheinlich bin ich als Mira Valensky deutlich unauffälliger. Selbst wenn mir der Gedanke nicht restlos gefällt. Die beiden sind stehen geblieben. Ich bremse ab und schlendere so gemütlich wie möglich auf sie zu. Sie reden miteinander. Ich bin mir jetzt so gut wie sicher: Es sind S und Doppel-S. Da steht mein Auto. Weiß ja niemand, dass es meines ist. Ich gehe daran vorbei. Die beiden haben sich wieder in Bewegung gesetzt. Der Schmalgesichtige steckt etwas ein, ein Mobiltelefon. Könnte zumindest sein. Wahrscheinlich sind sie deswegen stehen geblieben. Er hat telefoniert. Jetzt gehen sie rasch. Um die Ecke. Ich ihnen nach. Natürlich mit Abstand. Wäre gut, wenn hier mehr Menschen unterwegs wären. Zur Tarnung. Aber bloß hin und wieder ein Auto und zwei Radfahrer. Eine Frau mit einem Kinderwagen. Soll ich so tun, als ob wir uns kennen? Unsinn. Die beiden Typen haben mich ja noch gar nicht bemerkt. Aus dem ersten Stock eines Hauses klingt Musik. Irgendwas Arabisches. Schnelle Tonfolgen, exotisch und fröhlich. Die beiden reagieren nicht darauf. Täusche ich mich? Sind das gar nicht S und Doppel-S? Andererseits: Nicht jeder Rassist muss sich über ausländische Musik aufregen. Sonst hätten sie in diesem Bezirk auch ganz schön viel zu tun.

Die beiden bleiben wieder stehen. Stecken die Köpfe zusammen. Wenn ich nur hören könnte, was sie sagen. Viel näher sollte ich trotzdem nicht kommen. Stehen bleiben wäre aber auch verdächtig. Nicht, wenn sie mich nicht gesehen haben. Und was, wenn sie einen Beschützer mithaben? Jemanden, der hinter mir geht? Schweißtropfen auf meiner Stirn. Unsinn. Warum sollten sie? Die können selbst auf sich aufpassen. Sonst wären sie auch falsch in einer Sicherheitsfirma. Ich wende rasch den Kopf. Niemand hinter mir. Na eben. Die beiden S haben sich wieder in Bewegung gesetzt. Wo wollen sie hin? Der Weg zur U-Bahn ist das nicht. Wie lang kann ich noch an ihnen dranbleiben? Ich sollte Vesna eine SMS schicken. Nein. Soll sie nur einmal sehen, dass ich auch beschatten und was rausfinden kann. In dem Moment, in dem ich ein ungutes Gefühl habe, kann ich jederzeit umdrehen und davongehen. Nur dass mir schon jetzt mulmig ist. Wenn ich an die Dossiers denke. Vorerhebungen wegen Körperverletzung. Seltsame Treffen im Hinterzimmer vom Alpenstüberl. Schwarze Pseudo-Uniformen. Waffenschein. Die beiden biegen wieder ab. Da ist eine der Baulücken, die es in dieser Gegend gibt. Haus abgebrochen, Spekulationsobjekt. Inzwischen kann es als Parkplatz auch noch Geld bringen. Eine Schranke, helle Erde unter dem dünnen Schotterbelag. Staubig. Einige Autos. Wahrscheinlich haben sie hier ihren Wagen abgestellt. Das könnte ich ja auch getan haben.

Völlig unverdächtig, wenn ich hinter ihnen drein gehe. Der dunkle Alfa dort könnte mein Wagen sein. Oder doch der weiße Fiat? So einen ähnlichen habe ich wirklich einmal gehabt. Die beiden steuern auf eine schwarze Limousine zu. Ist alles Unsinn. Wenn sie davonfahren, kann ich ihnen ohnehin nicht nach. Aber vielleicht gelingt es mir zu hören, wohin sie wollen. Was würde Vesna tun? Die beiden reden undeutlich und leise. Oder kommt mir das nur so vor? Weil das Blut in den Ohren summt? Ich steuere auf den Fiat zu. Sie sind jetzt bloß zehn Schritte von mir entfernt. Ich darf nicht hinsehen. Hausmauer links. Hausmauer rechts. Der Putz bröckelt. Offenbar hat man nicht vor, etwas zu renovieren, bis die Baulücke geschlossen wird. Oder sollen auch diese Gebäude abgerissen werden? Das Haus an der Rückseite des Grundstücks ist höher. Winzige alte Balkone, kleine Fenster. Könnte mich von dort aus jemand beobachten? Mir zu Hilfe kommen, wenn . . .

Ich habe es nicht kommen gesehen. Ich habe gar nichts wahrgenommen. Keinerlei Anzeichen. Sie sind völlig unvermittelt da, der eine dreht mir die Hand auf den Rücken, der andere steht ganz knapp vor mir. Er tatscht mich mit beiden Händen ab. Als ob ich mit einer Pumpgun herumlaufen würde. Ich kann seinen Atem riechen. Faule Pfefferminze. Ich will protestieren, aber da kommt nur ein Stöhnen. Sie werden mir den Arm auskegeln.

»Was willst du von uns?«, fragt der stiernackige S, der vor mir steht.

»Ich . . . wollte zu meinem Auto. Was soll . . . «

»Vergiss es«, sagt der hinter mir. »Die Tussi schnüffelt hinter uns drein. Und gestern hat eine andere geschnüffelt. Ich weiß nicht, was das ist, nur dass die nichts zu schnüffeln haben. Und das sollten wir ihr ganz klar sagen, oder?«

Soll ich mich weiter dumm stellen? Oder soll ich sagen, dass ich Journalistin bin? Soll ich . . . Der Typ zieht stärker an meinem Arm am Rücken. Ich stöhne auf. Ich muss schreien. So verlassen ist die Gegend auch wieder nicht, dass mich keiner hört. – Aber wird jemand etwas unternehmen? Hanh haben sie vom Motorrad aus erschossen. Und keiner hat was gesehen. Das war in der Nacht. Jetzt ist früher Abend. Was macht das für einen Unterschied? Ich muss mich fallen lassen, alle Muskeln schlaff machen. Und dann das Überraschungsmoment nutzen und zutreten. Und rennen.

»Für euch Weiber haben wir eine Lösung. Aber ich weiß nicht, ob dir die gefällt«, sagt S. Oder Doppel-S? Ich weiß nicht einmal mehr, wer zu mir redet. Schweiß rinnt mir in die Augen. Schmerzblitze im Arm. Ich hab alles falsch gemacht. Und ich kann nicht fliehen. Das ist absurd. Ich kann nicht an gegen die zwei Männer, die noch dazu sicher irgendwelche Kampfausbildungen haben. Ich kann bloß meinen Verstand nutzen. Aber meine Gehirnzellen rennen gerade im Kreis statt zu arbeiten. Blackout. Timeout. Game over. Der Stiernacken fährt in seine Jacke. In der Hand, noch halb in der dicken Lederjacke verborgen, eine Waffe. »Nur dass du nicht glaubst, du kannst Lärm machen.«

»Wer hat dich geschickt?« Das sagt der andere. Ich versuche den Kopf zu drehen. Es wird mit einem neuen Ruck im Arm bestraft. Hellroter Schmerzblitz, mir wird schwarz vor den Augen. Ich darf nicht umkippen. Ich brauche eine Idee.

»Keiner.« Das kommt fast mit meiner normalen Stimme. Es gibt mir Mut. Ich hole Luft. Sie haben mir noch nichts getan. Sieht man einmal von ihrer Art ab, mich festzuhalten. Ich schaue S an. Er wirkt unschlüssig. Sie wissen nicht, was sie mit mir machen sollen. »Ich will mit eurem Boss reden.«

»Drago?« Das kam jetzt von hinten. Ich kann es wieder zuordnen. Sehr gut. Aber nicht übermütig werden. Dass sie nicht wissen, was sie tun sollen, kann auch gefährlich sein.

»Nein. Dem echten Boss. Unger.« Wie, verdammt noch einmal, war sein Vorname? Aber der ist wohl nicht so wichtig.

»Du kennst Unger nicht«, behauptet Stiernacken.

»Ihr werdet ihn kennenlernen«, antworte ich schon fast ohne Keuchen.

»Wir sollten uns von ihr nicht verarschen lassen«, sagt Doppel-S hinter mir. Der Zug im Arm lässt trotzdem ein wenig nach.

»Bringt mich zu ihm. Wenn es nicht passt, dann könnt ihr ja noch immer . . .« Ich will gar nicht wissen, was sie dann könnten.

Stiernacken sieht den Mann hinter mir an. Der hat offenbar genickt. »Aber wehe, du glaubst, du kannst uns verarschen«, sagt er. Hatte Doppel-S schon erwähnt. »Du steigst ins Auto. Wenn du fliehen willst, bist du tot.«

Er kramt in der Jackentasche. Fesseln? Knebel? Mir wird übel. Ich muss mich zusammenreißen. Es scheint, als gäbe es noch eine Chance, da rauszukommen. Eine Chance? Und was sage ich dem Unterwelt-Boss? Dass ich wissen möchte, wer Hanh erschossen hat? Und ob es sich dabei um eine Schutzgeldsache oder schlichte Ausländerfeindlichkeit gehandelt hat? Handschellen und ein Betonblock und ab in die Donau. Oder ein Fass mit Salzsäure. Gelöste Mira. Hör auf, so etwas zu denken! Einen Schritt nach dem anderen! Die Schlösser der schwarzen Limousine gehen mit einem satten Plopp auf. S öffnet die hintere Tür, Doppel-S drückt mich hinein. Inzwischen ist der ganze Arm taub. Wahrscheinlich haben sie ihn mir schon ausgekegelt. Unvermittelt lässt er mich los und schlägt die Tür zu. Wieder plopp. Eingesperrt. Ich hätte versuchen sollen zu fliehen. Ich muss jetzt versuchen zu fliehen. Die beiden sind abgelenkt. Sie stehen draußen und flüstern aufeinander ein. Klar, dass die Türen versperrt sind. Aber wenn ich nach vorne klettere . . . Da ist kein Zündschlüssel. Und ich bin kein Affe, sondern eine dreiundfünfzigjährige keinesfalls untergewichtige Journalistin. Es würde zu lange dauern, um nach vorne zu turnen. Und dann die Türverriegelung zu suchen. Wobei . . . in Oskars Auto ist sie in der Mittelkonsole gleich unter . . . Der Wagen sieht seinem überhaupt ähnlich. Ein Volvo. Das ist auch ein Volvo. O Gott, wenn Oskar wüsste, wo ich bin. Ich schwöre, wenn ich da rauskomme, werde ich vorsichtiger sein. Nette Reportagen über alte Katzen schreiben. Oder über chinesische Friedhöfe. Friedhof. Gar nicht daran denken. Die Scheiben sind getönt. Ich habe mein Telefon in der

Jackentasche. Ich muss einen Notruf absetzen. Jetzt telefoniert Doppel-S. Ich greife vorsichtig in die Tasche, ich brauche die zweite Hand, um die Hülle abzuziehen. Bohrender Schmerz in der Schulter. Aber es geht. Hülle extra. Handy noch in der Tasche. Ich ziehe es langsam und ganz eng am Körper heraus, verstecke es unter der geöffneten Jacke. Es war Vesna, mit der ich zuletzt gesprochen habe. Ich brauche nur auf Wahlwiederholung zu drücken. Die Tür wird aufgerissen. Man stößt mich zur Seite, gerade kann ich das Mobiltelefon noch festhalten. Der Stiernacken drängt sich neben mich. »Wir fahren«, sagt er.

Gleich muss ihm auffallen, dass ich das Handy in der Hand habe. Keine Chance, es so zu entsperren. Innentasche. Die Jacke hat eine Innentasche. Doppel-S startet den Wagen. Ich taste mit der schmerzenden Hand nach der Tasche. Lasse das Handy mit der anderen hineingleiten.

»Was tust du da?«, sagt S.

»Mein Arm. Ihr habt mir den Arm ausgekegelt.«

»Blödsinn. Nimm die Hände aus der Jacke.« Und nach vorne gewandt: »Für einen Moment hab ich gedacht, die Tussi hat eine Waffe!«

»Du hast sie doch abgetastet.«

»Ja eben.«

»Schau noch einmal nach.«

Das hat mir gerade noch gefehlt.

Musik. We Are The Heroes. Der Stiernacken hält sein Smartphone ans Ohr. »Ja. Ja, so ist es, Boss. Den Namen? Nein. Das nicht. Ja. Nein. Haben ja nicht gewusst, dass . . . Ja. Natürlich.« Und zu mir gewandt: »Dein Name! Sag ihn!«

Soll ich lügen? Soll ich die Wahrheit sagen? Kann sein, dass der Rotlicht-Unger keine schlechte Presse will. Was tut er, wenn er die nicht möchte? Eine Journalistin verschwinden lassen? Oder nett zu ihr sein? Nett waren die beiden bisher nicht besonders . . .

»Der Name!« Stiernacken knufft mich in die Seite. Vesna hat mir gesagt, wie er heißt. Ich habe seinen Vornamen vergessen, ich hab ein wirklich mieses Namensgedächtnis. Es geht um meinen Namen. Die Gehirnzellen sollen aufhören, Fangen zu spielen. Mein Name. »Mira Valensky. Vom ›Magazin‹. Und es ist klar, dass die wissen, wo ich bin.«

»Mira Valensky. Sie sagt, sie arbeitet in einem Magazin«, gibt S weiter. »Weiß nicht, in welchem. In einem Lager eben.« – »In welchem Lager du arbeitest? Sag die Wahrheit, nur dass das klar ist!«

»Kein Lager. Ich arbeite für das ›Magazin‹. Das ist eine Wochenzeitung. Und die wissen ...«

»Die sagt, das ist kein Lager. Sondern eine Zeitung.«

»Du Trottel«, kommt es von vorne. »Du kennst doch das ›Magazin‹.«

»Ja«, sagt der neben mir ins Telefon. »Ja. Nein. Wie kann man wissen ... Nein. Sicher nicht. Ja. Sie hat ...« Dann scheint der Kontakt unterbrochen. Ich versuche so ruhig wie möglich zu atmen. Und sehe geradeaus. Wir zuckeln den Gürtel entlang. Autos vor und hinter uns, neben uns. Aber keine Chance, um Hilfe zu rufen. Oder die Tür aufzureißen. Ich kann nur dableiben und warten, wie der Boss auf mich reagiert.

»Was hat er gesagt?«, will Doppel-S wissen.

»Leck mich doch«, kommt es von S zurück.

Schweigend biegen wir Richtung Meidling ab. Ohne dass einer spricht, fahren wir durchs Tor eines Hauses mit dunkelbrauner, abgewohnter Fassade. An den großen Innenhof schließt ein niedriges helles Gebäude an. Vier Autos stehen davor. Alle unauffällig. Und ohne Firmenaufschrift. Nur an der Tür zum hinteren Haus die Buchstaben ER.

Ich wurde von den beiden S zum Boss eskortiert. Nüchterne Gänge, weiße glatte Türen. Irgendwie habe ich mir das Wiener Rotlichtmilieu spektakulärer vorgestellt. Jetzt sitze ich im Büro von Unger. Ganz plötzlich ist mir sein Vorname wieder eingefallen. Gunter.

Ob das ein gutes Zeichen ist? Er hat mir die Hand gegeben und seine beiden Wachleute hinausgeschickt. Auf ihre Frage, ob sie nicht lieber bleiben sollten, hat er nicht, wie ich angenommen hätte, »Mit der werde ich schon allein fertig« gesagt. Sondern: »Seid ihr blöd?«

Brauner Holzschreibtisch und ein schwarzer Ledersessel mit hoher Lehne. PC mit großem Flatscreen. Ein Stapel Zeitschriften, Prospekte. Nichts, was nicht auch ins Büro eines leitenden Reisebüroangestellten passen würde. Oder eines Bankbeamten, der Personalkredite vergeben darf. Ich will keinen Kredit. Ich will auch nicht verreisen.

Unger hat mir einen Platz angeboten. Drei Holzstühle, ein runder Tisch mit Marmorplatte. Ich bin stehen geblieben. Er lehnt an seinem Schreibtisch.

»Was wollten Sie von den Wachleuten?«, fragt er dann.

»Nichts.«

»Vergessen Sie es. Sie sind hinter ihnen her. Und gestern hat jemand die Hausmeisterin ausgefragt. Sind Sie wirklich vom ›Magazin‹?«

»Das werden Sie wohl inzwischen nachgeprüft haben.« Das ist eine Situation, die ich kenne. Interview. Gespräch. Gegenseitiges Abtasten. Das macht mich sicherer, auch wenn meine Schulter noch immer höllisch wehtut und mir bewusst ist, dass die Schusswaffendichte in diesem Gebäude ähnlich hoch sein dürfte wie im Hauptquartier des IS.

Ein schmales Lächeln. »Hat man. – Noch einmal: Was wollten Sie von den beiden?«

Ich sollte meine Chance nutzen. Und mich vorher absichern. »Man hat mich überfallen, mir den Arm ausgerenkt – oder zumindest fast. Man hat mich entführt und zu Ihnen gebracht. Ich bin bereit, das alles zu vergessen. Wenn ich jetzt telefonieren kann. Und Sie mir nachher einiges über Ihr ... Geschäft und Ihre Wachmannschaft erzählen.«

Unger runzelt die Stirn. Er erinnert mich an diese glatthaarigen Kampfhunde. Staffordshire. Vesna hatte einen aus Keramik. In

Originalgröße. Geschenk von einem dankbaren Klienten. Wird als englischer Door-Dog verkauft. Er stand im Vorzimmer ihres Büros. Es gab welche, die haben ihn für echt gehalten. Unger ist untersetzt und einige Zentimeter kleiner als ich. Kurze graue Haare, dunkle Stoffhose, weißes Hemd, Tweedjacke. Könnte auch das englische Herrchen von so einem Kampfhund sein. »Nur, wenn Sie mir auch einiges erklären. Ich möchte wissen, warum dieser Zirkus sein hat müssen, statt dass Sie anrufen und um ein Interview fragen.«

»Den ›Zirkus‹ haben Ihre beiden Männer gemacht.«

»Sie haben hinter ihnen drein geschnüffelt. Die beiden sind geschult. Sie lassen sich nicht einfach so beschatten.«

»Kann ich jetzt telefonieren?«

»Natürlich. Hier drinnen.«

»Bestens.« Ich wähle Vesnas Nummer. Gleich beim zweiten Läuten geht sie dran. »Hallo, da ist Mira. Ich bin jetzt bei Gunter Unger. Du weißt ja, ich wollte mit ihm über die Sicherheitsfirma reden. Es kann sein, dass es etwas später wird.«

Zuerst ist es still in der Leitung. »Okay«, kommt es dann zurück. »Gut, dass du mir das sagst. Sonst ich mache mir Sorgen, oder?«

»Kein Grund. Ich melde mich dann später. Passt alles, wie es ist.«

»Bis dann, Mira.«

»Bis dann.« Ich kann nur hoffen, dass wirklich alles passt. Und dass Vesna das Richtige tut. Was das genau ist, weiß ich selbst nicht.

»Eine Freundin, mit der ich verabredet war«, erkläre ich Unger. Er setzt sich hinter den Schreibtisch. Ich nehme einen Stuhl und setze mich so, dass die große Holzfläche zwischen uns ist.

»Ich habe Ihre beiden Wachmänner zufällig auf der Straße gesehen. Ich bin ihnen ein Stück nach. Die beiden gehörten zu einem eher eigenartigen Stammtisch im Alpenstüberl – das war ein kleines Lokal in der Nähe, wo sie wohnen. ›Einig ewig. Ewig einig!‹ scheint der Leitspruch zu sein. Und sie haben darüber gestritten, ob die Deutschen auch Ausländer sind und ob es ›Österreich den Österreichern!‹ heißen soll.«

Unger sieht mich aufmerksam an. »Ich kümmere mich nicht darum, was meine Mitarbeiter in ihrer Freizeit machen. Und glauben Sie ja nicht, Sie könnten mir einen Strick daraus drehen. Sie können mich alles Mögliche fragen. Abgesehen von dieser Politik-Sache. Damit beschäftige ich mich nicht.«

»Apropos: Warum wollten Sie eigentlich für den Nationalrat kandidieren?«

»Haben Sie gehört, was ich gerade gesagt habe? – Na gut. Wenn Sie es wissen wollen. Ich wollte etwas für die Gemeinschaft tun. Mich engagieren.«

»Bei den Rechten?«

»Es gibt viel zu viele Weicheier in der Politik. Außerdem haben sie mich gefragt.«

»Und wenn Sie von anderen gefragt worden wären?«

»Bin ich aber nicht. – Bei den Grünen hätte ich mir das auch vorstellen können. Ich bin im Herzen ein Grüner. Umwelt und alles das ist mir wichtig.«

Bevor er mir jetzt auch noch erzählt, dass er für die Caritas spendet und Ute Bock unterstützt, ist es besser, zum Thema zurückzukommen. »Wer ist übrigens Drago? Wie ich gesagt habe, ich will ihren Boss sprechen, haben sie gemeint, das sei Drago.«

»Er ist ihr direkter Boss. Drago Jankovic. Er ist Geschäftsführer von ER.«

»Was heißt ER eigentlich?«

»Das, was es heißt. Nichts sonst.«

Gar nicht einfach, mit dem Typ über mehr als seine Menschenfreundlichkeit zu plaudern. Kann sein, er ist härtere Fragen gewohnt. Polizeiverhöre, Auseinandersetzungen mit Kunden und Konkurrenten. Da kann ich nicht mithalten. Also probiere ich es weiter auf die andere Tour. Die harmlose. »Sie haben mehrere . . . Unternehmen? Sind sozusagen der Boss von allem?«

»Ich gehe davon aus, dass Journalistinnen Zeitung lesen. Auch wenn Sie wahrscheinlich selbst am besten wissen, wie viel Quatsch geschrieben wird. Also ist Ihnen klar, dass ich neben der Sicherheitsfirma auch eine Reihe von Bordellen betreibe. Legal und geprüft, nur um das gleich zu sagen. Außerdem sind wir im Bereich Glücksspiel engagiert. Aber seit sie in Wien die Automaten verboten haben, strukturieren wir um. Dafür habe ich vor kurzem ein Transportunternehmen aufgekauft. Können Sie ruhig schreiben, Sie sind sogar die Erste, die es erfährt. Quasi als Wiedergutmachung für die ruppige Begrüßung durch meine zwei Jungs.«

»Transportwesen?«

»Eine interessante Branche. Tagsüber organisieren wir vor allem Krankentransporte und Schulausflüge. Und am Abend bieten wir Kurzreisen in die Bundesländer an.«

Mir dämmert etwas. »Sie meinen, an Orte, wo das kleine Glücksspiel noch erlaubt ist?«

»Exakt. Niemand soll sagen, wir halten uns nicht an die Gesetze.« Er lehnt sich im schwarzen Schreibtischsessel zurück und sieht richtig zufrieden aus.

»Die Bordelle . . . wer betreut die?«

»Sie meinen, wer dafür zuständig ist? Ich habe da schon meine Knappen. Zuverlässige Burschen. Streng instruiert. Das Geschäft hat sich gewandelt, liebe Frau Journalistin. Jetzt fährt man am besten damit, alles ordentlich und korrekt zu machen. Und mir war das ohnehin immer am liebsten.«

»Ihre . . . Damen sehen das auch so?« Das ist mir herausgerutscht. Ich will ihn nicht reizen. Aber ich will auch nicht mit mir spielen lassen.

»Zeigen Sie mir einen Job, in dem jeder zufrieden ist. Aber Sie können sicher sein: Die sind alle freiwillig da. Bevor du in Rumänien um kein Geld Geschirr abwäschst oder kleine Kinder unterrichtest, nutzt du eben deine Chance, solang du jung und hübsch bist.«

»Kinder unterrichtest?«

»Eines unserer besten Mädels war so was wie eine Volksschullehrerin. Davon kannst du dort unten kaum leben. Darum sollte sich die EU einmal kümmern.«

»Und wenn sie oder eine andere nicht mehr will?«

»Dann können sie zu den vorgesehenen Fristen aussteigen.«

»Was für Fristen?«

»Das ist Vertragssache. Wir haben ja auch Aufwand, um sie zu etablieren. Den müssen sie reinspielen. Das ist nur fair.«

»Das . . . ist legal?«

»Fragen Sie unsere Anwälte. Und wenn eine gar nicht mehr will, lassen wir sie auch vor der Zeit raus. Ich schwöre es. Bringt dann eh nichts mehr, wenn sie nur lustlos rumsteht.«

»Und ihre Zuhälter . . .«

»Zuhälter gibt's da nicht«, fällt er mir ins Wort. »Wir haben Geschäftsführer, die alles Administrative regeln, und für den Rest sind die Mädels selbst zuständig. Dumitru Popescu, Jury Hadulka, Jimmy Latinovic – Sie können mit ihnen reden, wenn es Ihnen darum geht.«

»Ausländische Namen.«

»Anders, als das die Medien behauptet haben, bin ich kein Ausländerfeind. Im Gegenteil. Unser Geschäft ist sehr international.«

»Ihre ›Knappen‹ haben Sie diese Männer genannt. Warum?« Ich sollte mitschreiben, oder alles aufzeichnen, aber ich will lieber nicht fragen, ob das für ihn okay ist. Sonst könnte das Gespräch gleich wieder vorbei sein.

»Ich bin ein Fan von Rittergeschichten. Mittelalter. Da war vieles noch ehrlicher. Wenn auch nicht alles gut, das natürlich nicht. Ein jeder Ritter hat seine Knappen. Die tun, was er möchte. Und er behandelt sie ordentlich.«

»Nicht unbedingt ein partnerschaftliches Unternehmensprinzip«, entkommt mir.

Er verzieht den Mund zu einem Grinsen, lacht dann laut. »Sie sind gut, Sie sind wirklich gut! Die können nicht ohne mich, ich kann nicht ohne sie. Also ist das schon eine Partnerschaft. Aber es muss klar sein, wer anschafft. – Seien Sie froh. Sonst würden meine beiden Männer womöglich irgendwas Dummes mit Ihnen gemacht haben. Und ich muss die dann bestrafen. Und Sie tragen Ihr Leben lang Folgen davon.«

Ein kurzer Schauder. Ich ignoriere ihn. »Und warum Männer aus Rumänien und aus . . . Russland oder so?«

»Rumänien, Bulgarien, Kosovo, Weißrussland. Die brauchen Chancen. Und sie verstehen ihre Mädels.«

»Weil die ja auch zum Großteil von dort sind.«

»Ja. Eine richtige Familie.« Er schmunzelt.

Irgendwann werde ich mich hinter diese Geschichte von der glücklichen Familie klemmen. Aber momentan sollte ich mich auf das konzentrieren, was mich hergebracht hat. »Man redet von Schutzgeldern. Auch in Wien. Was wissen Sie darüber?«

»Vergessen Sie es. Kann schon sein, dass irgendwelche Türken da was probieren, aber das ist lächerlich. Und illegal. Ich kenne mich da nicht aus. Wie gesagt: Ich bin Unternehmer.«

»Sie haben eine Sicherheitsfirma.«

Mit einem Mal wird sein Blick ernst. Er schiebt den Unterkiefer vor und erinnert mich wieder an Vesnas Door-Dog. »Was meinen Sie damit? Nur dass das klar ist: Wir betreuen Leute, die uns um Hilfe bitten. Wir bewachen Häuser und Firmengelände, machen hin und wieder auch Personenschutz. Die Branche wird ständig geprüft. Finanz, Arbeitsinspektorat, Waffenbehörde. Wenn da nicht alles in Ordnung ist, können wir zusperren. Aber bei uns ist alles in Ordnung.«

»Betreuen Sie auch Lokale? Restaurants?«

Unger runzelt die Stirn. Gleich beißt er. »Ja. Aber das ist natürlich vertraulich. Menschen, die sich vor irgendwas fürchten oder die bedroht werden, haben das nicht gerne in der Öffentlichkeit.«

»Es hat vor einiger Zeit einen Prozess gegeben, da ging es unter anderem um den Verein ›Freies Wien‹. Der Angeklagte hat gesagt, dass er nichts mit Schutzgelderpressung zu tun hat. Es sei ein Zusammenschluss, in den Lokalbetreiber freiwillig ein paar hundert Euro monatlich einzahlen. Dafür habe er ihnen bei Problemen innerhalb kurzer Zeit Türsteher und Sicherheitsleute geschickt.«

»Natürlich. Kenne ich. Er hat es dumm angelegt. Missverständlich. Bei uns ist das viel klarer. Wir haben Verträge, da stehen alle Bedingungen drin. Die Lokale können das auch von der Steuer absetzen. Für einen gewissen Betrag bewachen wir das Gelände, für einen anderen kommen wir, wenn sie uns anfordern. On demand, wenn Sie verstehen.«

»Und wenn sich jemand nicht schützen lassen will?«

Jetzt lacht er wieder. »Keiner muss. Wir haben Kunden genug, das können Sie mir glauben. – Worum geht's Ihnen eigentlich? Darum? Oder wollen Sie mich anpatzen wegen meiner Männer, die sich irgendwo in ihrer Freizeit treffen?«

Ich überlege. Als Tien und Hanh ihr Lokal eröffnet haben, könnte ihnen Ungers »Unternehmen« angeboten haben, sich bewachen zu lassen. Um einen netten legalen Festbetrag. Sie haben abgelehnt. Und dann hat seine Sicherheitsfirma jemanden vorbeigeschickt, der Hanh ermordet hat. Nicht logisch. Zumindest nicht genau so. Sie hätten sie wohl zuerst bedroht, sie mit gelinderen Mitteln zu überreden versucht. Tien sagt, es habe da nie etwas gegeben.

»Also?«, insistiert der Rotlicht-Boss im Tweedsakko und sieht auf die Uhr. »Ich habe nur mehr wenig Zeit.«

»Mir hat ein Chinese erzählt, bei asiatischen Lokalen rechnen sich Schutzgelder ohnehin nicht.«

Unger nickt. »Das war Gun, nehme ich einmal an. Hat eine Zeit lang versucht, seine eigenen Leute zu erpressen. Nicht nett. Gun. So wie Gewehr auf Englisch. Ich weiß nicht, ob das sein richtiger Name ist. Irgendwie klingt es schon auch chinesisch. Mit solchen Unterwelt-Glücksrittern habe ich nichts zu tun. Bei denen sollten Sie einmal nachsehen. Illegales Glücksspiel. Straßenstrich.«

»Ich bin nicht die Polizei.«

»Ihr Journalisten seid schlimmer. – Asiatische Lokale.« Er scheint zu überlegen. »Meine beiden Wachmänner. Ihre Gegend . . .« Unger sieht mich an. »Kann es sein, dass es um den Mord an der Vietnamesin geht? Da hat doch auch wer was von Schutzgeld geschrieben. Glauben Sie wirklich, jemand wird bei uns erschossen, weil er nicht zahlen will? Da rede ich jetzt sogar für Gun und diese illegale Bagage. Das ist ausgemachter Unsinn.«

»Sie haben dem vietnamesischen Lokal ›Langes Leben‹ nie einen . . . Schutzvertrag angeboten?«

»Ich mische mich nicht ins Tagesgeschäft von ER ein. Aber es ist absurd, den Tod der Vietnamesin damit in Zusammenhang zu bringen.«

»Womit kann er dann zusammenhängen?«

»Das sollten Sie die Polizei fragen. Für so etwas sind die ja da. Angeblich.«

»Und wenn es jemand aus Ihrer Umgebung auf eigene Faust gemacht hat? Das Alpenstüberl, in dem sich Ihre Wachmänner so gerne getroffen haben, wurde geschlossen. Und dann haben es die Vietnamesen übernommen. Was, wenn jemand von den ewig Einigen sauer war?«

Unger schüttelt langsam den Kopf. »Sie haben mich noch immer nicht verstanden. Kann schon sein, dass die beiden Sie etwas hart angefasst haben. Ich werde sie rügen. Aber das ist kein Grund, ihnen so etwas zu unterstellen. Bei uns passiert, was ich sage.«

Ich nicke. Was soll ich auch sonst tun? »Für den Fall, dass Sie irgendwas im Zusammenhang mit dem Mord an der Vietnamesin vom Song hören, wären Sie bereit, es mir zu erzählen?«

Der Rotlicht-Boss steht auf. »Wer kann keine guten Beziehungen zur Presse brauchen? Warum nicht? Das mache ich gerne. Schon damit nicht wieder ein falsches Licht auf unsere Geschäfte fällt. Viel zu viele schlechte Filme, die Leute sehen viel zu viele schlechte und völlig unrealistische Filme.«

Ich stehe auch auf. »Kann ich schreiben, was Sie mir erzählt haben?«

»Natürlich. Ich habe keine Geheimnisse. Abseits meiner Verschwiegenheitspflichten. Aber ich will den Text vorher sehen. Das ist ja inzwischen üblich.«

Klar. So wie seine Geschäftspraktiken.

»Dafür vergessen Sie die dumme Sache mit meinen zwei Wachleuten.«

Das ist keine Bitte, sondern eine Feststellung. Ich habe nicht vor, sie zu erwähnen. War ohnehin peinlich, mein Beschattungsversuch. Die Sache mit dem Alpenstüberl steht freilich auf einem anderen Blatt.

»Tut die Schulter noch weh?«

»Geht so. Ich werde die Begegnung vergessen.«

Eindeutig zufrieden mit sich und der Welt bringt mich Unger bis zum Ausgang. »Soll Sie einer meiner Leute zurückfahren?«

Das lehne ich dann doch dankend ab.

Vesna will mein Gespräch mit dem Unterwelt-Boss haarklein wiedergegeben haben. Sie schreibt sogar mit. Vielleicht kann ich ihre Notizen gleich für mein Interview mit Unger verwenden. Wenn ich denn eines veröffentliche. Die Sache mit der missglückten Beschattung habe ich meiner Freundin gegenüber heruntergespielt.

»Wenn jemand stehen bleibt und Handy oder Ähnliches hat und wieder weitergeht und um Ecke und wieder stehen bleibt, dann kannst du sicher sein, er hat dich bemerkt«, hat Vesna mich dennoch belehrt. »Moderne Smartphones sind wie Spiegel. Da muss sich keiner umdrehen. Man sieht, was hinter einem ist. Da warst du. Und bist nicht weggegangen.«

»Misstrauisch sind sie aber schon durch dein Gespräch mit der Hausmeisterin geworden.«

»Ist interessant. Offenbar arbeitet Hausmeisterin mit ihnen zusammen, irgendwie«, stellt Vesna ungerührt fest.

Oskar erzähle ich nichts von meiner Begegnung der dritten Art. Er würde sich bloß aufregen. Als ich bei einer Bewegung vor Schmerz zusammenzucke, murmle ich etwas von einem Rheumaschub.

»Du hattest noch nie Rheuma«, antwortet mein Mann besorgt.

»Vielleicht komme ich in das Alter.«

»Du doch nicht.« Das klingt so tröstlich, dass mir die Schulter gleich weniger wehtut.

Ich sitze an meinem Schreibtisch in der Redaktion und male Kringel auf ein Blatt Papier. Vesna will trotz allem versuchen, an den beiden Wachleuten dranzubleiben. Vorsichtig. Ich werde mich noch einmal wegen der Schutzgeldsache umhören. Fragen, ob Lokale ganz legal für ihren Schutz zahlen – so wie es mir Unger erklärt hat.

Am Vormittag war ich bei Vui. Ich habe sie mit Essen versorgt, und ich hatte den Eindruck, dass ihr Deutsch schon wieder besser geworden ist. Von Schutzgeld oder Zahlungen für eine Sicherheitsfirma habe sie nichts mitbekommen. »Österreich sicher, sagen Tien und Hanh«, hat sie gemeint und ist dann verstummt.

Mein Treffen mit Vui hat mich an ALLES GUT! erinnert. Wieder einmal rufe ich an. Wenn der Chef zurück sei, werde ich sehr rasch einen Termin bekommen, heißt es. Ich seufze, bedanke mich und lege auf. Diese Wirtschaftsdelegation ... Eigentlich hätte ich Zeit, mich ein wenig mit den anderen Teilnehmern der Vietnam-Reise zu beschäftigen.

Ursprünglich hätte sie vom Wirtschaftsminister angeführt werden sollen, weiß ich wenig später. Aber dann gab es eine Regierungskrise und vielleicht auch sonst Wichtigeres. Jedenfalls hat Franz Kaunig die Delegation geleitet. Er ist für den Außenhandel in der Wirtschaftskammer zuständig. Ich habe mich bisher kaum um unsere Außenhandelsbeziehungen gekümmert. Sie sind Sache des Wirtschaftsressorts. Jemanden von meinen Kollegen einzubeziehen wäre mir aber zu riskant. Ich möchte vermeiden, dass sie mir Fragen stellen.

Ich bekomme Herrn Kaunig ohne große Probleme ans Telefon,

seine Sekretärin hat mich lediglich wissen lassen, dass es sich bei ihm um »DOKTOR Kaunig« handle. Österreich und seine Titel. Aber so ist das eben. Vielleicht hat er lange und schwer studiert.

Er ist mir gegenüber einigermaßen reserviert. Betont, dass man »sehr gute Geschäftsabschlüsse« auf den Weg gebracht habe. »Eine anstrengende Reise, leider gar keine Zeit, etwas von Vietnam zu sehen.«

»Schade, es soll ein wunderschönes Land sein.«

»Inzwischen sind solche Reisen durchgetaktet. Ich kann Ihnen gerne die Unterlagen schicken. Zwei unserer Mitarbeiter haben eine Woche Urlaub angehängt. Aber das wurde natürlich alles privat bezahlt. Selbst den anteilmäßigen Teil der Flugkosten haben sie übernommen.«

Er scheint zu glauben, dass ich recherchiere, ob sich ein paar Funktionäre und Unternehmer auf Kosten der Wirtschaftskammer schöne Tage gemacht haben. Kein Grund, ihn aufzuklären. Der Besuch in der Textilfabrik war offenbar nur einer von vielen Terminen. Man hat mit Vertretern der Elektronik-Industrie gegessen, mit der vietnamesischen Handels-und Industriekammer geredet. Österreich importiere vor allem Schuhe, Kleidung und Möbel aus Vietnam, dafür liefere man Maschinen, medizinische Instrumente und Fabrikanlagen, erfahre ich. Die vietnamesische Führung sei sehr eifrig dabei, den Staat zu einer modernen Industrienation zu machen, lobt Kaunig. »Doi Moi. Das bedeutet Erneuerung. Sie sind zwar Kommunisten, aber sie sind für eine wirschaftliche Liberalisierung. Das ist gar nicht so übel. Sie sind sehr verlässliche Partner. Haben alles gut im Griff.«

»Ja, eine feine Sache. Freie Wirtschaft und nicht zu viele Freiheiten für die Bevölkerung.« Erinnert mich ein wenig an Rotlicht-Boss Unger.

»Die Vietnamesen sind dankbar, wenn es gute Jobs gibt, glauben Sie mir. Sie haben lange genug gelitten. Kein Grund für Zynismus, falls ich da so etwas herausgehört habe.«

»Klar, jeder ist froh, wenn er einen Job hat. Übrigens auch bei uns. Ist nicht lange her, dass viele burgenländische Textilarbeiterinnen gekündigt wurden.«

»Der Kostendruck. Es ist einfach, immer die Unternehmer dafür verantwortlich zu machen.«

»Die haben ihre Jobs noch, das ist der Unterschied. – Der Besuch in der Textilfabrik in Hanoi: Hat man da auch Geschäfte abgeschlossen?«

»Das läuft anders. Üblicherweise über Handelsagenten. Es geht um das Gespräch. Um die Vertiefung des gegenseitigen Vertrauens. Das ist ganz wichtig, wenn man über Tausende Kilometer hinweg Geschäfte macht.«

»Es gibt immer wieder Kritik an den Arbeitsbedingungen – war das ein Thema?«

»Natürlich. Gewissermaßen. Österreich legt Wert auf den umfassenden Schutz der Menschenrechte. Wir sehen da sehr genau hin. Keine Kinderarbeit, das ist klar. Und ordentliche Sicherheitsstandards. Und noch mehr.«

»Und? Hat alles gepasst?«

»Wir waren uns mit der Leitung der Industrial City WestWest einig. Natürlich ist vieles anders als in Europa. Aber sie waren sehr offen, haben uns alles gezeigt. Auch ihr Programm für das Kantinenessen. Dort muss man noch darauf achten, dass die Arbeiterinnen ausreichend ernährt sind. War übrigens ausgezeichnet. Besser, als man hierzulande bei manchem Nobelasiaten isst.«

»Und die Arbeiterinnen?«

»Wir konnten mit ihnen reden. Natürlich mit Dolmetscherin. Die wir mitgebracht haben. Sie haben gesagt, dass es sehr viel Arbeit gibt und dass sie dankbar sind für die Aufträge aus Europa. Weil viele Frauen vom Land kommen, hat die Company sogar Wohnhäuser für sie gebaut.«

»Angeblich verdienen sie so wenig, dass sie kaum davon leben können.«

»Es gibt einen gesetzlichen Mindestlohn in Vietnam. Der ist nicht hoch, aber die Frauen sind geschickte Wirtschafterinnen. Sie schaffen es sogar, immer wieder etwas heimzuschicken. Auf dem Land gibt es tatsächlich noch viel Armut. Umso mehr werden wir Vietnam auf dem Weg zur Industrienation unterstützen. Das ist viel besser, als ihnen Almosen zu schicken.«

»Wissen Sie eigentlich, was unsere Firmen der vietnamesischen Fabrik für ein Paar Schuhe oder für ein T-Shirt zahlen?«

»Ich bitte Sie. So etwas gibt man nicht preis. Aber wenn sie zu wenig zahlen, dann nehmen die Fabriken ihre Aufträge nicht an. So ist das in der Marktwirtschaft. – Warum interessieren Sie sich eigentlich so sehr für diesen Besuch?«

»Ich überlege mir eine Reportage über die Handelsbeziehungen zwischen Österreich und Fernost. In letzter Zeit scheint ja fast alles aus China und Umgebung zu kommen.«

»Ach so. Ja. Lassen Sie sich nicht von falschen Vorurteilen leiten. Wir sind eine Welt. Und das ist gut so.«

Fragt sich bloß, wie diese eine Welt mit Menschen wie Vui umgeht.

Am Abend bin ich eingeladen. Vui möchte für uns kochen. In meiner Wohnung. Den Einkauf übernimmt Jana, für Vui sei es eine Chance, danke zu sagen, und auch eine Abwechslung, erzählt mir Vesnas Tochter am Telefon. Kann ich gut verstehen. Ich stelle es mir schlimm vor, jeden Tag, ohne viel tun zu können, in einer Wohnung eingesperrt zu sein. Selbst wenn sie so gemütlich ist wie meine.

»Nur kleines Essen«, sagt Vui. »Danke.« Ihre Augen strahlen.

Vesna, Jana und Hans sitzen bereits am Tisch. Alle haben Stäbchen vor sich.

In der Mitte steht meine große Glasschale, gefüllt mit verschiedenen Kräutern. Sieht wunderschön aus. Dazu eine handgeschriebene Menükarte. Auf Deutsch, aber unter jedem Gang sind auch vietnamesische Schriftzeichen.

Frische Frühlingsrolle mit Mango, Erdnüssen, Salat und Kräutern
Shrimps in Reisteig gebacken
Gefüllter Tofu
Grüner Papayasalat mit Rindfleisch
Schwein in Kokosmilch
Gekochtes Huhn mit Ingwer
Flambierte Ananas und Drachenfrüchte

»Ein kleines Essen«, sage ich, und Vui lacht schon wieder. »Hat dir Tien geholfen?« Wir haben ihm bis jetzt nicht gesagt, wo wir seine Schwägerin untergebracht haben. Und er hat nicht danach gefragt. Vielleicht ist er einfach froh, wenn er sein Leben wieder halbwegs in den Griff bekommt. Oder die beiden haben ohnehin Kontakt.

Vui schüttelt den Kopf. Dann holt sie eine Flasche Weißwein aus dem Kühlschrank und schenkt allen feierlich ein.

»Vietnam Frau no drink.« Sie hebt das Glas. Interessanter Trinkspruch. Wir stoßen an. Auch Vui nimmt einen Schluck.

»Da trinken?« Vesna macht eine entsprechende Geste.

Vui nickt entschlossen mit dem Kopf. »Da anders. Free.«

Wenn das mit der Freiheit bloß so einfach wäre. Wir loben die Frühlingsrollen aus vollem Herzen. Die Fülle aus in feine Streifen geschnittenen knackigen Salatblättern und Mangoscheiben ist großartig, grob gehackte Erdnüsse und Kräuter geben dem Ganzen ein besonderes Aroma. »Können alle Vietnamesinnen so gut kochen?«, frage ich dann langsam, damit Vui mich auch verstehen kann.

Vui lächelt. »Mein Mutter. Groß Koch. Hanh lernt in Schule. Ich heim.«

»Warum bist du nicht Köchin geworden?«, will Jana wissen.

»No school. No Geld.«

»Hanh war in einer Schule für Köche«, werfe ich ein.

»Ich kleine Schwester. No Geld. Daheim work.«

Und während sie verschwindet, um in einem Wok mit hitze-beständigem Öl Garnelen knusprig zu backen, wirft Oskar die Frage auf, wie lange wir so noch weitermachen können.

»Bis der Fall geklärt ist«, sagt Vesna.

»Bis klar ist, dass sie nicht ausgewiesen wird«, sage ich.

Hans überlegt. »Vielleicht kann ich etwas tun. Wenn mir einfällt, wie ich für sie einen Job beantragen kann, den niemand in Österreich erledigen kann ...«

»Wie wäre es mit Handelsagentin?«, überlegt Jana. »Du willst deine Oldtimer auch in Fernost verkaufen. Da brauchst du eine kompetente Partnerin, jemand, der sich auskennt.«

»Oldtimer für Vietnam?«, zweifelt Oskar. »Ganz abgesehen da-von, dass Vui offenbar nur die Pflichtschule hat. So etwas wird wohl geprüft.«

»Wer kennt sich da schon so genau aus? Wir können einen kreati-ven Übersetzer finden. Oder einen, der gleich die Zeugnisse macht«, meint Hans. Vesna nickt. Aber sie nickt zu fast allem, was er sagt. Ausgerechnet Vesna. Es muss Liebe sein.

»Wir schleusen ja keine Verbrecherin ein, sondern eine Textil-arbeiterin, die daheim mit Gefängnis rechnen muss. Weil sie für bes-sere Arbeitsbedingungen gestreikt hat«, gebe ich zu bedenken.

Die Garnelen sind knusprig-zart. Vui erklärt in ihrem seltsamen Mischmasch aus Englisch und Deutsch: Reismehl, Sodawasser und Eiklar mischen und darin so schnell wie möglich die trockengetupf-ten Garnelen eintauchen. Dann frittieren und fertig. Dazu gibt's einen Dip aus Limettensaft, süßer Chilisauce und fein geschnitte-nem Ingwer.

Ich gehe mit Vui in die Küche, und während sie vorsichtig den mit Faschiertem und Jungzwiebeln gefüllten Tofu brät, versuche ich ihr zu erzählen, was mir die Frau von Green Hands gesagt hat. Und dass ich die Unterlagen gerne veröffentlichen würde, aber natürlich nur mit ihrem Einverständnis. Leider sagt Vui immer wieder »verstehe«. Was das bedeutet, weiß ich inzwischen. Wir werden Tien einbeziehen müssen. Obwohl er nicht möchte, dass das Material über die Fabrik bekannt wird.

Auf dem Herd steht mein größter Topf samt Deckel. »Gà«, sagt Vui. »Huhn mit Wasser und viel stark spice.«

Daneben köchelt in einer Kasserolle auf ganz kleiner Flamme eine weißliche Flüssigkeit. Riecht hinreißend nach gewürzter Kokosmilch.

»Ist von Mutter. Spezial. Pig, best pig.« Sie deutet auf ihren Rücken. Also offenbar Schweinsrücken oder Filet. »Coco and Chili and Ingwer and Star . . . not know . . .«

»Sternanis?«, rate ich.

»Ja! Würz in Küche Tien. Langsam. Lange.«

Wir könnten sie in einer Kochshow unterbringen. Asiatische Küche boomt. Vui ist telegen und authentisch – was will man mehr? Aber vielleicht sollte sie vorher doch lernen, sich etwas klarer auszudrücken. Allerdings ist meine Lieblingskochsendung ohnehin »Silent Cooking«. Da wird gekocht und Musik gespielt und nichts gesagt. Daher auch nichts Peinliches. Na ja. Fürs Erste sollte Vui wohl eher nicht ins Fernsehen. Wenn wir vermeiden wollen, dass sich vor dem Eingang zum Studio die Fremdenpolizei, der vietnamesische Geheimdienst, Schutzgelderpresser, Ausländerfeinde und vielleicht auch noch beunruhigte Wirtschaftsvertreter um sie prügeln.

Inzwischen ist es nach neun am Abend. Ich habe das ganz weich gekochte duftende Huhn vorsichtig auf eine tiefe Platte gelegt. Vui hat es mit Zitronenscheiben, Petersilie und Basilikum verziert und so viel vom Fond darüber gegossen, dass ich mich sehr bemühen muss, nichts zu verschütten. Ich habe es gerade durchs Vorzimmer geschafft, als es an der Tür läutet. Fast hätte ich die Platte fallen lassen. Um diese Uhrzeit kann es unmöglich der Rauchfangkehrer oder irgendein Zustelldienst sein. Wir waren nicht laut. Aber wir haben auch nicht geflüstert. Besteht kein Grund dazu. Das ist meine Wohnung. Ich trage das Huhn rasch zum Tisch und sehe in irritierte Gesichter. Ich zucke mit den Schultern, lege einen Finger auf meine Lippen. Sie nicken und schweigen. Dann gehe ich ins Vorzimmer, schließe die Tür zum Wohnzimmer. Ich lausche. Nichts. Ich will schon erleichtert umkehren, als die Klingel wieder zu schrillen beginnt. Ich zucke zusammen. Dann sperre ich auf. Sie werden mich schon nicht sofort erschießen. Und ich habe, wenn man Vui mitzählt, fünf Menschen, die mich verteidigen.

Es ist meine Nachbarin. Eine ausgesprochen nette Person. Ich kenne sie seit Jahren, sie ist mit ihrer Schwester eingezogen, als sie zu studieren begonnen haben. Inzwischen hat sie die Musik-Uni absolviert. Spielt Querflöte und auch sonst alle möglichen Blasinstrumente.

»Ich hab was gehört, und ich hab mir gedacht, Carmen ist doch nach China geflogen«, sagt sie. »Total schön, dich wieder einmal zu sehen!«

Ich würde sie gerne einladen. Aber das geht nicht. Niemand darf von Vui erfahren. Das ist einfach besser so. »Ich hab eine Besprechung«, lüge ich. »Etwas sozusagen Geheimes, nichts, das ich in der Redaktion machen kann. Ich habe mir gedacht, wozu gibt's denn meine alte Wohnung?«

Martha sieht mich ein wenig zweifelnd an. »Verstehe. Deswegen hast du die Wohnung auch putzen lassen. Ich hab Vesna gesehen.«

»Ja. Genau. Vielleicht nehme ich die Wohnung in der nächsten Zeit ab und zu für Besprechungen. Ist gut, wenn man so einen Ort hat.«

»Und du arbeitest an etwas so Geheimem?«

Ich versuche ein harmloses Lachen. »Eigentlich nicht. Aber gewisse Leute reden lieber, wenn keiner zuschauen kann.«

Ich merke, dass sie mir nicht glaubt. Trotzdem. Ich kann ihr nichts sagen. »Super, dass du achtgibst. Man weiß ja nie, was passiert, wenn Wohnungen leer stehen.«

»Ja. Gerne. Also dann: Bis bald einmal!« Damit dreht sie sich um und geht.

Lange können wir Vui nicht hierbehalten. Auch ohne diese Party: Es fällt auf, dass sich in der Wohnung was tut.

Als ich zum Tisch komme, gebe ich mich trotzdem fröhlich. Wir werden uns das Festessen nicht vermiesen lassen. »War nur Martha, die Nachbarin. Gar kein Problem.« Vui sieht mich mit großen Augen an, dann nickt sie. Sie hat neben jede Schüssel ein Schüsselchen mit einer Mischung aus grobem Meersalz, trocken geröstetem und dann gemörsertem Pfeffer und dazu eine Zitronenhälfte gestellt. Jana erklärt mir, dass ich die Zitrone über die Salz-Pfeffer-Mischung träufeln, dann mit den Stäbchen ein Stück Fleisch aus dem Huhn zupfen, das Huhn in die Mischung dippen und essen solle. Vui nickt.

»Habt ihr schon?«

Alle schütteln den Kopf. Also zupfen wir alle Fleisch von der Platte. Das Huhn ist so weich, dass das gar kein Problem ist. Wir dippen und kosten synchron, und dann hört man nur mehr begeisterte und wohlige Laute. Das ist ein Geschmackserlebnis. Eines, hinter dem Gourmets Tausende Kilometer herjagen. Hier findet es statt. In einer an sich leer stehenden Altbauwohnung, gezaubert von einer jungen Frau, die weit weg wilde Streiks organisiert hat. Auch sie nickt zufrieden. Dann holt sie den duftenden starken Hühnerfond, gießt etwas davon in alle Tassen, bringt warme Reisnudeln, den mitgekochten blättrig geschnittenen Ingwer, Jungzwiebel, Chilistücke.

»Suppe Gewürz wie mögen. As you like.« Sie deutet auf die vielen Kräuter, die in der Schale stehen. Ich habe das eigentlich für eine besonders gelungene Dekoration gehalten. Sie macht es vor, nimmt mit den Stäbchen Koriander und Basilikum und Petersilie, legt sie in die heiße Flüssigkeit, gibt Ingwer und ein paar Nudeln dazu und isst. Ich bin eine gelehrige Schülerin. Und ich werde das demnächst bei Oskar, das heißt, bei uns daheim ausprobieren.

[9]

Ich glaube es kaum. Heute Nachmittag hat Daniel Hofmann von ALLES GUT! Zeit für mich. Ich sitze in meiner Dschungelecke im Großraumbüro und erledige Routinearbeiten. Mails beantworten, eine Reisekostenabrechnung berichtigen. Die von der Buchhaltung haben offenbar immer neue Ideen, wenn es um noch mehr Papierkram geht. Auf Einladungen reagieren. Danke, aber ich habe leider keine Zeit, im Marchfelderhof zur Ehrung des neunzigjährigen Kammerschauspielers zu erscheinen. Auch wenn der Lokalbesitzer eine der skurrilsten Figuren der an skurrilen Figuren nicht armen österreichischen Promi-Szene ist. Schwul, mit einem Toupet, engen schwarzen Pullovern, einem Hang zu Pomp und einem großen Herzen sowohl fürs Geschäft als auch für alle möglichen Zukurzgekommenen. Das betrifft drittklassige Soubretten ebenso wie im Heim abgegebene Tiere. Ich mag ihn, auch wenn in meiner Umgebung viele über ihn spotten.

Telefon. Eine Nummer, die ich nicht kenne.

»So es war nicht ausgemacht. Nicht, dass Sie reden mit Unger über mich.«

»Wer spricht?«

»Na wer. Freund von Freund von Lokal, über das Sie schreiben wollen. Die wollen das nicht mehr.«

»Das ist leider zu spät, das ›Magazin‹ erscheint heute Nachmittag. Aber es wird Ihren Freunden gefallen. Es ist Werbung. Eine gute Geschichte, über Menschen aus Asien, die hier leben und arbeiten.«

»Und was sagt Unger?«

Offenbar hat Unger tatsächlich Gun angerufen und nach der

Schutzgeldsache gefragt. Warum? Weil er gute Beziehungen zur Presse will? Weil er den Überfall seiner beiden Wachleute ausbügeln möchte? Wohl eher, weil er abklären wollte, was in seinem Umfeld geschieht. Womöglich habe ich da eine Unterwelt-Fehde angeheizt. »Unger kommt in der Geschichte gar nicht vor. Und Sie auch nicht. Ich habe nur ... Hintergründe recherchiert, wenn Sie verstehen.«

»Was ich verstehe, ist: Unger will mir Mord an Vietnamesin in Schuhe schieben.«

»Kann ich mir nicht vorstellen. Er hat Sie sogar in Schutz genommen. Er hat gemeint, Mord wegen einer Schutzgeldsache sei in Wien absurd.« Ich muss ja nicht dazusagen, dass er im Zusammenhang mit Gun von »illegalem Gesindel« oder so gesprochen hat.

»Sie haben nicht mit ihm reden über mich.«

»Tut mir leid, wusste ich nicht.«

»Ich will Frieden. Er hat Macht.«

»Hatten Sie doch etwas mit dem Sông Lâu zu tun?«

»Ganz sicher nicht! Und ich lasse auch nicht erpressen!«

Ich überlege. »Okay. Wenn Sie etwas hören über das Sông Lâu und wer etwas gegen die Besitzer hat, dann lassen Sie es mich wissen. Es ist am besten für Sie, wenn alles geklärt wird. Dann kann kein Verdacht auf Sie fallen.«

»Das kann ich machen.« Es klingt grimmig. Sieht so aus, als hätte ich damit schon zwei Unterwelt-Informanten. So schnell kann es gehen. Ich sollte allerdings immer mitdenken, dass sie bei dem, was sie mir erzählen, auch ihre eigenen Interessen im Auge haben. Aber wer hat das nicht?

»Wir bleiben in Verbindung ...«

Irgendetwas ruckelt an meinem rechten Philodendron. Die zwei Riesenpflanzen schirmen mich zum Glück ausgesprochen effizient vom Rest des Büros ab. »Danke«, sage ich noch rasch und drücke die Beenden-Taste.

»Die sind schon wieder gewachsen. Irgendwann werden sie Geiseln nehmen«, sagt Klaus, der Chefredakteur.

Ich grinse. Er muss ja nicht wissen, dass ich ihnen die fünffache der empfohlenen Düngermenge gebe, und das seit Jahren. Sie mögen es. »Sollen sie auch«, antworte ich.

Klaus bemüht sich um einen ernsten Gesichtsausdruck. »Wir müssen reden.«

Hat sich womöglich wieder einmal einer über mich beschwert. Ich gehe im Geiste die Storys der letzten Wochen durch. Zumindest bei der mit den Katzen in den reiferen Jahren fällt mir niemand ein. Er zieht sich den zweiten Sessel zum Schreibtisch. Ich verstehe und setze mich.

»Also?«

»Ich habe gehört, du arbeitest an einer Geschichte über die Auslandsreisen der Wirtschaftskammer. Warum weiß ich nichts davon?«

Ich starre Klaus überrascht an. »Tu ich nicht.«

»In deinem Vertrag steht, dass du nur für uns schreiben darfst. Alles andere braucht eine Genehmigung.«

»Ich arbeite für niemand anderen. Ich habe bloß mit einem Doktor der Wirtschaftskammer telefoniert. Ich wollte ein paar Sachen . . . vorklären. Da ist noch keine Story. Woher weißt du davon?«

»Unser aller Geschäftsführer. Er ist natürlich auch Kammerfunktionär. Offenbar fürchtet man, du könntest die guten Handelsbeziehungen zu Vietnam untergraben. – Sagt dir das etwas?«

Ich räuspere mich. Ich muss Zeit gewinnen. Ich kann Klaus noch nicht viel erzählen. Der gestrige Abend war zu schön, als dass ich noch einmal versucht hätte, mit Vui über die Veröffentlichung ihres Materials zu reden. »Die reagieren aber sehr empfindlich. Allein das wäre eine Story wert.«

»Du lenkst ab.«

»Es geht nicht um die Reisen an sich. Sie waren in einer der großen Textilfabriken in Vietnam. Ich hab Hinweise darauf, dass die Arbeitsbedingungen dort ausgesprochen mies sind.«

»Was für Hinweise?«

»Kann ich noch nicht sagen. Ich muss eben herumfragen, bevor ich weiß, ob und was ich daraus mache. Deswegen habe ich noch nichts davon erzählt. Ist doch oft der Fall. Wäre auch viel, wenn dich jede von jeder Idee informieren würde.«

»Die von der Handelskammer lassen uns ausrichten, dass alle Reisen den guten Handelsbeziehungen dienen. Und zwar im Interesse der österreichischen Wirtschaft und der Arbeitnehmer da und dort.«

»Arbeiterinnen.«

»Wie bitte?«

»Es gibt in den Textilfabriken kaum Arbeiter, nur Arbeiterinnen.«

»Ja. Klar. Du ... hältst mich bitte auf dem Laufenden, wenn du etwas recherchierst. – Hat sich das aus deiner Story über asiatische Lokalbesitzer ergeben?«

»Nur weitläufig. – Der Geschäftsführer hat sich übrigens aus den redaktionellen Belangen rauszuhalten.«

»Und damit er das auch wirklich tut, kümmere ich mich darum. Arbeitsbedingungen in anderen Staaten sind eine sensible Sache. Wir sind kein Provinzblatt, sondern die auflagenstärkste Wochenzeitung.«

»Und du glaubst, dass es der Auflage schadet, wenn ich eine Reportage mache, wie unsere T-Shirts und Sportschuhe entstehen? Wer damit das große Geld macht und wer kaum genug zum Überleben hat?«

Klaus schüttelt den Kopf. »Wir haben über die Sache in Bangladesch damals groß berichtet. Es ist ein Skandal, wenn Menschen sterben müssen, nur damit noch billiger produziert werden kann. Aber das ist keine neue Story.«

Ich sehe ihn empört an. »Keine neue Story, wenn Millionen Frauen ausgebeutet werden? Nichts, worüber man schreiben sollte, wenn dort Aufseher Strafen wie im Mittelalter verhängen? Wenn halbe Kinder in Ohnmacht fallen, weil sie so viele Überstunden

131

machen müssen? Wenn Leute, die Streiks organisieren ... ach was. Egal. Wahrscheinlich zittern sie in der Geschäftsführung wieder wegen ein paar Inseraten. Was zählen da schon Frauen in Vietnam?«

»Du scheinst eine Menge zu wissen.«

»Lauter alte Hüte. Du hast es selbst gesagt.«

»Der selbstgerechte Blick steht dir nicht.«

»Und dir steht es nicht, wenn du dich vom Geschäftsführer gängeln lässt.«

»Was ist das mit den Streiks?«

»Ich kann darüber noch nicht reden.«

»Es tut mir leid, ganz offiziell: Du musst deine Recherche mit mir absprechen.«

»Gratulation, vielleicht wirst du ja auch noch Kammerfunktionär. Hauptsache, es fällt kein ungutes Licht auf die Geschäfte. Und wenn es mörderisch wird, dann hat man damit gar nichts zu tun. Nicht irgendwelche Funktionäre. Nicht die Unternehmen. Nicht Österreich. Nicht Vietnam. Dann war es nur ein kleiner Böser. Oder, besser noch, ein Versehen.«

»Mörderisch?«

»Das hab ich bloß so dahingesagt.«

»Ich gebe es dir auch schriftlich. Du musst die Recherche mit mir absprechen!« Damit fetzt Klaus, der Chefredakteur, ein Philodendronblatt entzwei und verlässt meine Dschungelecke.

»Lass wenigstens den Philodendron leben, wenn dir die anderen schon egal sind!«, brülle ich hinter ihm drein. Einige Kollegen sehen interessiert in meine Richtung. Sollen sie doch. So ein Idiot.

Als ich wenig später auf die Toilette muss und dafür wohl oder übel das Großraumbüro durchquere, werde ich von den besonders Neugierigen natürlich gestoppt. »Und? Worüber habt ihr gestritten?«

»Ich wollte eine Story über behinderte Schimpansen machen. Er will eine über blinde Schlangen«, antworte ich.

»Ach«, sagt Dagmar von der Chronikredaktion. »Was sich liebt, das neckt sich.«

»Liebe!«, pfauche ich.

»Der ist doch seit ewig in dich verknallt«, kontert Dagmar und lacht.

Unsinn. Ganz abgesehen davon, dass ich wissen möchte, wie er dann mit Menschen umgeht, die er nicht leiden kann.

Daniel Hofmann empfängt mich in seinem »Headquarter« am Wienerberg, einem sechsstöckigen Bau aus Glas und dunklem Holz. Der Kern wird schon Beton sein. Ist besser für die Statik. Jedenfalls sieht das Ding ziemlich gut aus. Hat auch einige Architekturpreise gewonnen. Der Boden der Eingangshalle ist aus großen, unregelmäßig rot gebrannten Fließen. Er wirkt warm. Kleine Sitzecken, eine Empfangstheke aus demselben dunklen Holz wie an der Fassade. Keine junge schicke Rezeptionistin. Die Frau ist gegen sechzig und wirkt, als hätte Hofmann sie in der nächstgelegenen Konditorei gefunden. Falls er sich um so etwas selbst kümmert. Die Wände sind mit gerahmten T-Shirts geschmückt. »ALLES GUT!«. In Rot, Grün, Gelb, Weiß, Blau. Fröhlich. Optimistisch.

»Herr Hofmann erwartet Sie«, sagt seine Empfangsdame lächelnd. Nicht: »Herr Doktor Hofmann«. Nicht: »Herr Kommerzialrat Hofmann«, nicht einmal »CEO« oder »Vorstandsvorsitzender«. Ich bin angenehm überrascht. Ich darf selbst und ohne Eskorte in den sechsten Stock fahren. Wenigstens darin gleicht er herkömmlichen Firmenbossen. Er hat sein Büro ganz oben. Türschild mit »Hofmann«. Ganz schlicht. Ich klopfe und stehe in einem fast strahlend weißen großen Raum. Designerstühle, Tischchen, deren Glasplatten nicht durch Steher am Boden gehalten werden, sondern durch Stahlrohre, die aus der Decke kommen. Sofas auf Rollen. Fauteuils in beigem Leder. An den Wänden exotisch bunte Bilder. Tiere, lachende Gesichter, blühende Bäume. Drei Türen mit Milchglasscheiben. Sie erinnern mich

133

ein wenig an die Türen in modernen Toilettenanlagen. Man sieht nicht rein, aber ein bisschen raus.

»Frau Valensky?«

Ich drehe mich um. Daniel Hofmann. Geboren, um Erfolg zu haben. Er trägt ein gut geschnittenes blaues Sakko, darunter ein beiges T-Shirt mit »ALLES GUT!« und Jeans. Helle Haare, die an den Schläfen grau werden. Wir geben einander die Hand.

»Ich wollte gerade das Sekretariat suchen.«

Hofmann lächelt. »Ich finde es unangenehm für meine Assistentinnen, wenn alle bei ihnen reinplatzen. Also haben wir hier einen zentralen Kommunikationsraum eingerichtet. Von hier geht mein Büro ab und auch das meiner Assistentinnen. Sie gehören übrigens zu den wenigen, die bei uns ein eigenes Büro haben. Ansonsten haben wir uns für Arbeitspools entschieden. Die Leute sind bei dem Projekt, an dem sie gerade arbeiten. Auch räumlich. Fördert außerdem die Flexibilität. Auch gedanklich.«

In Vietnam arbeiten die Näherinnen dicht an dicht. Bei ihrem Projekt. Den ganzen Tag lang. Oft bis in die Nacht hinein. Aber ich sage es nicht. Wäre kein guter Einstieg. Abgesehen davon: Niemand kann die ganze Welt retten.

Wir sitzen in zwei der Lederfauteuils, neben uns in passender Höhe eines der Glastischchen. Ein junger Mann in Cordhosen und ALLES-GUT!-Sweatshirt tritt eigenartig lautlos ein. Er trägt ein Tablett mit Wasser, einer Karaffe Saft, Gläsern, zwei Kaffeetassen, einem Kännchen, einigen dunkelbraunen unregelmäßigen Bonbons.

»Ich will die Menschen nicht mit unnötigen Entscheidungen überfordern. Es ist besser, wir sparen unsere Ressourcen für die wichtigen«, sagt der Firmenboss. »Also bringt Steve gleich von allem etwas. Oder zumindest von dem, was die meisten wollen. Steve macht ein Praktikum bei mir.«

Ich bin beeindruckt. Ich weiß oft nicht, was ich nehmen soll. Und der Kaffee in den Tassen ist Espresso. Stark und heiß, so wie ich ihn liebe.

»Wer möchte, gibt Milch dazu«, ergänzt Hofmann und deutet auf das weiße Kännchen. »Sie wollten mit mir über Vietnam reden?«

Ich nicke. Kein Grund, lange herumzutun. Wer weiß, wie viel Zeit er hat. »Sie waren mit einer österreichischen Wirtschaftsdelegation in der Industrial City WestWest. Warum?« Ich bin auf seine Ausrede gespannt.

»Darum geht es also. Und ich habe noch extra nachgelesen, wie das mit dem Vietnamkrieg war. Ich dachte, Sie arbeiten an einer Story über Ihren Freund Droch. Der war damals in Vietnam, ich habe gut aufgepasst bei der Laudatio. Aber auch recht. Ich habe nichts zu verbergen. Ich lasse dort produzieren. Nicht nur dort, aber auch dort.«

»Es scheint sich nicht eben um einen Vorzeigebetrieb zu handeln.«

Hofmann schüttelt den Kopf und sieht mit einem Mal traurig aus. »Sie haben recht. Deswegen wollte ich auch hin. Es ist nicht einfach, passende Produktionsstätten für unsere Artikel zu finden. Vietnam ist an sich ganz in Ordnung. Sie haben Arbeitsschutzbestimmungen und Mindestlöhne.«

»Das reicht?«

»Nein, natürlich nicht. Ich habe deswegen auch die Leiterin von Green Hands überzeugen können, mitzufahren. Sie soll evaluieren, was zu verändern ist. Und wir haben versucht, den Betreibern klarzumachen, dass sie sich an die Vereinbarungen halten müssen.«

»Und?«

»Sie haben es versprochen. Wir haben einen langen Katalog an Bedingungen. Wir fordern seine strikte Einhaltung. Er reicht von den Arbeitszeiten über die transparente Abrechnung von Überstunden bis hin zu Sozialleistungen wie Kantinenessen. Ganz wichtig natürlich die Sicherheitsbestimmungen. Feuerpolizeilicher Art, aber auch was Dämpfe angeht und sichere Maschinen.«

»Kann es sein, dass Ihnen die von der Fabrikleitung nur die schönen Seiten gezeigt haben? Dass sie extra einiges für Ihren Besuch vorbereitet haben?«

Hofmann nippt an seinem Kaffee. »Das ist nicht auszuschließen. Aber wir haben mit Menschen aus der Belegschaft geredet. Wir haben sogar die Dolmetscherin selbst mitgebracht. Mehr geht nicht, meinen Sie nicht auch?«

»Was würden Sie sagen, wenn Sie erfahren, dass es in der Fabrik immer wieder Streiks gegeben hat? Keine zugelassenen, sondern wilde.«

Er sieht mich aufmerksam an. Bilde ich mir das bloß ein, oder wird er etwas weniger freundlich und gelassen? »Ich würde sagen, dass ich davon nichts weiß. Dass es auf der einen Seite sicher immer berechtigte Anliegen gibt. Aber auf der anderen Seite auch Krawallmacher, die mit nichts einverstanden sind.«

»In Vietnam kann man für solche Streiks ins Gefängnis kommen.«

»Vietnam ist ein kommunistisches Ein-Parteien-Land. Aber glauben Sie, dass es die Leute besser hätten, wenn es die Fabriken nicht gäbe? Sie brauchen Arbeit. Und ich will dazu beitragen, dass es eine gute Arbeit ist.«

Kann man alles unterschreiben. Ich versuche mich an die Fotos zu erinnern, an die Dokumente, die Vui mitgebracht hat. Ich darf mich nicht einlullen lassen. »Wie viel bezahlen Sie für ein T-Shirt bei Industrial City WestWest?«

Hofmann lacht. »Ich bin keiner, der nur an den Profit denkt. Ich hoffe, das haben Sie schon bemerkt. Aber ich bin auch Geschäftsmann. So etwas sagt man nicht. Ganz abgesehen davon, dass es sich nicht so einfach beantworten lässt. Wir haben viele verschiedene Arten von T-Shirts, und allein die Baumwolle und die neuen Fasern unterliegen Konjunkturschwankungen. Der Markt ist hart. Glauben Sie nicht, dass wir uns auf Kosten der Arbeiterinnen eine goldene Nase verdienen. Im Übrigen beschäftigen wir eine Menge Menschen.«

»Nur dass die Schlafquartiere der Näherinnen und dieser zugegeben interessante Kommunikationsraum etwas unterschiedliche Standards haben.«

Hofmann schenkt mir Wasser nach. »Natürlich repräsentieren wir auch. Das gehört dazu. Wenn ich aus Solidarität mit den Arbeiterinnen in einer Hütte sitze, glaubt mir keiner, dass ich Erfolg habe. Dann sinken die Aktienkurse, und die Arbeiterinnen haben keinen Job mehr. Ich versuche immerhin mit Stil zu repräsentieren. Und damit junge Designer zu unterstützen. Haben Sie die großartigen Tischchen bemerkt? Jetzt ist es ein Beistelltisch, wenn wir einen kleinen Empfang geben, dann werden sie zu Stehtischen. Sie sind an der Decke befestigt und in der Höhe verstellbar. Oder die Bilder an den Wänden: Sie sind von einem Projekt, das wir letztes Jahr auf Mauritius gemacht haben. Auch dort lassen wir produzieren. Und wir schulen, gemeinsam mit Hilfsorganisationen, unsere Arbeiterinnen. Sie lernen besser schreiben und rechnen, sie lernen sich auszudrücken und eben auch zu malen. – Warum sind Sie an der Sache eigentlich so interessiert?«

»Ich finde es spannend, wer unsere Kleider näht.«

»Und wie kommen Sie da ausgerechnet auf Vietnam und auf Industrial City WestWest?«

»Weil man Beispiele braucht. Wenn man sich ansieht, was damals in Bangladesch passiert ist . . .«

»Wir haben nie mit Bangladesch gearbeitet. Die Bedingungen dort sind zu schwierig. Es ist nicht zu durchschauen, wer letztlich wo was tut. Firmen, Subfirmen, Subsubfirmen. Das wollen wir nicht.«

»Und Kambodscha? Da hat es Tote bei Auseinandersetzungen mit der Polizei gegeben. Bloß weil sie einen Lohn verlangt haben, von dem sie leben können.«

»Das war eine böse Sache. ALLES GUT! war bei den Ersten, die dagegen protestiert haben. Und wir haben unsere Produktion umgehend abgezogen.«

Irgendetwas in die Richtung hat Tien auch gesagt. Allerdings hat es da nicht so positiv geklungen. Die Textilproduktion geht immer dorthin, wo es für sie am günstigsten ist. Und wo es ruhig ist. Deswegen wird Vietnam auch mit allen Mitteln zu verhindern versuchen, dass es größere Streiks gibt.

»Nach Vietnam?«

»Ja. Und nach Mauritius.«

»Klingt nach T-Shirts aus dem Ferienparadies.«

Hofmann lächelt. »Gut, wenn Sie das so sehen.«

»Wird aber auch nicht alles schön sein.«

»Nein, aber wir wollen unseren Teil dazu beitragen, dass es schöner wird.«

»Stimmt es übrigens, dass Sie eine Öko-Linie produzieren wollen?«

»Stimmt. Wir wurden von Anfang an damit in Verbindung gebracht. ALLES GUT! – Das ist sozusagen auch Verpflichtung. Und es handelt sich nicht nur um eine Öko-Schiene, sondern es soll auch um faire Arbeitsbedingungen gehen.«

»Sie lassen das unabhängig zertifizieren?«

»Natürlich.«

»Green Hands?«

»Es war mit ein Grund, warum ich wollte, dass Frau Stein von Green Hands mit dabei ist. Green Hands ist sehr kompetent. Ihr Siegel ist schwer zu bekommen, es gibt viele Auflagen zu erfüllen. Aber ich will es versuchen. In der Industrial City WestWest wird auch ökologisch produziert. In einem gesonderten Bereich. Ich wollte, dass sie sich das ansieht und sagt, ob das für sie in Ordnung ist.«

»Und?«

Er seufzt. »Noch passt nicht alles, um es kurz zu machen. Es ist nicht immer ganz einfach, wenn man auf Produktionsstätten zurückgreifen muss, die so weit entfernt sind. Ansonsten gibt's natürlich auch noch andere Gütesiegel, die öko und fair sind.«

»Und weniger streng.«

»Tja. Tatsächlich gibt es da einen gewissen Wildwuchs. Aber jedes ist besser als gar nichts.«

»Und warum regelt die EU das nicht?«

»Der wird ohnehin vorgeworfen, dass sie alles regelt.«

»Gemeinsame Standards für gut produzierte Kleidung hätten doch Sinn. Dann würde vielleicht sogar wieder mehr in Österreich erzeugt.«

»Tja, es gibt wohl keine ausreichend mächtige Lobby. Man sollte sich dafür einsetzen, Sie haben recht.«

»Solange es um die heilige Gewinnmaximierung geht . . .«

»Darum geht es mir sicher nicht. Aber ich muss wirtschaften. Auch im Interesse meiner Mitarbeiterinnen. Wissen Sie, was es kostet, in Österreich oder Deutschland zu produzieren? Unsere Produkte sind jung und gut, aber sie sind nicht für die oberen Zehntausend. Außerdem: Wer gibt dann den Menschen dort eine Chance?« Er blickt auf die Uhr. »Ich sollte eigentlich schon in einem anderen Meeting sein. – Wissen Sie, was wir machen? Meine Assistentin mailt Ihnen die Adresse von einem Mitarbeiter aus meiner Stabsstelle, den können Sie dann alles Weitere fragen. Und wenn Sie Lust und Zeit haben, dann können Sie uns gerne einmal begleiten. Nach Mauritius zum Beispiel. Aber natürlich auch nach Vietnam. Sie können mit den Leuten dort sprechen. Selbst wenn keiner von uns dabei ist.«

Klingt nicht schlecht. Vielleicht gibt es DIE Wahrheit nicht. Sondern mehrere. Und selbst Lea Stein hat gemeint, es sei wichtig, dass die Frauen ihre Arbeit behalten. Daniel Hofmann steht auf, es bleibt mir nichts anderes übrig, als es ihm gleichzutun.

»Sie werden über diese Sache schreiben?«

»Ich weiß noch nicht. Unser Gespräch war sozusagen eine Vorrecherche. Um die Gedanken zu ordnen. Wenn ich etwas schreibe, dann lasse ich es Sie rechtzeitig wissen.«

»Sie können alles verwenden, was ich Ihnen gesagt habe.«

Ich sehe ihn erstaunt an.

»Ich habe keine Geheimnisse. Und es ist viel zu anstrengend, jedem die gerade passende Wahrheit zu verkünden. Aber ich würde den Text gerne sehen, bevor er in Druck geht. Auch, weil er mich einfach interessiert.«

»Natürlich. – Lassen Sie bei Betriebsbesuchen eigentlich immer wieder Visitenkarten fallen? Für die Arbeiterinnen, die nicht ausgesucht wurden, um mit der Delegation zu reden?«

Der Gründer von ALLES GUT! sieht mich mit gerunzelter Stirn an. »Es war eine Idee von Frau Stein. Sie macht das offenbar immer. Und hofft, dass sie so mehr erfährt.«

»Und?«

»Ich habe es ohnehin vermutet. Es hat sich niemand gemeldet.«

»Ich dachte, Sie haben eine Mail bekommen. Aus einem Internetcafé in Hanoi.«

»Nein, habe ich nicht. Wer soll sie geschickt haben?«

»Leute aus der Textilfabrik.«

»Jemand von der Geschäftsführung?«

»Leute, die streiken, weil dort vieles im Argen ist.«

»Tut mir leid, davon habe ich noch nie etwas gehört. Wenn Sie Kontakt zu solchen Leuten haben, dann haben die Sie falsch informiert. Aber sagen Sie ihnen, dass sie natürlich jederzeit zu mir kommen können. Ich bin immer an Gesprächen interessiert. – Seltsam, ich habe überhaupt nicht mehr daran gedacht, dass ich auch ein paar Visitenkarten verteilt habe. Ich mache das natürlich häufig auf Reisen. Machen alle. Ich achte immer darauf, dass ich einen Extra-Stapel mitnehme. Vor allem in China und Japan. Da gehört es zum Begrüßungsritual.«

»Dort produzieren Sie auch?«

»In China waren wir, aber wir sind es nicht mehr. Die Arbeitskosten steigen, der Standard aber nicht. Und in Japan haben wir ein Verkaufsnetz aufgebaut.«

»Auf den T-Shirts steht dann auch ›ALLES GUT!‹?«

»Sie werden es nicht glauben, ja. Wir hatten zuerst vor, es in der jeweiligen Landessprache zu printen, aber wir sind draufgekommen, dass es so viel besser funktioniert. Und wer im Internet ALLES GUT!

anklickt, kommt sofort auf eine Seite, wo es in alle Sprachen über-setzt wird. So tun wir auch noch was für das Image unserer deutschen Sprache. Positiver geht's nicht!« Er lacht und schüttelt mir die Hand.

Ich bedanke mich höflich und denke mir: Positiver geht's nicht – das wäre eine perfekte Schlagzeile für die Story.

[10]

Könnte dein plötzliches Interesse für unsere Außenhandelsbezie-hungen mit der toten Vietnamesin zu tun haben?«, fragt Droch.

Wir sitzen beim Türken, gleich um die Ecke vom »Magazin«.

Der Kaffee ist stark und bitter, genau wie er sein sollte. Ich konzentriere mich darauf. Aroma. Wärme.

»Mira?«

Ich seufze. »Wer hat dir von meinem Anruf bei der Handelskammer erzählt?«

»Glaubst du, das bleibt geheim? Die haben interveniert. Zuckerbrot hat übrigens auch schon gefragt, ob du dich noch mit der Schutzgeld-Sache beschäftigst.«

»Ich dachte, ihr redet bei euren Treffen nicht über Berufliches? Ein Unterwelt-Chinese hat mir erzählt, dass bei den asiatischen Lokalen nichts zu holen sei. Und ein Rotlicht-Boss hat mir erklärt, wie es wirklich geht. Legal. Er hat eine Sicherheitsfirma, und jeder kann für einen gewissen Betrag im Monat geschützt werden. Dauernd oder durch Wachleute, die kommen, wenn man sie akut braucht. Ist sogar von der Steuer absetzbar.«

»Wer war das?«

»Gunter Unger.«

»Sieh mal an. Einer der ganz Schlauen. Ist kein Milieu, in dem ich mich sehr gut auskenne. Aber er war ein enger Freund eines früheren Polizeipräsidenten.«

»Das passt.«

»Man sagt, die Rumänen hätten ihn ziemlich aus dem Geschäft gedrängt.«

»Ich weiß nicht. Seine Handlanger kommen vor allem aus Osteuropa. Er nennt sie seine ›Knappen‹ – weil er Rittergeschichten und das Mittelalter liebt. Sie führen seine … Unternehmen. Und was er sagt, passiert. Behauptet er zumindest.«

»Kann schon sein. Wie bist du eigentlich zu ihm gekommen?«

Ich nehme noch einen Schluck. »Zufall.«

»Kann es sein, dass euer vietnamesisches Lokal mit seiner Sicherheitsfirma zu tun hatte?«

»Das bestreiten beide. Unger. Und Tien.«

»Und was ist mit der ermordeten Vietnamesin? Du warst dir nicht sicher, ob es sich dabei wirklich um die Frau des Lokalbesitzers handelt. Richtig?«

»Ich bin mir jetzt sicher. Zuckerbrot hat mir klargemacht, dass es keinen Zweifel gibt.«

»Wer war dann die Frau, der du im Keller begegnet bist? Die ihr so ähnlich gesehen hat?«

»Keine Ahnung.«

Droch sieht mich ernst an. »Ich glaube dir nicht. Rede mit mir. Zuckerbrot wird nichts erfahren.«

Ich schüttle langsam den Kopf. Ich kann ihm nicht erzählen, dass ich eine Illegale verstecke, die in Vietnam wilde Streiks organisiert hat und deren Material zumindest eine Gefahr für das Image der vietnamesischen Textilproduktion darstellt.

»Dann kann ich dich auch nicht beschützen.«

»Danke, nicht nötig. – Wovor denn? Vor Interventionen? Vor einem Geschäftsführer, der sich überall einmischt? Vor der Unterwelt?« Das sollte spöttisch klingen. Hört sich aber eher weinerlich an. Vui kann ohnehin nicht mehr lange in der Wohnung bleiben. Andererseits: Wohin sollte sie sonst?

Und je mehr ich herausfinde, desto weniger will ich zulassen, dass sie abgeschoben wird.

»Hatte die ermordete Hanh Kontakt mit der Außenhandelsdelegation?«, versucht es Droch noch einmal.

»Nein, sicher nicht. Die Delegation war Mitte Jänner in Vietnam.

143

Sie war einen Monat später beim Tết-Fest dort. Kann man im Pass nachverfolgen.«

»Was interessiert dich an der Reise nach Vietnam? Sie haben Geschäfte gemacht, Kontakte gepflegt, so wie das eben üblich ist.«

»Vietnam ist kein demokratischer Staat, du bist es ja sonst, der was gegen die Kommunisten hat.«

»Oh, dich stört, dass sie mit den Kommunisten Geschäfte machen. Löblich. Aber naiv.«

»Ich habe alles Mögliche im Zusammenhang mit Vietnam recherchiert. Wegen dieses Mordes. Und weil ich diese Story über asiatische Lokalbetreiber gemacht habe. Da bin ich im Internet auf diese Wirtschafts-Reise gestoßen. Und hab mir gedacht, ist doch spannend, was da läuft.« Klingt selbst für mich nicht restlos überzeugend, aber ist doch so etwas wie eine Erklärung. Hätte mir früher einfallen können. Hoffentlich interveniert nicht auch noch Hofmann. Glaube ich allerdings kaum. Er hat vielleicht andere Methoden.

»Na gut«, antwortet Droch. Aber es hört sich nicht so an, als ob alles gut wäre. Da schon eher total panne – um einen anderen Lieblingsspruch der Deutschen zu zitieren.

Ich gehe nicht zurück in die Redaktion. Sonst kommt womöglich noch jemand und versucht, mich auszuhorchen. Das ist einer der Vorteile, wenn man nicht angestellt ist. Ich kann auch von daheim aus arbeiten. Oder etwas anderes tun. Vorausgesetzt, ich habe meine Reportagen rechtzeitig fertig. Und sie gefallen. Und sie machen Auflage. Die würde eine Story über die gar nicht so freundlichen Erzeugungsbedingungen von netten T-Shirts und cooler Sportswear jedenfalls machen. Und trotzdem scheint man im »Magazin« nicht einmal die Vorrecherchen zu mögen. Oskar drängt mich, das, was ich weiß, endlich Zuckerbrot zu erzählen. Er glaubt wieder einmal, er muss auf mich aufpassen. Wenn ich an unseren Streit denke, als ich nach Moskau wollte, um eine untergetauchte

Dolmetscherin zu treffen ... Vui ist immerhin bloß in meiner alten Wohnung. Und plötzlich fällt mir ein, wie ich erklären kann, dass es dort wieder Betrieb gibt. Ich sollte Vui ohnehin besuchen. Und mit ihr reden.

Ich parke mein Auto in einer Seitengasse. Lautlos vor und zurück, bis ich in der Parklücke stehe. Ein älterer Mann mit einem struppigen Mischlingshund beobachtet es interessiert. »Macht der das automatisch?«, fragt er.

»Einparken tu ich selbst, aber er macht es leise. Elektrisch.«

»Früher hat es bei der Post elektrische Zustellwagen gegeben. Dann waren sie wieder weg.«

»Wird Zeit, dass sie wiederkommen.«

»Mir egal.«

Ich lächle ihn an und schnappe mir die Einkaufstasche vom Rücksitz. Proviant für eine versteckte Textilarbeiterin. Außerdem habe ich einen vietnamesisch-deutschen Sprachkurs gefunden. Vor allem aber möchte ich schauen, ob meine Nachbarin da ist. Und ob ich eine von den Haustratschen treffe. Ich nehme daher, wie vor Jahren, die Treppe. Schon im zweiten Stock bin ich ziemlich außer Atem. War das immer so? Außerdem ist mir leider noch niemand begegnet. Wahrscheinlich mache ich mir ohnehin unnötige Sorgen. Es fällt nicht so schnell auf, wenn sich in einer Wohnung etwas verändert. Und Martha erzählt nichts herum. Auf in den dritten Stock. Ich höre eine Tür. Ich beschleunige meine Schritte. Im letzten Moment komme ich um den Treppenabsatz. Frau Fierlinger wollte gerade in den Lift. Jetzt sieht sie mich neugierig an. »Warum nehmen Sie denn nicht den Aufzug? Jetzt, wo wir einen haben?«

»Der Arzt hat mir Stiegensteigen verordnet«, keuche ich.

»Ich dachte, Sie wohnen gar nicht mehr hier? Da war doch diese junge Frau. Eine Verwandte, oder? Jetzt ist sie in Shanghai. Hat sie mir erzählt. Na, wenn sie meint.«

»Ja, Carmen. Die Tochter meines Mannes.« Ich stehe mit hochrotem Kopf neben ihr.

»Hat sich viel geändert. Früher waren die Töchter des Mannes auch die eigenen Töchter, wenn Sie verstehen, was ich meine.«

»Ja.« Ich hole tief Luft. »Ist alles kompliziert geworden.«

»Und jetzt wohnen Sie wieder da?« Frau Fierlinger deutet auf die Einkaufstasche.

»Nicht wirklich. Nur hin und wieder. Wenn ich etwas Abstand brauche. Ist eben nicht so einfach mit Männern, die Töchter haben, die nichts mit der Ehefrau zu tun haben.« Das hat Oskar nicht verdient. Aber er muss es ja nicht erfahren.

»Ach so. Eheprobleme.« Frau Fierlinger nickt wissend. »Ich gebe zu, ich bin gar nicht unfroh, dass meiner nicht mehr lebt. Das heißt, natürlich habe ich um ihn getrauert, aber das ist jetzt schon sieben Jahre her. Und man muss sagen, dass er an sich ein guter Mann war. Aber so ist es einfacher. Vor allem wenn sie älter werden, hat man ein ziemliches Gscher mit ihnen. Zum Schluss hat er schon sehr schlecht gehört. Und dicht war er auch nicht mehr ganz.«

Ich will gar nicht wissen, ob sie das im übertragenen Sinn oder blasenmäßig meint.

»Dann sind Sie jetzt also wieder da«, sagt Frau Fierlinger und öffnet die Lifttür.

»Nur ab und zu. Auf Wiedersehen.« Ich nehme die nächste Treppe in Angriff.

»Auf Wiedersehen. Und lassen Sie sich nicht unterkriegen!«, ruft sie mir nach.

Vui lugt vorsichtig aus der Küche. Als sie sieht, dass ich es bin, läuft sie zu mir. »Nicht tun. Schlafen. Nicht ich.« Sie wirkt unzufrieden. »Man muss tun! Nicht schlafen!«

Ich räume den Proviant in den Küchenkasten und in den Kühlschrank. Vertraute Handgriffe.

»Nicht klagen. Danke. Nur: Es muss was passieren!« Den letzten Satz sagt sie sehr laut und deutlich. Offenbar ist der erste Schock nach dem Tod ihrer Schwester vorbei. Und wenn sie in Vietnam wirklich mit den Streiks zu tun hatte, dann kann sie wohl kein ganz geduldiges Lämmchen sein.

»Ja«, bekräftige ich und setze mich an den Küchentisch.

»Kaffee?«, fragt Vui, als ob sie hier zu Hause wäre. Ist sie ja auch. Momentan.

Ich schüttle den Kopf.

»Grün Tee?«

»Ja, bitte. Soll sehr gesund sein.« Ich kann mich nicht daran erinnern, jemals grünen Tee getrunken zu haben.

Im Glaskrug, in dem ich nach original venetischer Sitte früher den Prosecco serviert habe, ist jetzt eine gelbliche Flüssigkeit. Vui schenkt ein. Ich rieche, koste. Bitterherb. Und erfrischend. So etwas wie die Antwort von Tee auf Campari. Gar nicht übel. Da macht es auch nichts, dass das Ganze lauwarm ist.

»Ich kann das Material – documents, pictures, Bilder – veröffentlichen. Ich arbeite bei einer Zeitung. ›Magazin‹«, erkläre ich.

»Tien sagt nein. Weiß nicht. Reden mit Green Hands. Boss von Bossen.«

»Ich habe mit denen schon geredet. Green Hands will das Material und überlegen, was sie machen. Boss von ALLES GUT! sagt: Er will, dass es gut ist für Arbeiterinnen.«

»Ich will reden. Mit Green Hands. Mit Boss von Bossen.«

Sieh an. Es gibt auch eine andere Vui. »Wir wissen nicht, ob dich jemand sucht. Und wer Hanh ermordet hat. Erst dann ist klar . . .«

»Sie da kommen.«

»Du meinst, ich soll sie hierherbringen? Lea Stein von Green Hands vielleicht, aber der Boss von ALLES GUT! kommt nicht so einfach. Außerdem weiß er dann, wo du bist.«

Vui nickt. Keine Ahnung, wie viel sie verstanden hat. »ALLES GUT! Boss. Boss von Boss. Viel Ware. Boss-Boss. Danger.«

»Du kennst ihn? Er ist gefährlich?«

»Nein. Minh sagt.«

»Minh ist Gewerkschaft. Union. Nicht gut.« Vielleicht besser, ich rede mit ihr so einfach wie möglich. Auch wenn es gegen meine Prinzipien ist, mit Menschen in einem Idiotendeutsch zu kommunizieren.

»Minh gut. Bruder.«

Ich schüttle den Kopf. »Minh ist dein Bruder? Das hätte Tien erzählt.«

»Nicht Bruder! Bruder!« Vui ist jetzt eindeutig ungeduldig. »Not real!«

Oh, offenbar so etwas wie ein Bruder im Geiste. Aber das hilft auch nicht weiter. Tien traut ihm nicht. – Aber traue ich Tien?

»Ich translate«, sagt Vui dann energisch und geht zum Laptop. Ich hole den Sprachkurs aus der Tasche und lege ihn neben ihr auf den Tisch.

Sie strahlt. »You gut. I idiot. Lern Deutsch.«

»Ich komme gleich wieder.« Ich deute auf meine Uhr und fahre mit dem Finger zehn Minuten weiter. »Nachbar.« Ich deute auf die Wand.

Vui runzelt die Stirn. »No. Danger.«

Ich lächle beruhigend und schüttle den Kopf.

Martha ist da. Ich höre im Stiegenhaus, dass sie übt. Zarter Querflötengesang, schnelle Läufe, die dann, wie zerlegt, in einzelne Töne übergehen. In Kreischen, Schreien, dann wieder ein schneller Lauf. Es tut mir leid, sie zu stören. Aber wenn sie nicht aufhören möchte, wird sie einfach nicht zur Tür kommen. Ich läute. Klingt, als wäre es Teil des Stücks. Die Musik bricht ab.

»Mira?«, sagt Martha überrascht.

»Ich hab dich hoffentlich nicht gestört.«

»Nein. Schon okay.«

»Klingt toll.«

»Ist es. Der Komponist ist ein Freund von mir. Wir werden es bei den Wiener Festwochen spielen. Es heißt ›Song von unten‹.«

»Weißt du, dass Sông das vietnamesische Wort für Leben ist?«

»Das ist großartig. Das muss ich ihnen erzählen. Das passt! – Kannst du Vietnamesisch?«

»Nein, aber es gibt ein vietnamesisches Lokal, das heißt Sông Lâu. Langes Leben.« Ich sollte eigentlich nicht über meine Verbindungen zu Vietnam reden. Ganz im Gegenteil. Ich bin da, um sie zu verschleiern. »Ich wollte dir nur sagen, dass ich vielleicht hin und wieder da bin, in nächster Zeit.«

Martha schaut mich fragend an.

»Na ja, Carmen ist weg. Und ich brauche ein wenig Abstand von Oskar.« Sorry, sorry, lieber Oskar!

»Oh. Willst du darüber reden? Willst du hereinkommen?«

Ich schüttle den Kopf. »Ich will dich nicht stören. Und ich muss weiter. Aber ich hab gemerkt, wie du dich an diesem Abend gewundert hast. Ich wollte dir das erklären.« Hoffentlich kann ich ihr einmal die Wahrheit sagen. Seltsam. Bei gewissen Leuten hab ich gar kein Problem, zu lügen. Und bei anderen fällt es mir extrem schwer.

»Alles klar. Und wenn du jemanden brauchst: Ich bin da ... wenn ich da bin«, fügt sie dann hinzu. »Nächste Woche sind wir auf Tournee in Italien.«

»Klingt super.«

»Drei Konzerte in fünf Tagen. Aber ich freu mich trotzdem. Mach's gut. Und wie gesagt ...«

Ich nicke. »Danke.«

Vui zieht mich zum Laptop. »Translate. Wichtig.«

Hoffentlich treibt sie sich nicht auf zu vielen vietnamesischen Seiten herum.

Ich setze mich und lese:

Tien will nicht das ich redet. Hat Angst. Weil Hanh tot. Minh ist Freund. Kamerad. Gewerkschaft und gut Kommunist für Arbeiter. Es gibt auch. Aber muss verstecken. Ist in Führung. Geben mich Documente und Foto. Muss reden mit Boss von Bossen. ALLES GUT! Viel Geschäft. Viel Konferenz bei Treffen. Minh sagt, ALLES GUT! ist Boss von Koreaner. Keiner weiß.

Vui sieht mich aufmerksam an.

»Was muss Minh verstecken?«

Vui zieht den Laptop zu sich. Ich sehe ein Übersetzungsprogramm. Vietnamesisch-Deutsch. Sie tippt, seufzt, tippt wieder. Schon ein Wunderwerk, das die komischen Schriftzeichen kennt und sie dann in unsere verwandelt. Okay. Für die Vietnamesen werden unsere Schriftzeichen die komischen sein.

»Selbst verstecken. Sich. Minh. Minh in Führung. Bei Bossen dabei. Muss Helfen verstecken.«

»Du meinst, Minh ist kein Arbeiter, sondern er ist einer der Chefs? Und niemand darf wissen, dass er euch unterstützt?«

Vui sieht mich an, tippt wieder. »Ja. Er unser Chef. Aber Zeit kommt. Dann er ist mit uns.«

»Und der Boss von ALLES GUT! ist der Boss der Koreaner? Ich dachte, denen gehört die Fabrik? Gehört sie ihm? Die ganze Industrial City WestWest?«

»Gehört?«

»Ist sein. Er hat. Er besitzt sie. Eigentum.«

Vui schüttelt den Kopf, tippt wieder. Nickt dann. »Gehört. Vielleicht. Kein proof.«

»Beweis.«

»Minh sagt. Gleiches Wort. Gehört.«

»Er hat es gehört. Ja, das ist das gleiche Wort. Aber bedeutet, er hört es. Früher. Vergangenheit. Dann heißt es gehört.« War mir gar nicht klar, wie verwirrend unsere Sprache ist. Gehört und gehört.

»Steht etwas davon in den Unterlagen? In documents?«

Vui schüttelt den Kopf. »Geruch.«

150

»Ich verstehe nicht.«

Sie hält mir den Laptop hin. Ich lese: *Gerücht.*

»Es ist ein Gerücht, dass ALLES GUT! die Fabrik gehört.«

Vui nickt.

Das wäre eine verrückte Geschichte. Und sie würde vieles verändern. Sollte Daniel Hofmann tatsächlich die ganze Industrial City gehören, dann hätte er unmittelbar Verantwortung für das, was dort passiert. Aber ich muss vorsichtig sein: So wie Minh kein richtiger Bruder ist, sondern bloß einer im Geiste – und ich hoffe, dass sich Vui da nicht irrt –, so kann es auch etwas anderes bedeuten, dass Hofmann die Fabrik gehört. Es kann auch heißen, dass er das Sagen hat, weil er den Koreanern viele Aufträge gibt. Interessant genug. Aber natürlich etwas anderes. Dass er seine Geschäftsbeziehungen mit Vietnam verstärkt, hat er offen erzählt. Ich sollte mit diesem Minh Kontakt aufnehmen. Fragt sich bloß, wie.

»Minh Adresse«, sagt Vui und hält mir einen Zettel hin. Er dürfte aus einem Notizblock gerissen worden sein. Wer weiß, wenn wir nicht herausfinden können, wer Hanh ermordet hat, werde ich vielleicht wirklich zu Minh fahren. – Und dann gehe ich einfach in die Fabrik und sage: Wo ist Minh, kleiner Chef und Gewerkschafter? Der Minh, der ein guter Kommunist ist und für die Arbeiterinnen? Ich seufze und sehe mir die Adresse an. Es ist eine Hotmail-Adresse. Vielleicht leben wir doch in einer Welt.

»Wird er nicht überwacht? Ist das nicht gefährlich? Polizei?«

»Ist . . .« Sie tippt wieder. »Geheim. Answer nicht sicher.«

»Aber ich kann probieren, ihm zu schreiben?«

Vui nickt. »Schreibe: Sông. Ist Code. Nicht Sông Lâu.«

Ich will noch mit Vesna darüber reden. Daheim gibt es erst einmal das übliche Fütterungsritual mit Gismo. Wie schön, dass manche Dinge immer gleich sind. Verlässlich. Ungefährlich. Ohne doppelten Boden.

Dann setze ich mich an den Laptop und sehe nach, was ich zu Daniel Hofmann und ALLES GUT! finde. Es ist unüberschaubar viel. Zwischen Charity und Geschäftseröffnungen und der Wahl zum Aufsteiger des Jahres in der Schweiz und Fotos mit der deutschen Fußballnationalmannschaft in ALLES-GUT!-Dressen gibt es Internet-Versandadressen und den Bericht einer Architektur-Homepage über sein Headquarter. Ich schränke die Suche auf Vietnam ein. Noch immer jede Menge. Man kann offenbar selbst am Flughafen in Hanoi ALLES-GUT!-Produkte kaufen. Aber hier findet man auch Berichte von Aktivisten gegen die Ausbeutung von Textilarbeiterinnen. Unter dem Titel »Nix gut!« kritisiert ein Blogger, dass sich die Marke den Anschein gibt, besonders freundlich zu sein. Da passe es nicht, dass man unter anderem in Kambodscha produziere, wo die Regierung Demonstranten für faire Löhne erschießen ließ. Auf der Homepage von Clean Clothes wird ALLES GUT! beim Firmen-Check als mittelsauber beschrieben:

Der Verhaltenskodex der Firma ist öffentlich zugänglich im Internet, in Verkaufsläden oder durch andere Informationskanäle. Die Firma liefert nicht sehr umfassende Informationen zu den Produktionsländern und der Struktur der Lieferkette. Das Unternehmen hat einen Verhaltenskodex verabschiedet. ALLES GUT! erklärt, dass die Firma für die Umsetzung des Verhaltenskodex in der gesamten Lieferkette verantwortlich ist. Der Verhaltenskodex beinhaltet Maßnahmen, um diesen in den Arbeitsstätten zu implementieren und die Einhaltung zu überprüfen. Das Unternehmen verpflichtet sich formell dazu, grundlegende Arbeitsstandards – entsprechend den ILO-Kernkonventionen – in der gesamten Lieferkette zu respektieren. Das Unternehmen verpflichtet sich nur dazu, den gesetzlichen Mindestlohn oder Standard-Industrielohn zu zahlen, d. h. keinen Existenzlohn. Das Unternehmen konnte nicht beispielhaft zeigen, wie identifizierte Verstöße gegen Arbeitsrechte nachverfolgt und behoben werden. Das Unternehmen ist Mitglied der Multi-Stakeholder-Verifizierungs-Initiative Fair Labor Association (FLA).

Sollte ich mir allerdings, bevor ich ein T-Shirt kaufe, alle Firmen so genau ansehen müssen, bräuchte ich mehr Zeit. Und das geht wohl den meisten so. Also weiß man es lieber nicht genau. Was da steht, stimmt aber zumindest mit dem überein, was mir Hofmann erzählt hat. Dass er es besser machen möchte, steht nicht da. Man hält sich wohl an die Fakten, nicht an Absichtserklärungen. Sollte ich auch tun.

Interessant ist, dass Hofmann in Leipzig einen Designladen betreibt. Allerdings nicht unter ALLES GUT!, sondern unter Hof-Art. Hoffart. Ein Begriff, der mehr oder weniger ausgestorben ist. Hochmut, Gefallsucht. Ein f weniger und er wird zu Hof-Kunst. Ein paar der Modelle sind abgebildet. Auch sie haben Witz. Und man kann sie tragen. Zumindest wenn man ein bisschen Sinn für Abenteuer hat. Seine Models sind jedenfalls nicht die üblichen Bohnenstangen, sondern attraktive Frauen in unterschiedlichem Alter. Ich lese nach und erfahre, dass Hofmann lieber mit Schauspielerinnen arbeitet. Ich vergrößere das Bild, auf dem er mit einem Model ganz in Rot zu sehen ist. Das ist nicht der Hofmann, den ich kenne. Dieser Hofmann hat eine Stirnglatze. Und er ist dicker. Simon Hofmann. Zufall? Ein Verwandter?

In der Firmengeschichte von ALLES GUT! kommt kein Verwandter vor. Dafür Leipzig. Wo Daniel Hofmann in den Neunzigerjahren einen Designladen betrieben hat. Und auf die Idee mit den witzigen T-Shirts gekommen ist. Sie sollten eigentlich ein Gag sein. Sie wurden ein Riesenerfolg. Dann ist er nach Österreich zurückgekehrt. Und mit der Hilfe staatlicher Investitionsförderung zum Textil-Tycoon geworden.

Ich tippe: *Simon Hofmann. ALLES GUT!* Und bekomme wieder jede Menge Ergebnisse zu Daniel Hofmann. Simon ist bei den meisten Seitenangaben gestrichen. Erst weiter hinten finde ich doch noch etwas Interessantes: Offenbar ist auch Simon Hofmann mit Hof-Art auf Expansionskurs. Eine Ladenkette mit seiner Mode ist in Vorbereitung, der Flagship-Store soll im Mai in Berlin aufsperren. Zehn weitere Stores sollen noch heuer folgen. Neben der Adresse seiner

Designwerkstatt gibt es auch einen E-Mail-Kontakt und eine Telefonnummer. Ich bin neugierig. Ich wähle.

»Hof-Art, Guten Tag. Sie sprechen mit Sandra Beer. Kann ich etwas für Sie tun?«

Ich hoffe, sie sitzt nicht in einem Callcenter irgendwo in der Pampa. »Ist Herr Hofmann zu sprechen? Hier ist Mira Valensky. Journalistin.« Meinen üblichen Zusatz »vom Magazin« unterdrücke ich gerade noch. »Es geht um seine Läden, die dieses Jahr eröffnet werden sollen.«

»Ich sehe mal nach.« Also doch in Leipzig.

»Hofmann?«

»Mira Valensky. Ich bin auf Ihren Designladen gestoßen und habe gesehen, dass Sie expandieren. Ich arbeite an einer Story über erfolgreiche Modedesigner.«

»Kommen Sie doch einfach mal vorbei, dann zeige ich Ihnen alles.«

»Momentan schwer möglich. Ich bin in Wien. Was mich auch interessiert: Sind Sie mit Daniel Hofmann verwandt?«

Ein Schnauben. »Ist das wichtig?«

»Nein, bloß interessant. In der Firmengeschichte von ALLES GUT! habe ich nichts von einem Verwandten gefunden, aber sehr wohl, dass Daniel Hofmann in Leipzig begonnen hat.«

»Es steht nicht da, weil wir beide unterschiedliche Wege gehen. Mein Bruder hat sich für die Produktion im großen Stil entschieden, ich mich für in jeder Beziehung bewusstes Design. Ich hatte keine Lust, in seinem Windschatten zu segeln. Als erfolgreich gilt man bei uns ja vor allem, wenn man Geld macht.«

»Sie haben gemeinsam begonnen?«

»Eine Tante hat uns eine Schneiderei in Leipzig vererbt. Ich habe Modedesign studiert und er Volkswirtschaft. Und nach der Wende dachten wir, es wäre lustig, die Schneiderei aufzupeppen und zum Laufen zu bringen.«

»Scheint gelungen zu sein.«

»Ich bin inzwischen umgezogen. In die Baumwollspinnerei. Ein hochinteressantes Kulturprojekt. Auf dem Gelände der ehemals größten Baumwollspinnerei Festlandeuropas.«

»Wow, klingt nach einem Riesending.«

Er lacht. »Das betreibe ich natürlich nicht allein. Ich bin einer von vielen Mietern. In erster Linie hat sich hier die Neue Leipziger Schule angesiedelt.«

Sagt mir irgendwie etwas. Zum Glück freue ich mich nicht laut darüber, dass es da auch eine Schule gibt, weil Hofmann zwei erklärt: »Bildende Künstler, solche, die auch nach herkömmlichen Maßstäben erfolgreich sind. In Geld gemessen. Neo Rauch, Rosa Loy, Tilo Baumgärtel – also die big names. Und nette Typen.«

»Und Ihr Bruder: Ist er auch ein netter Typ?«

»Lernen Sie ihn kennen. Er ist sehr nett.«

Hat da jetzt Spott mitgeschwungen?

»Wollen Sie eigentlich mehr über Hof-Art wissen oder doch über ALLES GUT!?«

»Über Hof-Art. Wo lassen Sie eigentlich produzieren?«

»Das meiste haben wir hier in Leipzig gemacht. Meine Kollektion besteht ausschließlich aus biologischen oder recycelten Materialien und wird handgenäht. Selbstverständlich von ordentlich bezahlten Mitarbeiterinnen. Das gehört zu unserer Marke. Zu unserem Ruf. Design mit Verantwortung.«

»Und mit den neuen Läden?«

»Die Prototypen werden auch in Zukunft hier gefertigt. Das andere ... Ich suche eine Firma, die ständig für mich arbeitet. In Europa. Aber es ist nicht so leicht, jemanden zu finden, mit dem man sich identifizieren kann. Und der sich mit meinen Ideen identifiziert.«

»Ihr Bruder produziert viel in Vietnam. Er arbeitet mit einer großen Fabrik zusammen, in der es auch ökologisch erzeugte Mode gibt.«

»Sie kennen das Unternehmen meines Bruders aber ziemlich gut«, kommt es misstrauisch zurück.

»Man läuft sich über den Weg. Österreich ist ein kleines Land. Er hat mir das eine oder andere erzählt.«

»Es ist nur eine Übergangslösung. Für die erste Kollektion. Es wird dort hochwertig produziert. Darauf achte ich persönlich. Alles andere könnte ich mir nicht leisten. Da hängt mein Ruf dran. Und da hängen auch meine Geldgeber dran. Die erste Design-Shop-Kette, die ökologisch und fair fertigt. Es gibt immer mehr Menschen, die bewusst einkaufen.«

»Solche, die es sich leisten können.«

»Die anderen kaufen meine Mode auch nicht.«

»Das heißt: Sie gehen unterschiedliche Wege, aber Sie verstehen sich gut.«

»So könnte man sagen. Für welches Medium arbeiten Sie überhaupt? Ich würde mich freuen, wenn wir Sie zur Eröffnung des Flagship-Stores nach Berlin einladen dürften. Oder kommen Sie doch zu uns in die Baumwollspinnerei.«

»Herzlichen Dank, wer weiß.« Und damit lege ich auf. Wenig höflich, aber momentan bleibt mir nichts anderes übrig.

[11]

Vesna war beim Donaukanal joggen. Und das bei höchstens vier Grad. Ich habe keine Lust, mich zu verkühlen. Ich habe sie bloß abgeholt. Jetzt sitzen wir in einem indischen Lokal gleich beim Schottenring. Ich habe den Besitzer für meine Story interviewt. Er ist einer von denen, die immer wieder kontrolliert werden, obwohl ohnehin alles in Ordnung ist. Er könnte sich auch nichts anderes leisten, hat er mir erzählt. An einem langen Tisch sitzen einige indisch aussehende Ordensfrauen mit zwei ebensolchen Pfarrern. Sie sind ausgesprochen fröhlich. Kein Wunder. Der Wirt hat eine Reihe von köstlich riechenden Gerichten auffahren lassen. Wo Menschen aus dem Herkunftsland essen, ist die Küche gut. Leider muss Vesna gleich weiter. Sie ist mit Hans zu einem Jazzkonzert verabredet und sollte sich dafür noch umziehen. Sie hat sich in einen dicken Sweater gewickelt, ihre schlanken muskulösen Beine stecken in Laufhosen. Vielleicht sollte ich doch auch wieder joggen. Meine Beine ... Aber darum geht es jetzt nicht.

»Man muss Minh schreiben«, beschließt Vesna, nachdem ich ihr von meinen Treffen mit Vui und ALLES-GUT!-Hofmann erzählt habe.

»Vui meint, es ist nicht sicher, ob er antworten kann. Ich hab schon überlegt ... Vietnam ist ein sehr interessantes Land, wir wollten ohnehin wieder einmal gemeinsam in Urlaub fahren.«

»Klingt gut, Urlaub mit Extraaufgabe. Aber vorher man muss einiges klären«, antwortet Vesna. »In erster Linie geht es um den Mord an Hanh. Das dürfen wir nicht vergessen. Und ich habe Informationen.«

»Die wären?«

»Vielleicht man sollte doch schnell eine Kleinigkeit essen. Wenn Inder in einem indischen Lokal essen und fröhlich sind . . .« Vesna schnappt sich eine Karte, und schon ist auch der Wirt da. »Einmal Samosa, einmal Masala-Papad«, sagt sie und sieht mich dann an. »Wir teilen, okay? Ich hab wirklich nicht mehr viel Zeit.«

»Die Informationen!«

»Ja. Also: Stefan Sorger, der Doppel-S, hat ein schweres Motorrad. Es ist auf seine Freundin angemeldet. Es könnte zu dem passen, was die Zeugen gehört haben.«

»Dein Harald hat mehrere Motorräder vor dem Alpenstüberl gesehen.«

»Ist nicht mein Harald. Jedenfalls sind die anderen nicht bei ER. Wenn auch vielleicht genauso sauer auf Vietnamesen. Ich habe vorsichtig herumgehört. Doppel-S scheint ein ziemlich gefährlicher Typ zu sein. Die von ›Ewig einig‹ sind übrigens offiziell eine Fußball-Fangruppe. Man kann auch Hooligans sagen. Es sind immer wieder welche von denen nach Match festgenommen worden. Fast die Hälfte hat Platzverbot. Unsere beiden Wachleute sind allerdings nie aufgefallen.«

»Dann wären sie bei Unger rausgeflogen.«

»Kann sein. Auf alle Fälle habe ich Fran hingeschickt zu dem Fanverein. Er passt vom Alter und sieht nicht aus, als ob Eltern von woandersher gekommen sind. Ein Typ, der nicht sehr gescheit ist, hat ihm erzählt, es gibt einen mehr sportlichen und einen mehr politischen Flügel. Und der politische sagt, man darf nicht nur reden oder Motorrad fahren oder bei Fußballspielen Radau machen, man muss handeln. Ansonsten wird Wien umgevolkt. Fran hat gemeint, er hätte am liebsten auch gleich gehandelt. Er ist überhaupt nur hin, weil er dafür einen Oldtimer von Hans ausborgen kann. Offenbar er hat schon wieder neue Freundin und will sie beeindrucken. Wenn man das mit einem Auto kann, ist sie wohl nicht besonders klug.«

Ich grinse. Frans Freundinnen sind für Vesna immer eine Heraus-

158

forderung. Keine ist gut genug für ihren Sohn. »Hat er auch mit den beiden S geredet?«

»Nein, die sind misstrauisch. Aber der andere hat erzählt, dass Doppel-S so eine Art Anführer ist, und klarerweise hat er was gegen Türken, aber er hat vor allem was gegen Asiaten. Da hat ihm einer offenbar einmal was getan. Unterweltsache, mehr weiß ich noch nicht.«

»Was heißt: Klarerweise hat er was gegen Türken?«

»Weil die alle was gegen Türken haben. Und wenn man Türkenbanden erlebt, ist es nicht so unlogisch. Nur dass die meisten Türken schon Österreicher sind. Und bei keiner Bande. – Du kannst nicht glauben, dass ich was gegen Türken habe, aber gegen Idioten habe ich was, egal, wo sie herkommen. Und gegen Radikale auch.«

»Klar. Wer nicht.«

»Also. Zurück zum Mord an Hanh. Wir sollten als Nächstes klären, ob die beiden S im Auftrag von deinem Unterwelt-Freund gehandelt haben oder ob sie es quasi als Freizeitaktivität für ›Ewig einig‹ gemacht haben.«

»Das klingt so, als wärst du dir schon sicher.«

»Bin ich natürlich nicht. Aber es ist eine Spur, die konkreter wird. Und wahrscheinlicher als vietnamesischer Geheimdienst, das du musst zugeben.«

»Warum haben sie mich dann zu Unger gebracht und der hat mich gehen lassen?«

»Weil sie keine tote Journalistin brauchen können. Das macht sehr viel Wind und Ärger.«

Ich liebe es, wenn Vesna so direkt ist. »Da ist mein Job sozusagen eine Lebensversicherung?«, versuche ich zu scherzen.

»Das hängt davon ab, wie nahe du der Sache kommst. Und wie viel Zeit sie haben, was zu arrangieren. Abgesehen davon gibt es noch mich. Ich würde klären . . .«

»Ich habe gar keine Lust, dass du den Mord an mir klärst. – Ich glaube, es ist Zeit, mit Zuckerbrot zu reden. Ich muss ja nichts von

Vui sagen. Aber wir sollten ihm die Sache mit den rechten Jungs erzählen. Und dass es da auch ein paar Motorräder gibt. Kann sein, dass sie Spuren gefunden haben, die zu dem von Doppel-S passen.«

»Dann bist du Kontakte zum Rotlichtmilieu gleich wieder los. Bestenfalls.«

»Bestenfalls?«

»Schlechtenfalls sie nehmen Rache. Unger ist nicht nett. Er war zumindest in zwei Morde an Konkurrenten verwickelt. Eine Bar haben sie mit einem Buttersäureanschlag zerstört. Einem Rivalen hat er Skorpione in sein Bordell liefern lassen. Und so weiter.«

»Es heißt schlechtestenfalls. Und er ist nicht verurteilt worden.«

»Keine Wortspalterei jetzt. Du glaubst, das hat mit Unschuld zu tun?«

Wir brauchen Verbündete. Hofmann. Wir haben ihn im Verdacht, mit dem Tod von Hanh zu tun zu haben. Weil man sie für Vui gehalten hat. Könnte doch sein, er hat Interesse daran, den wahren Mörder zu finden. Wenn nicht er . . .

»Was grummelst du vor dich hin?«, will Vesna wissen und sieht auf die Uhr. »Oh, ich muss gleich weg sein.«

»Verbündete. Wir brauchen Verbündete. Hofmann hat hervorragende Kontakte.«

Unser Inder lädt zwei weitere große Platten am Nachbartisch ab, wir kriegen duftende Teigtaschen und knuspriges Brot mit Tomatenwürfeln und Zwiebeln drauf.

»Gerade du wolltest noch nach Vietnam, weil er verdächtig ist.«

Ich seufze und breche ein Stück vom Papad. Köstlich. »Ich will nach Vietnam, weil ich wissen möchte, was in dieser Fabrik läuft. Klar ist er verdächtig. Wenn nicht im Zusammenhang mit dem Mord, dann wegen der mörderischen Bedingungen dort und seinen vielen schönen Worten. Wir haben zu viele Verdächtige. Und alle sind sie irgendwie ziemlich groß für uns.«

Vesna lacht. »Für mich ist kein Verdächtiger zu groß. Also auch

160

nicht für dich! Wir werden den Spuren folgen. Vielleicht wirklich bis nach Vietnam. Jedenfalls ist es eine gute Story für dich. – Ich liebe Samosas. Eine Tante von mir hat Ähnliches gemacht, mit Schafskäse drinnen. Sie war übrigens Schneiderin. In Banja Luka. Damals war gute Kleidung Handarbeit. Und der Rest Ramsch aus staatlichem Laden.« Vesna wickelt sich enger in ihren Sweater.

»Wo hast du den gekauft?«, frage ich.

Vesna starrt mich an. »Du meinst, ich darf nur mehr ökofair kaufen? Ist Sweater, wie es Hunderttausende gibt. Von Diskontladen. Die haben sie neben Äpfeln und Waschmittel und Laptops und Bio-Gemüse für die Guten. Teurere Stücke werden nicht netter produziert.«

»Nein, aber es gibt auch welche, die in Ordnung sind. Vielleicht schaue ich in Zukunft doch mehr auf die Marke.«

»Du fährst auch Elektroauto. Irgendwann du wirst so gut sein, dass es stinkt.«

»Erstens ist das nicht gut, aber ich hab ein besseres Gefühl dabei. Zweitens ist Elektroautofahren einfach lustig. Und die Beschleunigung ist großartig. Ich hab erst vor kurzem an einer Ampel einen BMW abgehängt. Und außerdem habe ich das Elektroauto von Hans.«

»Na ja. Das stimmt. Und ist auch eine gute Idee. Vor allem die Oldtimer, die er auf Elektro umgebaut hat, verkaufen sich super. Weil mit denen will keiner hetzen. Jetzt brauchen sie nur Strom und keine dreißig Liter Benzin mehr. – Außerdem: Wo ist deine Jacke her?«

»Laden im Veneto. Dort hab ich Zeit zum Einkaufen. Und Lust. Und Oskar auch.«

»Öko-bio-fair?«

»Ausverkauf. Ich sage ja bloß, man sollte darüber nachdenken, anders einzukaufen.«

»Wenn wir etwas verändern wollen, dann ist gut, wenn wir Minh eine Mail schicken.«

»Und was, wenn er in Wirklichkeit das Spiel der Firmenchefs spielt?«

»Wir werden es merken.«

»Hoffentlich.«

»Du sollst nicht vergessen, dass ich in einem Land aufgewachsen bin, das auch kommunistisch war. Andere Art, aber trotzdem. Da hat es Korrupte und Nehmer gegeben, die mit den Geschäftemachern unterwegs waren. Und es hat welche gegeben, die haben an alles geglaubt. Die waren dumm. Und es hat welche gegeben, die haben an das Prinzip geglaubt, dass alle was haben und alle entscheiden sollen, die waren verzweifelt. Manche haben versucht, es besser zu machen.«

»Warst du, als du jung warst, Kommunistin?« Seltsam, dass ich Vesna das noch nie gefragt habe.

»Als Junge mich hat Politik nicht interessiert. Oder nur so weit, dass ich Freiheit wollte. Und die war in Jugoslawien zumindest mehr da als in den anderen kommunistischen Ländern. Inzwischen bin ich sicher, dass man Wettbewerb braucht. Sonst ist das Leben langweilig. Aber man braucht auch welche, die dafür sorgen, dass alle etwas haben und ordentlich leben können. Kapitalismus ist nur andere Seite von Kommunismus. Beide haben gezeigt, dass ein paar den Hals nie vollkriegen. Vielleicht man braucht neues System.«

»Und hundert Jahre später lernen alle im Geschichtsbuch, oder im Geschichtscomputer, oder was immer es dann gibt, dass damals, in diesem indischen Lokal am Wiener Donaukanal, die Geburtsstunde des neuen und guten politischen Systems war: des Vesnarismus«, sage ich feierlich.

»Quatsch«, lacht Vesna. »Gutes gibt es nicht, nur Bemühen. Und immer bemühen ist auch langweilig. Und Mail schreibst du übrigens nicht von deiner Adresse, sondern von einer, die Fran extra macht. Dafür darf er Oldtimer einen Tag länger behalten. Kümmert ihn sowieso nicht, was ich von seiner Freundin halte.«

Vesnas Sohn ist wirklich ein Glücksfall für solche Dinge. Als andere vor ihren Computerspielen gesessen sind, hat er schon selbst welche entwickelt. Und auch wenn er wenig Zeit hat, am nächsten Morgen habe ich eine eigens angelegte und gesicherte Mail-Adresse. Ich sitze in einem Starbucks und nutze den freien Internetzugang. Beim angeblichen Kaffee handelt es sich um ein undefinierbares Heißgetränk in einem großen Becher. Aber es ist warm. Man soll die positiven Seiten des Lebens sehen.

Angeblich kann Minh gut Englisch. Ich hoffe es. Ich schreibe ihm nichts Konkretes, sondern bloß, dass ich gerne mit ihm Kontakt aufnehmen würde und dass eine Freundin sehr herzlich grüßen lässt. Sông!

Ich bin gespannt, ob er sich meldet. Nach Vietnam fahren. Sie empfangen offenbar immer wieder Delegationen. Vielleicht ist es einfacher als gedacht, an Informationen zu kommen. Nur probiert es keiner. Ich darf allerdings nicht aus den Augen lassen, dass es auch um den Mord an Hanh geht. Über diesen Teil der Geschichte muss ich mit Zuckerbrot reden. Bevor uns alles über den Kopf wächst. Droch hat den Verdacht, dass ich mehr weiß, als ich sage. Schlecht. Ganz schlecht. Aber er wird es seinem Freund nicht erzählen. Bin ich mir da sicher? Sie sind schon viel länger befreundet als wir. Und ich war nicht gerade nett zu ihm. Aber so tickt Droch nicht. Er ist loyal. Treu. Zuverlässig. Klingt nach einem Hund. Er ist alles andere als ein Idiot. Und ich habe ihn ganz schön belogen. Sorry, alter Freund! Irgendwann werde ich mich bei einigen Leuten entschuldigen müssen. Und das, obwohl ich eigentlich nur das Beste will.

Am Wochenende fahre ich mit Oskar in ein großartiges Agriturismo im Hinterland von Venedig. Wobei: Ein simpler Bauernhof mit ein paar Fremdenzimmern ist das nicht. Oskar hat schon vorher recherchiert, dass es ein großes Hallenbad gibt. Von den ebenerdigen Zimmern aus kann man Gänsen und Enten zusehen. Es handelt sich um einen Musterbetrieb mit Wollschweinen und Ziegen und Geflügel und Pferden, alle mit viel Platz im Freien. Zum Frühstück gibt's Schinken und Wurst und verschiedene Käsesorten – aus eigener Produktion. Dazu sechserlei verschiedene süße Sachen. Natürlich selbst gemacht. Ein kleines Paradies. Und auch Venedig im April ist wunderbar. Noch nicht so überlaufen, warme Mittagssonne auf den Plätzen, ein Glas Wein im Freien. Schon eigenartig, wie rasch das in den Hintergrund rückt, was einen zuvor fast Tag und Nacht beschäftigt hat.

»Eine wunderschöne Versöhnungsreise«, sage ich zu Oskar, als wir am Abend nach einem hinreißenden venetischen Essen vor unserem Zimmer im Freien sitzen, ein Glas Grappa trinken und auf den Ententeich schauen.

»Warum Versöhnung?«

»Erzähle ich dir ein anderes Mal. Und: Du darfst nicht auf die Leute hören. Manches ist nicht, was es scheint.«

»Noch mehr Rätsel auf Lager?«

»Weißt du, was ich jetzt möchte?«

»Ja.«

»Okay, dann keine weiteren Rätsel mehr.« Damit stehe ich auf, und mein Mann nimmt mich an der Hand, und so gehen wir nach drinnen.

Die Realität holt mich ein, als ich nach unserer Rückkehr am Montagmorgen in der Redaktion die Post durchsehe. Brief ohne Absender, aber mit persönlicher Anschrift. Blockbuchstaben. Wahrscheinlich irgendeine Einladung. Wer schickt heute sonst noch Briefe?

Ein Blatt. Die Schrift scheint von einer mechanischen Schreibmaschine zu stammen.

MISCH DICH NICHT EIN BEI DEN VIETNAMESEN. VERGISS DIE SACHE. SONST IST ALS NÄCHSTES DEIN MANN DRAN.

Ich taste nach dem Schreibtischsessel und setze mich. Ich habe Minh geschrieben, und fünf Tage später ist das in der Post. Welche Kontakte hat er? Oder hat es gar nicht mit ihm zu tun? Unger. Gun. Die beiden S. Ihnen ist aufgefallen, dass wir nicht lockerlassen. Außerdem habe ich mit den Hofmann-Brüdern geredet. Aber der eine hat wahrscheinlich nicht einmal meinen Namen verstanden. Ganz abgesehen davon, dass sie nicht wissen können, dass ich Vui verstecke. Und wenn Tien geredet hat? Ich habe ihn eine Zeit lang nicht gesehen. Wer sagt, dass man ihn nicht gekidnappt hat oder erpresst?

Meinen sie überhaupt Vui? Oder geht es um den Tod von Hanh? Niemand hat eine Ahnung, wo Vui ist. Außerdem: Wenn sie wirklich hinter ihr her sind und wüssten, wo sie ist, dann hätten sie sie längst geschnappt. Wenn sie so gefährlich sind. »Sonst ist als Nächstes dein Mann dran.« Oskar ist in keinem Versteck. Er ist groß. Aber er ist nicht unbedingt ein Kämpfer. Und zu zweit kann man jeden überwältigen. Habe ich schon erlebt. Ein Motorrad in der Nacht. Ein Schuss. Du liebe Güte, was soll ich tun?

»Rausfinden, was gespielt wird«, antwortet Vesna wenig später. »Und zeige Brief Oskar. Er kann selbst entscheiden.«

»Wir wissen nicht, wer das ist. Und wie ernst wir sie nehmen müssen.«

»Hanh ist erschossen.«

»Du meinst, es waren die Gleichen, die mir den Brief geschickt haben?«

Vesna schwenkt ihn hin und her. Ich habe sowohl das Kuvert als auch das Blatt Papier in eine Klarsichthülle getan. »Spuren werden wir nicht finden. Du darfst nicht mehr zu Vui. Sicherheitshalber.«

»Ich hab im Haus herumerzählt, dass ich wieder öfter da bin. Weil wir ein paar Beziehungsprobleme haben.«

Vesna nickt. »Gute Idee. Dann ist Bewegung in der Wohnung nicht verdächtig.«

»Ich hab ein schlechtes Gewissen, Oskar gegenüber.«

»Um Gewissen geht es jetzt nicht.«

»Ich muss zu Zuckerbrot. Und ich bringe die Geschichte von Vui im ›Magazin‹.«

»Vielleicht die Sache ist größer, als du denkst. Wenn du schreibst, hast du keine Chance, mehr herauszufinden.«

»Wir warten schon zu lange. Du bist es doch, die üblicherweise die Dinge in Bewegung bringen will. – Eigentlich seltsam, dass Lea Stein von Green Hands nicht begeistert war, dass ich etwas über die Arbeitsbedingungen in Vietnam machen möchte.«

»Sie wird nicht sehr gefährlich sein. Ärger von anderen . . .«

»Sie hätte glücklich sein müssen, wenn ich die Fotos und Dokumente veröffentliche«, sage ich nachdenklich. »Sie hat kein Wort davon erzählt, dass Hofmann sie dazu gebracht hat, nach Vietnam mitzufahren. Und dass er für seine Öko-Linie ihr Gütesiegel möchte.«

»Sie ist wahrscheinlich so ein Kontrollfreak wie du. Sie will entscheiden, was wann veröffentlicht wird«, meint Vesna.

»Kontrollfreak? Bitte?«

»Bist du doch. Denke an deine Flugangst, das war ein Zeichen. Und auch dass du trotzdem immer noch selbst zu Vui gehen willst, obwohl es gefährlich ist.«

»Du bist meine Freundin. Das wissen alle. Also ist es auch nicht anders, wenn du im Haus gesehen wirst.«

»Ich bin Putzfrau. Das ist eine Ecke weiter weg. Und wenn ich Jana schicke, zwei Ecken weiter weg.«

»Sie glauben, dass ich jetzt wieder öfter komme. Wenn ich dann nicht komme, ist es auch verdächtig.«

»Du hast dich mit Oskar im Veneto versöhnt.«

Ich lächle. Stimmt. Auch wenn er von der Vorgeschichte nichts weiß. Meine Güte, waren die Tage schön.

»Hofmann sagt, er hat mich dazu gebracht, mitzufahren? So ein Unsinn! Offenbar will er den Eindruck erwecken, dass wir uns gut verstehen. Das nützt seinem Image.«

»Er will in erster Linie sein Image polieren?«

Lea Stein sieht mich an. »Wer will das nicht? Hauptsache, er tut etwas und die Bedingungen verbessern sich. Ich sehe das pragmatisch.«

Oskar weiß noch nichts von dem Drohbrief. Ich hab mich mit der Geschäftsführerin von Green Hands beim Türken ums Eck getroffen. Er hat einen Tisch ganz hinten, gleich bei den Toiletten. Den will meist keiner. Aber dort kann man von der Straße aus nicht gesehen werden. Und man hat alle im Blick, die einen beobachten könnten. Außerdem geht von den Toiletten eine Tür in den Hinterhof.

»Sie geben ihm das Gütesiegel für die Öko-Linie?«

»Wenn er alle Bedingungen erfüllt.«

»Die Produktionsbedingungen in der Industrial City WestWest sind ökologisch und fair?«

»Die Bio-Ware wird in eigenen Hallen verarbeitet. Ansonsten ... Es gibt Absichtserklärungen, das ist besser als nichts. Aber es ist nicht genug. Ich entscheide nicht allein.«

»Was kostet es eigentlich, Ihr Siegel zu bekommen?«

Lea Stein funkelt mich an. »Wenn Sie darauf hinauswollen, dass man es kaufen kann, dann liegen Sie ganz falsch! Unser Siegel gilt als eines der strengsten, die es gibt.«

»Und? Was kostet es?«

»Wir haben das alles transparent.«

Warum nur kann ich das Wort langsam nicht mehr hören? »Wo?«

»Auf unserer Homepage. Es kostet das Logo etwas, pro Stück. Es kostet die komplizierte und genaue Überprüfung etwas. Aber es bringt ihm sicher viel mehr, als es kostet. Immerhin kann man faire und biologische Produkte teurer verkaufen. Und man hat ein besseres Gewissen.«

»Und nützt es sonst auch?«

»Das fragen Sie jetzt aber nicht im Ernst! Wissen Sie, mit welchen Chemikalien herkömmlich gearbeitet wird? Haben Sie die Flüsse gesehen, die sich rot oder grün färben, je nachdem, mit welcher Farbe gearbeitet wurde? Tote Flüsse, in denen kein Fisch mehr ist, aber an dem sich Menschen waschen? Übrigens nicht nur in Fernost, sondern auch in der Türkei. Haben Sie die Verätzungen gesehen, die beim Bleichen von Jeans entstehen? Die Lungenkranken? Und wie sollen die Arbeitsbedingungen besser werden, wenn wir es nicht verlangen? Sonst tut es ja keiner. Oder überprüft es zumindest nicht.«

»Und Sie können das kontrollieren?«

»Wir versuchen es ernsthaft. Und wenn es nicht geht, wenn man uns Steine in den Weg legt, dann ist das Gütesiegel wieder weg.«

Ich seufze. »Tut mir leid. Ich glaube Ihnen. Es ist bloß . . . man fragt sich, warum es gerade da keine klaren Standards und Vorschriften gibt. Und wer mächtig genug ist, um es zu verhindern.« Womöglich bis hin zu Mord, füge ich in Gedanken hinzu.

Lea Stein kramt in ihrer Tasche. Für einen Moment habe ich den Eindruck, gleich zieht sie eine Waffe. Man kann nicht sagen, dass mich die ganze Sache nicht mitnimmt. Sie streckt mir ein Blatt Papier entgegen. »Habe ich immer bei mir. Die Anfrage einer EU-Parlamentarierin. Und die Antwort der Kommission. Der Text ist nicht lang.«

Parlamentarische Anfrage
Betrifft: Mindeststandards in der Textilindustrie
Die Brandkatastrophe in einer Textilfabrik in Bangladesch mit mehr als 1000 Toten führt uns eindringlich vor Augen, wie notwendig weltweite Mindeststandards für Arbeitsbedingungen sind. Es kann nicht sein, dass Konsumgüter wie Kleidung, die in Europa verkauft werden, zu menschenunwürdigen und in diesem Fall sogar tödlichen Bedingungen hergestellt werden.

In Europa sollten Unternehmen sich dieser Verantwortung bewusst sein und sich verpflichten, ihre Produktionsbedingungen transparent zu machen. Eine solche Verpflichtung ist ein erster Schritt für ein stärkeres Bewusstsein für die sozialen Arbeitsbedingungen in anderen Ländern.

Darüber hinaus wird schon lange diskutiert, ein Zertifizierungs-und Auditierungssystem für Kleidung einzuführen, mit dem die Arbeitsbedingungen auch außerhalb Europas erfasst und dokumentiert werden.

Ich frage die Kommission:

1. Gibt es auf europäischer Ebene derzeit ein System der Überprüfung von Arbeitsbedingungen in der Herstellung von Kleidung oder Textilien?

2. Plant die Kommission eine Erarbeitung solcher Standards zur Verbesserung der weltweiten Arbeitsbedingungen in Produktionsstätten europäischer Firmen?

Antwort im Namen der Kommission

Die Kommission unterhält kein System zur Überprüfung von Arbeitsbedingungen in der Herstellung von Kleidung oder Textilien; es gibt allerdings private Initiativen in diesem Bereich.

Die Kommission plant keine Erarbeitung von Standards auf EU-Ebene zur Verbesserung der weltweiten Arbeitsbedingungen in Produktionsstätten europäischer Firmen. Die Kommission hält jedoch die europäischen Unternehmen in ihrer Mitteilung »Die soziale Verantwortung der Unternehmen« (Corporate Social Responsibility – CSR) dazu an, sich bestimmten weltweit anerkannten CSR-Leitlinien zu Arbeitsbedingungen anzuschließen.

»Warum?«, frage ich.

»Weil die Textilindustrie mächtig ist. In letzter Zeit kommt noch der ungünstige Wechselkurs des Euro dazu. In Fernost wird in Dollar gehandelt, der Preis für Material, Arbeit, Agenten und Transport ist deutlich gestiegen. Und die EU denkt leider noch immer in erster Linie an kurzfristige Wirtschaftsinteressen.«

»Die Anfrage kam von einer EU-Parlamentarierin.«

»Ja, das stimmt. Im EU-Parlament tut sich etwas. Aber die EU besteht aus achtundzwanzig Ländern mit sehr unterschiedlichen Regierungen und Interessen. In Großbritannien haben nach dem Wahlsieg der Konservativen die EU-Skeptiker Aufwind. Sie kämpfen auch gegen soziale Mindeststandards für alle EU-Bürger. Die werden kaum dafür sein, dass die EU Sozialstandards für Zulieferer vorschreibt.«

»Ich hatte letztes Jahr mit einem EU-Kommissar zu tun, bei dem ich nicht den Eindruck hatte, dass er vor lauter Vorschriften und Meetings die Menschen vergessen hat.«

»Und trotzdem gibt es Anfragebeantwortungen wie diese«, antwortet Lea Stein.

»Leider. Aber Sie machen ja auch Kompromisse. Sie sind mit Daniel Hofmann nach Vietnam gefahren.«

»Und mit einer Wirtschaftsdelegation. Es gibt weit Schlimmere als ihn, das können Sie mir glauben. Wenn wir nicht ein paar große Unternehmer auf unsere Seite ziehen, wird gar nichts passieren.«

»Und die kritischen Konsumentinnen?«

»Die gibt's. Aber es sind nicht so viele. Es wäre unfair, alles auf sie abzuwälzen. Auch wenn bewusste Kaufentscheidungen wichtig sind. Dadurch kommen die Unternehmen unter Druck.«

»Trotzdem wollen Sie nicht, dass ich das Material über Industrial City WestWest veröffentliche?«

»Das habe ich nie gesagt. Aber wir brauchen keine Skandale, an die sich zwei Tage später keiner mehr erinnert.«

»Dann recherchieren wir doch einen, der sozusagen nachhaltig ist. – Was ist dran an dem Gerücht, dass in Wirklichkeit Hofmann der Eigentümer von Industrial City ist?«

Lea Stein sieht mich verblüfft an. »Habe ich noch nie gehört. Er hatte eine Besprechung mit der Geschäftsleitung, das stimmt, da war keiner sonst dabei. Aber da ging es wohl um seine Aufträge. – Wer ist denn auf diese Idee gekommen? Einer der Wirtschaftskämmerer?«

»Nein.«

»Doch nicht etwa Ihr vietnamesischer Kontakt. In jeder Fabrik wird viel geredet. Ich kann mir das nicht vorstellen. Sonst hätte er es ja in der Hand, die Bedingungen zu verbessern.«

»Das kostet.«

»Aber ich halte ihn für klug genug, um zu erkennen, dass es seine Chance wäre, internationaler Vorreiter zu sein. Es ist ein alter Vorschlag: Europäische Unternehmen sollten ihre Waren in eigenen Fabriken erzeugen. Das macht alles viel leichter nachvollziehbar, als wenn die eine Kollektion da und die nächste wieder dort produziert wird. Und immer natürlich beim Billigstbieter.«

»Sie haben also keine Anzeichen bemerkt, dass Hofmann der heimliche Eigentümer sein könnte?«

»Warum kümmern Sie sich so um ihn?«

»Weil ich herausfinden will, was gespielt wird. Und weil es offenbar Leute gibt, die das nicht wollen und mir drohen.«

»Wie bitte?«

»Ich hab einen Brief bekommen, in dem man mir unmissverständlich rät, mich rauszuhalten. Wenn nicht, dann nehmen sie sich meinen Mann vor.«

»Nur weil Sie recherchiert haben? Weil Sie jemanden kennen, der Material hat?«

»Vielleicht.« Fast hätte ich ihr mehr erzählt, aber ich halte mich gerade noch zurück. Ihr Verhältnis zu Hofmann scheint mir ein wenig seltsam. Und wer sagt, dass nicht auch jemand von Green Hands Geschäfte machen möchte?

Genau aus diesen Gründen möchte ich auch nicht, dass Vui mit ihr redet. – Oder bin ich doch einfach ein Kontrollfreak, wie Vesna gesagt hat?

»Bringen Sie mir das Material. Oder: Wenn Sie das nicht wollen,·

dann veröffentlichen Sie es und ich liefere die Hintergründe und Zusammenhänge.«

Klingt nach einer guten Idee. »Ich muss bloß das Okay des Informanten bekommen.«

»Hat man den auch bedroht?«

»Könnte man so sagen.«

»Und Polizei?«

»Da haben wir ein Problem. Er ist illegal.«

»Oh, er ist in Österreich?«

»Vielleicht.«

Lea Stein sieht mich aufmerksam an. »Ich verstehe, dass Sie vorsichtig sind. Aber Sie sollen wissen: Wenn Sie Unterstützung brauchen, sind Sie bei mir an der richtigen Adresse.« Und nach einer Pause fügt sie hinzu. »Ich gebe zu, ich dachte zuerst, Ihnen geht's in erster Linie um eine Story fürs ›Magazin‹. Aber ich glaube, ich habe meine Meinung geändert.«

»Mir geht's auch um eine Story, überschätzen Sie mich nicht.«

Lea Stein lächelt. »Manchmal macht ein Wort den Unterschied.«

[12]

Ich zeige Oskar den Drohbrief. »Wie lang willst du die Sache noch an der Polizei vorbei spielen?«, fragt er.

»Sie ermitteln.«

»Aber ihnen fehlen Informationen. Und zwar nicht, weil Zuckerbrot und seine Leute zu wenig tüchtig sind, sondern weil ihr mögliche Zusammenhänge verschleiert.«

»Du sagst es selbst: ›mögliche‹ Zusammenhänge. Ich habe bloß noch keine Zeit gehabt, einen Termin zu vereinbaren. Wenn du willst, gebe ich ihnen auch den Drohbrief.«

»Es geht nicht um mich. Irgendjemand will, dass du da nicht länger deine Nase hineinsteckst. Das heißt: Du bist in Gefahr.«

»Hängt ein wenig davon ab, wer droht. Und warum.«

Oskar schüttelt den Kopf. »Es kann mit dem Mord an Hanh zu tun haben. Es kann mit Vui und ihren Unterlagen zu tun haben. Ihr habt euch im Rotlichtmilieu umgehört. Sie wollen keine Unruhe, sondern ihren Geschäften nachgehen. Und Unger möchte sicher nicht, dass bekannt wird, wo sich seine Wachleute herumtreiben. Es kann aber auch ein Ablenkungsmanöver sein. Selbst Tien will Ruhe.«

»Dann hätte er mich nicht gebeten, Vui zu verstecken.«

»Sie ist die Schwester seiner Frau. Er hat dich nicht gebeten, zu recherchieren. Er ist davon ausgegangen, dass Vui nichts über ihre Unterlagen erzählt.«

Ich schwenke Streifen einer grünen Papaya in Erdnussöl. Ich probiere den Papaya-Rindfleisch-Salat aus, den Vui neulich zubereitet hat. Die Marinade besteht aus Weinessig, ein paar frischen Chilischeibchen, Salz, Zucker, Knoblauch und vietnamesischer Fischsauce. Sie wird aus fermentierten kleinen Fischen gewonnen, vor

173

allem auf der tropischen Insel Phu Quoc. Im Internet habe ich weiße, endlose Strände, blitzblaues Meer und Palmen gesehen. Urlaubsparadies. Ein krasser Gegensatz zu den Bildern, die mir Vui gezeigt hat. Fabrikstadt, Frauen dicht an dicht, Stunde für Stunde an den Nähmaschinen.

Allen Warnungen zum Trotz finde ich die Fischsauce ziemlich gut. Exotisch würzig. Schon stark, aber man verwendet sie ja auch nicht pur.

»Um mich brauchst du dir keine Sorgen zu machen«, sagt Oskar.

Wenn das so einfach wäre. Was, wenn doch etwas passiert? Und ich schuld bin ... »Was meinst du, reicht der Drohbrief, um den Behörden klarzumachen, dass man Vui nicht zurück nach Vietnam schicken kann?«

Oskar wiegt den Kopf. Er lehnt an der Anrichte, ein Glas Riesling vor sich. Er wirkt entspannt. Ich nehme einen Schluck aus meinem Glas. Kräftig und fruchtig, passt perfekt zum exotischen Salat. Das Roastbeef habe ich in dünne Scheiben geschnitten, diese geviertelt und vorsichtig geklopft. Üblicherweise werden sie einige Sekunden in heiße Rindsuppe getaucht, hat mir Vui verraten. Wenn man keine Suppe hat, legt man die Scheiben ganz kurz in den heißen Wok. Ich mische die Papaya mit der Marinade und verteile alles auf zwei große Teller.

»Ich weiß nicht«, sagt Oskar dann. »Vielleicht ist sie in Vietnam sogar sicherer.«

Der Wok glüht inzwischen beinahe.

»Das ist wohl ein Witz! Dort kann sie jederzeit verhaftet werden. Und es ist nicht anzunehmen, dass sie ein ordentliches Verfahren bekommt.«

Ein paar Spritzer Erdnussöl, dann die Fleischscheiben nebeneinander in den Wok. Es zischt.

»Entscheide du, was du machen willst. Ich glaube nicht, dass man sie von heute auf morgen abschiebt, aber ich kann es natürlich auch nicht versprechen.«

174

Ich lege die Fleischscheiben auf den Salat, salze, träufle Limetten-saft darüber, bestreue alles mit frischem Koriander. »Kennst du nie-manden in der Justiz, der helfen könnte?«

»Fremdenpolizei und Gerichtsbarkeit sind zweierlei. Da gibt's nicht viel mehr Berührungspunkte als zwischen Fremdenpolizisten und Journalisten. Seit ein eigener Asylgerichtshof existiert, hat sich das noch verstärkt.«

Ich trage die Teller zum Tisch, Oskar folgt mit den Gläsern und der Flasche Wein.

»Um nichts schlechter als der von Vui«, stellt Oskar zufrieden fest, nachdem er den Salat gekostet hat.

»Ich hab mehr Chili genommen. Vui sagt, im Norden essen sie eigentlich nicht scharf. Aber ein Teil ihrer Familie stammt aus dem Süden. Und dort spielt Chili eine große Rolle. Wenn nur bei allem die Verständigung so einfach wäre wie beim Essen.«

Kommen Sie bitte sofort Song. Wir müssen reden. Dringend. Mit Grü-ßen Dang Tien. Oskar schläft schon, als ich die SMS bekomme. Er muss morgen ganz früh raus. Er hat einen Klienten, der seinen Sech-zehnstundentag gerne im Morgengrauen beginnt. Die Zahl seiner Arbeitsstunden unterscheidet sich wenig von denen der Textil-arbeiterinnen in Fernost. In der Bezahlung und dem Drumherum dürfte es allerdings ziemliche Unterschiede geben. – Ist das eine Falle? Will mich Tien zu sich locken, wenn keiner mehr da ist? Um was zu tun? Jedenfalls habe ich eine andere Mobiltelefonnum-mer von ihm. Allerdings kann er sich ein zusätzliches Telefon be-sorgt haben, es gibt ja dauernd irgendwelche Schnäppchen. Weil er nicht will, dass sie von seinem Kontakt mit mir wissen. Wer immer »sie« sind. Ach was. Wahrscheinlich möchte er einfach reden. Gegen Mitternacht verlassen auch die letzten Gäste das Lokal. Dann ist Zeit.

Ich rufe Vesna an, sie geht nach dem zweiten Läuten dran. »Natürlich ich habe nicht geschlafen, Hans ist Nachttier. Und mir passt das inzwischen auch.«

Vesna ist dafür, dass ich hinfahre. Sie will mir »Rückendeckung« geben, wie sie das nennt. Hoffentlich schläft Oskar fest. Ich will ihn besser nicht fragen, was er von der Idee hält, in der Nacht ins Song zu fahren. Aber es wird Zeit, dass sich etwas bewegt. Und ich habe das Gefühl, wenn Tien mit mir redet, dann könnte das schon sehr bald der Fall sein.

Ich komme, tippe ich. Dann schicke ich Vesna die Nachricht weiter. Besser, wenn auch sie die unbekannte Telefonnummer hat.

Vesna will das Auto bei ihrer Reinigungsfirma abstellen und dann zu Fuß gehen. Sie dürfte um einiges vor mir ankommen. Ich soll so nah wie möglich am Lokal parken. Damit der Abstand zwischen Autotür und Eingangstür nicht größer als notwendig ist. Dann soll ich im Auto sitzen bleiben und Tien anrufen. Erst aussteigen, wenn er mir die Tür aufmacht, hat sie mir eingeschärft. Klingt nach einem sicheren Plan. Und trotzdem ganz schön abenteuerlich. Ich fahre mit dem Lift in den Keller, von dort komme ich direkt in die Tiefgarage. – Und was, wenn man mich bloß aus der Wohnung locken wollte? Daran hat Vesna nicht gedacht. Und ich bisher auch nicht. Ich hole tief Luft und stoße die Tür zur Garage auf. Dann renne ich zu meinem Auto, Fernbedienung, ein Klicken, ein Satz und ich bin drin. Türen verriegeln. Ich keuche. Und sehe Doktor Hornfeld, den Zahnarzt aus dem zweiten Stock. Er trägt Smoking und starrt mich verblüfft an. Ich winke und gebe Gas. Ich habe wieder einmal unterschätzt, wie ansatzlos Elektroautos beschleunigen. Jetzt hätte ich ihn beinahe niedergefahren. Eine bedauernde Geste, er schüttelt verärgert den Kopf, Knopf für das Garagentor und ich bin draußen. Noch einer, dem ich irgendwann später einmal etwas erklären sollte. Ich sollte mir schön langsam eine Liste anlegen.

Kurz vor Mitternacht sind die Straßen in Wien angenehm leer.

Man kommt zügig voran. Und: Es lässt sich gut kontrollieren, ob man verfolgt wird. Hinter mir ist die meiste Zeit über gar niemand. Dann ein weißes Auto mit vier Menschen drin. Die Fahrerin hat lange Haare und redet eifrig auf ihren Beifahrer ein. Wirkt nicht, als wollten sie etwas von mir. Ich biege ab. Jetzt bin ich in der Gasse, in der Vesna ihr Büro hat. »Sauber – Reinigungsarbeiten aller Art«. Wäre schön, wenn man tatsächlich alles so einfach sauber kriegen könnte. Schmutzige Geschäfte mit T-Shirts. Ich sehe Vesnas Wagen. Chevrolet Camaro. Nicht eben unauffällig, aber er gehört ja hierher. Ich fahre jetzt langsamer. Nur die Nacht, die zugeparkten Gassen. Wien schläft. Leises' Rollgeräusch. Nicht mehr. Ein Auto, um sich anzuschleichen. Ich versuche zu erkennen, ob sich Vesna in der Baulücke neben dem vietnamesischen Lokal versteckt hat. Gänsehaut. Die andere Baulücke. Die beiden Wachleute. Quatsch, sie werden nicht überall lauern, wo man ein Haus abgerissen hat. Ich kann Vesna nicht sehen. Ist auch gut so. Sie ist geschickt. Ich kann mich auf sie verlassen. Kein Auto direkt vor dem Sông Lâu. Langes Leben. Hoffen wir darauf. Wahrscheinlich haben hier bis vor kurzem Gäste geparkt. Ich fahre bis zum Ende der Gasse, drehe um, so kann ich auf der Gehsteigseite aussteigen. Ich stelle mein Auto vor die Eingangstür. Zwei Schritte, und ich wäre drin. Keiner, der mich so einfach vom Motorrad aus erschießen kann. Mein Auto gibt mir Deckung. Und überhaupt ist das alles Unsinn. Ich habe schon öfter mit Tien geredet. Und ich hatte noch nie einen Grund, mich zu fürchten. Ich wähle Tiens Nummer und sehe mich um. Die Gasse ist menschenleer. Oh, ich habe die alte Nummer genommen, die, die ich eingespeichert habe. Auch egal. Unser Telefonat wird kurz sein.

»Tien. Frau Valensky?«

»Ich bin draußen vor der Tür. Machen Sie mir auf?«

»Natürlich.«

Eben. Alles in Ordnung. Ich warte trotzdem, bis sich die Tür öffnet und ich Tien sehe. In dem Moment braust ein Motorrad vorbei. Ich zucke zusammen. Eigentlich ist es eher ein Moped. Es verschwindet um die Straßenecke. Jetzt aber! Die Autotür geht nicht auf. Was ist los? Warum komm ich nicht raus? Wer hat mich ... eine Autobombe! Sie soll hier losgehen, genau vor dem vietnamesischen Lokal. Zur Abschreckung für alle, die ihre Nase in Dinge stecken, die sie nichts angehen. Oh. Ich habe in der Tiefgarage die Türverriegelung gedrückt. Mache ich sonst nie. Ich entriegle die Tür und gleite ins Lokal.

»Warum wollten Sie mit mir reden?«, sagt Tien.

Ich sehe ihn irritiert an. »Sie wollten mit mir reden. Sofort.«

Ein alarmierter Blick. Dann geht er zur Tür und sieht nach, ob zugesperrt ist. Ich ziehe mein Mobiltelefon aus der Tasche und zeige ihm die Nachricht. Er zieht wortlos seines heraus und zeigt mir die SMS, die er bekommen hat. Beide stammen von der gleichen Nummer.

Wir müssen ganz dringend reden. Bitte gegen Mitternacht in Ihrem Lokal. Mira Valensky.

»Was wollen die?«, sage ich leise.

»Ich rufe Polizei an«, antwortet Tien.

Jetzt weiß ich, wie es ist, wenn einem das Herz bis zum Hals klopft. Mir wird schwindlig. Solche Aktionen sind nichts für mich. Ich klammere mich gerade noch an der Theke fest. Tien hält mir einen Becher hin. »Grüner Tee. Trinken Sie.«

Ich nicke und nehme einen Schluck. Dann noch einen. »Es geht schon wieder. Meine Freundin ist draußen.« Bin ich verrückt? Was, wenn das alles eine Riesenfinte ist?

»Da riecht es komisch«, sagt Tien.

Jetzt rieche ich es auch. »Haben Sie etwas auf dem Herd vergessen?«

Tien schüttelt den Kopf. Er will Richtung Küche. Ich packe ihn am Oberarm.

»Was soll das?«, faucht er alarmiert.

»Wir sollten lieber ...«

In diesem Moment ein gewaltiger Knall. Instinktiv ducke ich

mich unter die Theke. Zischen. Tien rennt in den Durchgang zur Küche. Ist er verrückt geworden? Gestank, Krachen, Knacken. Da hat jemand Feuer gelegt! Polizei. Feuerwehr. Wo ist Tien? Ich packe ein Geschirrtuch, das auf dem Tresen liegt, halte es mir vor Mund und Nase und hetze ihm nach. Er steht im Kücheneingang. Flammen auf dem Herd. Er hält einen Feuerlöscher und versucht, den Brand zu ersticken.

»Da ist Gas!«, schreie ich.

»Abgedreht«, brüllt er zurück. »Sie nehmen andere Flasche. Unten! Bei Toiletten!«

Ich renne zurück, die Stufen nach unten. Hier hat alles begonnen. Keine Zeit. Ich hab keine Zeit, um zu denken! Ich reiße den Feuerlöscher von der Wand. Ganz schön schwer, das Ding. Wieder nach oben. Die Gaststube riecht, als hätte jemand versucht, ein Monster zu flambieren. Wenigstens hab ich bei einer Schutzübung im »Magazin« vor nicht allzu langer Zeit erklärt bekommen, wie man so einen Feuerlöscher verwendet.

»Dorthin«, befiehlt Tien. Auf der Edelstahlanrichte hat ein Stapel Servietten zu brennen begonnen. Ich ziele darauf.

»Das Gas!«, brülle ich.

»Weg. Schalter ist vor Türe.«

Und plötzlich eine Nanosekunde nichts. Wie wenn jemand die gesamte Luft eingesogen hätte. Wir im Vakuum. Kein Laut. Keine Materie. Wie Weltall. Und dann der große Knall. Flash. Überall Feuer. Ich schreie und höre meinen eigenen Schrei nicht. Sehe Tien als Fackel. Und in der nächsten Sekunde: vorbei. Kein Feuer mehr. Nur der Stapel Servietten, der vor sich hin brennt. Ich bringe den Feuerlöscher nicht in die Höhe. Vielleicht ist er verglüht. Vielleicht bin ich auch schon verglüht, aber das Leben ist barmherzig genug, mir Trugbilder vorzuspiegeln, mich keinen Schmerz spüren zu lassen. Tien neben mir. Er verbrennt. Ich kann es nicht sehen, aber riechen. Er zielt auf die Servietten. Sie verwandeln sich zu Schaum.

»Das Gas, das in Leitung war«, keucht er. »Mehr kommt nicht. Haupthahn ist zu.«

Ich sehe mich um. Keine Flammen mehr. Edelstahl brennt nicht. Oder zumindest nicht bei solchen Temperaturen. Und wir haben auch kein Feuer gefangen. Ich fühle mich trotzdem nicht wie aus Stahl.

»Zum Glück habe ich das Fett aus dem Frittierwok entsorgt. Ein großer Wok mit Fett ... dann brennt auch der Dunstabzug. Und alles.«

Ich merke, dass mein Mobiltelefon läutet. Das Geräusch bringt mich wieder in die Realität zurück. Vesna. Sie wollte draußen aufpassen. Ich renne durch den Gastraum, sperre auf, ohne erst lange nachzudenken. Vesna stürzt herein, schreit: »Du bist in Ordnung?«

Ich deute auf die Küche.

Eine halbe Stunde später sitzen wir an einem der Tische, die schon nett aufgedeckt waren für morgen: Gläser, Stäbchen, Servietten. Jetzt riecht alles verbrannt. Und auf den Gläsern sind eigenartige Schlieren. Obwohl wir eigentlich damit gerechnet haben, ist weder Polizei noch Feuerwehr gekommen. Lediglich vom Nachbarhaus hat jemand angerufen und gefragt, was los sei.

»Wir hatten ein kleines Unglück in der Küche. Danke. Es ist alles in Ordnung. Tut mir leid für die Ruhestörung«, hat Tien gesagt.

Das war eine Warnung. Noch eine. Und es war großes Glück, dass der Anschlag nicht schlimmer ausgegangen ist. Gut möglich, es hat uns das Leben gerettet, dass Tien den Gashaupthahn zugedreht hat. Der Schaden ist freilich auch so groß genug. Der Herd ist wohl kaputt. Die Gaststube voller Rauch und Gestank.

»Ich habe niemanden gesehen«, sagt Vesna. »Sie müssen einen Zeitzünder montiert haben. Ich habe den Knall gehört. Ich bin zur Tür, und die war zu. Durch die Fenster niemand von euch zu sehen. Mir war klar: Da war Explosion. Da brennt es. Ich habe versucht,

180

anzurufen. Eine Minute länger keine Antwort, ich hätte alles alarmiert.«

»Vielleicht das Beste«, sagt Tien niedergeschlagen. »Ich habe nicht gedacht, dass sie die Drohung wahrmachen.«

»Drohbrief?«, frage ich.

»Ja. Sie haben gedroht, das Lokal anzuzünden. Und mich für den Mord an Hanh hinter Gitter zu bringen. – Mich! Für den Mord an ihr!«

»Und was wollten sie?«

»Ich weiß nicht. Ich soll Ruhe geben oder verschwinden.«

»Ich hab auch einen bekommen«, erzähle ich. Ich habe schon mindestens einen Liter grünen Tee getrunken, aber meine Kehle ist noch immer trocken. Ich habe den Brief fotografiert und halte Tien mein Mobiltelefon hin.

Er steht auf und holt aus einer Lade hinter dem Tresen einen Zettel in einer Klarsichthülle. Sieht so aus, als wären Papier und Schreibmaschine identisch.

SCHWEIGE. HAU AB. SONST GIBT ES FEUER. UND DU GEHST FÜR MORD AN HANH INS GEFÄNGNIS. WIR HABEN MACHT. DU BIST NICHTS.

»Es hat doch mit Schutzgeld zu tun?«, fragt Vesna.

»Sie haben mich auch am Telefon bedroht. Wir sollen verschwinden. Alle. Und wer ein Wort sagt, ist tot. Und dass man einen Vietnamesen durch einen anderen ersetzen kann. Alle Schlitzaugen sind gleich.«

»Als ihr aufgemacht habt, haben sie dir einen Vertrag angeboten. Sie beschützen dich gegen Feinde und Gegner. So war es doch?« Ich sage es möglichst emotionslos.

Eine Zeit lang ist es ruhig. Dann räuspert sich Tien. Als wollte er nicht bloß den Rauch aus der Lunge kriegen. »Ja. Aber das war von einer offiziellen Sicherheitsfirma. ER. Ich habe abgelehnt. Österreich ist sicher, haben wir gesagt. Und dass wir keine Feinde und Gegner haben. Ich hätte mir den Vertrag auch nicht leisten können.«

»Dann waren auf einmal Feinde da«, ergänzt Vesna.

»Ich habe das zuerst gar nicht mit dem Besuch von der Sicherheitsfirma in Verbindung gebracht. Eigentlich bis wieder jemand von ihnen gekommen ist.«

»Wer war es? Einer mit Stiernacken und Glatze? Ein schmaler Blonder? Beide?«

»Es war eine Frau. Vielleicht ist es mir auch deswegen seriös vorgekommen. Beim zweiten Besuch war ein Mann mit dabei. So ein Blonder, das stimmt. Sie haben gesagt, sie machen sich Sorgen. Und sie beschützen uns gerne. Aber jetzt ist es teurer. Weil ja offenbar konkrete Gefahr besteht. Ich habe wieder abgelehnt. Ich wollte zur Polizei.«

»Dann musste Vui aus Vietnam weg«, sage ich langsam. »Da war es besser, nichts mit der Polizei zu tun zu haben.«

»Und dann Hanh war tot.« Vesna sieht auf ihr leeres Glas.

Tien schweigt.

»Zeit, mit Zuckerbrot auch darüber zu reden«, sage ich.

»Zu spät.« Tien und Vesna antworten synchron.

»Was muss noch passieren? – Man kann einen Vietnamesen durch einen anderen ersetzen: Was soll das bedeuten?« Ich sehe Tien an.

»Alle Schlitzaugen sind gleich.« Er versucht ein spöttisches Grinsen.

»Ja, das ist der übliche Blödsinn. – Hanh und Vui: Die beiden sahen einander sehr ähnlich«, überlege ich. Mein Kopf brummt. Die Explosion, der Feuerflash. Der Gestank.

»Vui hat nichts zu tun mit Rotlicht«, widerspricht Vesna.

Ja. Klar. Nein. Eigentlich ist gar nichts mehr klar. »Oder haben sie gedroht, Tien zu beseitigen und an seine Stelle einen befreundeten Vietnamesen zu setzen? Der auf diese Art einen deutschen Pass und einen untadeligen Ruf hat?«

»Ich weiß nicht«, antwortet Tien. »Ich habe mir so oft den Kopf zerbrochen.«

»Besser, man bleibt praktisch. Wie viel Geld haben sie wollen?«, fragt Vesna.

»Fünfhundert. Und beim zweiten Mal siebenhundert.«

»Im Monat?«

»Ja. Ich habe das Geld nicht. Und ich will auch nicht . . .«

»Weiß Vui von der Sache?« Ich wische mir über die Stirn. Schweiß und Ruß. Klebrig.

»Nein. Sie hat genug Probleme. Ich will nur, dass sie ruhig ist. Dass man sie nicht findet. Sie darf ihre Unterlagen nicht hergeben. Weil es nichts bringt. Nur noch mehr Unglück. Für uns.«

»Und wenn die wirklich dafür sorgen, dass Sie für den Mord an Hanh ins Gefängnis gehen?«

»Wer sind ›die‹? Wie soll ihnen das gelingen? Österreich hat gute Richter«, antwortet Tien.

»Zuckerbrot lässt sich nicht so einfach gefälschte Beweise unterjubeln. Weder von einer Textilmafia noch von Ungers Freunden.« Ich überlege. »Die Drohbriefe waren in fehlerfreiem Deutsch. Noch ein Grund, der dagegenspricht, dass die Vietnamesen etwas damit zu tun haben.«

»Hofmann von ALLES GUT! spricht fehlerfrei Deutsch«, erinnert mich Vesna trocken.

»Du meinst, er hat neben seinem weißen Kommunikationsraum auch noch einen Raum für Drohbriefe, Erpressung und Mord?«

Tien sieht uns verwirrt an. »Warum Hofmann? Er ist nur einer von vielen Auftraggebern in der Fabrik, wenn ich es richtig weiß.«

»Minh glaubt, dass die Fabrik eigentlich Daniel Hofmann von ALLES GUT! gehört. Die gesamte Industrial City WestWest«, erkläre ich ihm.

»Minh?«, fragt Tien.

»Der Vertrauensmann von Vui in der Fabrik. Der Gewerkschafter aus dem mittleren Management. Sie nennt ihn Bruder.«

183

»Das ist in Vietnam üblicher als hier. Ich habe Ihnen schon einmal gesagt, ich vertraue keinem Gewerkschafter dort.«

»Vui tut es«, gebe ich zu bedenken.

»Vui ist ein Mädchen vom Land.«

»Das war Ihre Hanh auch.«

»Ja, aber sie hatte eine Ausbildung. Und sie hatte mich.«

Wie ist das mit dem Konfuzianismus? Strikt hierarchisch. Und die Frauen kommen zuletzt. Ich bin zu müde, um aufzumucken. Aber es bringt mich auf eine Idee. »Wenn der Wirtschaftsanwalt Oskar Kellerfreund nach Vietnam fährt und im Namen eines Klienten etwas von der Industrial City WestWest sehen will, dann wird man ihn empfangen. Und man wird keinen Verdacht schöpfen. Er hat seine Frau und eine Mitarbeiterin dabei. Aber die sind natürlich nicht so wichtig. – Was die Typen aus der rechten Szene, die Drohungen und die Schutzgeldsache angeht, so rede ich mit Zuckerbrot. Besteht eigentlich kein Grund, dass wir von Vui erzählen.«

»Das macht Oskar nie«, antwortet Vesna.

»Das ist gefährlich«, sagt Tien.

Ich weiß nicht, worauf er es bezieht. Ich habe einmal einen Schweizer Tigerdompteur interviewt. Auf die Frage, ob denn seine Arbeit nicht gefährlich sei, hat er geantwortet: »Gefährlich? Was ist denn heutzutage nicht gefährlich?« Ich erzähle es den beiden. Zumindest Vesna lacht. Zu Tien gewandt sage ich: »Beides ist vielleicht gefährlich. Aber wie sonst kann man klären, wer Hanh ermordet hat? Wer hinter all dem anderen steckt? Und ob wir wenigstens etwas ausschließen können?«

Die beiden sehen mich schweigend an. Ich habe geglaubt, ich brenne. Ich verbrenne und spüre es bloß nicht. Meine Jeans stinken, als ob ich von einem Scheiterhaufen gestiegen wäre. Ich will, dass so etwas aufhört. Aber ich will nicht, dass wir klein beigeben. Und auf die eine oder andere Art Vui opfern. »Tien: Hast du einen Schnaps für mich?«

Tien steht auf und verneigt sich leicht. »Ich danke so sehr, dass Sie nicht wütend sind. Ich konnte nichts anderes machen. Schweigen ist Sicherheit.«

»Wie man hat gesehen an Brandbombe«, knurrt Vesna.

»Und Hanh . . .« Ich breche ab.

Tien nickt. »Ich mache mir tausend Vorwürfe. Aber auch sie hat gesagt, wir haben das Geld nicht. Und wir dürfen keines leihen. Sonst geht das immer weiter. Außerdem . . . ich bin nicht sicher, ob es sie waren. Drohungen. Ja. Oder ein Anschlag. Oder verschmierte Türen. Und Parolen gegen Schlitzaugen und andere Ausländer. Aber Mord?«

»Ein bisschen weniger Glück, und wir wären in die Luft geflogen«, erwidere ich.

»Ja.« Tien verneigt sich wieder. »Ich entschuldige mich.«

Ich verneige mich auch. »Ist es in Ordnung, wenn wir per Du sind? Wo wir quasi gemeinsam durchs Feuer gegangen sind?«

Tien lächelt. »Das ist gut! Ja! Ich bin geehrt! Und ich bringe einen sehr guten edlen Brand.«

Er kommt mit drei Gläsern und schenkt ein. Wir prosten einander zu. Stark, trocken, würzig.

»Vui hat so etwas gesagt, wie dass Frauen in Vietnam keinen Alkohol trinken, stimmt das?«, frage ich.

Tien nickt. »Alkohol trinken nur Huren und reiche Frauen, die glauben, dass sie sich an nichts mehr halten müssen. Hanh hat nie einen Schluck angerührt.«

Vielleicht besser, ihm zu verschweigen, dass Vui bisweilen nippt. Weil sie frei sein will. – »Der Brand ist aus Vietnam?«

Tien schüttelt den Kopf. »Stammgast. Er war früher Banker. In der Pension brennt er Beeren. Es ist ein Holunderbrand. Wenn Sie . . . wenn du – bei uns man verwendet eigentlich nur die Vornamen – wirklich nach Vietnam willst . . . ich habe einen Freund. Er hat nichts mit der Fabrik zu tun. Er hat eine Agentur für Touren mit Touristen. Ihr solltet nicht ohne jemanden sein, der sich auskennt.«

»Oskar wird das nicht machen«, bekräftigt Vesna.

185

»Ihr könnt eine Tour bei ihm buchen«, fährt Tien fort.

Vesna sieht ihn misstrauisch an, und auch ich denke: Will er jetzt seinem Freund einen Auftrag verschaffen?

»Als Vorwand. Mein Freund ist Deutscher. Er hat seit vielen Jahren eine vietnamesische Frau und ist zu ihr gezogen.«

[13]

Das ist verrückt!«, sagt Oskar.
»Wir müssen herausfinden, was los ist, sonst lassen sie uns nicht in Ruhe.«

»Sie lassen euch in Ruhe, wenn ihr alles der Polizei übergebt.«

»Samt Vui. Willst du das?«

»Ich habe Vertrauen in unseren Rechtsstaat.«

»Entzückend.«

»Außerdem sehe ich keine andere Möglichkeit. Ich bin bereit, Vui einen Job anzubieten. Auch eine Garantie für sie abzugeben.«

»Aber sie darf den Antrag nicht von Österreich aus stellen.«

»Dann muss sie eben zurück. Sie hat Freunde. Die können auf sie aufpassen.«

»Man wird sie am Flughafen verhaften.«

»Oder auch nicht. Wer weiß, ob es auffällt, wenn sie einreist. Sie hat das schon einmal geschafft.«

»Ja, mit dem deutschen Pass ihrer Schwester. Jetzt hat sie keinen mehr. Willst du es wirklich drauf ankommen lassen, dass sie Vui ins Gefängnis stecken? Und wenn sie es nicht tun, dass sie von den Fabrikbetreibern gejagt wird? Und alles nur, weil sie sich für bessere Arbeitsbedingungen einsetzt? Uns kann nichts passieren. Wir sind Touristen, die sich Hanoi ansehen. Die eine Fabrik besichtigen. Wenn überhaupt. Vielleicht reicht es, mit Minh sonst wo zu reden. – Falls er sich überhaupt meldet.«

»Und wenn dieser Minh zufällig doch auf der anderen Seite steht, dann treiben wir tot im Fluss.«

»Hat Hanoi einen Fluss?«

Oskar seufzt. »Ja. Den Roten Fluss.«

»Ich würde ihn gerne sehen.«

»Nein.«

»Dann fahren Vesna und ich eben allein.«

»Nein.«

»Ich lasse mir nichts verbieten. Ich ...« Mir kommen die Tränen. Ich hasse so etwas, aber ich kann nicht dagegen an. Es war alles einfach zu viel für mich in der letzten Zeit. Die zwei Typen, die mich zu Unger geschleppt haben. Der irre Brandanschlag. Die Drohbriefe. Der ungeklärte Tod von Hanh. Ich will da raus. Aber ich will Vui nicht opfern. Minh hat noch nicht geantwortet, vielleicht sitzt er längst im Gefängnis. Oder er ist untergetaucht. Oder er hat Vui genau dort, wo er sie haben wollte. Weit weg im Ausland, wo sie wenig anstellen kann. Ich habe Oskar lange nicht alles von gestern Nacht erzählt. Nichts von der Explosion. Nur davon, dass auch Tien bedroht worden ist. Und dass er über all dem etwas am Herd vergessen hat, das dann zu brennen begonnen hat. Ich weiß nicht, ob Oskar mir glaubt. Die Jeans habe ich weggeworfen. Das Sweatshirt ist in der Waschmaschine. Vesna will heute überprüfen, wer wann in die Küche gekommen sein könnte, um den Zeitzünder zu platzieren.

»Wir brauchen außerdem Visa. Das dauert.«

Ich blinzle Oskar an. »Vesna hat mir gesagt, es gibt ein beschleunigtes Verfahren. Und sie kennt jemanden, der ...«

»Vesna und ihre Kontakte! Ich muss alle möglichen Termine verlegen.«

»Du fährst mit?«

»Allein lasse ich dich nicht hin.«

Ich umarme ihn fest. Vesna unterschätzt ihn. Er ist ... einfach mein Oskar. »Wir können über Bangkok fliegen. Wir sagen, wir machen Urlaub in Thailand. Und dann fliegen wir weiter.«

»Sieht aus, als hättest du alles schon geplant.«

»Nein, so ist das nicht. Ich habe einfach ein wenig überlegt.«

»Na gut. Dann sollte ich los. Es gibt einiges, das ich dringend erledigen sollte.« Er nimmt seine Tasche und geht Richtung Wohnungstür.

»Ich rede mit Zuckerbrot. Über die Wachleute und die Schutzgeldsache. – Oskar?«

»Ja?«

»Danke!«

Er nickt.

»Und: Könntest bitte du die Flüge buchen? Das wirkt besser. Doktor Oskar Kellerfreund mit Begleitung. Wenn deine Sekretärin nicht da ist. Der erzählst du das von Bangkok. Und Thailand. Und Urlaub. Sag ihr einfach, dass ich spinne, du musst dringend mit mir raus.«

»Ist doch ohnehin die Wahrheit. – Was machen wir übrigens mit Gismo? Sie sollte nicht so lange allein bleiben. Ganz abgesehen davon, dass sie womöglich niemanden reinlässt.«

»Wenn's ums Futter geht, macht sie das schon. Aber du hast recht. Sie sollte nicht so lange allein sein. Hans hat leider eine Katzenallergie.«

»Vesnas Büro? Aber da ist in der Nacht niemand und es ist eine neue Umgebung.«

»Ich habe eine Idee! Ganz einfach. Sie kommt an einen Platz, den sie sehr gut kennt: Sie kommt in meine Wohnung zu Vui. Da hat sie viele Jahre gelebt. Und Vui hat Gesellschaft.«

»Hoffentlich isst sie sie nicht.«

»Herr Kellerfreund, das ist jetzt aber wirklich geschmacklos!«

Er grinst. »Ich wollte dich nur aufheitern. Und mich auch.«

»Es wird dir gefallen. Und wir werden uns wirklich Hanoi ansehen. Und den Roten Fluss.«

»Wenn alles klappt, brauchen wir ein Hotel.«

»Das buchen wir lieber erst dort. Damit es nicht auffällt, dass wir von Bangkok weiterfahren.«

»Wir brauchen die Adresse mit Sicherheit fürs Visum.«

»Dann buchst du das am besten auch in der Kanzlei.«

Heute habe ich im »Magazin« nur Freunde. Ich habe freiwillig zuge-
stimmt, dass die Wochenreportage vom Chronik-Ressort übernommen wird. Sie haben eine nicht eben besonders kritische Geschichte
über Österreich als Urlaubsland gebastelt. Viele buchen zurzeit ihre
Sommerferien. Da kann man rundherum nette Anzeigen platzieren.
Sie haben damit gerechnet, dass ich widerspreche. Und stattdessen
etwas über die Reisen der Wirtschaftskammer bringen möchte. Oder
über dubiose Geschäfte österreichischer Unternehmer in Fernost.

Aber ich will handfeste Fakten haben, bevor ich mit dem Thema
»Textilindustrie und das heilige Image« oder »Schutzgeld modern«
oder mit allen beiden zusammen loslege. Ich kündige an, dass ich
urlaubsreif bin und wohl demnächst Richtung Thailand abdampfe.
Und weil ich gar so nett bin, verspreche ich ihnen für ihre Urlaubs-
Reportage Interviews mit den Besitzern meiner Lieblingshotels in
Pörtschach und Zürs.

Am frühen Nachmittag sitze ich dann bei Zuckerbrot. Meine eupho-
rische Stimmung schwindet von Minute zu Minute.

»Ist Ihnen klar, dass das Unterschlagung von Beweismaterial ist?«
Zuckerbrot hat sich über seinen Schreibtisch gebeugt, als wollte er
mich anfallen.

»Bin ich bei Ihnen, oder bin ich es nicht? Erzähle ich Ihnen, was
ich weiß, oder tue ich das nicht?«

»Sie sind da. Sie erzählen etwas. Aber sehr spät. So haben Sie die
Ermittlungen behindert. Und ob Sie mir alles erzählen, bezweifle ich
sowieso.«

Ob Droch doch mit ihm geredet hat? Auch er weiß über Vui freilich nicht mehr, als dass ich eine Vietnamesin im Keller beim Hüh-
nerzerteilen ertappt habe. Und dass sie Hanh ähnlich sieht. »Schauen
Sie sich die Typen in der Sicherheitsfirma ER an. Und das Motorrad
von der Freundin von Stefan Sorger. – Hat es am Tatort gar keine
Spuren gegeben?«

»Wie Sie sicher auch selbst recherchiert haben, handelt es sich bei der Gasse nicht um einen Feldweg. Auf Asphalt gibt es keine Abdrücke.«

»Bremsspuren?«

»Vergessen Sie es. Nicht einmal mikroskopisch kleine Teilchen von einem Spezialhandschuh, die unsere hundert Forensiker in Kleinstarbeit in der Gasse sicherstellen und zuordnen konnten. Wir sind nicht in einem Fernsehkrimi. Da ist nichts.«

»Was ist mit den Alibis der beiden S?«

»Wir ermitteln. Ich werde Ihnen sicher nicht erzählen, wie weit wir gekommen sind. Aber jedenfalls rate ich Ihnen, sich nicht in deren Milieu herumzutreiben. Unterwelt klingt für Sie vielleicht romantisch. Aber sie ist brutal.«

»Sage ich ja. Die beiden Wachleute gehören zu einer rechtsextremen Gruppe. Der eine scheint vor allem Asiaten zu hassen.«

»Er könnte auch sehr schnell eine Journalistin hassen, die ihm zu nahe kommt.«

»Unger sagt, er hat sie im Griff. Er will in Ruhe seinen Geschäften nachgehen, worin immer sie bestehen. Da bringt man keine Journalistin um.«

»Nicht, wenn es auffällt. Nicht, wenn sich alle schlau verhalten. Aber in der Szene sind lange nicht alle schlau. Und noch eines: Ihr neuer Freund Unger ist ein Verbrecher. Nur um das klar und deutlich zu sagen. Brandbomben passen dazu. Auch wenn wir ihn noch nie wegen der wirklich großen Dinge dranbekommen haben.«

»Vielleicht gelingt das ja jetzt.«

»Hoffentlich. Und ich will nicht, dass das vermasselt wird. Wir ermitteln. WIR. Nicht SIE. Zum Mitschreiben: Die Rotlicht-Bosse halten sich seit einiger Zeit gerne Rechtsextreme. Als Männer für das Grobe. Die wissen nicht, wohin mit ihrem Hass. So haben sie ein nettes Ventil. Und verdienen damit auch noch Geld. Unger interessiert es nicht, was seine Leute in der Freizeit machen? Das glaube ich nicht. Er wirbt sie gezielt an.«

»Unsere Behörden geben ihnen Waffenpässe.«

»Sie müssen sich an die Vorschriften halten. Wer keine Vorstrafen hat und eine Waffe dienstlich braucht, der . . .«

»Aber man braucht sich ja nur anzusehen, wo die Typen unterwegs sind! ›Ewig einig!‹, das sagt doch alles!«

»Das ist eine im Vereinsregister angemeldete Fußballfan-Gruppe. Präsident des Fußballvereins ist übrigens ein ehemaliger Innenminister.«

»Der Verein distanziert sich von den Hooligans. Immer, wenn etwas passiert. Ziemlich zynisch, finde ich.«

Der Chefinspektor steht auf. »Herr Dang kommt in einer halben Stunde. Er wird mir erzählen, wie das mit dem Schutzvertrag war. Und mit den Drohungen. Es ist unverzeihlich, dass er es nicht sofort getan hat. Dass es erst einen Brandanschlag geben hat müssen. Manchmal frage ich mich, ob er wirklich erpicht darauf ist, dass wir den Mörder seiner Frau finden.«

»Er hat Angst gehabt. Er hat es schwer genug. Vietnamesen und andere Ausländer haben es bei uns als Lokalbetreiber . . .«

»Er ist deutscher Staatsbürger«, fällt mir der Leiter der Gruppe Leib und Leben ins Wort. »Er kann perfekt Deutsch. Er hat einen Hochschulabschluss. Er kann denken und sich wehren. Wenn er es möchte. Dazu braucht er keine Mira Valensky. – Sie sollten sich lieber um die Drohungen gegen Ihren Mann kümmern.«

»Ich dachte, das machen ab jetzt Sie.«

»Und Sie tragen dazu bei, indem Sie sich von der Sache fernhalten. Besser, Sie stolpern nicht im Rotlichtmilieu herum.«

Ich stehe auch auf. »Ich stolpere nicht herum«, sage ich so eisig wie möglich. Er weiß ja zum Glück nichts von den Umständen, unter denen ich zu Unger gekommen bin. »Und falls es Sie beruhigt: Ich gönne mir etwas Urlaub. Thailand. Ich hoffe, dass das Song danach noch steht, Tien Dang am Leben ist und . . .«

Zuckerbrot versucht ein Lächeln. »Machen Sie Urlaub. Das ist eine gute Idee. – Warum kann ich bloß nicht restlos daran glauben?«

Eine Mail von Minh. Er fragt, ob es seiner Freundin gutgehe. Und schreibt, man könne mit ihm über diese Adresse kommunizieren. Sein Englisch ist tatsächlich ziemlich gut. Ich maile ihm, dass wir nächste Woche in Hanoi sind. Und dass wir ihn treffen möchten. Oskar Kellerfreund sei Wirtschaftsanwalt und möchte für einen Klienten, der überlegt, Aufträge an Industrial City WestWest zu vergeben, die Fabrikanlage besichtigen. Ansonsten werden wir Urlaub machen.

Die Antwort kommt nur zwei Stunden später. Minh meint, es sei zu spät, um uns als offizielle Delegation empfangen zu können. Das müsse auch über eine andere Abteilung in der Fabrik gehen. Aber für Freunde und Geschäftspartner gäbe es Zugangsausweise. Er werde sie organisieren.

Die Vorbereitungen laufen erstaunlich problemlos. Wir erzählen allen, dass wir nach Thailand fliegen. Im besten Fall glauben die Drohbriefschreiber, wir fliehen vor ihnen. Tien hat wieder geöffnet. Statt von ER lässt er das Song von Vesna bewachen. Sie hat ihm ihre beiden Spezialisten für Leib-und sonstige Wächterdienste vermittelt. Slobo und Bruno. Sie sind schon durch ihre Größe und ihr Gewicht eindrucksvoll. Dazu kommt, dass Bruno leidenschaftlich gerne kocht. Er will Tien zur Hand gehen.

Manchmal habe ich das Gefühl, als würden wir wirklich in Urlaub fahren. Zwei Tage vor dem Abflug bringe ich Gismo zu Vui. Das können keine Drohbriefschreiber verhindern. Ich bin vorsichtig. Vesna folgt mir im Auto von Jana und beobachtet, ob sich etwas Verdächtiges tut. Sie traut mir nicht zu, das selbst feststellen zu können. So viel zum Thema Kontrollzwang. Aber mir ist ganz wohl, sie in meiner Nähe zu haben.

Gismo hat sich die ganze Fahrt über erstaunlich ruhig verhalten. Ob sie spürt, dass es in ihre alte Wohnung geht? Wahrscheinlich hat sie das Alter gelassen gemacht. Früher hat sie im Auto so lange gebrüllt, bis ich den Katzenkorb geöffnet habe. Und dann hat sie versucht, auf die Vordersitze zu klettern und mit mir gemeinsam zu lenken.

Ich begrüße Vui, stelle den Katzenkorb im Vorzimmer ab und öffne das Türchen. Gismo streckt die Nase heraus. Wittert. Dann kommt sie langsam aus dem Korb, stelzt mit steifen Beinen herum, den Kopf hoch erhoben, mit zitternden Barthaaren. So, als ob sie sich an etwas erinnern müsste. Vui beachtet sie fürs Erste gar nicht. Immerhin besser, als sie fällt sie an. Aber das hat sie ja auch beim ersten Mal nicht getan. Außerdem macht sie so etwas wohl nur, wenn sie ihr Heim, ihr Revier verteidigt. – Das da war lange Jahre ihr Heim. Gismo geht durch die offene Flügeltür ins Wohnzimmer, springt auf die Fensterbank und sieht aus dem Fenster. Das hat sie oft getan. Sie schnurrt, als ich zu ihr komme. Ich streichle meine alte Katze. »Vui kennst du ja schon.« Gismo schnurrt weiter.

»Gismo«, sagt Vui. »Glück.«

»Ja, es ist ein Glück. Sie freut sich, die alte Wohnung zu sehen. Und du bist nicht so allein.«

»Vui heißt Glück, in Sprache Vietnam.«

»Vui bedeutet auf Vietnamesisch Glück?«

Vui nickt und strahlt. Viel Glück scheint sie in letzter Zeit nicht gehabt zu haben. Andererseits: Sie ist bisher davongekommen. Wir werden tun, was wir können, damit das so bleibt. Sie weiß, dass wir nach Vietnam fahren. Sie hat mir Zettel geschickt, aus dem Internet übersetzt. Sie dankt und bittet, Minh zu vertrauen. Und ihn alles zu fragen. Ich habe ihr auch einen Zettel mitgebracht. Zum Übersetzen. *Wir glauben, dass Hanh von Rechtsextremen umgebracht wurde. Sie stehen in Verbindung mit einem Verbrecher, der auch Schutzgelder kassiert. Nach einer modernen Methode. Aber es ist besser, du bleibst noch in der Wohnung. Damit du nicht abgeschoben wirst. Wir werden in Hanoi Argumente für dein Asylrecht hier sammeln. Außerdem gibt es Drohungen, und wir nehmen sie lieber ernst.*

Vui liest und nickt ein paarmal. »Ich bleibe in Wohnung. Sicher. Jetzt Gismo da. Warte. Setze über Rest.«

Braves Mädchen. Ich gehe in die Küche und packe die Vorräte aus. Nudeln, Öl, Gewürze, um die Vui gebeten hat, Garnelen, Tofu. Beutelchen mit dem guten Futter für reife Katzen und natürlich Oliven. Kaum habe ich die in der Hand, steht Gismo neben mir. Mit hoch erhobenem Schwanz. Begeistert. Voller Vorfreude. Vui lacht. Von dem Brandanschlag auf das Lokal von Tien hat ihr niemand erzählt. Und dabei belasse ich es. Jana und Fran werden sie versorgen. Wir haben Vui schon vor einiger Zeit ein Wertkartentelefon gebracht, über das sie im Notfall anrufen kann.

»Wenn etwas passiert, dann telefonierst du, und wenn niemand drangeht, dann klopfst du fest gegen die Mauer«, sage ich ihr.

Vui schüttelt den Kopf.

»Nachbarin. Gut. Sie kommt und hilft.«

»Polizei.«

»Ja, auch wenn jemand der Fremdenpolizei einen Tipp gegeben hat. Die lässt sich nicht einschüchtern. Danger: klopfen!« Dazu mache ich wuchtige Handbewegungen gegen die Mauer. Natürlich ohne sie zu berühren. Soll bloß für den Notfall sein. »Außerdem beschützt dich Gismo.«

»Ja. Gismo. Danke.« Vui streichelt Gismo, und die schmiegt sich an sie. Vielleicht gefällt ihr die zwitschernde Sprache.

Ich beuge mich zu meiner Katze. Gismo wummert mir den Kopf gegen den Unterschenkel, als ob sie sagen wollte: »Kein Problem, das mache ich schon.«

»Pass gut auf sie auf«, sage ich zu Gismo, als ich eine halbe Stunde später in der Eingangstür stehe. Ich sollte sofort gehen. Damit mich niemand sieht. Aber ich kann nicht anders. Ich nehme meine Katze noch einmal auf den Arm und streichle sie. Gismo schnurrt mir ins Ohr. Ich setze sie wieder hinunter. Sie sieht mich aufmerksam und mit großen Augen an.

»Nur eine kleine Reise, meine Liebe. Bis bald!«

[14]

Nachtflug mit der AUA nach Bangkok. Wider Erwarten habe ich ganz gut geschlafen. Vesna hat interessante Pillen mitgehabt, sie sind offenbar kein Schlafmittel, sondern reagieren auf den Melatoninspiegel. Wenn es dunkel ist, sagen sie: Schlafen! Und irgendwas in mir hat erstaunlicherweise darauf gehört. Oder aber ich war einfach erschöpft.

Hans hat uns zum Flughafen gebracht. Keine Chance für ihn, mitzukommen. Zu viele Termine. So hat er uns nur mit Ratschlägen versorgt. Und mit der allerneuesten Smart-Watch. Man koppelt sie mit dem Mobiltelefon, sie hat aber auch eine eigene Nano-SIM-Card, mit der man telefonieren und Messages empfangen kann. Er hat ein ziemliches Getue darum gemacht, bis Vesna ihm gesagt hat, dass Handyuhren ein alter Hut seien, nur der Hype sei neu. »Fran baut sie seit Jahren um, dann gibt es sie sogar mit Notfall-Knopf.« Hans war eine Spur gekränkt, hat uns aber gleich noch ein Geschenk überreicht. Gutschein für ein Abendessen bei Madame Hien, laut einem Oldtimer-Freund von Hans das berühmteste Lokal in Hanoi.

Wir landen am frühen Nachmittag Ortszeit. Wir werden in Bangkok übernachten und dann weiterfliegen. Oskar hat Zimmer in einem Hotel am Flughafen gebucht. So etwas ist zwar selten ein besonderes Erlebnis, aber es ist praktisch. Als uns das Taxi abliefert, staunen wir allerdings nicht schlecht. Das angebliche Mittelklassehotel einer Mittelklassehotelkette ist nicht bloß riesengroß, sondern luxuriös. Zentraler Empfangsdesk in der Mitte, eine hohe Lichtkuppel, deren

Ausmaße die des Petersdoms deutlich übertreffen, mit offenen Gängen im ersten Stock, dicke Teppiche. Die Angestellten grüßen lächelnd mit gefalteten Händen und einer kleinen Verbeugung. Frage nach dem Weg, frage, wo man eincheckt, frage nach den Toiletten: Du wirst neben der Auskunft immer wieder lächelndes Grüßen mit gefalteten Händen und Verbeugen bekommen. Es ist beinahe ein bisschen viel an Freundlichkeit.

Vesna flüstert mir zu: »Weißt du, was sie sich bei jedem Gruß denken? Zahl, Tourist. Zahl, Tourist.«

Ich grinse. Mir zumindest würden die Demutsgesten so leichter fallen, ich gebe es zu.

Es wird uns geraten, mit dem Taxi in die Stadt zu fahren. Zwar gäbe es auch einen Zug direkt vom Hotel ins Zentrum, aber der ginge am Sonntag nicht so häufig und er sei nicht immer pünktlich und außerdem müsse man umsteigen. Also lassen wir ein Taxi kommen. Wir wissen, dass es nicht besonders teuer ist. Breite Einfallstraße, die üblichen Riesenreklameschilder rund um Flughäfen. Autobahnen, die sich in verschiedenen Höhen kreuzen. Quasi in Stockwerken gebaut. Geisterfahrer können da tief fallen. Ich schaue, will alles aufsaugen und merke doch, wie ich wegdöse. Der Taxifahrer versucht uns zu überzeugen, dass es besser wäre, wenn er uns durch die Stadt begleitet. Er kenne alles, sei lange Fremdenführer gewesen, er wisse die besten Plätze. Wir wollen in aller Ruhe allein und zu Fuß durch das Zentrum von Bangkok. Er bekomme Probleme, wenn er uns allein lasse und uns was passiere.

»Was soll passieren?«, fragt Oskar.

Oh, Bangkok sei sicher, aber passieren könne immer etwas. Und dann sei er schuld.

»No!«, sage ich bestimmt.

»No!«, sagt Vesna.

Er versucht es noch ein paarmal und wechselt dann die Strategie. Er lasse uns beim Königspalast raus, wir sollen allein herumgehen, wo wir wollen. Er warte einfach auf uns. Er könne uns dann auch

197

noch zum schönsten Shoppingcenter fahren. Oder zu den Seidenhändlern, die machen bis morgen früh Anzug oder Kostüm.

»Sicher nicht«, sage ich zu Oskar.

»No«, sagt Oskar. Und dass er uns bitte einfach aussteigen lassen soll, der Rest sei unsere Verantwortung. Warum sollten wir shoppen gehen, wenn wir ohnehin nur ein paar Stunden für Bangkok haben. Der Taxifahrer ist sauer, aber er lässt uns dann doch ziehen. Oskar gibt zu viel Trinkgeld. Das führt dazu, dass er wieder anfängt. Er werde auf uns warten, egal, wann wir zurück seien. Wir werden nicht zurückkommen, lassen wir ihn wissen.

Der Königspalast hat schon geschlossen. Er ist auch von außen eindrucksvoll. Eine eigene kleine Stadt, mit absurden goldenen Türmchen und Verzierungen, die über die Mauer ragen. Entlang der Straße ein Markt, ein Stand neben dem anderen, nicht viel anders als bei uns, aber enger und mit mehr Lärm und bunter und mit exotischen Gerüchen. Ich bestehe darauf, dass wir irgendetwas essen. Vesna schaut eine Spur misstrauisch drein. Wir lassen sie aussuchen, sie entscheidet sich für Chicken saté, und es schmeckt großartig. Noch immer sind wir an der Mauer des Königspalastes. Jetzt kommt eine Art von Park, eigentlich ist es eher eine große Wiese mit Büschen und mit bunten Lichterketten. Es ist inzwischen dämmrig geworden.

Ich habe Halluzinationen. Entweder hat es mit der Schlafpille im Flugzeug zu tun oder mit dem, was im Chicken war. Da ist ein Kreisverkehr. Und im Kreisverkehr ist eine Insel, auf der drei rosa Elefanten tanzen. Die Sache mit den Mäusen ist ja hinlänglich bekannt, aber Elefanten? In Rosa? Dann merke ich, dass auch Vesna und Oskar starren. Oskar hat keine von den Pillen genommen, er schläft immer beneidenswert gut. Vesna zieht den Fotoapparat aus der Tasche. Das da ist eine Skulptur mit drei lebensgroßen rosa Elefanten. Und viel buntem glitzerndem Beiwerk. Dahinter im Dämmerlicht die goldenen Spitzen des Königspalastes.

Nachdem wir alles, so wie andere Touristen auch, ausgiebig fotografiert haben, orientieren wir uns wieder am Stadtplan. Wir wollen zum Fluss mit seinen vielen, vielen Booten. Wir müssen ums Eck und weiter der Mauer folgen. Hier sind schon weniger Touristen unterwegs.

Ein Tuk-Tuk-Fahrer hält neben uns und sagt in ziemlich gutem Englisch, dass wir unbedingt zum größten liegenden Buddha sollten. Er sei nur einmal im Monat zu besichtigen, und ausgerechnet heute hätten wir Glück. Alle müssten den größten liegenden Buddha gesehen haben. Er sei eine Art Weltwunder. Und übrigens gäbe es gleich daneben wunderschöne Seidengeschäfte. Man könne sich auch Anzüge machen lassen. Oder Hemden. Werde alles pünktlich geliefert. Außerdem Thai-Massagen. Direkt im Tempel. Eine Weltsensation, wie der Buddha. Wir wehren ihn, so freundlich es geht, ab.

»Ich schwöre, wer morgen kommt und größten Buddha sehen will, hat auch Glück, dass er zufällig ist zu besichtigen«, grinst Vesna.

Die Mauer rund um den Königspalast ist offenbar endlos lang. Wir sehen auf der Karte nach. Ein eleganter Thailänder im Anzug spricht uns an. Ob er uns helfen könne? Ja. Sei das der richtige Weg zum Fluss? Sein Englisch ist noch um einiges besser als das des Tuk-Tuk-Fahrers.

»Woher kommen Sie?«

»Austria.«

»Oh, Thomas Klestil. Ich habe ihn gekannt, er ist auf Staatsbesuch gewesen. Aber er ist ja leider verstorben. Der jetzige Präsident ist Heinz Fischer, nicht wahr?

»Woher wissen Sie das?«, frage ich.

»Ich arbeite im Heeresministerium.« Er deutet auf ein mächtiges Gebäude vis-à-vis. »Ich warte darauf, dass mich meine Familie abholt. Heute ist das Krönungsfest, es wird ein riesiges Feuerwerk geben.« Er deutet in die Richtung, aus der wir gekommen sind. Hin zum Park mit den bunten Lämpchen. »Aber als Erstes sollten Sie den größten liegenden Buddha besichtigen, er ist nur heute zugänglich. Und die Seidenfabrik ist auch nur aus Anlass des Feiertages für alle geöffnet. Nur einmal im Jahr. Man kann sich dort fantastische Anzüge machen lassen, sie schicken sie direkt zum Flughafen.«

»Nein, wirklich!«, sagt Oskar, und ich kann schon kaum mehr ein Kichern unterdrücken. Wäre sicher total unhöflich.

»Sehr interessant«, sage ich.

Er könne uns am Plan ganz genau zeigen, wo das sei. Ich halte ihm brav die Karte hin, und Vesna grinst. Ihr Englisch ist nicht überragend, aber das hat sie mitbekommen. Herzlichen Dank, wir werden auch ganz sicher dorthin gehen.

»Oh, zu Fuß? Das wird eng, bevor alles zusperrt. Sie sollten ein Tuk-Tuk nehmen. Zufällig habe ich einen entfernten Bekannten, der vielleicht noch frei ist. Es ist sehr schwer, heute ein Tuk-Tuk zu kriegen.«

Ich bedanke mich so höflich wie möglich. Wir wollen vorher noch zum Wasser. Und von dort würden wir ein Taxi nehmen. – Wenn er etwas vorschlagen dürfe als einer, der in Bangkok lebe? Besser wäre es, von hier aus mit dem Tuk-Tuk zum liegenden Buddha zu fahren. Der Tempel sperre bald zu. Wir verabschieden uns trotzdem und gehen entschlossen weiter Richtung Fluss. Es ist finster geworden, jetzt ist kaum mehr jemand auf der Straße. Irgendwann endet auch die Mauer des Königspalastes. Eine Umleitung. Wir haben die Ausdehnung des Stadtzentrums von Bangkok unterschätzt. Oskar geht voran, Vesna hinter ihm drein, ich bin die Letzte. Die Gehsteige sind zu schmal, um nebeneinander Platz zu haben. Häuser mit exotischen Bäumen davor. Der Fußweg ist immer wieder aufgebrochen, unterbrochen. Große Steine. Löcher. Alles wirkt verlassen. Und was, wenn der Taxifahrer doch recht gehabt hat? Wenn man da lieber nicht allein, oder auch zu dritt, durch die Gegend gehen sollte? Ich schlage vor, umzudrehen. Und rechne mit Spott. Mira, der Angsthase. Aber beide stimmen mir zu. In der Ferne ist Vesna offenbar weniger mutig als daheim. Taxis gibt's hier schon lange keine mehr, nicht einmal Tuk-Tuks. Also den ganzen Weg zurück, zu Fuß.

Endlich ein Tuk-Tuk-Fahrer, der hält. »Steigen Sie ein. Heute ist ein Sonderpreis. Weil heute der größte liegende Buddha geöffnet hat, sechsundvierzig Meter lang, ich bringe Sie hin.«

Danke. Unser Freund steht jetzt auf der anderen Straßenseite des Heeresmuseums. Ob wir uns doch anders entschieden hätten, ruft er herüber. Ich lüge, dass wir nun zum Feuerwerk wollten. Aber zuerst sollten wir uns den Buddha ansehen. – Sei es nicht schon zu spät und habe der Tempel nicht längst geschlossen? – Noch nicht. Wenn wir ein Tuk-Tuk nehmen . . . Wir bedanken uns. Dann liegt der Königspalast hinter uns, und wir gehen eine Straße entlang, an der ein Straßenküchenstand neben dem anderen ist. Wir schnuppern, und mir läuft des Wasser im Mund zusammen. Oskar plädiert trotzdem für ein ordentliches Abendessen, er habe eine Überraschung für uns.

Dann ein Stand, an dem eine kleine alte Frau mit vielen Runzeln im Gesicht gegrillte, getrocknete, sautierte Insekten verkauft: ein Riesenkäfer im Panzer, sicher acht Zentimeter groß. Sieht einer Kakerlake ähnlich. Ameisen mit klein geschnittenen mitfrittierten Gemüsen. Getrocknete Eidechsen, vielleicht sind es auch dünne Frösche. Maden, die ziemlich pur, am ehesten geräuchert, aussehen. Heuschrecken. Sicher knusprig. Wie auch nicht, mit all dem Chitin? Vesna steht etwas abseits und wirkt angeekelt. Ich frage die Frau, ob ich fotografieren darf. Sie nickt kurz, aber nicht im Geringsten freundlich. Sie starrt einfach vor sich hin. Ich weiß nicht, ob ich etwas kaufen soll. Der Preis verspricht eine halbwegs üppige Portion. Am Rand des Standes hat sie große spitze Tüten aus Zeitungspapier aufgeschichtet.

»Eine Heuschrecke würde ich total gerne kosten, aber zwanzig?«, sage ich zu Oskar. »Und die Maden können auch nicht viel anders schmecken als Shrimps. Eiweiß eben.« Er murmelt etwas Undefinierbares.

»Die großen Käfer sehen eher eklig aus. Wenn mir jemand zeigen würde, wie man sie isst, wär ich schon dabei, aber so . . .«

»Ja dann«, sagt Oskar.

»Oder soll ich doch?«

»Komm«, ächzt Vesna.

Ich bin zu feige, und wir gehen weiter. Ich hätte etwas Ermunterung gebraucht. Hans hätte sicher gekostet. Und Vui sowieso. Vui. Ich hab schon lange nicht mehr an sie und unsere Mission gedacht. Und? Momentan können wir ohnehin nichts tun.

Oskar winkt dem nächsten Taxi, und wir fahren ins Banyan-Tree-Hotel. Moon-Bar, einundsechzigstes Stockwerk. Mit uns sind andere Touristen unterwegs. Aus allen möglichen Weltgegenden. Blitzsauberes, lächelndes, händefaltendes Servicepersonal. Auf der Dachterrasse eine fantastische Aussicht. Unter uns liegt Bangkok bei Nacht. Westliche Chill-out-Musik, aber vom Feinsten. Und dann ist heute Abend auch noch Vollmond. Oder inszenieren sie den hier jeden Tag? Wir nehmen an der langen Theke Drinks. Laue Nachtluft. Dort drüben ist der Restaurantteil. Wir sehen, dass Leute neben uns die Karte studieren, und bitten auch um eine. Mit einem Mal hab ich unglaublichen Hunger. Vielleicht doch gut, dass ich kein halbes Kilo Heuschrecken oder Ameisen mit Gemüse verdrückt habe.

Erstaunlicherweise finden wir auf der Karte bloß internationale Snacks. Gibt es auch eine andere Karte? Lächeln, Händefalten, Verbeugen, und wir werden feierlich zu einem Tisch geleitet. Mir direkt gegenüber der Vollmond. Riesige Karten mit Taschenlampe. Auf der Karte: Steaks zwischen Kobe-und Wagyu-Beef, pochierter Lachs. Entenbrust mit grünem Spargel. Nein, bitte die Thai-Karte. – Oh, so sorry, Thaifood not here, in other restaurant. Vesna scheint es ein wenig leidzutun, aber wir entscheiden uns trotzdem, dem interessanteren Essen zu folgen. Als wir die Terrasse verlassen, geht in einiger Entfernung ein Feuerwerk los. Offenbar das zum Krönungstag. Was von dem hat gestimmt, das uns der elegante Mann beim Königspalast erzählt hat, der sogar die Bundespräsidenten des kleinen Österreich kennt? Ist er ein besserer Aufreißer für Tuk-Tuk-Fahrten? War er wirklich vom Heeresministerium? Hat er über eine Stunde auf seine Familie gewartet, und den Buddha hätten wir wirklich bloß heute besichtigen können?

202

Das Essen ist großartig und der Ausblick über die Stadt, jetzt eben hinter Glas, auch. Gemischte Thai-Vorspeisen, danach Bananenblütensalat, irgendetwas mit Huhn und exotische Fische. Der thailändische Rosé ist eine positive Überraschung. Thailändischer Wein. Davon sollte ich unserer Winzerfreundin Eva erzählen. Vesna stöhnt hie und da, für sie ist das eine oder andere Gericht doch etwas scharf, aber auch sie ist hingerissen.

Am nächsten Morgen treffen wir uns am Pool in einem der Innenhöfe des Hotels. Zwei riesige Fische speien Wasser, rundum Palmen und sukkulente Orchideen. Einzig die Maschinen, die beinahe im Minutentakt über den Himmel donnern, erinnern daran, dass wir gleich neben einem Riesenflughafen und nicht in einer tropischen Traumwelt sind.

[15]

Der Imbiss in der Vietnam-Airlines-Maschine war ungenießbar. Offenbar versuchen sie, sich dem weltweiten Einheitsessen in Flugzeugen anzupassen. Dabei hatte ich mich schon auf mein erstes sozusagen original vietnamesisches Gericht gefreut. Wir kriegen totgebratenen Fisch mit brauner Sauce und sehr lange warm gehaltenen Kartoffeln. Vielleicht ist auch das ein Zeichen, dass Vietnam wirklich auf dem Weg zur Industrienation ist. Dafür war der Flug ausgesprochen ruhig, und mit Vesna und Oskar neben mir habe ich selbst die Landung ohne größere Probleme überstanden.

Der Flughafen von Hanoi ist lange nicht so schick wie der in Bangkok, dafür ist er deutlich übersichtlicher. Wir bekommen unser Gepäck rasch und wundern uns bloß über die vielen mit Schnur umwickelten Pappkartons, die auch auf dem Förderband liegen. Ein Taxi soll uns ins Hotel bringen. Wir fahren vorbei an Reisfeldern, Bananenhainen, Papaya-Wäldchen. Flache grüne, in kleine Felder eingeteilte friedliche Landschaft. Auf dem Pannenstreifen Frauen mit den traditionellen vietnamesischen Kegelhüten, sie fegen mit großen Besen den Staub und Müll von der Autobahn.

Je näher wir der Stadt kommen, desto dichter wird der Verkehr. Das heißt: Vor allem gibt es mehr und mehr Mopeds. Sie fahren links und rechts und durcheinander, dazwischen schlängeln sich die Autos durch und ab und zu Radfahrer und Fußgänger. Der Verkehr fließt langsam, aber er fließt. Ununterbrochen wird gehupt, aber das heißt offenbar nicht »Weg da!«, sondern einfach »Achtung, ich bin auch hier«. Sieht so aus, als würde es erstaunlicherweise gleichberechtigten

204

Verkehr geben: Vorrang oder Regeln spielen keine Rolle, sonst käme alles zum Stillstand. In Österreich haben die Schwächsten Vorrang – zumindest laut Verkehrsordnung. In Moskau haben die Stärksten Vorrang, egal, was verordnet wird. Hier sind alle gleichgestellt. Allerdings: Die Knautschzonen bleiben unterschiedlich. Trotzdem sehen wir auf unserer Fahrt keinen einzigen Unfall.

Oskar hat im »Legend Metropole« gebucht. Wir biegen um die Straßenecke und sehen einen weißen Prachtbau, der offenbar aus der Kolonialzeit stammt.

»Du liebe Güte«, sage ich.

»Du wolltest doch auch Urlaub machen, oder?«, lächelt Oskar. »Außerdem musste ich Hans versprechen, Vesna standesgemäß unterzubringen.«

Vesna schüttelt den Kopf. »Für mich ist standesgemäß, wenn ich in meinem Büro bin. Und wenn sie Haus nicht abreißen, dann ist das Glück. Das da ist viel zu teuer.«

»War gar nicht so schlimm. Auch Klaus Sommer hat gemeint, dass es sich hier sehr gut wohnen lässt. Mit dem Flair des alten, noblen Hanoi.«

Klaus Sommer ist der Freund von Tien, der diese Reiseagentur hat. Vielleicht hat er Prozente bekommen. Aber ich sage nichts, weil eigentlich ist das da ein Traum. Und wir bleiben ohnehin nur ein paar Tage.

Am Nachmittag haben wir Zeit, um uns zu akklimatisieren. Es fällt mir nicht weiter schwer. Unter anderen Umständen wäre ich vom Pool und der Poolbar im Hof des Hotels begeistert gewesen, aber hier interessiert mich der internationale Luxus doch weniger als das, was Hanoi zu bieten hat. Wir sind am Rand der Altstadt, tauchen wenig später ein in das Gassengewirr. Mopeds, die einfach überall stehen, wo sich ein wenig Platz findet, viele bunte Läden, Frauen mit geflochtenen Kegelhüten, die wie auf alten Ansichtskarten zwei flache, mit einer

Stange verbundene Körbe tragen und Früchte verkaufen. Oder auch Baguettes. Sie sehen aus wie die in Frankreich. Wir kaufen eines und kosten. Es schmeckt auch wie die in Frankreich, eigentlich noch etwas besser: saftig innen, knusprig außen.

»Wird mit der französischen Kolonialzeit zu tun haben«, meint Oskar.

In dieser Gasse ist ein Gewürzhändler neben dem anderen. Betörender Duft. So, als sei man in eine ultimativ gewürzte Suppe gefallen. Vielleicht kommt mir diese Assoziation auch wegen der ziemlich hohen Luftfeuchtigkeit. An der Kreuzung eine Straßenküche. Sie besteht aus einem Kocher mit zwei Flammen, zwei Woks, einer großen Kühlbox und einigen niedrigen Plastikhockern. In dem einen Wok schwimmen Teigtaschen. Im anderen köchelt ein Fond. Huhn, rate ich. Die Frau hinter den Kochgeräten nickt mir freundlich zu. Einige Vietnamesen essen aus Plastikschalen Suppe mit sehr vielen Nudeln und allem möglichen anderen Zeug drin. Ich sehe Oskar an. »Später«, sagt er.

Ich lächle die Frau an, und wir ziehen weiter. Eine breite Straße und ein See. Den habe ich schon im Reiseführer gesehen: »See des zurückgegebenen Schwertes«, mitten in der Altstadt. Im See eine kleine Insel mit einem grau verwitterten Turm. »Er ist uralt«, erzähle ich. »Ein ehemaliger Fischer, der die Chinesen besiegt hat und dafür König wurde, hat ihn zum Dank an eine Schildkröte gebaut.«

»Woher weißt du?«, fragt Vesna.

»Aus dem Internet.«

»Ich glaube, Schildkröte ist Futter lieber.«

»Das ist eine Sage«, erwidere ich.

»Der Turm ist Wirklichkeit.«

Morgen wird uns Klaus Sommer herumführen. Dann erfahren wir wohl auch genauer, was es mit dem Turm für eine Bewandtnis hat. Und heute am Abend treffen wir Minh an der Hotelbar. Wenn es wirklich klappt. Rund um den See tobt der Verkehr. Bei jeder Ampel werden die Sekunden heruntergezählt. Drei, zwei, eins. Und Hunderte Mopeds brausen auf einmal los. Die meisten der Fahrerinnen und Fahrer tragen Mundschutz. Tatsächlich muss man bei aller Euphorie feststellen, dass die Luft in Hanoi nicht nur feucht, sondern auch von nicht eben berauschender Qualität ist. Über dem See hängt eine Dunstglocke. Wahrscheinlich hängt sie über der ganzen Stadt. Vor einem hübschen Tor, so etwas wie einem kleinen Triumphbogen, lässt sich ein Brautpaar fotografieren. Sie in Weiß, er im dunklen Anzug. Sie wirken wie Kinder.

Wir gehen um den See, inzwischen auf der Suche nach einem Speiselokal. Aber gerade hier scheint es wenige zu geben. Imbiss mit Cola-Reklame. Nein, danke. Die Restaurants in unserem Hotel sind schick. Eines französisch, eines italienisch. Dafür sind wir nicht hierhergekommen. Eines wirbt mit neuer vietnamesischer Küche, das wäre schon eher interessant, aber ich will lieber dort sein, wo die Einheimischen essen. Eigentlich sind wir ja nicht hierhergekommen, um gut zu essen. Warum sollten wir allerdings schlecht essen, nur weil wir herausfinden wollen, was in der Industrial City WestWest wirklich los ist.

Dann ein Restaurant direkt am Wasser. Vor der Tür ein Vietnamese in einem Folklore-Kostüm. Der Verdacht liegt nahe, dass es sich um eine Touristenfalle handelt. Aber jetzt sind wir schon ziemlich hungrig. Und der Blick auf den See muss großartig sein. Wir gehen die Treppe nach oben, die Tür wird geöffnet. Auch das Servierpersonal trägt Folkloregewänder.

Am Nebentisch sitzen Vietnamesen im Business-Anzug und einige eher europäisch aussehende Männer. Sie reden russisch miteinander. Wir bestellen Vorspeisen. Bananenblütensalat mit Garnelen, Kohlrübensalat mit getrocknetem Rindfleisch, Tintenfisch mit Ananas. Dazu eine Flasche französischen Weißwein.

»Wenn in der Altstadt von Hanoi jemand untertaucht, man findet ihn nicht schnell«, sagt Vesna. »Warum hat sich Vui nicht einfach hier versteckt?«

»Weil ihre Schwester in Wien ist. Und weil sie das Material nach

Europa bringen wollte«, erwidere ich. »Außerdem wird es hier genauso wie überall neugierige Nachbarn geben.«

»Sollen wir diesem Klaus Sommer eigentlich etwas erzählen?«, überlegt Vesna weiter.

»Sehen wir ihn uns erst einmal an«, befindet Oskar und nimmt noch einen Schluck Wein.

Das Essen kommt. So viele Geschmacksnuancen, alles frisch, leicht. Und dazu ihre Würz-Flüssigkeit: irgendwas säuerlich Scharfes, dünn und fettfrei und wunderbar. Fischsauce ist auch mit dabei, aber bei weitem nicht nur.

Wir haben vereinbart, dass ich zuerst allein mit Minh rede. Wenn er denn kommt. Oskar und Vesna warten im Hintergrund. Sollte sich etwas seltsam entwickeln, ist es besser, er kennt nicht alle von uns. – Oder hat man uns bei dem wunderbaren Ausflug durch die Altstadt ohnehin schon beobachtet? Jedenfalls habe ich mich zwischen den vielen Menschen und Mopeds und Läden sicher gefühlt. Und im Hotel habe ich auch das Gefühl, dass nichts Dramatisches geschehen kann. Es ist irgendwie extraterritorial. Aus Zeit und Raum gefallen. Ich sitze an der Bar. Blau- und Rottöne, geschickt gedämpftes Licht, Kerzenleuchter. Schummrig und gestylt. Vor mir steht ein Campari Soda. Auch den gibt es hier. Ich sehe auf die Uhr. Eigentlich sollte Minh schon da sein. Auf meine letzte Mail gab es keine Antwort. Vielleicht weiß er gar nicht, wo wir sind. Hat man ihn festgenommen, weil aufgeflogen ist, dass er die wilden Streiks unterstützt hat? Oder hatte er gar nie vor, zu kommen? Die Bar ist jetzt, um sieben, schütter besetzt. Einige Engländerinnen, die auch hier Tee trinken. Zwei Männer mit Tumbler vor sich, honigbraune Flüssigkeit und Eis. Ein Vietnamese im hellen Anzug, der sich suchend umsieht. Das wird kaum Minh sein. Zu jung fürs Management, und überhaupt nicht der Typ Gewerkschafter. – Fragt sich allerdings, ob ich selbst bei uns einen Gewerkschafter am Äußeren erkennen würde. Der

Mann kommt auf mich zu. Vielleicht will er ja auch bloß flirten. Eine Frau allein in einer noblen Hotelbar, zwar nicht mehr ganz jung, aber doch ziemlich gut in Schuss, und wahrscheinlich nicht arm.

»Mira Valensky?«

»Minh?«

Wir nicken einander zu, und Minh setzt sich zu mir.

»Ich habe schon viel von Ihnen gehört«, sage ich auf Englisch. »Vui lässt Sie ganz herzlich grüßen. Sie nennt Sie Bruder.«

»Geht es ihr gut?«

»Relativ. Wir haben sie in ein Versteck gebracht, sonst könnte sie Schwierigkeiten mit der österreichischen Fremdenpolizei bekommen.«

Minh runzelt die Stirn. Wie alt ist er? Keinesfalls älter als dreißig. »Hat es nicht funktioniert, dass sich Vui mit ihrer Schwester den Pass teilt?«

Du liebe Güte. Minh weiß nicht, dass Hanh ermordet wurde. »Es hat Probleme gegeben. Aber Vui hat den Datenstick. Und wir haben Kopien davon.« Das klingt wie aus einem Spionage-Thriller.

»Hat sie die Leute von Green Hands erreicht?«

»Wir sind in Kontakt mit ihnen. Aber wir sind vorsichtig. Kann sein, die haben eine ziemlich enge Verbindung zu Daniel Hofmann, dem Besitzer von ALLES GUT!. Haben Sie Vui die beiden Visitenkarten gegeben?«

Minh sieht mich misstrauisch an. Der Barkeeper kommt, Minh bestellt Orangensaft.

»Vui bemüht sich, aber sie spricht nicht besonders gut Englisch oder Deutsch, ich weiß nicht genau, wie alles gelaufen ist«, erkläre ich ihm.

»Sie hat erst in den letzten Monaten begonnen, zu lernen. Sie ist klug. Es wird schnell gehen. Sie hatte nur nicht viele Chancen in ihrem Leben. Sie ist mutig. – Was ist mit ihrer Schwester und dem Schwager? Die können doch sehr gut Deutsch. Haben sie nicht übersetzt?«

Klingt, als würde er Vui wirklich mögen. »Ja, schon. Teilweise. Sie sind allerdings nicht sehr begeistert davon, dass Vui die Dokumente über die Fabrik veröffentlichen möchte.«

»Vui hat dafür viel Gefahr auf sich genommen. Es kann sich nur etwas ändern, wenn wir die Öffentlichkeit auf unserer Seite haben. In Europa. Auf Amerika setze ich keine großen Hoffnungen. Auch wenn in meinem Land jetzt alle ganz verrückt nach Amerika sind, wir sollten daran denken, was sie uns schon angetan haben.«

»Das ist ziemlich viel, was Vui erledigen soll.«

»Es wäre ein wichtiger Baustein.«

»Stimmt es, dass in Wirklichkeit Daniel Hofmann Eigentümer von Industrial City WestWest ist?«

»Ich kann mich täuschen, bei Hofmann habe ich den Eindruck, dass er tatsächlich einiges ändern möchte. Aber er braucht Partner.«

»Wie Vui? Während Sie sich nach außen bedeckt halten.«

Minh seufzt. »Ich habe keine andere Wahl. Ich bin der Leiter der Einkaufsabteilung, ich kaufe die Rohprodukte, Stoffe und so. Ich kann nicht streiken. Aber ich kann denen helfen, die es tun. Und irgendwann werde ich mich zu ihnen bekennen können.«

»Ich dachte, Sie sind Gewerkschafter.«

»Das läuft hier anders. Ich bin Gewerkschafter, weil alle in meiner Familie mit der Partei verbunden sind. Um ein völlig falsches Bild zu gebrauchen, sozusagen kommunistischer Adel. Mein Großvater war dabei, als Nordvietnam von den Kolonialherren befreit wurde, er hat mit Hồ Chí Minh gekämpft. Mein Vater war im Amerikanischen Krieg – so heißt er bei uns – bei den Vietcong. Er hat gekämpft und war ein Kriegsheld.«

»Und Sie?«

Minh lächelt. »Man hat mich nach Hồ Chí Minh benannt. Wie natürlich viele andere Jungen auch. Aber ich bin im Frieden aufgewachsen. Wenn man die Abwesenheit von Krieg so nennen kann. Mein Vater ist Arzt, ich habe Wirtschaft und Internationale Beziehungen studiert. Und ich bin in der Gewerkschaft. Weil ich glaube, dass jeder in unserem Land einen gerechten Anteil haben sollte.«

»Und da sind Sie im Management?«

»Das ist bei uns so. Und anders als mein Vater und mein Großvater bin ich kein Held.«

»Sie haben Material über die Fabrik zusammengetragen.«

»Ja, sie haben mich auch schon im Verdacht gehabt. Aber bisher hatte ich keine großen Probleme. Unser Land ist weder besonders repressiv, noch werden wir besonders genau überwacht.«

»Aber Sie können sich nicht auf die Straße stellen und faire Bedingungen für alle Textilarbeiterinnen fordern.«

»Nein, das wohl nicht. Es brächte auch nicht viel. Ich wäre zumindest meinen Job los. Aber das ist in Europa nicht viel anders. Sie würden es illoyal nennen. Deswegen gehe ich einen anderen Weg. Ich unterstütze die, die es versuchen.«

»Wie Vui.«

»Ich habe ihr den Einreisestempel im Pass ihrer Schwester besorgt, bei dem Durcheinander rund um unser Têt-Fest ist das gutgegangen. Ich habe Material gesammelt, versuche sie und andere besser Englisch zu lehren – das ist übrigens auch der offizielle Anknüpfungspunkt, warum wir uns immer wieder treffen. Lernen ist bei uns hoch angesehen. Ich unterrichte Arbeiterinnen.«

»Bleibt denen dafür überhaupt Zeit?«

»Wenn Menschen sehr viel arbeiten müssen, um über die Runden zu kommen, dann ist wenig Zeit, um zu lernen. Um zu protestieren. Sie bleiben dumm und brav. Also ist es schon deswegen besser, man lässt sie möglichst lange arbeiten.«

Ich sehe, wie Vesna und Oskar von ihrer Nische in der Bar herüber deuten. Weiß ich schon genug, um sie zu holen? Ich habe das Gefühl, dass man Minh trauen kann. Aber reicht das?

»Vui sagt, seit die Koreaner die Fabrik übernommen haben, sei vieles schlimmer geworden.«

»Ja, das stimmt. Sie haben eigene Aufseher mitgebracht. Nicht nur Koreaner, leider auch Vietnamesen. Männer und Frauen. Wer schlappmacht, hat mit Strafe zu rechnen.«

»Ich habe ein Foto gesehen, da stand ein ganz junges Mädchen auf einem Stuhl, und in den Augen hatte sie Zündhölzer.«

Minh nickt. »Das war eine ganz eigenartige Sache. Es ist verboten, in der Arbeit das Telefon dabeizuhaben. Auch fotografieren ist verboten. Und trotzdem gab es davon Bilder. Eine hat sie der anderen gezeigt. So bin auch ich zu einem gekommen. Ich halte es sogar für möglich, dass die Koreaner selbst dahinterstecken. Sollte quasi der Abschreckung dienen. Die üblichen Strafmaßnahmen sind in der Ecke stehen oder auf einem Stuhl stehen oder mit den Füßen im kalten Wasser stehen. Und die Strafzeit wird dann vom Lohn abgezogen. Das ist für viele das Schlimmste.«

»Können Sie beweisen, dass das Unternehmen Daniel Hofmann gehört?«

»Das ist nicht so einfach. Es geht um Beteiligungskonstruktionen. Formal sind die Koreaner Eigentümer. Aber ich habe Unterlagen gesehen, laut denen Hofmann seit kurzem eine Beteiligung an der koreanischen AG hält – und zwar genau im Ausmaß der Industrial City. Außerdem dürfte es einen Buy-out-Vertrag geben. Das heißt: Hofmann kann auch formal die Industrial City aus dem koreanischen Konzern lösen.«

»Was hat er für Absichten?«

»Ich habe ihn ein einziges Mal bei einem Meeting gesehen. Da schien er an Veränderungen zum Besseren interessiert zu sein. Aber natürlich wird bei solchen Treffen viel geredet. Danach kommt wieder der Alltag.«

»Können Sie uns in die Fabrik bringen?«

»Wo sind Ihre Freunde überhaupt?«

»Sie kommen später.«

Minh sieht mich konzentriert an. Und mit einem Mal begreife ich: Genauso, wie ich mich frage, ob ich ihm restlos trauen kann, fragt er sich das bei mir. »Glauben Sie mir«, bitte ich. »Ich bin weder eine Undercover-Unternehmerin noch ein seltenes Exemplar der vietnamesischen Polizei. Ich bin Journalistin. Und wenn es mir nur um die Story ginge, hätte ich das Material ohne weitere Rücksichten veröffentlicht. Aber ich will mehr wissen. Und ich will Vui helfen.«

Minh nickt langsam. »Um Sie als offizielle Delegation reinzubringen, hätten wir mehr Zeit gebraucht. Und die Erlaubnis der Geschäftsführung. Aber ich kann Ihnen Besucherausweise besorgen. Das habe ich Ihnen schon geschrieben. Damit können Sie nicht in die Hallen, aber auf das Gelände. Wir können in der Kantine etwas essen, Sie können ins Verwaltungsgebäude. Die Ausweise sind für Geschäftspartner, die mit einem von uns einen Termin haben. Ich habe sie bereits beantragt. Doktor Kellerfreund und Begleitung, österreichischer Anwalt, er hat einen Klienten, der überlegt, uns Aufträge zu geben.«

Ich hole tief Luft. Eigentlich kann ich keinen schweren Fehler machen. Denn wenn Minh doch auf der Gegenseite ist, weiß er vielleicht ohnehin, dass Hanh ermordet worden ist. Oder es ist ihm egal. »Ich will ganz offen sein. Es ist einiges passiert. Vuis Schwester Hanh wurde vor einigen Wochen in der Nacht von einem Motorrad aus erschossen. Die Täter scheinen Rechtsradikale gewesen zu sein. Sie sind außerdem bei einer Sicherheitsfirma angestellt, die so etwas wie legale Schutzgelder kassiert. Gegen ihren Schwager Tien und mich hat es Drohungen gegeben. Wir sollen Ruhe geben. Tien soll am besten abhauen, und ich soll mich bei den Vietnamesen nicht einmischen. Vor kurzem ging in Tiens Küche eine Sprengfalle mit Zeitzünder hoch. Man hatte uns hingelockt. Der Pass von Hanh ist bei den Ermittlungsunterlagen. Von Vui weiß die Polizei noch nichts.«

Minhs Gesichtsausdruck bleibt unverändert. Dann nimmt er einen Schluck Orangensaft. Ich bestelle einen zweiten Campari Soda mit viel Eis.

»Ich muss herausfinden, ob jemand verhindern will, dass das Material öffentlich wird«, fahre ich fort.

»Sie denken an Hofmann?«

»Laut Vui könnten es auch die koreanischen Fabrikeigentümer sein. Und sie fürchtet sich vor dem vietnamesischen Geheimdienst. Vietnam legt offenbar großen Wert darauf, dass das Land als stabiler Produktionsstandort gilt.«

»Das stimmt. Unsere Polizei hat mich vor einiger Zeit zu sich gebeten. Nicht verhört, das haben die Beamten ausdrücklich betont. Meine Familie ist eben bekannt. Man hat mich über meine Kontakte zu Vui und zu zwei anderen befragt, die Streiks organisiert haben. Ich habe geantwortet, dass ich ihnen Englischunterricht gebe. Sie haben gemeint, eine wie Vui brauche nicht Englisch zu lernen.«

»Das war es?«

»Ja. Die sperren nicht alle einfach auf Verdacht ein. Aber es war wohl eine Warnung. – Das mit Vuis Schwester ist fürchterlich. Rechtsradikale, sagen Sie?«

»Es gibt starke Hinweise. Ausländerfeinde. Tiens Lokal war früher ihr Treffpunkt. Aber es gibt auch andere Möglichkeiten. Vui und Hanh sehen einander zum Verwechseln ähnlich. Was, wenn Vui erschossen werden sollte?«

Minh schüttelt langsam den Kopf. »Dass sie so weit gehen ... kann ich mir eigentlich nicht vorstellen. Aber ausschließen ... Deswegen beschäftigen Sie sich so sehr mit Hofmann. – Konnte man Vuis Schwester schon beerdigen?«

»Sie ist noch in der Gerichtsmedizin. Tien will, dass sie verbrannt wird.«

»Dort, wo Vui herkommt, sind die Begräbnisfeierlichkeiten ein wichtiger Teil der Tradition. Drei Tage wird der Tote aufgebahrt. Die Verwandten und Freunde und Nachbarn kommen und verabschieden sich mit Trommeln und Singen von Trauerliedern. Meist wird vor dem Haus ein Zelt aufgestellt, um alle unterbringen und verkostigen zu können. Dann legt ein weiser Mann Ort und Zeit des Begräbnisses fest, und der Tote wird bei den Feldern bestattet.«

»Und nach drei Jahren werden die Knochen gesammelt und kommen in das endgültige Familiengrab«, setze ich fort. »Ich habe ein wenig darüber gelesen.«

»Ja. So ist es. Deswegen ist das Verbrennen auch gegen die Tradition. Aber man ist flexibel und bettet in solchen Fällen die Urne um.«

»Darf ich fragen . . . sind Sie auch Buddhist?«

»Nein, ich gehöre keiner Religion an. Religionen haben viel mit der Unterdrückung von Menschen zu tun. Gerade bei uns.«

»Ihr kommunistisches Ein-Parteien-Regime ist aber offenbar auch nicht ein Hort der Freiheit.«

»Da haben Sie wohl recht. Aber es gibt Utopien. Von einer Gesellschaft, an der alle fairen Anteil haben. Und in der sie natürlich auch frei sind. Hierarchien, die nur der Machterhaltung dienen, gehören abgeschafft.« Minh lächelt. »Entschuldigung, ich wollte Sie nicht anagitieren.«

»Apropos Macht: Wenn die Industrial City WestWest Hofmann gehört, ist er dafür verantwortlich, was hier geschieht. Eure Dokumentation würde sehr schlecht zu seinem Image passen. Und seine fröhlichen Produkte würden sich womöglich nicht mehr so gut verkaufen.«

»Es gibt große Marken, die kümmern unsere Arbeitsbedingungen gar nicht. Die geben einen Maßnahmenkatalog ab, lassen ihn unterschreiben, und das ist es. Sie wollen ihre Ware. Billig und zum bestellten Termin. Und wenn das nicht klappt, dann kriegt eine andere Firma den nächsten Auftrag. Die Konkurrenz ist hart, und unsere Gewinnspannen sind nicht besonders hoch.« Minh seufzt. »Ich habe etwas Hoffnung auf Hofmann gesetzt. Aber das war vielleicht falsch. Ich werde Ihnen Unterlagen über die Eigentumsverhältnisse geben.«

»Sie haben Zugang zu ihnen?«

»Ich habe sie heimlich kopiert. Ich habe sie mit anderen Dokumenten bei einer Tante, sie betreibt ein Fitnessstudio. Übrigens gleich hier um die Ecke. Da interessiert sich keiner für so etwas. Ich werde mich umhören. Über Verbindungen zu Hofmann. Und seine Verbindungen zu unseren staatlichen Stellen.«

»Ich möchte Ihnen meinen Mann und meine Freundin vorstellen.« Ich winke den beiden. Sie stehen auf und machen Gesten, die wohl »na endlich!« ausdrücken sollen. Mir fällt noch etwas ein.

»Es gibt einen zweiten Hofmann. Simon Hofmann, er ist der Bruder. Er lässt auch bei Ihnen produzieren. Offenbar in einer Bio-Halle. Seine erste Kollektion.«

»Simon Hofmann? Ja. Wir haben die beiden sogar verwechselt. Weil die Waren der AG-AG ja nicht unter Hofmann, sondern unter ALLES GUT! laufen. Dass der ALLES-GUT!-CEO Hofmann heißt, haben wir erst vor seinem Besuch mitbekommen. Während Simon Hofmann schon ein paarmal bei uns war. Also haben wir zuerst gedacht, jetzt kommt unser Hofmann eben mit einer Wirtschaftsdelegation.«

»Sie sehen einander aber nicht besonders ähnlich.«

Minh hüstelt. »Nun. Wenn man nicht genau hinschaut, kann man weiße Männer leicht miteinander verwechseln.«

Ich grinse. »Kommt mir irgendwie bekannt vor.«

»Aber es war dann der wichtige Hofmann, der von ALLES GUT!«, redet Minh weiter.

»Der Auftrag von Simon Hofmann: Wie wichtig ist er für die Fabrik?«

»Wir nehmen jeden Auftrag wichtig. Und er hat erzählt, dass das erst der Anfang ist. Dass bald größere Aufträge folgen werden.«

»Ist es üblich, dass die Auftraggeber immer wieder in die Fabrik kommen?«

»Nein. Das meiste wird über Handelsagenten abgewickelt. Die verhandeln, zu welchen Bedingungen wir den Auftrag kriegen. Und wir liefern. Wenn es sich nicht um den Bruder unseres größten Kunden handeln würde, hätte man Simon Hofmann wohl zu verstehen gegeben, dass seine Anwesenheit nicht notwendig ist. Aber so ist man um gute Beziehungen bemüht.«

Vesna und Oskar begrüßen Minh mit einem freundlichen Kopfnicken. Wir setzen uns an einen der Tische. Unser Fabrikbesuch soll übermorgen am Vormittag über die Bühne gehen. Ein Bote wird uns die Besucherausweise ins Hotel bringen. Minh will uns vor dem Verwaltungsgebäude treffen.

»Und wir finden da auch hin?«, fragt Oskar.

»Es ist alles beschildert.«

»Auf Vietnamesisch?«

»Und auf Englisch. Wir sind keine Geheimfirma. Wir arbeiten mit den größten Marken aus Europa und Amerika.«

»Und trotzdem soll einiges nicht an die Öffentlichkeit«, ergänze ich.

»Leider«, antwortet Minh. »Oder gerade deswegen. Aber es gibt Menschen, die wollen das ändern. Niemand hat etwas gegen Wirtschaft. Unser Land muss sich entwickeln. Aber unsere Leute müssen mit Respekt behandelt werden und in Würde leben können.«

Abendessen bei Madame Hien. Alte Villa im Kolonialstil. Sorgsam gedeckte Tische in einem Hof in der Altstadt. Ein junger Mann bringt uns zu unserem Platz unter einem exotischen Baum mit riesigen Blättern. Was für ein Unterschied zu den Garküchen am Straßenrand. Stoffservietten. Feuchte warme Tücher, um sich die Hände zu reinigen. Wir wollten Minh überreden, mitzukommen. Er hat gemeint, es sei besser, wenn wir nicht gemeinsam in der Öffentlichkeit gesehen werden. Dafür haben wir Telefonnummern ausgetauscht. Allerdings solle ich nur im Notfall anrufen. Hat er doch mehr Angst, als er mir vermitteln wollte? Jedenfalls sei das Lokal sehr berühmt und wir würden sicher einen schönen Abend haben. Das hat trotzdem nicht geklungen, als wäre es seine erste Wahl, um gut zu essen. – Oder hat es damit zu tun, dass das Restaurant an die Kolonialherren anknüpft, die sein Großvater gemeinsam mit Hồ Chí Minh besiegt hat?

Der Chef des Hauses, Didier Corlou, hat jedenfalls keine Scheu vor neuen und alten Verbindungen. Der gebürtige Bretone ist schon früh nach Asien gegangen, er gilt als Star der französisch-vietnamesischen Küche. In Vietnam hat er seine Frau Mai kennengelernt, sie stammt aus einer traditionsreichen Familie Hanois. Nach ihrer Großmutter, die sensationell gekocht haben soll, wurde das Lokal »Madame Hien« genannt.

»In ihrer Familie pflegte man die alte Küchentradition Vietnams, wie sie heute zusehends verloren geht«, liest Vesna von einem ausgedruckten Blatt. Alle, bis hin zu Angela Merkel, seien schon da gewesen. Hans hat Vesna mit Material über das Lokal versorgt. Damit wir auch wissen, wo wir sind.

»Corlou hat übrigens schon in Österreich gekocht, im Hangar-7«, erzählt Vesna weiter.

»Wer dort einen Monat Gastkoch ist, hat es wirklich geschafft«, erwidere ich zerstreut. Ich warte auf die Speisekarte. Und das schon ziemlich lange. Hans hat uns auf ein großes Menü eingeladen, aber ich wollte auch sehen, was sie sonst kochen. Jedenfalls hat man uns zum Einstieg sehr rasch ein Glas Champagner serviert. Die Karte kommt gemeinsam mit dem ersten Gang. Vielleicht wollten sie verhindern, dass wir umbestellen. Hätte ich ohnehin nicht getan. Wer kann schon einer Variation von verschieden gefüllten frischen und gebackenen Frühlingsrollen widerstehen? Klein und fein. Auf der Karte sehe ich, dass es auch Dinge wie gegrillte Gänsestopfleber mit Zitronengras gibt. Muss ich nicht haben. Nicht nur aus Mitleid mit den gequälten Gänsen. Die vietnamesische Küche hat Interessanteres zu bieten.

Als Nächstes wird uns unterschiedlich gewürztes und zubereitetes Gemüse in verschiedenen Schälchen serviert. Auch gut, eigentlich perfekt. Aber trotzdem ein wenig langweilig. Nichts ist scharf, nichts ist besonders würzig. Aber vielleicht ist mein Gaumen nicht fein genug. Danach Fische in einem köstlichen Fond, in dem grüne Pfefferrispen schwimmen. Danach verschiedene faschierte Fleischsorten, die um Zimtstangen gewickelt und gegrillt wurden, dazu einige Saucen. Großartige Idee. Ich werde sie aufschreiben. Auch wenn ich mir nicht vorstellen kann, dass ich so etwas vergesse.

Das Allerbeste an der Dessertvariation ist das Zimteis, feurig und beruhigend zugleich, dazu gibt es selbst gebrannten Reisschnaps. Auch so kann man in Hanoi leben.

[16]

Am nächsten Tag überreicht der Hotelportier Oskar ein Kuvert. Die Besucherausweise für die Industrial City WestWest. Es scheint zu klappen. Wenn Minh mir jetzt noch schriftliche Hinweise liefert, dass Hofmann der Eigentümer der Fabrikanlage ist, war unsere Mission allemal erfolgreich. Ganz abgesehen davon, dass Hanoi faszinierend ist.

»Herr Kellerfreund?« Eine Stimme auf Deutsch. Wir fahren alle drei herum.

»Klaus Sommer. Tien hat mich gebeten, Ihnen ein wenig von Hanoi zu zeigen. Tut mir leid, dass ich Sie nicht schon am Flughafen begrüßen konnte, aber ich war mit einer Reisegruppe in der Halong-Bucht. Ich bin ein wenig zu früh da.«

Seltsamerweise komme ich bei ihm gar nicht auf die Idee, er könnte anderes im Schilde führen, als uns seine Wahlheimat näherzubringen. – Nur, weil er Deutscher ist? Unsinn. Hofmann ist sogar Österreicher. Und ihm traue ich nach wie vor nicht.

Wir vereinbaren, dass er uns einiges über die Geschichte Hanois erzählt. Und vor allem darüber, wie die Menschen jetzt leben. Außerdem möchten wir wie die Vietnamesen essen. »Wunderbar«, meint er. »Das ist mir auch lieber, als die klassischen Sehenswürdigkeiten zu präsentieren. Ganz abgesehen davon, dass die meisten ohnehin am Weg liegen. Wir sollten am besten beim Hoàn-Kiếm-See starten. Er trennt die klassische Altstadt vom kolonialen Viertel des Zentrums.«

»Oh, da waren wir schon«, sagt Vesna.

»Der See des zurückgegebenen Schwertes?«, frage ich.

»Wir müssen uns nicht lange dort aufhalten, aber er ist sehr typisch für Vietnam und auch dafür, wie die Leute sind.«

220

Wir gehen Richtung See. Straßen verstopft mit Mopeds, dazwischen Autos. Und Fußgänger, die durch das Chaos gleiten wie Taucher durch einen Fischschwarm. Ich präsentiere Klaus Sommer meine Theorie vom gleichberechtigten Verkehr und zeige mich begeistert, dass es trotz des Chaos offenbar keine Unfälle gibt.

»Es war leider bloß Zufall, dass Sie bisher keinen gesehen haben. Die Menschen nehmen aufeinander Rücksicht, im Prinzip. Das stimmt. Aber es ist nicht immer so. Und ein Moped ist schnell umgestoßen. Die anderen fahren dann oft einfach weiter. Ganz abgesehen davon, dass nicht jeder Verletzte bei uns automatisch ins Krankenhaus gebracht wird. Dafür muss man nachweisen, dass man versichert ist. Wer nicht versichert ist und kein Geld hat, der hat Pech.«

»Er wird dann einfach liegen gelassen?«

»Zum Glück finden sich immer wieder Menschen, die helfen. Viele Vietnamesen drängen in die Stadt, nicht alle haben legale Arbeit und soziale Absicherung, so wie man das von Deutschland kennt. Wobei ein Moped zu besitzen ohnehin ein Zeichen ist, dass man einiges geschafft hat.«

»Wie sind Sie eigentlich nach Vietnam gekommen? Haben Sie Tien hier kennengelernt?«

»Ich bin viel länger hier, als Tien in Deutschland war. Ich habe ihn per Zufall in Leipzig kennengelernt. Ich war wegen einer Familienangelegenheit dort. Ich hatte Heimweh nach vietnamesischer Küche, ich gebe es zu. Also bin ich in sein Lokal gegangen. Und wir haben uns rasch angefreundet. Der studierte Historiker und Germanist aus Vietnam, der in Leipzig kocht. Und der Berliner Historiker, der nebenbei asiatische Sprachen studiert hat, jetzt in Hanoi lebt und Touristen führt.«

»Lässt es sich hier gut leben?«, will ich wissen.

Klaus Sommer schmunzelt. »Ja, wenn man Familie hat und Menschen, die einen mögen. Und genug Geld. Das ist nicht viel anders wie sonst wo auf der Welt.«

»Kommunismus ist kein Problem?«, fragt Vesna. »Oder soll man nicht darüber reden?«

»Man sollte sich vielleicht nicht auf eine große Bühne stellen und darüber reden. Aber ansonsten ist es nicht weiter schwierig. Man spürt nicht viel davon, dass es eine Ein-Parteien-Regierung gibt. Die Leute gehen ihren Geschäften nach. Man braucht nahezu überallhin ein Visum, aber das bekommt man. Vor allem, wenn man unauffällig lebt. Die Partei mischt sich nicht in alles ein. In den letzten Jahren habe ich den Eindruck, es ist den Kadern am liebsten, wir denken gar nicht an sie. So können sie weiter tun, was sie wollen, und wir haben das Gefühl, dass wir das auch können.«

»Auch nicht so viel anders als bei uns«, murmelt Oskar. »Und Zensur?«

»Gibt es schon. Wobei das teilweise kurios läuft. Manches geht durch, von dem jeder annehmen würde, sie verbieten es. Und anderes zensieren sie, obwohl es eigentlich ganz harmlos ist. Es gibt auch keine wirklich freie Presse. Dafür kann man so gut wie alle internationalen Zeitungen bekommen. Und wir haben Internetzugang. In jedem Kuhdorf, selbst in den Reisfeldern gibt es inzwischen WLAN. Vietnam ist sehr stolz auf seinen technischen Fortschritt. Dafür haben sie eine Bloggerin eingesperrt, die bloß in Nebensätzen die Korruption erwähnt hat. Eigentlich hat sie viel mehr über Mode und so Zeug geschrieben.«

Vor der Ampel stauen sich die Mopeds. Es sind sicher zweihundert, vielleicht auch mehr. Wir haben noch neunzehn Sekunden, um die Straße zu überqueren. Das passt. Dass jetzt gleich die Mopeds dran sind, hört man schon in den letzten Sekunden ihrer Rotphase. Die Motoren heulen auf, jeder will als Erster wegkommen.

»Korruption?«, sage ich, als wir am Ufer stehen und auf den seltsamen alten Turm in der Mitte des Sees schauen.

»Es ist wie anderswo auch, wo wenige an der Macht sind und das nicht ausreichend kontrolliert wird. Wenn der jüngere Bruder des Premierministers und früheren Geheimdienstchefs einen Wolkenkratzer baut, der eigentlich viel zu hoch ist und auch sonst den Auflagen nicht entspricht, dann hat er eben besondere Beziehungen. Und der Leiter einer Bauabteilung in Saigon hat in einigen Monaten vierzig Millionen Dollar bei Wetten auf Champions-League-Fußballspiele verzockt, aber er ist immer noch nicht arm. Das ist allerdings aufgeflogen. Ich muss mal nachsehen, was aus dieser Geschichte geworden ist.«

Es scheint üblich, dass sich Hochzeitspaare beim See mitten in der Stadt fotografieren lassen. Auch die heutige Braut ist in strahlendem Weiß, sie hat einen lila Schwarm Brautjungfern mit. »Wie aus einem amerikanischen Hochzeitsfilm.« Ich deute auf das Hochzeitsgeschwader.

»Das passt. Hochzeit ist hier inzwischen eine ganz große Sache. Am besten so, wie man sie aus Amerika kennt.«

»Und der Vietnamkrieg? Alles vergessen?«

»Ich würde eher sagen verdrängt. Außerdem war die Sache nicht so einfach. Es hat ja auch in Vietnam Kräfte gegeben, die gegen die kommunistische Machtübernahme waren. Die Risse gehen quer durch Familien. Nicht jeder war Vietcong. Auch wenn die Folgen des Krieges alle ähnlich getroffen haben. Ein zerstörtes, traumatisiertes Land. Millionen Tote. Wissen Sie, dass es in den Bergen noch immer Dörfer gibt, in denen Kinder mit schweren Missbildungen zur Welt kommen? Alles Folgen von Agent Orange. Und doch steht die amerikanische Lebensart jetzt ganz hoch im Kurs. Bis hin zum Junkfood.«

»Es scheint in Vietnam kaum dicke Menschen zu geben.«

»Das hat mit ihrer traditionellen Art zu essen zu tun. Aber auch damit, dass Frühsport sehr verbreitet ist. Das reicht von Tai-Chi bis hin zum ganz normalen Joggen. In den Parks gibt es Lautsprecher, zeitig am Morgen spielen sie Musik für die Sportler. Sehen Sie sich die eine Brautjungfer an: Sie ist dick. Und ich würde darauf wetten, dass sie aus einer reichen Familie kommt.«

»Warum das?«, fragt Vesna.

»Nur die Reichen stopfen sich mit amerikanischem Essen voll. Es ist teuer hier, ein Statussymbol.« Klaus Sommer sieht auf den See. »Soll ich Ihnen seine Geschichte erzählen? Damit Sie auch etwas hören, an das sich die Vietnamesen gerne erinnern.«

Er deutet auf eine Parkbank am Ufer. Das Brausen des Verkehrslärms wird durch die Bäume gedämpft, ist eher Hintergrundmusik.

»Im 15. Jahrhundert, während der chinesischen Besatzung, übergab der Sage nach eine riesige, im See lebende goldene Schildkröte dem armen Fischer Lê Lợi ein magisches Schwert. Es machte ihn unbesiegbar. Er benützte das Zauberschwert, um mit den tapferen vietnamesischen Truppen die Ming-Dynastie vernichtend zu schlagen. Danach wurde der Fischer König. Nach der Siegesparade begab sich der junge König zum See, um den Göttern zu danken. Da tauchte die goldene Schildkröte auf und forderte das Schwert zurück. Die weise Schildkröte wollte keinen weiteren Krieg. Bevor sich der König entscheiden konnte, löste sich das Schwert aus der Scheide, stieg zum Himmel empor und verwandelte sich in einen großen jadefarbenen Drachen, der über dem See schwebte und dann in die Tiefe stürzte.«

Ich nicke zufrieden. »Und aus Dankbarkeit hat er diesen Turm errichten lassen.«

Sommer sieht mich freundlich an. »So alt ist der noch nicht. Die Pagode wurde in der französischen Kolonialzeit von einem reichen Vietnamesen gebaut. Er hat mit den Franzosen kollaboriert und war entsprechend unbeliebt. Auch der gutgehende Laden seiner Tochter soll daraufhin boykottiert worden sein. Trotzdem hat man die Pagode stehen lassen, und schließlich ist sie zum Wahrzeichen Hanois geworden.«

»Nicht immer steht Wahrheit im Internet«, stichelt Vesna.

»Und gibt es hier wirklich Schildkröten?« Ich schaue in das doch eher trübe Wasser.

Unser Begleiter lächelt. »1968 hat man eine zweihundertfünfzig Kilo schwere Schildkröte aus dem See gezogen, sie soll etwa vierhundert Jahre alt gewesen sein. Man kann sie präpariert in einem Glaskasten im Jadeberg-Tempel sehen. Es lebt angeblich immer noch eine Schildkröte im See. Es bringt Glück, sie zu sehen. Aber sie wurde schon ziemlich lange nicht mehr gesichtet. Vor Jahren war sie krank. Da hat man sie zur Erholung woandershin geschickt, und in besserem Wasser ist es ihr auch bald besser gegangen. Man hat versucht, das Wasser im See zu säubern, aber allein die Abgase der vielen Zweitakt-Motoren … Jedenfalls hoffen wir alle, dass es sie tatsächlich noch gibt.«

Wir gehen durch die Gässchen der Altstadt, und Klaus Sommer erzählt, dass die Polizei versuche, die Straßenküchen zu schließen. Aber das sei zum Glück Bezirksangelegenheit und deswegen gebe es die meisten dieser Küchen an den Straßen, die Bezirksgrenzen bilden. Kommt die Polizei, um sie zu vertreiben, packen die Betreiber rasch zusammen und übersiedeln auf die andere Straßenseite. Dort haben diese Ordnungshüter dann kein Recht, durchzugreifen. »Das ist typisch für Hanoi, man reagiert und improvisiert. Wir wären ohne Straßenküchen um vieles ärmer. Nicht nur, dass man da rasch, günstig und gut essen kann, sie sind inzwischen auch ein Wahrzeichen, mindestens so wichtig wie der Schildkrötenturm. Wer will außerdem schon, dass die Stadt so steril wird wie Singapur? Höchstens ein paar Verwaltungsbeamte. Und angeblich die Ordnungskräfte, die aber in erster Linie gern privat bei gewissen Straßenküchen abkassieren.«

»Schutzgeld«, überlege ich laut.

»Tien hat angedeutet, dass der schreckliche Tod seiner Frau etwas mit der rechten Szene zu tun haben könnte«, wirft Klaus Sommer ein. »Wissen Sie etwas über die Ermittlungen?«

»Offenbar gibt es Verbindungen zwischen Rechtsextremen und der Rotlicht-Szene. Es könnte auch mit einer Schutzgeldsache zusammenhängen.« Warum hat Tien seinem Freund davon nichts geschrieben? Aber: Würde ich einem Freund am anderen Ende der Welt mailen, dass man mich erpresst und bedroht?

»Von einem Motorrad aus erschossen … Das klingt fast nach Vietnam«, überlegt unser Begleiter.

»In dieser Gasse sind nur Geschäfte mit Kräutern«, lenkt Vesna ab.

»Es handelt sich um traditionelle Apotheken. Man kann sich individuelle Tees zusammenstellen lassen, die einen gesund halten. In den meisten der Altstadtgassen gibt es nur ein Gewerbe. Da die Apotheker, dort die Tischler, in der nächsten Gasse die Schuster. Übrigens nicht viel anders als in den mittelalterlichen italienischen Städten.«

Vielleicht ohnehin besser, wir reden nicht zu viel über das, was in Österreich passiert ist. »Warum sind die alle nebeneinander?«, frage ich.

»Vietnamesen lieben es, Preise zu vergleichen. Das geht so am einfachsten. Eine Sonderform der Marktwirtschaft, sozusagen. Mit dauernder Kontrolle durch die Konsumenten. Außerdem ging es früher wohl auch darum, gemeinsam Material zu beschaffen und Werkzeug auszutauschen. Jetzt löst sich dieses Prinzip ohnehin immer mehr auf. Läden mit Touristenramsch entstehen in allen möglichen Gassen. Dafür ist man bereit, höhere Mieten zu zahlen.«

»Und die Textilindustrie?«, fragt Vesna.

»Die Fabriken sind vor allem an den Stadträndern, sie brauchen Platz. Außerdem kommen viele der Arbeitskräfte vom Land. Sie brauchen Arbeit, damit ihre Familie überleben kann. Oder auch um die Chance auf ein bisschen mehr als das blanke Überleben zu haben. Eltern träumen von der Möglichkeit, ihre Kinder in höhere Schulen zu schicken. Auf dass sie aufsteigen und wohlhabend werden.«

»Aber die Löhne reichen kaum fürs eigene Leben«, erwidere ich.

»Es ist alles relativ. Es gibt in Vietnam eine kleine reiche Schicht. Es gibt ganz wenige, die man als Mittelstand bezeichnen würde, und es gibt sehr viele Menschen, die gerade so durchkommen. Auch Lehrer an staatlichen Schulen, auch Polizisten verdienen extrem wenig. Man schaut sich nach einem Zweitjob um, zumindest aber müssen alle einer Arbeit nachgehen. In den Textilfabriken werden teilweise sehr viele Überstunden gemacht, die Branche boomt. Dann reicht das Geld.«

»Aber alle halten das nicht aus.«

»Ja. Allerdings sind die Standards der Fabriken unterschiedlich gut. Es gibt mittlerweile Vorzeigebetriebe, mit halbwegs ordentlicher Bezahlung, internem Kindergarten, Geld zum Neujahrsfest Têt und so weiter. Sie werden gerne von politischen Delegationen besucht. Und dann gibt es beispielsweise koreanische oder chinesische Textilbetriebe, in denen ganz schlimm ausgebeutet wird. Alles übrigens schön nach konfuzianischem und damit streng hierarchischem Prinzip.«

»Und Streiks?«

»Spontane und illegale Streiks kommen immer wieder vor, aber die Medien sind nicht frei. Also wird darüber bloß klein und in Regionalzeitungen berichtet. Ganz abgesehen davon, dass die Streiks rasch wieder abflauen. Die Leute brauchen ihre Jobs, und niemand hat den Eindruck, ein Teil von etwas Großem zu sein. Man beschwert sich, wenn es ganz schlimm wird. Und das war es dann wieder.«

»Was wäre, wenn man die Unzufriedenen verbinden würde? Sie informiert? Gemeinsame Plattformen bildet?«

»Dann hätte das System ein ernsthaftes Problem. – Haben Sie Lust auf ein wirklich außergewöhnliches und gleichzeitig sehr typisches Mittagessen?«

Haben wir. Und so sitzen wir schon bald im Hinterzimmer eines winzigen Hauses auf winzigen Stühlen. Es gibt bloß zwei weitere Tische. Beide sind unbesetzt. Vor allem Oskar sieht auf dem Stühlchen sehr lustig aus. Wie ein Elefant, der ein Kunststück versucht.

Ich sage es. Oskar lacht und behauptet, er finde es gar nicht so unbequem.

Klaus Sommer hat uns bereits gezeigt, was wir essen werden. In der Auslage stehen schön nebeneinander gereiht Cola-Dosen. In jeder von ihnen steckt kopfüber so etwas wie eine schwarze Hühner-Schrumpfleiche. Nur die Beinchen mit den Krallen stehen heraus. Im Inneren des Lokals riecht es nach kräftiger Hühnersuppe. Und nach Abenteuer.

Eine ältere Vietnamesin stellt in feine Streifen geschnittenen Ingwer und Chili auf den Tisch, dazu eine Schüssel mit grünen Blättern. Ich koste sie. Sie schmecken säuerlich-würzig.

»Eine Art von Sauerampfer«, erklärt unser Führer. Ohne ihn hätten wir uns wohl kaum in das Haus getraut. Es folgen Schüsselchen mit Meersalz und grobem schwarzem Pfeffer, dazu Zitrone.

Ich nicke. »Das kennen wir von einem Abendessen, das Vui für uns gekocht hat. Es ist großartig.«

»Es lebt von der Qualität des Pfeffers. Vietnam ist ein klassisches Pfefferanbaugebiet. Der Pfeffer wird vor dem Mörsern so lange trocken in einem Wok geröstet, bis er zu duften beginnt. – Geht es Vui eigentlich gut?«

Liebe Güte, ich wollte Vui nicht erwähnen. Dass mich Essen so leicht ablenken kann. Hat Tien seinem Freund von ihr erzählt? Wie viel? Ja. Sie ist in Wien«, antworte ich. Das zumindest ist nicht gelogen. Hoffentlich.

»Ich habe sie zum Flughafen gebracht, als sie nach dem Têt-Fest das Land verlassen hat. Ich habe seither wenig gehört von Tien. Nur dass sie es gut durch die Kontrollen geschafft hat.«

»Sie wissen, warum sie wegmusste?«, frage ich.

»Nicht genau. Tien hat mich bloß gebeten, auf seine junge Schwägerin achtzugeben. – Deswegen fragen Sie nach den Textilfabriken. Sie hat in einer gearbeitet, das weiß ich.«

»Sie wollte, dass sich etwas verändert.«

Unser Guide nickt. »Es gibt sicher welche, die das nicht wollen.«

Eine dampfende Schüssel wird aufgetragen. Keine Cola-Dose zu sehen. Dafür gibt es auf einem Plastikteller mit Fettpapier heiße Baguettestücke.

»Die Hühnchen werden zuerst mariniert und mit verschiedenen grünen Gemüseblättern, Goji-Beeren und getrockneter Apple-Fruit gefüllt. Man lässt sie ganz langsam in einer starken Brühe gar ziehen. Danach werden die Dosen entfernt, und das Cola-Hühnchen kann in der Suppe gegessen werden.« Klaus Sommer zeigt uns, wie: Man gießt etwas Suppe in die Essschüssel, legt das Hühnchen oder einen Teil davon darauf, gibt Blätter, Ingwer, Chili dazu, nimmt Brot und tunkt es in die Brühe. Zitrone über die Salz-Pfeffer-Mischung drücken und das Hühnerfleisch eindippen. Es erinnert an das Ingwerhuhn von Vui, aber es ist noch besser. Sogar viel besser, auch wenn ich nicht geglaubt hätte, dass so etwas möglich ist. Und erst das knusprige Baguette, noch immer außen knusprig, aber mit Suppe vollgesogen ...

»Man taucht es in Zuckerwasser und frittiert es«, erfahren wir.

»Ich glaube nicht, dass ich jemals etwas so Gutes gegessen habe«, seufze ich eine halbe Stunde später.

Im Hotel hat man Oskar eine Nachricht hinterlassen. Minh ist untröstlich, aber er muss die Besprechung um zwei Tage verschieben. Produktionstechnische Gründe hätten das leider notwendig gemacht. Er hoffe dennoch, den verehrten Vertreter eines künftigen Kunden und seine Begleitung am Donnerstag um elf Uhr zu sehen.

Und was heißt das jetzt? Hat das wirklich Minh geschrieben? Ist ihm jemand auf die Schliche gekommen? Oder hat er es von Anfang an so geplant? Ich schicke ihm eine Mail. Keine Antwort. Wir rätseln, und plötzlich ist uns die andere Seite von Vietnam wieder sehr nahe gerückt. Wir legen uns an den Hotelpool, aber irgendwie will keine rechte Ferienstimmung aufkommen.

Die nächsten beiden Tage bringen jede Menge neuer Eindrücke, und trotzdem vergeht die Zeit langsam. Wir wandern um den West-See. Er ist um ein Vielfaches größer als der sagenumwobene Innenstadtsee. Wir trinken abenteuerlichen vietnamesischen Wein. Der weiße erinnert an irgendwelche Chemikalien, der rote ist etwas besser, aber auch seltsam. »Erzeugt aus den besten Trauben und Maulbeeren«, lesen wir auf dem Rückenetikett. Manchmal wäre es besser, sie würden nicht alles auf Englisch schreiben. In einer Art von Gastronomie-Hochhaus mit Blick über den See des zurückgegebenen Schwertes serviert man uns Frühlingsrollen, die entweder schon ewig vorgefertigt waren oder aber nie ausreichend eingeweicht worden sind. Der Teig schmeckt nach rohen Nudeln. Nicht alles Knusprige ist auch gut, lernen wir.

Wir besichtigen klassische Kolonialhäuser, bestaunen einen der wenigen übrig gebliebenen Wet-Märkte, auf denen alles tagesfrisch vom umliegenden Land angeliefert wird. Schlangen und Frösche inklusive. Tausenderlei Garnelen in Plastikschüsseln, über die ständig fließendes Wasser rinnt. Exotische Früchte und zwischen ihnen, auf der Verkaufsfläche hockend, die Händlerin. Gebratenes Bauchfleisch vom Schwein, das genau so aussieht wie bei uns. Ab und zu blicken wir uns um. Ist da irgendwo jemand, der nicht möchte, dass wir etwas anderes über Vietnam erzählen?

Klaus Sommer ist mit einer Gruppe unterwegs in den Bergen. Nachdem wir vom Original-Cola-Hühnchen derart begeistert waren, hat er uns noch eine andere Adresse hinterlassen: Bittet. Eines der Lieblingslokale der Einheimischen, die sich Essengehen leisten können. Es ist am Ende eines Tunnelhauses. Er hat uns genau beschrieben, wo wir hineinmüssen, sonst hätten wir es nie gefunden. Ein Gang zwischen zwei Hausmauern, sicher nicht breiter als eineinhalb Meter. Vorbei an Fenstern, hinter denen Menschen sitzen, Wäscheständern, abgestellten Mopeds, Fahrrädern. Zehn, zwanzig, fünfzig Meter. Dann, am Ende, ein Eingang. Und wir stehen in der Küche. Genau so, wie es uns Klaus Sommer geschildert hat. Drei junge Frauen vor mindestens zehn Woks auf Gasflammen. Auch große Stücke Fleisch werden im Wok zubereitet. »Bittet« ist ein vietnamesisches Lehnwort und bedeutet »Beefsteak«. Es hat den Weg über England und Frankreich hierhergefunden und ist eine Leibspeise der Hanoianer. Die Frauen lächeln uns freundlich zu. Wir gehen weiter, kommen durch einen ersten Raum mit Tischen, alle sind belegt. Familien mit Kindern, Männer, Frauen, Pärchen. Ein Teil des Raumes hat eine Zwischendecke. Oberhalb der Menschen, nur durch eine Art Glasscheibe getrennt, hockt eine alte Vietnamesin und schaut interessiert zu, was sich tut. Großmutter? Aufsicht? Wahrscheinlich beides.

Bald stellt sich heraus, dass niemand ein Wort einer westlichen Sprache spricht. Aber sie sind gut organisiert. Sie bringen einen Zettel, auf dem die Gerichte auch auf Englisch angeschrieben sind. Man kann ankreuzen, was man möchte.

Oskar und Vesna nehmen tatsächlich Bittet. Sie bekommen ein durchgebratenes, aber sehr gut mariniertes Stück Fleisch und dazu hausgemachte Pommes. Auch wenn das absurderweise typisch für Hanoi ist: Ich esse trotzdem lieber frittierte Krabbe mit viel knuspriger Zwiebel. Die Fischsuppe davor ist ein Gedicht, ihre Basis ist ein gut gewürzter Shrimps-Fond. Wein gibt es hier keinen, also bestelle ich ein Glas Hanoi-Wodka und bekomme unter angedeuteten Verbeugungen und offenkundigem Schmunzeln eine Dreideziliter-Flasche. Entweder habe ich etwas falsch angekreuzt, oder Wodka gibt es nur in Flaschen. Egal, er schmeckt gut und kostet einen Spottpreis, und als wir aufbrechen, ist mit Hilfe von Oskar und Vesna nichts mehr davon übrig.

Die Fahrt hinaus zur Industrial City WestWest macht uns klar, wie groß Hanoi eigentlich ist. Beinahe sieben Millionen Einwohner. In den letzten Jahren hat man zahlreiche Provinzen eingegliedert, angeblich, um wieder mehr Bewohner zu haben als Saigon, das offiziell Ho Chi Minh City heißt. Zuerst der übliche irre Stadtverkehr. Dann immer mehr Wohnhäuser, Satellitensiedlungen, dazwischen bereits Felder, Bananenhaine. Klaus Sommer hat uns einen guten Chauffeur besorgt. Tiens Freund sieht kein großes Problem darin, dass wir das Fabrikgelände besuchen wollen. Entweder man lässt uns rein, oder man lässt uns nicht rein. Allerdings kennt er nur einen Teil unserer Geschichte.

Wir reden wenig. Die Anspannung ist trotzdem spürbar. Vesna fotografiert, Oskar schaut aus dem Fenster. Immer häufiger Fabrikgebäude, in sehr unterschiedlicher Größe. Immer wieder Mauern, nicht zu sehen, was dahinter ist. Nach mehr als eineinhalb Stunden bleibt der Wagen vor so einer Mauer stehen. Einfahrt mit einem Schlagbaum, dahinter ein Häuschen für den Portier. Der Fahrer deutet uns, dass er etwas abseits unter einem großen Baum auf uns warten werde. Sein Englisch ist interpretationsbedürftig. Aber der kleine Plastik-Buddha, den er auf dem Armaturenbrett befestigt hat, nickt dazu.

Wir gehen mit einem mulmigen Gefühl zum Schlagbaum. High noon in Vietnam. Staub, flirrende Hitze. Große eingeschossige Hallen in Beige. Die Farbe ist da und dort abgeblättert. Darunter ist die Mauer grau. Rasch aneinandergereihte Betonelemente. Rechts ein schmuckloses dreigeschossiges Haus, das muss das Verwaltungsgebäude sein. Dahinter noch so ein Gebäude. Das Gelände wirkt wie eine seltsame Kasernenstadt. Niemand zu sehen. Ein paar Autos. Ein paar Mopeds. Und dann kommt Minh aus dem Verwaltungsgebäude. Er schaut auf die Uhr. Ich deute in seine Richtung und merke, dass auch Vesna und Oskar erleichtert sind.

Wir stehen vor dem Schlagbaum und warten. Keiner kommt aus dem Pförtnerhäuschen. Klingel gibt es auch keine. Wir können nicht erkennen, ob überhaupt jemand in dem Häuschen ist. Minh bleibt vor dem Verwaltungsgebäude stehen. Er hat uns noch nicht gesehen.

»Dann gehen wir rein«, sagt Vesna. »Wir haben Besucherausweis.« Sie bückt sich, um unter dem Schlagbaum durchzuschlüpfen. Mit einem Mal geht die Tür zum Pförtnerhaus auf, zwei Vietnamesen in Uniform und mit bösem Gesicht. Wohl Uniformen des fabrikeigenen Sicherheitsdienstes. Wir haben staatliche Polizisten gesehen, die waren anders gekleidet. Sicherheitsdienst. Ungers Wachleute. In den schwarzen Uniformen. Wenn sie wie die . . . Die Männer rufen etwas auf Vietnamesisch. Oskar lächelt sie freundlich an, ganz kompetenter Wirtschaftsanwalt. Er hält ihnen unsere Besucherausweise hin. Die beiden studieren sie. Wie vor Jahrzehnten an der ungarischen Grenze. Ich will gerade so etwas sagen, als Vesna zum Verwaltungsgebäude deutet. Vier Männer laufen aus dem Haus. Sie tragen die gleiche Uniform. Wortwechsel mit Minh, sie nehmen ihn in die Mitte. Dann kommen sie auf uns zu.

»Das ist ein Irrtum«, sage ich zu den beiden Männern vor uns und will umdrehen. Oskar hält mich fest. Er bittet auf Englisch um eine Erklärung.

Inzwischen ist die Verstärkung da, Minh steht zwischen ihnen. »Ich weiß nichts!«, sagt er auf Englisch zu denen vom Sicherheitsdienst. »Sie haben sich als Vertreter von Kunden ausgegeben!«

Ein barscher Befehl, und Minh redet vietnamesisch weiter. Niemand hält ihn fest, und trotzdem ist klar, dass er nicht wegkann. Und wir? Wir müssen ganz schnell fort von hier.

»Ja dann«, sage ich zu denen auf der anderen Seite des Schlagbaums. »Rennt!«, zische ich Vesna und Oskar zu.

»Nein!«, zischt Oskar zurück.

»Das hier scheint ein großes Missverständnis zu sein«, sagt er langsam und würdig auf Englisch. »Wir bedauern das sehr, und es wird Konsequenzen haben!« Damit geht er Richtung Wagen. Wir beide dicht bei ihm. Ich sehe, dass er Schweißtropfen im Nacken hat. Bei jedem Schritt denke ich, jetzt kommen sie und schnappen uns. Oder sie schießen einfach. Gewehr im Anschlag und peng. Hier sieht es keiner. Und die es doch sehen, werden schweigen. Wo nur die drei Touristen aus Österreich geblieben sind? Irgendjemand wird eine Geschichte von einem gefährlichen Ausflug in die Berge erfinden. Und einer der heimtückischen Muren, die es dort gibt. Es ist still. Viel zu still. Ich drehe mich nicht um. Sonst schießen sie mir ins Gesicht. Ist es besser, von hinten erschossen zu werden? Oskar ist beim Auto, er steigt auf der Beifahrerseite ein. Ich kriege die Tür

233

nicht richtig zu fassen, glitsche irgendwie ab. Die Hände. Sie sind schweißnass. Der Motor startet. Vesna reißt von innen meine Tür auf. Ich stolpere auf den Rücksitz, wir fahren, und erst dann schaue ich zurück. Da ist niemand. Nur ein Schlagbaum.

Wir haben keine Ahnung, was geschehen ist. Entweder man hat gewusst, wer wir sind. Dann haben die aus der Fabrik womöglich wirklich mit dem zu tun, was in Wien passiert ist. Oder es hat sonst etwas mit den Besucherausweisen nicht geklappt. Oder Minh hat uns eine Komödie vorgespielt.

»Glaube ich nicht«, sagt Vesna. »Er hat jetzt ein ziemliches Problem.«

»Soll ich das fürchten oder hoffen?«, frage ich.

»Mit deiner Solidarität es ist nicht weit«, erwidert sie.

»Sollte ein Scherz sein. Keine Ahnung, was sie mit ihm machen. Vielleicht kann er sich rausreden. Seine Familie ist offenbar ziemlich einflussreich.«

»Vielleicht«, sagt Oskar vom Vordersitz. Er hat das großartig gemacht. Wer weiß, was sie getan hätten, wenn wir losgerannt wären.

Je dichter der Verkehr wird, desto sicherer fühlen wir uns. Geborgen im großen Schwarm.

»Wir rufen Klaus Sommer an«, sagt Oskar, als wir in der Hotelbar sitzen. Völlig unwirklich. Ich weiß bloß nicht, ob dieses Luxushotel aus der vietnamesischen Kolonialzeit oder was bei der Industrial City WestWest passiert ist. Oskar hat jedenfalls die Führung übernommen. Und ich bin dankbar dafür. »Er kann vielleicht einordnen, was da los war.«

Eine Stunde später haben wir aus dem Hotel ausgecheckt. Klaus Sommer hat uns ein anderes besorgt. Ein staatliches, bei denen sei nicht alles so genau. Und er kenne dort ein paar Leute. Nicht, dass er glaube,

234

dass uns die von der Fabrik verfolgen. Er vermutet, dass Minh irgendetwas mit den Besucherausweisen getrickst hat und das aufgeflogen ist. Aber es sei doch besser, auf Nummer sicher zu gehen.

Unser neues Hotel heißt übersetzt »Frieden«. Dass es von keiner internationalen Luxuskette betrieben wird, merkt man. Am Geruch. An der Ratlosigkeit der allerdings sehr freundlichen Rezeptionistinnen. Am Ahnenaltar in einer Ecke des ehemals wohl glanzvollen Foyers: Räucherstäbchen, eine Buddha-Statue, ein paar kleine Bilder, zwei Mangos und einige undefinierbare Früchte. Trotzdem stammt das Gebäude aus der gleichen Epoche wie unsere bisherige Nobelabsteige. Art-déco-Bau aus der Franzosenzeit. Hier, höflich formuliert, mit Patina. Die hohen Zimmer haben Flügeltüren und Parkettböden. Durch die Fenster dringt der Lärm einer Großbaustelle.

Ich muss Minh erreichen. Ich will wissen, ob bei ihm alles in Ordnung ist. Und ich will seine Unterlagen über die Eigentumsverhältnisse der Industrial City WestWest. Ich brauche Beweise. Oder soll gerade das verhindert werden? Hat jemand unser Gespräch belauscht? Minh weiß nicht, dass wir das Hotel gewechselt haben. Es wäre aber wohl kontraproduktiv, an der Rezeption des Legend Metropole zu deponieren, wo wir jetzt sind.

Wir essen in einem kleinen Lokal in der Innenstadt zu Abend. Es gibt eine Art Fondue. In der Mitte steht ein großer Topf mit Hühnersuppe. Rundherum auf Tellern Nudeln, Teigtaschen, Kräuter, verschiedene marinierte Fleischstücke, Gemüse, dazu Gewürze wie Chili und Ingwer. Der höfliche Kellner zeigt uns, dass man etwas vom Fleisch in die Suppe legt, dann Nudeln und Gemüse, ganz zum Schluss Kräuter. Wenig später wird alles mit etwas Suppe auf die Essschüsseln verteilt. Feuertopf heiße das und die Kunst sei, dass jede der Zutaten genau richtig gegart werde. Wir essen und probieren es beim nächsten Durchgang selbst.

»Wir hätten Klaus Sommer erzählen sollen, dass Vui Material aus der Fabrik geschmuggelt hat«, meint Oskar, als wir beinahe alles aufgegessen haben. »Es ist zu hoffen, dass er nicht durch uns in Schwierigkeiten kommt.«

»Keine gute Idee, das am Telefon zu machen. Außerdem kann er sich helfen«, meint Vesna.

»Und Minh?«, ergänze ich.

Ich weiß nicht, ob es an unserem vormittäglichen Erlebnis liegt. Das Essen ist wirklich gut, und trotzdem fehlt uns die nötige Begeisterung. Außerdem: Das Cola-Hühnchen kann es nicht toppen. Wir gehen ins Hotel zurück. Ein Drink noch. Bar scheint es keine zu geben, dafür aber einen Speisesaal. Wir schauen durch die großen Flügeltüren aus Glas nach drinnen. Die meisten der großen runden Tische sind besetzt. Es ist kurz vor Mitternacht. Lauter junge Leute, eine Tür zur Gasse ist offen, es kommen immer mehr. Offenbar ein angesagter Platz, um den späten Abend zu verbringen. Oder geht die Nacht hier erst los? Einige der Mädchen tragen extrem kurze Röcke und sind stark geschminkt. Die Männer wirken, als würden sie Bodybuilding betreiben. Sieht bei eher feingliedrigen Vietnamesen eigenartig aus. Welchem Milieu sollen wir sie zuordnen? Neue Oberschicht? Draußen stehen dicke Autos, schicke Mopeds. Unterwelt? Hier kann es uns egal sein. Wir nehmen am letzten freien Tisch Platz und freuen uns, dass es französischen Rotwein gibt. Wir bestellen eine Flasche. Und warten. Lange. Nehmen einen zweiten Anlauf. Bekommen das Versprechen, dass ihn jetzt gleich jemand bringen werde. Nichts. Dritter Anlauf. Eine junge Frau erscheint mit dem Wein und einem vorsintflutlichen Korkenzieher. Leider habe sie noch nie eine Flasche geöffnet. Da können wir ihr helfen. Und der Wein ist gut.

Vesna hat das Zimmer neben uns. Sollte in der Nacht irgendetwas passieren, sind wir nahe. Ich überrede Oskar, einen Sessel unter die Türklinke zu stellen. Alte, aber wirksame Methode. Ich schlafe tief und traumlos. In der Früh wache ich schweißgebadet auf. Oskar ist schon im Bad. Draußen tobt der Lärm der Großbaustelle. Ich sehe aus dem Fenster über einen kleinen mit Gras und Büschen überwachsenen Hof zum Gebäude gegenüber. Kräne, Gerüste. Offenbar auch ein altes Haus aus der Kolonialzeit, das jetzt allerdings generalsaniert wird. Und aufgestockt.

Das Frühstück entpuppt sich als ausgezeichnet. Man tischt auf, was die Vietnamesen als erste große Mahlzeit schätzen. Sie soll Kraft für den Tag geben. Nudelsuppe mit Hühnerfleisch, besonders gewürzte Eiergerichte, hauchdünne Reisteigteile, die offenbar handgemacht sind, wunderbare Früchte, reife Papayas, großartige Bananen. Und dazu natürlich viel grünen Tee. Ziemlich stark und bitter. Ich beobachte, wie vietnamesische Gäste den Tee mit heißem Wasser verdünnen.

»Ich muss zurück ins Legend Metropole«, sage ich, als wir satt und zufrieden an einem der großen runden Tische sitzen. »Es ist die einzige Chance, dass Minh uns erreichen kann. Offenbar klappt es mit dem Mailen nicht mehr.«

»Du setzt dich an die Bar und spielst lebenden Köder«, antwortet Vesna. Es sollte wohl lustig klingen.

»Wenn, mache ich das«, meint Oskar.

»Ich habe mir etwas anderes überlegt. Ich hinterlasse doch eine Nachricht an der Rezeption. Ich bedanke mich für den Tipp mit dem Fitnessstudio.«

»Und was heißt das?«, will Vesna wissen.

»Er hat die Unterlagen über die Eigentumsverhältnisse von Industrial City im Fitnessstudio seiner Tante. Es ist gleich hinter dem Legend Metropole, hat er mir erzählt. Das lässt sich finden. Wenn er klug ist, wird er mir dort Kopien hinterlegen.«

»Und wenn er dazu in der Lage ist«, ergänzt Oskar.

»Aber auch andere können logisch denken. Und im Fitnesscenter nachsehen.« Vesna nimmt einen Schluck Tee.

»Ja, aber es gibt viele Fitnesscenter in Hanoi. Ein Restrisiko bleibt, ich weiß keinen besseren Weg.«

Und die Zeit drängt. Morgen fliegen wir zurück. Wir beschließen, einen Spaziergang zu machen. Nur dass uns jetzt jedes der tausend Mopeds, jeder Polizist, jede Passantin verdächtig vorkommt. Was, wenn sie uns nicht ausreisen lassen? Wir gehen zum See, Oase im Altstadtchaos. Vielleicht finden wir hier ein wenig Ruhe. Ich sehe zum Schildkröten-Turm hinüber. Ein Kollaborateur der Franzosen hat ihn gebaut, zum Andenken an einen vietnamesischen Fischer, der zum großen Feldherrn wurde. Und die Chinesen besiegt hat. Ob im See wirklich noch eine alte Schildkröte haust? Zeig dich! Das wäre ein gutes Zeichen. Auch wenn ich an so etwas sonst nicht glaube. Ich bin einige Schritte hinter Oskar und Vesna. Vietnam ist ein ganz besonderes Land, voller Geschichten. Man sollte auch Saigon sehen. Und die Reisfelder. Unter anderen Umständen. Die tropische Insel, auf der sie Fischsauce machen. Wie das wohl riecht, wenn sie Fische fermentieren? Einen Pfefferbauern besuchen. Plötzlich packt mich jemand am Arm. Ich schreie auf und versuche ihn abzuschütteln. Ein jüngerer Vietnamese. Jeans, T-Shirt. Kleiner als ich. Er lässt los und starrt mich erschrocken an. In der anderen Hand hält er Postkarten von Hanoi. Billig, sehr billig, sagt er.

Im Legend Metropole sind sie überaus freundlich. Natürlich werde man Herrn Minh etwas ausrichten, wenn er nach Herrn Keller-freund oder Frau Valensky frage. Gerne. Nein, bisher habe niemand Kontakt aufnehmen wollen.

»Sagen Sie Herrn Minh nur, dass ich mich für den Tipp mit dem Fitnessstudio bedanke. Und herzliche Grüße.«

»Jedem Herrn Minh? Es gibt viele, die so heißen. Wissen Sie einen weiteren Namen?«

Ich schüttle den Kopf. »So viele Herren Minh werden schon nicht nach einem von uns fragen.«

»Ja.« Ein Lächeln. Keine Ahnung, ob sie es Minh wirklich ausrich-ten. Sollte er kommen. Hängt unter Umständen auch davon ab, wer an der Rezeption ist. Aber es ist zumindest ein Versuch.

Wir gehen nicht auf direktem Weg in unser neues Hotel, wir nehmen den Umweg durch die Altstadt. An einer Kreuzung sitzen zwei alte Vietnamesen auf blauen Plastikhockern und spucken Nussschalen auf die Straße. Leicht ist es nicht, im Menschengewirr an uns dranzubleiben. Allerdings ist es auch nicht einfach, eventuelle Verfolger wahrzunehmen. Die feucht-warme Luft, der Smog. Eine Dusche, ausruhen. Im Hotel zu Abend essen. Und morgen zuerst im Fitnessstudio nachsehen und dann mit dem Taxi zum Flughafen. Die Straße zum Hotel »Frieden« hat man wegen der Bauarbeiten am Nebengebäude für den Verkehr gesperrt. Aber Fußgänger dürfen durch. Schuttberge. Ich deute auf zwei kleine Hühner, die am Straßenrand nach Abfällen picken. Werden sie schon bald in Cola-Dosen stecken? Plötzlich ein Geräusch, das den Baulärm übertönt. Ich drehe mich um. Da ist doch gesperrt. Zwei Mopeds rasen auf uns zu. Vollvisierhelme. Man kann die Gesichter nicht sehen. Ich stoße Oskar gegen die Baustellenplanken, auch Vesna drückt sich an den Zaun. Die zwei sind auf unserer Höhe, einer hebt die rechte Hand, zielt. Ich weiß nicht, ob ich schreie. Alles ist so laut.

»Es waren nur Finger, er hat getan, als ob er Waffe hat«, sagt Vesna, als wir in der Hotelhalle stehen.

»Das war kein Zufall«, sagt Oskar. »Sie wissen, wer wir sind. Sie wissen, was mit Hanh passiert ist.«

Mein Mobiltelefon. Neue Nachricht. Die nächste Drohung?

MMS. Unbekannte Nummer. Ohne Zusatzinfo. Daten zu laden ist teuer, aber ich möchte doch erfahren, was das ist. Seltsam. Drei Bilder. Das heißt, eigentlich drei Textseiten. Irgend so etwas wie ein Formular. Ich vergrößere. Minh. Er hat mir Auszüge von Geschäftsunterlagen geschickt. *Industrial City WestWest,* kann ich lesen. Und: *AG-AG, ALLES GUT!* Es handelt sich dabei nicht um irgendwelche Produktionsaufträge. Sondern um den Beweis, dass Hofmann mit der Textilfabrik deutlich enger verbunden ist, als er erzählt hat.

[17]

Wir stehen in Wien bei der Gepäckausgabe. Rund um uns viele, die in Thailand Urlaub gemacht haben. Die Ausreise war problemlos, man hat die Pässe kontrolliert, gestempelt, und wir waren durch. Den Flug von Bangkok nach Wien habe ich teilweise verschlafen. Allerdings bin ich immer wieder aus diesem seltsamen leichten Flugzeugschlaf hochgeschreckt. Mopeds? Nein, bloß die Jet-Turbinen. Als es am Morgen über Osteuropa das gegeben hat, was sie »leichte Turbulenzen« nennen, habe ich einfach Oskars Hand genommen. Wir haben so viel überlebt, zu dumm, wenn jetzt das Flugzeug abstürzen würde.

»Alles okay«, hat Oskar gemurmelt.

Und dann haben wir das Gepäck, sind draußen, Hans steht da und umarmt uns alle, als wären wir Monate weg gewesen. Ernst und feierlich.

»Was ist?«, fragt Vesna.

»Ich freue mich, dass ihr gut zurück seid«, erwidert Hans.

»Wir haben interessante Unterlagen«, erzähle ich. Vesna und Oskar haben Minhs MMS fotografiert. Das erschien uns klüger, als seine Dokumente via Telefon oder Internet weiterzuschicken. Natürlich hat so ein Foto nicht gerade Spitzenqualität. Aber sollte etwas mit meinem Handy sein, ist das besser, als nichts zu haben.

»Schön«, sagt Hans und sieht nicht einmal neugierig aus.

»Was ist?«, widerholt Vesna.

»Ist etwas mit Vui?«, frage ich. »Egal, was ihr sagt, ich will zu ihr. Dann kann ich gleich Gismo abholen.«

»Später«, sagt Hans.

Jetzt bin auch ich alarmiert.

»Ist etwas mit Jana oder Fran?«, will Vesna wissen.

»Jetzt fragt mich nicht die ganze Zeit, was mit irgendjemandem ist. Den beiden geht es gut. Sie sind bei mir. Und am besten, ihr kommt auch mit.«

»Hat jemand in unsere Wohnung eingebrochen?«, rät Oskar.

»Jetzt rede schon!«, fauche ich.

»Gismo ist tot.«

Es dauert, bis ich es überhaupt begreife. Es sickert in mein Bewusstsein, nach dieser seltsamen Nacht in der Luft, langsam, als könnte es den Boden der Realität gar nicht erreichen, weil der viel zu tief unten ist. Ganz unten. Wo auch der Schmerz ist. Ich höre nur entfernt Oskar fragen: »Wie ist denn das passiert?«

Ich spüre nur ganz leicht, dass Vesna meinen Arm streichelt.

Gismo. Begleiterin durch fast zwei Jahrzehnte. Ich sehe sie in der Tür meiner Altbauwohnung stehen. Große Augen. Der flammend rote Streifen, der über ihre Brust geht. Was hab ich zu ihr gesagt? Nur eine kleine Reise. Nur eine kleine Reise. Nur eine ...

»Jana kann es erzählen«, höre ich. Ich sehe Gismo, wie sie aufmerksam neben mir steht, die Schwanzspitze zitternd vor Vorfreude auf ihre liebste Delikatesse. Schwarze Oliven.

Der Wagen stoppt. Wir sind beim Firmengelände von Hans Tobler. In meinem Kopf Wolken. Und die Beine spüre ich nicht.

Gismo, die neben mir auf dem Schreibtisch sitzt und beobachtet, wie ich tippe.

»Komm, Mira«, sagt Oskar.

Das kleine nasse schmutzige Fellknäuel, das ich in der Gasse nahe bei meiner Wohnung gefunden habe.

Ich steige aus und gehe hinter den anderen her. Hans bringt uns ans Ende des Firmengeländes. Dort wohnt er, seit ihn seine Frau verlassen hat. Vesna lebt gerne hier. Sie hat gesagt . . . Darum geht es jetzt nicht. Gismo. »Wie ist sie gestorben?«

Wir sitzen um den Wohnzimmertisch. Hans und Vesna und Jana und Fran und Oskar und ich. Ich nehme einen großen Schluck Weißwein. Eiskalt. Noch einen Schluck. Ich merke, wie sie mich ansehen. Mitleidig. Oskar rinnt eine Träne über die Wange. Er wischt sie nicht weg. Ich trinke das Glas in einem Zug leer. »Es hat einmal sein müssen. Sie war achtzehn.« Es klingt hohl und unecht. Wir haben hin und wieder darüber geredet, was wir tun, wenn Gismo krank wird, wenn sie nicht mehr kann. Sind wir bereit, sie zu erlösen? Aber wir haben nicht oft darüber gesprochen, wie um Unglück zu verhindern.

»Sie hat ein Leben gerettet«, sagt Jana.

»Ein Leben?«, wiederholt Oskar.

»Es ist eine Heldengeschichte«, bekräftigt Hans.

Ich schüttle den Kopf. Sie ist tot. Meine Gismo ist tot.

»Man hat in deine Wohnung eingebrochen«, erzählt Jana. »Sie wollten Vui.«

Ich sehe sie alarmiert an.

»Es war vorgestern am Nachmittag. Vui hat gehört, dass sich jemand am Schloss zu schaffen macht. Sie war sich zuerst nicht sicher, ob es jemand von uns ist. Aber wir hätten ja bloß aufgesperrt. Sie hat sich in der Küche versteckt. Mit dem Telefon für Notfälle. Gismo war neben ihr. Sie hat meine Nummer gewählt, aber ich war bei so einem idiotischen Meinungsforschungs-Interview. Dann hat es an der Tür gerüttelt, gerade als sie die Nummer von Fran wählen wollte. Gismo ist ins Vorzimmer gesaust. Vui hat gesehen, dass die Tür aufgeht, zwei Männer in Schwarz, mit Kappen und Mundschutz. Gismo hat gefaucht und gebrüllt, ist den einen angesprungen, der

242

hat geflucht, der andere wollte Gismo wegzerren, aber sie hat zuge-
bissen. Wie ein Tiger, hat Vui gesagt. Sie hat sich eingeschlossen, in
der Küche, sie hat wieder gewählt und Fran erreicht. ›Danger!‹, hat
sie gesagt.«

Fran nickt. »Und dann habe ich ein seltsames Geräusch gehört,
wie ein Schuss durch ein Polster. Wie ein Frosch, der an eine Beton-
wand hüpft, hat Vui später gemeint. Genau so hat es geklungen. Und
dann nichts mehr. Ich bin natürlich sofort los. Ich habe Jana eine
SMS geschickt. Fünfzehn Minuten später war ich da. Die Eingangstür offen. Gleich hinter der Tür . . .«

»Gismo«, sage ich und wundere mich, wie fest meine Stimme
klingt.

»Sie war tot, und ich sag dir eines, sie hat zufrieden ausgesehen. So,
als ob sie eine ganze Schüssel Oliven gekriegt hätte. Ich . . . hab die
Tür zugezogen und bin durch die ganze Wohnung. Leer. Ich dachte,
sie hätten Gismo erschossen und Vui mitgenommen. Oder auch
sie erschossen. Die Küchentür war zugesperrt, Vui hat nicht geantwortet. Dann ist Jana gekommen, und wir haben uns überlegt, wie
wir die Küchentür aufkriegen. Da hat Vui die Tür aufgemacht und
›Gismo‹ gesagt.«

»War sie sofort tot?«, will Oskar wissen.

Fran nickt. »Ganz sicher. Sie haben sie wohl ins Herz getroffen. Sie
hat die beiden in die Flucht geschlagen. Einer scheint panisch geworden zu sein. Er hat sie erschossen. Zwar offenbar mit Schalldämpfer
oder so etwas Ähnlichem, jedenfalls habe ich das Geräusch durchs
Telefon gehört. Sie hatten wohl Angst, dass die Leute im Haus Gismos Kreischen und dann den Schuss gehört haben, sie sind davon.
Vui sagt, nach dem Schuss war alles still.«

Still. Und ihr Herz auch. Nie mehr Fauchen, nie mehr Schnurren.
Ich merke, wie mir Tränen übers Gesicht rinnen. Nie mehr Gismo.

»Wo ist Vui jetzt?«, fragt Vesna.

»In meiner Gästewohnung nebenan. Unser Gelände ist in der
Nacht gesichert.«

»Sie hat sich versteckt und Gismo denen ausgeliefert«, schluchze ich.

»Was hätte sie tun sollen?«, antwortet Jana sanft. »Du weißt, wie ich Gismo gemocht habe. Ich bin mit ihr aufgewachsen. Sie war immer da, wenn wir zu dir . . .«

»Wo habt ihr sie hingebracht?«

Oskar kommt zu mir, umarmt mich von hinten. Ich sehe ihn an: »Hast du davon gewusst? Haben sie dir eine Nachricht geschickt, und du hast dir nichts anmerken lassen, während ich hinter den dummen Dokumenten her war?«

»Es macht kein Sinn, wenn du jetzt wütend wirst«, antwortet Vesna an seiner Stelle.

»Du auch?« Ich funkle meine Freundin an.

»Nein!«, schreit sie. »Wir haben nichts davon gewusst, okay? Geht es dir jetzt besser?«

»Sie haben wirklich nichts gewusst«, bestätigt Hans. »Wir dachten uns, es ist früh genug, wenn ihr es beim Zurückkommen erfahrt. Wir haben Vui zu mir gebracht. Und dann sind wir hinaus zu Eva Berthold. Wir haben Gismo unter einem Weinstock begraben. Mit wunderschöner Aussicht.«

»Ist euch jemand gefolgt, als ihr hierhergefahren seid?«, will Vesna wissen.

»Ich kenn mich mit so etwas aus«, behauptet Hans. »Sicher nicht. Wir hatten von Miras Wohnung weg drei Autos, und wir haben drei verschiedene Wege genommen. Ich bin mit Vui durch die schmale Gasse gekommen, die jeder für eine Einfahrt in den Wohnblock hält.«

»Ihr hättet die Polizei holen müssen. Gismo hat gekratzt und gebissen. Das heißt: Es gibt Spuren. Sowohl unter ihren Krallen als auch bei den beiden Männern«, sage ich.

»Glaubst du, dass die einen DNA-Test bei einer Katze machen?«, fragt Fran.

»Es ist nicht der erste Mord. Ich will mit Vui reden.«

244

Hans nimmt mich mit zur Nachbarwohnung. Wenn Vui am Abend kein Licht macht, fällt keinem auf, dass hier jemand ist. Warum haben wir nicht früher daran gedacht? Unter den beiden Wohnungen ist das Archiv des Autohandels und ein Raum mit unendlich vielen Büchern und Zeitschriften über Oldtimer. Man kann das Gebäude nur über den Eingang zum Autohaus betreten.

Vui umarmt mich. »So leid. So leid«, sagt sie.

Sie hätte sich um Gismo kümmern müssen. – Habe ich nicht Gismo aufgetragen, sich um Vui zu kümmern? Auf sie achtzugeben? Sie hat es getan. Bis zum Äußersten. Ich stutze. Irgendetwas riecht hier eigenartig. Tien. Sprengfalle. Ich sehe mich alarmiert um. Und entdecke in einem Winkel des Wohnraums einige glosende Räucherstäbchen. Davor ein Stück Holz und eine Schale mit Oliven.

»Vui wollte es so«, sagt Hans.

»Drei Tage. Muss brennen. Für gute Seele. Oliven für sie.«

»Und das Holz?« Ich deute darauf.

»Für Geist. Gismo Held.«

»Hast du noch Räucherstäbchen?«

Vui nickt und bringt mir zwei. Ich gehe zum Hausaltar, stecke sie zu den anderen und zünde sie an.

Nebeneinander stehen wir und sehen den Rauch aufsteigen. Zu Gismo. Meiner Katze. Die mich so lange begleitet hat. Mit der ich so viel erlebt habe. Und die einen Heldinnentod gestorben ist.

»Wer waren die Männer?«, sage ich nach einigen Minuten.

Vui zuckt mit den Schultern. »Weiß nicht.«

Hans ist in der Tür stehen geblieben. Er räuspert sich. »Sie sagt, sie hat keine Stimmen identifizieren können und sie hat sie nur kurz und schlecht gesehen. Sie ist sich nicht einmal ganz sicher, ob beide Männer waren. Sie waren nicht groß, hat sie gemeint.«

»Vietnamesen?«, frage ich Vui.

»Kann sein.« Aber sie schüttelt gleichzeitig den Kopf.

Eine E-Mail von Klaus Sommer. Er fragt, ob wir gut angekommen sind. Sind wir. Sozusagen. Keine E-Mail von Minh. Was haben sie

mit ihm gemacht? Ich kann Klaus Sommer nicht per Internet erzählen, was sonst noch geschehen ist. Wir haben allen Grund, vorsichtig zu sein. Die beiden Männer wollten zu Vui, nachdem wir
beim Fabrikgelände der Industrial City WestWest waren. Die Mopeds beim Hotel »Frieden«. Eine Drohung. Sie sind vernetzt. Was
allerdings nicht so schwierig ist. Auch Minh hat die Dokumente einfach fotografiert und dann per MMS versandt. Sie haben ihn also
zumindest nicht sofort festgenommen. Oder verschleppt.

Am Abend fahre ich zu Tien, ganz ohne Versteckspiel. Viele essen im
Song. Oskar warnt. Keine unnötigen Kontakte. Wenn sie wissen,
dass die Dokumente über die Firmenkonstruktion bei mir sind . . .
    »Ich fürchte mich nicht mehr. Wenn Gismo es geschafft hat, zwei
Mörder zu verjagen, dann schaffe ich es wohl, vietnamesisch essen zu
gehen. Wir müssen alle auf Kratzspuren überprüfen.«
    »Alle?«
    »Alle Verdächtigen.«
    »Kratzer können von bald wo stammen.«
    »Aber sie können auch ein wichtiges Indiz sein.«
    Oskar legt mir sanft die Hand auf die Schulter. »Du weißt, wie
sehr mir Gismo fehlt. Aber ein Rachefeldzug ist sinnlos. Und gefährlich.«
    »Ich will sie nicht rächen. Ich will nur nicht, dass sie umsonst
gestorben ist.«
    »Sie war fast neunzehn.«
    »Sie war achtzehn. Und gut in Form. Wie man gesehen hat.«
    Tien kommt erstaunt aus der Küche, wir haben Sui gesagt, sie soll
ihn holen. »Ich habe gar keine Zeit«, sagt er.
    Wir erzählen ihm in Stichworten, was passiert ist. Nein, hier habe
es keine neuen Drohungen gegeben. Aber er habe sich auch ganz
ruhig verhalten. Er müsse wieder in die Küche, das Lokal sei voll, er
komme später wieder.

246

»Ganz ruhig verhalten, das ist genau das, was sie wollen«, schnaube ich.

»Vielleicht hilft es manchmal beim Überleben«, murmelt mein Mann. »Und er hat keine Kratzspuren gehabt.«

Ich überrede Droch, ein Treffen mit Zuckerbrot zu arrangieren. Auf neutralem Boden, informell. Droch hat mir die Hand getätschelt, als ich ihm das von Gismo erzählt habe. Er kann mit solchen Meldungen nicht gut umgehen. Und mit großen Gefühlen auch nicht. Aber zumindest sagt er nichts Dummes. Und er tut, was ich will.

Ich habe beschlossen, mit dem Gruppenleiter Leib und Leben zu reden. Ich will, dass Gismo ausgegraben und obduziert wird. Man muss klären, ob sie mit derselben Waffe erschossen worden ist wie Hanh. Außerdem wird sie DNA-Reste der Angreifer an den Krallen haben. Oder im Fell. – Oder funktioniert das nicht mehr, wenn sie in der Erde . . . meine Gismo. In feuchter kalter Erde. Sie hat die Wärme geliebt. Sie ist auf der Dachterrasse gelegen und hat sich wohlig gestreckt, in der Frühlingssonne.

Zuckerbrot sitzt auf der vereinbarten Bank im Wiener Rathauspark. »Ein eigenartiger Treffpunkt. Tut mir leid, dass Ihre Katze tot ist.«

»Man sieht, ob man beobachtet wird«, antworte ich.

Zuckerbrot sieht mich interessiert an. »Sie haben etwas zu erzählen, hat Droch gesagt.«

»Informell.«

»Das geht nicht. Wenn ich von einer strafbaren Tat weiß, muss ich handeln.«

»Es geht um Mord. An meiner Katze. Und an der Vietnamesin Hanh.«

»Das hängt zusammen? Sie hat ein Lokal betrieben. Sie meinen, dass sie dort Katzen und Hunde ... und dass man Ihre Gismo ...« Er bricht pietätvoll ab.

»Gismo war achtzehn.« Ich glaube es nicht. Versuche ich jetzt wirklich, Zuckerbrot klarzumachen, dass meine Katze zu alt gewesen wäre, um daraus etwas Leckeres zuzubereiten? Ich bin total überdreht. Ich kichere.

Zuckerbrot starrt mich betreten an.

»Entschuldigung. Nein. Natürlich nicht. Sie essen keine Katzen und Hunde. Das trifft übrigens auch auf die Betreiber anderer asiatischer Lokale zu. Eine Verwandte von Tien und Hanh hat Informationen über eine Textilfabrik in Hanoi aus dem Land geschmuggelt. Sie wollte die schlimmen Arbeitsbedingungen öffentlich machen. Danach ist eine Menge geschehen.«

»Was sind das für Informationen? Und warum erzählen Sie mir erst jetzt davon?«

»Ich ... musste erst nach Hanoi, um mehr zu erfahren. – Wie weit sind die Ermittlungen im Fall Hanh?«

»Nicht abgeschlossen. Daher auch keine Informationen an die Presse.«

»Wir reden informell.«

»Lassen Sie diesen Agenten-Blödsinn.«

»Na gut. Dann kann ich ja wieder gehen. Dann wird es Sie auch nicht interessieren, dass meine Katze erschossen worden ist. Entweder von irgendwelchen Rassisten, die Unger geschickt hat oder die ihm vielleicht entglitten sind. Unter Umständen aber auch vom vietnamesischen Geheimdienst. Oder von anderen, die Interesse daran haben, dass nichts Negatives über Industrial City WestWest bekannt wird. Das ist die Fabrik, um die es geht. Eher eine Fabrikstadt. Wo Frauen Überstunden machen müssen, bis sie ohnmächtig werden. Und trotzdem fast nicht davon leben können. Wo man mittelalterliche Strafen hat, vor allem, seit die Koreaner gekommen sind. Die großen Marken lassen dort produzieren. Zum Beispiel ALLES GUT!. Dabei ist dort gar nichts gut.«

»Und deswegen erschießt der Geheimdienst eine Katze?« Zuckerbrot glaubt mir kein Wort.

»Sie haben auch Hanh erschossen. Ich war in Hanoi. Gismo war in
meiner alten Wohnung. Dort fühlt sie sich wohl. Zwei Männer haben
eingebrochen. Gismo hat sich ihnen in den Weg gestellt. Sie hat mit
ihnen gekämpft. Sie müssen Kratzer haben. Und es muss DNA-
Spuren geben. Außerdem sollte man klären, mit welcher Waffe sie
erschossen wurde. Ich bitte Sie, die Katze zu obduzieren.«

»Woher wissen Sie, dass Ihre Katze gekämpft hat? Ich meine ...
eine Katze ist kein Wachhund.«

»Warum sonst hätten sie sie erschossen? Gismo hat in letzter Zeit
keine Fremden in die Wohnung gelassen, das können Sie auch meinen Mann fragen. Und einen Kollegen von ihm. Und unsere Hausmeisterin.«

»Was wollten die beiden? Hat sie jemand gesehen? Haben sie
etwas mitgenommen? Die Unterlagen dieser Vui? War sie auch
dort?«

»Ja. Gefehlt hat nichts. Sie bekamen wohl Angst, dass jemand den
Schuss gehört hat, und sind davon.«

»Die Vietnamesin war in Ihrer Wohnung. Aber sie haben die
Katze erschossen.«

»Die Kinder meiner Freundin Vesna Krajner haben sie beerdigt.«

Zuckerbrot seufzt. »Dachte ich mir schon, dass die auch noch ins
Spiel kommt. Und jetzt soll ich eine Katze exhumieren. Es gibt also
tatsächlich noch Dinge, die ich bisher nicht gemacht habe.«

Ich funkle den Chefermittler an. »Ich werde keine Ruhe geben, bis
ich weiß, wer Gismo auf dem Gewissen hat.«

»Davon gehe ich leider aus. Wo ist die Vietnamesin?«

»Nicht mehr in meiner Wohnung. Sie ist nicht legal im Land,
wenn Sie verstehen.«

»Ich bin Polizeibeamter, wenn Sie verstehen.«

»Sie sollten sich um andere kümmern. Die Wachleute von Unger.
Daniel Hofmann, Eigentümer von ALLES GUT!. Er produziert in

der Industrial City WestWest. Sie sollten auch mit Lea Stein reden. Sie ist die Österreich-Chefin von Green Hands, dieser Organisation, die sich um faire Arbeitsbedingungen kümmert.«

»Was ich nicht alles sollte. – Die müsste doch glücklich sein, wenn neue Sauereien bei der Textilproduktion ans Licht kommen.«

»Müsste sie. Ich glaube auch nicht, dass sie direkt damit zu tun hat. Aber sie könnte in einem interessanten Naheverhältnis zu Daniel Hofmann stehen.«

»Liaison?«

Daran habe ich noch gar nicht gedacht. Dass es dabei nicht ums Geld gehen könnte. Ist aber wohl auch eine Möglichkeit. »Hofmann will ihr Gütesiegel für die neue Öko-Schiene. Green Hands verdient Geld, wenn sie dieses Siegel vergeben. Klar haben sie auch einen Aufwand, der abgegolten werden muss. Wenn aber rauskommt, dass die Voraussetzungen für das Siegel nicht gegeben waren, dann ist das gute Image weg. Und Lea Stein würde wohl ihren Job verlieren.«

»Wo ist Vui?«

Ich gebe ihm den Stick. »Da ist ihr ganzes Material drauf.«

»Ich muss mit dieser Vui reden.«

»Sie darf nicht ausgewiesen werden. Das wäre lebensgefährlich.«

»Wenn auch nur annähernd etwas von dem stimmt, was Sie sich zusammenreimen, dann ist sie auch jetzt in Gefahr.«

»Eben. Deswegen sollten Sie handeln. Oder fürchten Sie sich vor diplomatischen Verwicklungen? Seit wann?«

»Also: Wen soll ich vom vietnamesischen Geheimdienst verhören?«

Ich starre ihn empört an. »Sehen Sie die Dokumente durch. Man will Ruhe in Vietnam. Und dass das Land weiter als sicherer Produktionsstandort gilt. Ohne Streiks und Rebellion.«

»Ich muss verrückt sein. Aber vielleicht will auch ich bloß Ruhe. Also: Gross und Sorger haben für den Mord an Hanh Dang kein Alibi. Sie sollen in der Szene sogar damit geprahlt haben, dass die Schlitzaugen bald alle weg sein werden. Was aber auch nicht alles heißen muss. Ich werde sie mir noch einmal ansehen. Und mit Hofmann und dieser Frau von Green Hands reden. Aber Vui brauche ich auch. Dafür schicke ich Spurensicherer in Ihre Wohnung. Aus Freundschaft zu Droch. Er hat mir erzählt, dass Ihre Katze etwas ganz Besonderes war. – Sie sind sicher, dass sie erschossen worden ist?«

Ich nicke. Tränen in den Augen.

Ich werde die Dokumente und die Fotos veröffentlichen. Ich habe zu lange gezögert. Ich werde schreiben, was in Industrial City WestWest vor sich geht und dass es viele Fabriken dieser Art gibt. Auch ALLES GUT! und Green Hands und der Ausflug der Wirtschaftskammer werden Teil der Story. Die Sache mit den wahren Eigentumsverhältnissen, Drohungen, Mord und Mordversuch bringe ich eine Woche später. Als Fortsetzung. Ob ich auch über Minh schreiben soll? Womöglich bringt ihn das in noch größere Gefahr. Daniel Hofmann. Ich habe ihm versprochen, mich zu melden, bevor ich meine Reportage mache. Jetzt ist es so weit. Ich fahre einfach zu seinem schicken Headquarter und gehe nicht weg, bevor er mich empfangen hat. Und ich werde nachsehen, ob er irgendwelche Kratzer oder Bisswunden hat. Auch wenn Hofmann sicher eins fünfundachtzig ist und Vui gemeint hat, die Männer seien nicht groß gewesen. Sie hat sie kaum gesehen.

Die Empfangsdame bei ALLES GUT! ist heute lange nicht so freundlich wie beim letzten Mal. Es tue ihr leid, ohne Voranmeldung sei Herr Hofmann nicht zu sprechen. Das bedeutet immerhin, dass er da ist. Ich lächle sie an: »Ich habe sozusagen eine Voranmeldung. Wir haben vereinbart, dass ich mich mit ihm in Verbindung setze, bevor ich meine Reportage veröffentliche.«

»Da ist für heute nichts eingetragen.«

»Es war nicht klar, wann ich sie schreibe. Es ist in seinem Interesse.

Oder wollen Sie schuld daran sein, dass im ›Magazin‹ Sachen über ALLES GUT! zu lesen sind, die Ihrem Chef nicht gefallen?«

»Mit Drohungen erreichen Sie gar nichts.«

Ich habe die Frau unterschätzt. Was mache ich jetzt? Brav um einen Termin bitten? Den ich irgendwann oder nie kriege? Schaffe ich es nicht einmal, zu diesem Möchtegern-Tycoon vorzudringen? Meine Katze hat es geschafft, zwei Verbrecher in die Flucht zu schlagen. Und sie hat dafür mit dem Leben bezahlt. Ich habe Tränen in den Augen. Schon wieder. So etwas Unprofessionelles. Weinen kann ich daheim. Ich blinzle. Und sehe, wie mich die Empfangsdame irritiert ansieht. Aber nicht mehr abweisend, sondern irgendwie mitleidig.

»Meine Katze ist gestorben«, sage ich. »Sie war fast neunzehn.«

»Oh, so etwas ist ganz schlimm. Ich weiß es. Ich hatte einen Kater, der einundzwanzig geworden ist. Troubadix. Ein Van-Kater. Zugelaufen. Er war wunderbar. Und hatte eine sehr seltsame Eigenschaft: Er hat schwarze Oliven geliebt.«

Ich starre die Frau an. War sie mit dabei, als . . . Aber das ist wohl doch unwahrscheinlich. Außerdem: Wenn sie das weiß, hätte sie Gismo nur ein paar Oliven geben müssen. Dann wäre sie noch am Leben. – Und Vui tot. Oder verschleppt. »Auch meine Katze hat schwarze Oliven geliebt.«

»Das gibt's doch nicht. Wann immer ich seither versucht habe, eine Katze mit Oliven zu füttern, hat sie mich angesehen, als ob ich spinnen würde.«

»Kann sein, dass auch Gismo irgendwelche Van-Vorfahren hatte. Ich hab sie auf der Gasse gefunden. Als sie noch klein war. Ganz nass und schmutzig. An sich war sie eine Schildpattkatze.«

»Oh, die gelten als besonders klug.«

»Klug. Eigensinnig. Und mutig. Das war sie.«

»Ich schaue, was ich tun kann.«

Ich sehe die Frau an.

»Na ja, wenn sich die beiden treffen, deren verstorbene Katzen Oliven geliebt haben?«

Zehn Minuten später bin ich im weißen Kommunikationsraum. Hofmann hat nur kurz Zeit, aber immerhin.

»Ich war in Hanoi«, erzähle ich, als wir wieder in den hellen Lederfauteuils sitzen, wieder alles Mögliche auf dem Tischchen zwischen uns. »Ich weiß, dass in der Industrial City WestWest Arbeiterinnen bestraft werden, die einschlafen. Einer ganz jungen Frau hat man als abschreckendes Beispiel sogar Zündhölzer in die Augen gesteckt.«

»Das ist ... grauenvoll. Ich werde sofort alles tun, damit so etwas nicht wieder vorkommt. Waren Sie in der Fabrik?«

»Nein. Aber ich habe Informanten. Sehr zuverlässige Informanten. Ich habe vor, in der nächsten Ausgabe des ›Magazin‹ darüber zu berichten. Ich habe Ihnen versprochen, Sie auf dem Laufenden zu halten.«

»Danke. Ich finde, dass so etwas auf alle Fälle publik werden soll. Es muss sich etwas ändern, sonst lasse ich dort sicher nicht mehr produzieren.«

Die Fabrik gehört ihm. Aber besser, ich sage nicht gleich alles, was ich weiß. »Das Gelände ist hinter Mauern, und es sieht aus, als würde die Geschäftsleitung sehr großen Wert darauf legen, dass nichts nach außen dringt.«

»Die Branche muss viel transparenter werden.« Er nimmt einen Schluck stilles Wasser. Kein Kratzer an Gesicht und Händen, keine Bisswunden. Aber ich habe wohl auch nicht wirklich geglaubt, dass er selbst unterwegs ist, um Vui oder Gismo zu erschießen. »Zeigen Sie mir Ihre Reportage vorab?«

»Natürlich. Es hat allerdings keinen Sinn, zu intervenieren. Ich hätte gerne ein Statement zu den Arbeitsbedingungen in der Fabrik.«

»Was ist mit den anderen Markenunternehmen? Ich weiß, dass Industrial City für einige der großen Sportsware-Konzerne produziert. So sind wir überhaupt erst aufmerksam geworden auf die Fabrik.«

»Die sitzen in Amerika oder in Deutschland. ALLES GUT! ist ein österreichisches Unternehmen.«

»Bisher wurde ich dafür gelobt, dass ich im Land geblieben bin.«

Ich zucke mit den Schultern. »Gibt es etwas, das Sie zu schlimmen Arbeitsbedingungen sagen? Das Sie zu Ihrem Betriebsbesuch sagen?«

Daniel Hofmann nickt. »Sie bekommen ein schriftliches Statement. Das ist wohl am besten. Dann sind wir beide auf der sicheren Seite, sozusagen.«

»Wie geht es mit Ihrer Öko-Schiene weiter?«

»Danke, gut. So etwas muss vorbereitet sein.«

»Wird Ihnen Lea Stein das Gütesiegel geben?«

»Das ist noch nicht klar. Green Hands stellt viele Bedingungen, die wir nachweislich zu erfüllen haben. Gelingt es uns, werden wir die Grüne Hand bekommen.«

»Und dass Sie mit Lea Stein . . . auf sehr freundlichem Fuß stehen, hilft dabei gar nicht?«

Hofmann runzelt die Stirn. »Was wollen Sie damit andeuten? Wenn Ihre Story ins Persönliche und Spekulative gehen sollte, wird es schwierig, ich warne Sie. Lea Stein ist eine Person, deren Arbeit und Engagement ich sehr schätze. Und das ist alles.« Er steht auf.

»Auch Ihr Bruder lässt seine Kollektion in der Industrial City WestWest fertigen, das fällt wohl nicht unter privat, oder?«

»Darüber wollte ich ohnehin noch mit Ihnen reden. Mein Bruder ist beunruhigt, dass Sie sich so eingehend über die Produktionsbedingungen in Vietnam erkundigt haben. Er bemüht sich sehr, dass alles seinen hohen Ansprüchen gerecht wird. Schreiben Sie über mich. Aber lassen Sie ihn bitte aus dem Spiel.«

»Woher weiß er . . .«

»Wer Sie sind? Das war einfach. Mein Bruder und ich haben Kontakt. Wir können eins und eins zusammenzählen. Ganz unter uns: Es ist für meinen Bruder sehr wichtig, dass er endlich Erfolg hat und den Durchbruch schafft. Die Startphase einer Ladenkette ist sehr sensibel. Er hat mir damals die Rechte an den T-Shirts gelassen. Und er hofft schon so lange auf Anerkennung mit seiner Designermode. Ich schicke Ihnen das Statement noch heute Nachmittag. Aber verrennen Sie sich nicht. Wir brauchen Veränderungen, keine Sensationsmache.«

»Und wenn diese sogenannten Sensationen notwendig sind, um etwas zu verändern?«

»Die Revolution ist abgesagt.«

Wo habe ich das schon gehört? Nachbartür von Green Hands. Die »Agentur für die Revolution«. Lea Stein war es, die mich so begrüßt hat: Die Revolution ist abgesagt. Und worum geht es jetzt?

[18]

Hör auf, Mira. Das macht Gismo nicht wieder lebendig.«
Oskar steht hinter mir. Ich will schreiben. Ich muss schreiben.
Ich habe auch schon die Fotos ausgesucht, die ich veröffentlichen
werde. Übermorgen ist Redaktionsschluss. Das »Magazin« weiß
noch nichts von der Story. Sie wird fertig sein, bevor jemand die
Chance hat, zu intervenieren. Und ich werde durchklingen lassen,
dass ich nächste Woche noch mehr habe. Sie sollen sich fürchten, so
wie sich Tien und Vui und wir in den letzten Wochen gefürchtet
haben. Ich schüttle den Kopf. »Machst du mir einen Kaffee?«

»Es ist zwei in der Nacht!«

»Hast du schon vergessen, was bei der Fabrik war? Wie gehen sie
dann erst mit ihren Arbeiterinnen um? Glaubst du, dass Vui aus lauter Übermut mit dem Pass ihrer Schwester ausgereist ist? Hast du
schon vergessen, dass Hanh ermordet wurde? Dass Gismo erschossen wurde?«

»Und was, wenn es rechte Hooligans waren? Oder Einbrecher?«

Ich sehe Oskar empört an. »Einbrecher? Am Nachmittag? Mit
einer Waffe mit Schalldämpfer? Außerdem ändert das nichts.«

»Die Spurensicherer haben nicht viel gefunden, Zuckerbrot hat
dir das selbst gesagt.«

»Ja, weil Jana so blöd war, den Vorzimmerboden zu schrubben.«

»Sie wollte nicht, dass du die Blutspuren siehst.«

»Es war trotzdem dumm. Und Zuckerbrot weigert sich, Gismo
obduzieren zu lassen.«

»Willst du das wirklich?«

»Sie spürt es nicht mehr. Ich werde herauskriegen, wer ihr Mörder
ist. Das schwöre ich dir.«

256

»Kannst du dich erinnern? Sie haben gedroht, mir etwas anzutun.«

»Und du hast damals gesagt, dass du dich nicht fürchtest. Dass ich tun soll, was ich für richtig halte.«

»Vielleicht hat sich das seit Hanoi geändert.«

Ich stehe auf und umarme Oskar. Ganz fest und lang. Er fühlt sich gut an. Als ob mir bei ihm nie etwas geschehen könnte. Und ich will auch nicht, dass ihm bei mir etwas geschieht. »Trotzdem. Wir dürfen uns nicht unterkriegen lassen. Sonst haben sie gewonnen.«

»Wobei wir nicht wissen, wer ›sie‹ sind. Ich gehe jetzt schlafen.«

»Aber ich weiß eine Menge. Und das werde ich schreiben. Oskar. Ich passe auf. Und wenn du den Eindruck hast, dir könnte etwas passieren, dann ... erzählen wir das Zuckerbrot. Okay?«

»Okay«, kommt es müde zurück.

Ich bin mit meiner Story fast fertig. Lea Stein ist auf einer Konferenz in Brüssel, ich habe mit ihr telefoniert. Sie hat mir ausrichten lassen, ich solle die Reportage um eine Woche verschieben. Sie würde mich gerne unterstützen. – Indem wir alles weiter verzögern? Sie hat darauf ziemlich sauer reagiert. Und wenn ich schreibe, dass sie auf Wunsch von Daniel Hofmann mit der Wirtschaftsdelegation nach Hanoi gefahren sei, dann sei das falsch. Sie werde sich Schritte dagegen vorbehalten. Sie sei aus eigenem Antrieb mitgefahren, weil sie die Textilfabrik von innen sehen wollte.

Das Statement von ALLES GUT! habe ich eingearbeitet. Es kommt direkt unter das Foto mit dem Mädchen mit den Zündhölzern in den Augen. Dass das Bild etwas verschwommen ist, erhöht bloß den dramatischen Effekt. Hofmann hat mir salbungsvolle Worte über notwendige gemeinsame Anstrengungen aller Markenhersteller für existenzsichernde Löhne und Weiterbildung der Arbeiterinnen geschickt. Einen Appell an die EU, für arbeits-und sozialrechtliche Mindeststandards zu sorgen. So, als gehörte die Fabrik nicht ihm. Einen Auszug aus der Vereinbarung, den alle Auftragnehmer von ALLES GUT! unterschreiben müssen. Von Feuerschutzübungen bis hin zum Verbot, exzessive Überstunden anzuordnen. Nur dass dann niemand so genau nachsieht, was wirklich passiert. Hauptsache, es wird pünktlich geliefert.

Ich wäre mit meinem Auto fast gegen den Müllwagen geknallt. Aber der steht auch vollidiotisch in der zweiten Spur. Kann sein, ich bin eine Nanosekunde eingenickt. Ist gerade noch gutgegangen. Ich habe nur vier Stunden geschlafen, dafür ist meine Story fertig. Ich habe sie Klaus in der Nacht geschickt.

Üblicherweise gehe ich zu Fuß ins »Magazin«. Aber wer weiß, wo ich heute noch hinmuss. Und elektrisch fahren bedeutet zumindest, die Umwelt nicht zu belasten. Vorausgesetzt, ich tanke keinen Atomstrom. Was ich nicht ausschließen kann, wenn ich in der einen oder anderen Garage lade. Muss unsere Welt wirklich so vernetzt sein? An sich mag ich es. Ich würde gerne mehr von Vietnam sehen. Unter anderen Umständen. Ich finde es gut, wenn Europa durch die EU zusammenwächst. Wir müssen nur noch durchsetzen, dass sich Brüssel ausreichend ums Soziale kümmert. Nur noch. Sehr witzig. Kleinigkeit.

Immerhin gibt es meine Reportage. Es ist erst der Anfang. Wir locken sie aus ihren Löchern. Alle, die ...

»Mira?« Ich schrecke hoch. Ich muss an meinem Schreibtisch weggedöst sein.

»Die Geschichte ist gut«, sagt mein Chefredakteur.

Ich lächle.

»Sie ist bloß etwas ... persönlich. Kann es sein, dass du das eine oder andere noch einmal recherchieren solltest? Damit es auf eine ... objektivere Ebene gehoben wird?«

»Persönlich? Nur weil ich geschrieben habe, dass ich mir schmutzig vorkomme, wenn ich blitzsaubere Sachen gewisser Marken trage? Sonst habt ihr es immer gern persönlich. Ich soll mich auf alles

258

Mögliche einlassen, ›exklusiv‹ steht dann dabei und dass ich hautnah dran bin. Diesmal bin ich wirklich hautnah dran. Ganz wörtlich.«

»Es darf nicht wie eine Hetzkampagne wirken, das meine ich. Das bist du auch deinem Ruf schuldig. Mira: Es tut mir total leid, dass deine Katze tot ist. Du hast in der Story angedeutet, dass es etwas mit der ganzen Sache zu tun hat. Ich weiß nicht, wie du das meinst. Aber auch das wirkt . . . als würdest du einen Rachefeldzug führen.«

»Ich kann nur nicht mehr zuschauen, wie alle wegschauen.«

»Und die Sache mit Green Hands: Du kannst ihnen nicht unterstellen, dass sie mit ihrem Gütesiegel bloß Geschäfte machen.«

»Ich habe nur gefragt, welche Näheverhältnisse sich ergeben, wenn große Firmen private Organisationen bezahlen, um ein Siegel zu bekommen.«

»Green Hands hat einen hervorragenden Ruf.«

»Das habe ich erwähnt. Und dass zu hoffen ist, dass sie den nicht verlieren. Auch die Clean-Clothes-Kampagne habe ich gelobt.«

»Tut mir leid. Die Story wird nicht erscheinen. Zumindest nicht in dieser Woche. Und nicht so. Du hast durchklingen lassen, dass du mehr weißt. Recherchiere es. Gründlich. Und ich verspreche dir, dann werden wir deine Geschichte bringen.«

»Wer hat interveniert?«

»Niemand. Bisher habe nur ich deinen Text gelesen. Es ist . . . eher ein wütender Rundumschlag. Mira: Ich will dich auch vor dir selbst beschützen!«

»Beschützen? Hanh hat keiner beschützt. Und Gismo auch nicht. Und was mit Minh ist, weiß niemand.«

»Ich weiß nicht, wovon du redest.«

»Von der Fortsetzung. Die nächste Woche erscheinen wird. Ich bin nicht durchgeknallt. Glaube mir. Ich muss sie aus der Reserve locken.«

»Okay. Dann schreib nächste Woche, was du weißt. Ruhig. Und lass die Anschuldigungen und Behauptungen bleiben. Das sieht dir gar nicht ähnlich.«

»Hofmann. Er hat beim Geschäftsführer interveniert, nicht wahr? Oder bei dem Typen von der Wirtschaftskammer, und der hat dann ...«

Klaus kommt um den Schreibtisch herum und packt mich an den Schultern. Sein Gesicht ist ganz nah. »Ich weiß, dass du deine Katze geliebt hast. Ich würde am liebsten mit dir weinen. Ich mag dich. Deswegen muss ich dich beschützen.«

Graue Augen. Ernst. Der Mund voll und links unter der Nase ein kleiner Kratzer. Hat sich wohl beim Rasieren geschnitten. Sein Mund von meinem zehn Zentimeter entfernt.

»Ich ...«, setze ich an.

Er gibt mir einen Kuss. Mitten auf den Mund. Kurz und fest. »Nicht nur, damit du nichts mehr sagst.« Dann lässt er mich los und stürmt davon.

Meine Story, die diese Woche erscheint, handelt vom Leben Homosexueller. Eine nette Reportage, die wir schon einige Wochen vor uns hergeschoben haben. Seit Conchita Wurst den Eurovision Song Contest gewonnen hat, ist das Thema massentauglich geworden, es gibt fast so etwas wie einen Hype. Plötzlich gefällt sich Österreich darin, ach so aufgeschlossen zu sein. Ich erzähle trotzdem über Diskriminierungen und Vorurteile, aber auch über eine inzwischen ziemlich selbstbewusste Community mit guten Verbindungen, feinen Partys und von Menschen, die als Schwule und Lesben nicht in irgendeine Schublade gesteckt werden wollen. Es gibt rührende Familiengeschichten und ein klein wenig Klatsch. Eine bekömmliche Mischung eben. Und eine ordentliche Reportage, von der ich ohnehin schon befürchtet hatte, sie werde so lange auf Halde gelegt, bis wir sie nicht mehr bringen können. Trotzdem. Ich bin wütend. Und ich überlege, dem »Magazin« zu kündigen. Ich bin auch verwirrt. Da war dieser Kuss. Er hat sich nicht wiederholt. Gut so. Klaus ist ein Weichei. Er hat vorauseilend Angst vor dem Herausgeber, vor dem Geschäftsführer, vor der Wirtschaftskammer. Ich sage es mir immer wieder. Und eines weiß ich ganz sicher: Ich werde meine Story nicht fallen lassen. Ganz im Gegenteil. Klaus wollte, dass ich mehr liefere. Das werde ich. Und wenn sie es nicht bringen, kann ich noch immer gehen. – Wohin? Das wird sich finden.

Vesna versucht an die beiden S heranzukommen. Wir müssen klären, ob sie Kratzer haben. Klar bedeutet das nicht alles, aber es ist ein Hinweis. Dummerweise machen sie offenbar Innendienst. »Büroarbeiten?«, habe ich meine Freundin ungläubig gefragt.

»Ist nicht wie bei Polizei, wo sie in Verwaltung ersticken. Ich glaube, es ist Dienst in einem der Bordelle oder so. Aber da ist schwer ranzukommen. Und ich will auch nicht, dass Fran das probiert. Ist keine Umgebung für ihn.«

Ob Unger seine Männer fürs Grobe sicherheitshalber abgezogen hat? Jedenfalls haben Vesnas Leute sie seit einigen Tagen auch nicht mehr bei ihrer Wohnung gesehen.

Dafür ist Lea Stein zurück. Keine Anschuldigungen. Beweise. Ich werde sie mir holen. Vor der Tür der abgesagten Revolution liegt ein Stapel Prospekte. Werbung für ein neues Einkaufszentrum mit »Wohlfühlhalle«. Wird man dort massiert, um sich danach wieder erfrischt ins Getümmel stürzen zu können? Oder gibt's aufputschende Getränke, damit man länger durchhält? Einen Platz, wo man Kinder, Hunde und ungeduldige Partner abgeben kann? Offenbar sind die Prospekte dem Zettelausträger zu schwer geworden. Und hier hat er die richtige Stelle gefunden, um sie zu parken.

Die Tür zu Green Hands öffnet sich. Lea Stein. »Es ist einer eingezogen.«

»Jemand, der Prospekte verteilt? Der Inhalt ist nicht gerade revolutionär.«

»Die Wohnung war frei und billig.«

»›Die Revolution ist abgesagt‹: Wissen Sie, wer das vor kurzem gesagt hat?«

Lea Stein schüttelt den Kopf. Wir gehen in ihr Arbeitszimmer.

»Daniel Hofmann.«

»Und was schließen Sie daraus?«

»Dass Sie sich gut verstehen.«

Lea Stein schüttelt den Kopf. »Ich bin keine von seinen Groupies.«

»Woher wissen Sie, dass er welche hat?«

»Ich nehme es mal an. Erfolgreiche Wirtschaftsbosse haben die. Ebenso wie Popstars.«

Die Chefin von Green Hands schenkt mir Wasser ein. Ein Kratzer. Sie hat einen Kratzer auf der rechten Hand. Er sieht aus wie von einer Katze. Er ist tief und einige Tage alt. Ich muss klären, wann sie nach Brüssel geflogen ist. Lea Stein. Ich hatte die ganze Zeit über schon so ein Gefühl. Ich sollte ein Foto machen. Aber dann merkt sie . . .

»Was ist los?«, sagt Lea Stein.

Ich räuspere mich. »Nichts. Dann haben Sie also keinen besonders guten Kontakt zu Hofmann.«

»Habe ich doch schon gesagt. – Haben Sie eigentlich damit zu tun, dass ich gestern Polizeibesuch hatte?«

»Wie kommen Sie darauf?«

»Es war sogar ein leitender Mordermittler da. Er hat mich um Mithilfe gebeten. Es gäbe Indizien, dass Vorgänge in einer Textilfabrik in Hanoi mit dem Mord an einer Vietnamesin zu tun haben könnten.«

»Zuckerbrot? Ich habe ihm alle für die Ermittlungen wichtigen Unterlagen gegeben. Dazu bin ich verpflichtet.«

»Sie haben also noch mehr, liege ich richtig? Hat sich in Hanoi Neues ergeben?«

Als ob sie das nicht wüsste. Andererseits: Der Kratzer kann auch Zufall sein. Ihre eigene Katze. Eine Dornenranke. Wie weit soll ich mich vorwagen? Gismo hat sich ganz weit vorgewagt. »Er hat Sie also um Ihre Mitarbeit gebeten?«

»Ja. Ich habe ihm einiges über die Textilproduktion erklärt. Und über die Interessen der Unternehmer und der textilerzeugenden Länder.«

»Und? Glauben Sie, dass die ihre Interessen auch mithilfe von Mord durchsetzen?«

»Es hat schon viele Morde gegeben.«

Ich starre sie an.

»Denken Sie an die Arbeiterinnen in Bangladesch, die verbrannt sind. An die Toten unter den Trümmern der eingestürzten Fabriken. An die Demonstranten in Kambodscha, die erschossen worden sind. An die Arbeiterinnen, die erschöpft und vergiftet viel zu früh gestorben sind. Das alles ist Mord.«

»Haben Sie eine Katze?«

Lea Stein sieht mich verwirrt an. »Nein, warum?«

»Der Kratzer.«

»Oh, das war ein Rosenstrauch.«

»Sieht böse aus, Sie sollten sich das anschauen lassen.«

»Ist doch bloß ein Kratzer.«

Wenn ich einen Weg finden könnte, ihn zu fotografieren. Mir muss etwas einfallen. Bis dahin sollte ich weiterreden. »Ja, das stimmt auch wieder. Meine ... Wie läuft es mit dem Siegel für ALLES GUT!?«

»Sie wissen es nicht?«

»Was?«

»Hofmann hat die Sache auf Eis gelegt. Er will, dass alles passt.«

Kann es sein, dass es mir schon gelungen ist, ihre Kreise zu stören? Aber warum erzählt sie mir das dann? Weil im Nebenzimmer zwei Männer mit Kappen und Mundschutz ... oder einer, wenn sie die andere war ... »Mein Telefon hat vibriert. Ich schicke meiner Freundin nur schnell eine Nachricht, dass ich noch hier bei Ihnen bin. Sie ist übrigens ein großer Fan von Green Hands. Kauft nur, was ökologisch und fair ist.« Vesna, der Engel. Das ist neu. Ob es ihr gefiele?

»Woher wissen Sie, dass Ihre Freundin dran war? Unterschiedliche Vibrationsalarme gibt es doch noch nicht.« Täusche ich mich, oder hat ihre Stimme einen lauernden Unterton?

»Es ist mir bloß eingefallen, dass ich mit meiner Freundin verabredet bin und es vergessen habe. Wegen des Geburtstags. Der Jetlag!«

Lea Stein nickt stumm, steht dann auf, geht an mir vorbei, zum Schreibtisch.

Ich muss schnell sein, ganz schnell, bevor … Vesnas Nummer habe ich auf einer Kurzwahltaste gespeichert, ich tippe: *Bin bei Lea Stein, sie hat einen Kratzer auf der Ha*

Lea Stein steht hinter mir. Ich drücke auf Senden. Hat sie den Text gesehen? Ich muss sie ablenken. Mein Telefon schrillt. Ich fahre zusammen. Lea Stein setzt sich wieder an den Besprechungstisch.

»Hallo?«

»Haben Sie fünf Minuten Zeit für mich? Meinungsforschungsinstitut Ingram.«

Ist das jetzt Jana, die checkt, ob ich noch lebe? Oder Zufall?

»Danke, alles bestens. Aber ich habe keine Zeit.«

Lea Stein sieht mich fragend an.

»Meinungsforschungsinstitut.«

Ein Foto, ich sollte ein Foto machen. Aber … Also weiter. »Wussten Sie, dass Hofmann einen Bruder hat?«

»Ja. Weiß ich. Er ist gerade dabei, aus seinem Designladen herauszuwachsen.«

»Woher …«

»Er wollte unser Siegel.«

»Und?«

»Dafür ist unser Büro in Berlin zuständig. Aber er hat es auch über mich probiert. So einfach geht das nicht. Er hat gedacht, dafür reicht, dass er bisher in Leipzig gefertigt hat. Mit Bio-Stoffen und Recycling-Materialien, das schon.«

»Ist so eine kleine Produktion nicht allemal menschen- und umweltfreundlicher?«

»Oft ist das der Fall. Aber nicht automatisch. Und so winzig ist sein Projekt auch wieder nicht.«

»Die erste Kollektion wird in der Industrial City WestWest genäht.«

»Sie sind gut informiert. Und genau das hat er zum Bespiel in den Unterlagen nicht angegeben. Er hat sich nur darauf bezogen, was bisher war. Und dass er den Plan hat, in Europa zu fertigen.«

Da scheint er denen in Hanoi anderes erzählt zu haben. Was hat Minh gesagt? Dass das erst der Anfang sei und größere Aufträge folgen würden. »Ist Hofmann mit dem einverstanden, was sein Bruder plant?«

»Keine Ahnung. Wie gesagt: Ich kenne ihn lange nicht so gut, wie Sie offenbar vermuten. – Weitere Fragen?«

»Nein, danke. Das heißt: Ich hätte gerne ein Foto von Ihnen. Fürs ›Magazin‹. Darf ich eines machen? Das geht inzwischen auch sehr gut mit dem Mobiltelefon.«

»Okay. Einfach hier?«

»Am liebsten vor den bunten Plakaten. Und: Könnten Sie die Mappe dort hochhalten?«

»Warum?«

»Weil ich schreiben werde, dass man sehr viele Kriterien erfüllen muss, um Ihr Siegel zu bekommen.«

»Die sind in keiner Mappe. Die stehen im Internet.«

»Aber einen Laptop hochzuhalten sieht nicht gut aus.«

»Na okay.« Sie stellt sich vor die Plakate. Die rote Mappe vor der Brust. Ich drücke ab. Sie hat die Hand mit dem Kratzer in der letzten Sekunde versteckt.

»Noch eines, zur Sicherheit!« Jetzt habe ich sie überrumpelt. Zumindest wenn ich Glück habe, ist der Kratzer drauf. »Jetzt muss ich aber . . . Meine Freundin wartet schon . . . danke!«

»Ich krieg die Geschichte vorher zu sehen?«

»Natürlich.« Und damit bin ich zur Tür hinaus, die Treppen hinunter. Ich lausche. Alles ruhig. Ich stoße die Haustür auf und stehe auf der Gasse.

[19]

Ungers Männer fürs Grobe haben am Abend, an dem in deine
Wohnung eingebrochen wurde, Dienst gehabt. Gemeinsam.
Es gibt keine Zeugen, ob sie wirklich die ganze Zeit auf dem Gelände
vom Schrotthändler waren.«

»Wer lässt Schrott bewachen?«

»Jemand, der dort vielleicht auch anderes lagert. Jemand, der lieber Ruhe hat und dafür Bewachung zahlt.«

»Was wäre, wenn Unger und Hofmann zusammenhängen?«,
überlege ich. »Vielleicht hat auch Hofmann einen Vertrag mit ER.«

»Habe ich überprüft«, antwortet Vesna trocken. »Er hat keinen
Sicherheitsdienst, sondern gute Alarmanlage. Und so ein internationales Unternehmen ist auch nicht typisches Ziel von Schutzgeld. – Eigenartig ist nur, dass die beiden am nächsten Tag nicht
mehr bei Schrottplatz waren. Unger hat andere geschickt. Und die S
sind seither in Innendienst. Aber Wachen wechseln ab und zu, hat
mir ein Arbeiter dort erklärt. Der Mann von einer meiner Mitarbeiterinnen ist auf Tour durch die Bordelle. Wenn er die beiden nicht
bald findet, bin ich Sibil los. Sie ist stinksauer. Dabei zahle ich nur
seine Drinks. Nicht mehr. Wäre ja noch schöner.«

Vesna sitzt neben mir auf der Couch.

Oskar musste überraschend zu seiner Partnerkanzlei nach Frankfurt. Vielleicht gut so. Bis dorthin werden sie ihn schon nicht verfolgen. Ich habe ihn trotzdem beschworen, nie allein unterwegs zu sein,
schon gar nicht am Abend.

Vesna übernachtet bei mir. Sie sind in meine alte Wohnung einge-
drungen, warum sollten sie nichts von Oskars, von unserer jetzigen
gemeinsamen Wohnung wissen?

Ich versuche nicht zum Sofa zu sehen, auf dem Gismo immer gelegen ist. Nicht zum Schreibtisch, von wo aus sie mir so gerne beim Arbeiten zugesehen hat. Schon gar nicht zu den Terrassentüren, hinter denen sie sich die Sonne auf den Pelz hat scheinen lassen.

»Vielleicht weiß Bruder von Hofmann mehr. Er war einige Mal in der Fabrik«, redet Vesna weiter. »Wenn wir bei den einen nicht weiterkommen, dann probieren wir es bei den anderen. Und jedenfalls ist es gut für deine Geschichte. Wir sollten nach Leipzig. Seltsam, dass das erste Lokal von Tien und Hanh in Leipzig war. Und dass der ALLES-GUT!-Konzern genau von Leipzig aus gestartet ist.«

»Leipzig ist groß. Es gibt dort mehr Vietnamesen als bei uns. Ehemaliges Brudervolk. In kommunistischen Zeiten.« Ich bin müde. Erschöpft. Ich habe alles versucht. Bin mit der Story gescheitert. Habe nichts Neues herausgefunden. Lea Stein hat einen Kratzer an der Hand. Ich weiß nicht, was ich noch tun soll. DNA-Abgleich. Aber ich kann Zuckerbrot nicht zwingen. Er ist, genau betrachtet, ohnehin sehr großzügig. Hat bisher nicht nachgefragt, wo Vui steckt.

»Ich möchte Gismo Oliven schicken«, sage ich.

»Hast du Räucherstäbchen?«, fragt Vesna praktisch.

Wir verstehen einander. Das jedenfalls ist schön. Beinahe kommen mir die Tränen. Super investigative Journalistin. Dauernd am Weinen. »Schon lange nicht mehr. Wenn, sind welche in der alten Wohnung.«

»Dann wir kaufen neue. Ist eine gute Idee. Und solange zünden wir Kerze an. Gismo wird das nicht so eng sehen. Und war ja auch nicht Buddhistin.«

Ich nehme die größte Kerze, die ich finden kann, stelle sie auf den kleinen Teller, von dem meine Katze immer gefressen hat, lege rundherum einige Oliven und trage alles stumm zum Tisch. Zündholz. Damals hat mir Vui gezeigt, wie man damit Augen zwangsweise offen hält. Die Kerze brennt mit großer Flamme. Ganz gerade nach oben. Gismo. Ich schicke dir Liebe und alles, was du je gemocht hast.

»Wenn es Leben nach dem Tod gibt, dann auch für Katzen«, sagt

Vesna leise. Dann schnaubt sie. »So, und jetzt wieder in Realität. Ich dachte, du willst wissen, was geschehen ist?«

»Ja. Gismo hat auch nicht aufgegeben.«

»Mache jetzt keine Heilige aus ihr. Reicht nicht einmal für Seligsprechung. Sie war alt und störrisch.«

»Das war Mutter Teresa auch«, widerspreche ich mit einem halben Lächeln.

»Also: Hast du nicht gesagt, dass dich dieser andere Hofmann nach Leipzig eingeladen hat? Um seinen Designladen zu sehen?«

»Das stimmt. Er weiß allerdings inzwischen, dass ich seinen Bruder kenne. Und dass ich recherchiere.«

»Er braucht Werbung, für seine Kollektion und für neue Ladenkette. Ein Artikel im ›Magazin‹ ist gut. Wenn er positiv ist. Er hat nicht Geld wie sein Bruder, um für Werbung zu zahlen. Vui ist bei Hans gut aufgehoben. Wir hätten viel früher an seine Wohnung denken sollen. Tien gibt Ruhe und kocht. Das ist, was sie wollen. Bruno ist noch bei ihm. Wachen und kochen. Für Minh können wir am ehesten was tun, wenn wir die Wahrheit herausfinden. Außerdem hat er seine einflussreiche Familie. Fallt dir Besseres ein, als mit Bruder zu reden?«

Ich schüttle den Kopf. »Ich fahre gleich morgen. Oskar bleibt drei oder vier Tage in Frankfurt. Und es gibt ja keine Katze mehr, die man versorgen muss.«

Ich schaue zur Flamme. So mutig wie du werde ich nie sein, Gismo. Aber ich will es versuchen. Okay, keine Heldinnenverehrung.

»Was hast du gemurmelt?«

»Keine Heldinnenverehrung. Aber man muss sagen, sie war einzigartig. Bis zum Tod.«

Vesna nickt. »Das schon. Und ich fahre natürlich mit. Glaube nicht, ich lasse dich momentan allein.«

»Und wenn sie mit ihrem Motorrad . . .?«

»Dazu wird es nicht kommen. Ich kenne mich aus. Ich bin schnell. Ich kann kämpfen.«

»Gegen eine Kugel. Das hat nicht einmal Gismo . . .«

Womit wir wieder beim Thema wären.

Am nächsten Tag holt mich Vesna ab. Ich habe sie beschworen, etwas anderes als ihren Chevrolet Camaro zu nehmen. Bei Hans stehen durchaus auch ein paar vernünftige Autos herum. Er kriegt sie als Eintauschwagen, wenn wieder einmal jemand in der Midlife-Crisis einen amerikanischen Traum braucht. Aber sie ist mit ihrem Geschoss gekommen.

»Die Chance, damit ich auf Autobahn in Deutschland endlich sehe, wie schnell er geht.«

Ich sehe sie entsetzt an.

»War natürlich ein Scherz. Ich werde fahren wie eine, die rohe Eier mithat.«

»Ich lege auch gewissen Wert darauf, nicht zur Eierspeise zu werden. – Kannst du dich noch erinnern an das großartige Frühstück in Hanoi? Ich meine, das im zweiten Hotel? Diese Eier, ich weiß nicht, sie haben sie ganz anders gewürzt. Und diese Teigteile . . .«

»Gar nicht zu reden von den Heuschrecken und Käfern, die du in Bangkok fast gegessen hast. – Mir war Vietnam viel lieber.«

Mir auch. Ich hätte es nur bitte gerne ohne Industrial City West-West und all das, was damit zusammenhängt. – Vietnam ohne Industrie also? Und was ist mit den Menschen dort, die auch leben wollen? Die, so wie wir, die Annehmlichkeiten der sogenannten Zivilisation möchten?

Wir rasen über die Nordautobahn, quer durchs Weinviertel. Nicht mehr als zehn Kilometer entfernt liegt Gismo begraben. Wir werden auf dem Rückweg bei Eva vorbeifahren. In Russland stellen sie ein halb getrunkenes Glas Wodka auf den Grabstein. Ich werde Gismo einen Olivenbaum pflanzen. Und wenn er im Winter eingeht, einen neuen. Immer wieder.

Irgendwie ist es mir heute egal, wie schnell Vesna fährt. Ganz abgesehen davon, dass nicht einmal meine Freundin auf der streckenweise noch immer desolaten Autobahn Richtung Prag rasen kann.

»Sucht man im Internet nach Simon Hofmann, kommt man auf Seiten mit Daniel Hofmann«, erzähle ich Vesna. »Muss auch nicht einfach sein, wenn man gemeinsam begonnen hat und jetzt ist der Bruder um so viel bekannter.«

»Vielleicht ist ihm Design wichtiger als Geld. Nicht jeder braucht Öffentlichkeit.« Vesna bremst. Stau. Weil bei der Umfahrung von Prag die meisten rechts abbiegen wollen. So wie wir auch. »Dass sie da noch immer keine richtige Autobahn haben. Eigentlich sie soll lange fertig sein.«

»Die beiden haben mit einer alten Schneiderei angefangen. Kann sein, dass der nette Daniel Hofmann seinen Bruder irgendwann ausgebootet hat.«

»Ja, kann sein. Aber sie arbeiten offenbar zusammen.«

»Auf die Baumwollspinnerei bin ich gespannt. Um 1900 war es die größte Spinnerei auf dem europäischen Festland. Nur in England gab es größere. Eine richtige Fabrikstadt.«

»Schon wieder eine. Nur mehr als hundert Jahre früher. Und wie wird es Arbeiterinnen gegangen sein, damals?«, fragt Vesna und gibt wieder Gas.

»Angeblich gut, wenn man dem trauen kann, was im Netz steht. Eigene Wohnhäuser, Läden, Schrebergärten, auch eine Schule und ein Schwimmbad.«

»Wahrscheinlich hat alles dem Boss der Fabrik gehört. Und sie haben dafür gezahlt. – Was werden sie später über Textilfabriken in Hanoi und Saigon sagen? Es war der Anfang. Tüchtige Frauen und Männer, die hart gearbeitet haben, damit Vietnam Aufschwung genommen hat. In der Geschichte bleiben die Heldentaten, nicht der Alltag der Leute.«

»Hat schon was. Die Besitzer der Leipziger Baumwollspinnerei haben übrigens sogar selbst in den afrikanischen Kolonien Baumwolle anbauen lassen. Weil sie auf günstigere Preise gehofft haben. Anzunehmen, dass nicht alle Einheimischen dort glücklich waren. Aber jeder in Europa wollte damals die neuen Baumwollsachen, gut und billig. Es war ein ganz wichtiger Faktor in der industriellen Entwicklung. Trotzdem: Ich bin mir sicher, dass man auch große Unternehmen besser oder schlechter führen kann. Und dass das immer schon so war.«

Vesna gibt keine Antwort. Sie ist konzentriert. Erst jetzt merke ich, wie klein die Welt um uns wird. Das Auto: groß. Die Straße: immer schmäler. Die Felder und Wiesen: seltsam aus der Form geraten, verzogen. Ich blinzle auf den Tacho. Zweihundertzehn. Okay. Wir wollen nach Leipzig. Schnell. Lass die Welt schrumpfen. Nur wir und diese Autobahn, immer enger. Wir schießen sie entlang. Und ganz vorne ist alles nur mehr ein Punkt. Irgendwann gibt es für jeden von uns den Punkt. Gib Gas, Vesna, lass uns jagen.

Rote Ziegelmauer. Unser Navi sagt, dass wir in hundert Metern da sind. Rechts von der Straße Büsche und etwas, das aussieht wie Schrebergärten. Gibt es sie seit damals, als die Fabrik in Betrieb war? Links eine breite Einfahrt. »Spinnerei« lese ich. War auch hier wie jetzt in der Industrial City WestWest einmal ein Schlagbaum? Ein Pförtner, der Betriebsfremde abzuweisen hatte? Aber dazu ist die Einfahrt zu breit, zu offen. Man kann sie allerdings auch vergrößert haben. Im ersten Gebäude ist ein Café, man hat Tische ins Freie gestellt, einige Gäste genießen die Frühlingssonne. Große Hallen aus Backstein, hohe unterteilte Fenster, in einiger Entfernung ein riesiger Schornstein. Zwei Frauen schieben Fahrräder, sie reden aufeinander ein, lachen. Dort drüben stehen zwei Autos. Wir stellen den Camaro daneben. Keine Ahnung, wo Hof-Art ist. Das Gelände ist deutlich weitläufiger, als ich es mir vorgestellt habe.

Wir gehen einfach die Straße entlang. Kopfsteinpflaster, eingelassene Schienen zwischen den langen Fabrikhallen. Wohin führen sie? Jetzt wohl nirgendwohin mehr, früher wird so die Baumwolle und das versponnene Garn bis zum nächsten Bahnhof transportiert worden sein. »Halle 14« steht auf einem großen Schild. Dort drüben wird Malereibedarf angeboten. Durch die großen Fenster des alten Gebäudes sehen wir unzählige Staffeleien. Alles wirkt offen, fröhlich, optimistisch. Natürlich trägt auch das Wetter dazu bei. Allerschönstes Frühlingswetter.

»1902 oder so haben sie da für den Zehnstundentag gestreikt«, erzähle ich Vesna.

»Geschichte ist nicht überall gleichzeitig«, antwortet sie.

»Sie haben sich durchgesetzt, nach und nach.«

»Wie viele haben es nicht überlebt?«

»Keine Ahnung, ob es hier Tote gegeben hat. Anderswo gab es sicher welche.«

»Trotzdem. Man darf sich nicht alles gefallen lassen«, stellt meine Freundin fest.

»Bloß, dass wir leicht reden haben.«

»Relativ. Aber Kapitalismus-Turbo gibt es nicht nur in Vietnam. Ich will nicht, dass Arbeiter arm und Spekulanten reich sind.«

Eine Weinhandlung. Das hätten sich die Frauen an den Spindeln wohl kaum vorstellen können. Ich weiß, dass es bei Leipzig ein kleines, aber feines Weinbaugebiet gibt. Wir werden Oskar etwas mitbringen. Die Tür ist offen. Wir betreten einen hohen Raum, an den Wänden Regale mit Flaschen und Kartons. An der Schmalseite ein massiver hölzerner Verkaufstisch. Er sieht aus, als stamme er noch aus der Zeit, als hier im großen Stil Baumwolle verarbeitet worden ist.

»Hallo!« Ein Mann in einem grünen Sweatshirt steht hinter uns in der Eingangstür. »Ich war einen Moment draußen. Das Wetter ist danach. Und ich musste Wein liefern. Den Leuten in der Galerie gleich da drüben.« Er deutet in die entsprechende Richtung. Freundlicher sächsischer Tonfall, ich habe ihn immer schon gerne gemocht.

Wir brauchen dem Mann bloß das Stichwort »Wein aus der Gegend« hinzuwerfen. Was folgt, ist eine begeisterte und offenbar sehr kompetente Einführung in die Gegend von Saale-Unstrut und das Weinbaugebiet in Sachsen.

»Es lebt sich gut in der alten Fabrik, oder?«, unterbreche ich ihn.

Er sieht mich für einen Moment aus dem Konzept gebracht an. »Klar, das ist ein spannendes Projekt. Wobei Projekt bedeutet, dass sich ständig was Neues tut. Ein ziemliches Glück, dass die Spinnerei nach der Wende an die richtigen Leute gegangen ist. War auch nicht immer ganz einfach, aber jetzt gibt's dafür jede Menge Kultur hier. Neo Rauch ist schon zu Beginn der Neunziger gekommen, und nach ihm so gut wie alle Maler der Neuen Leipziger Schule. Und viele Galerien, selbst internationale. Da ist was los, auch was Feste angeht.«

»Wir suchen Hof-Art, wo finden wir es?«, fragt Vesna.

»Und wir wollen Wein kaufen. Wein aus der Gegend. Aber später, wenn es möglich ist.«

»Zu Hof-Art müsst ihr ein kleines Stück zurück Richtung Eingang und dann rechts die Straße hinunter. Auf der linken Seite, nach circa fünfzig Metern seht ihr den Laden. Simon hat ohnehin ein Schild draußen.«

»Sie kennen Simon Hofmann?«

»So groß ist das Gelände auch wieder nicht. Und ich bin schon lange hier. Ganz abgesehen davon, dass der Weinladen ein gewisses Zentrum ist.«

»Und?«, fragt Vesna.

»Und wie er so ist? Oder was er so macht? Modedesign, nicht übel, auch wenn ich mich bei Bildern besser auskenne. Hat ziemlich viele Kunden in der Kunstszene. Und hat offenbar damit gutes Geld gemacht, er baut jetzt eine Reihe von Läden. Wird wohl bald nicht mehr da sein. Die einen kommen, die anderen gehen. Passt so.«

»Seinem Bruder gehört ALLES GUT!«, erzähle ich weiter.

»Ich weiß. Er hat erst letztes Jahr einige Bilder gekauft. Klar, ihr seid auch aus Österreich. Das ist nun mal ein Typ, der supererfolgreich ist.«

273

Ich lache. »Kommt eben selbst bei uns vor.«

»Hat was. Ich mag Wien sehr. Ich hab dort in jungen Jahren eine Menge über Wein und Weintrinken gelernt. Das war vor der Wende. Da haben sie hier noch produziert.«

»Dann haben Sie aber sehr früh mit dem Weintrinken angefangen.«

»Danke für die Blumen.«

»Die Baumwollspinnerei hat es so lange gegeben?«, fragt Vesna.

»Ja, auch wenn der Betrieb nur mehr eingeschränkt lief. Die echte Hochblüte der Baumwollspinnerei war bis etwa 1900. Und dann gab es natürlich die Zeit, als sie gedacht haben, die Nazis brächten Arbeit. Dafür mussten alle dran glauben, die bei den Kommunisten waren. Ein Aufsichtsrat war sogar am Putsch gegen Hitler beteiligt. Nach dem Krieg haben die Sowjets die besten Maschinen abtransportiert. Überhaupt war es ziemlich schlimm damals, die Leute hatten Hunger. Die lieben Leute von der SED haben die Parole ausgegeben: ›Erst mehr arbeiten – dann mehr essen‹. Muss man sich mal vorstellen. Aber irgendwie ging's dann doch wieder bergauf und die Baumwollspinnerei wurde für Leipzig so ein Identitäts-Ding: harte Arbeit, aber faire Sozialleistungen und so, Kindergärten, Kinderkrippen. Sonst hätten die vielen Frauen auch nicht arbeiten können. Wenn du brav mit dabei warst in der Partei, dann gab's Weiterbildung und Kultur.«

»Wissen alle, die sich hier eingemietet haben, so gut über die Vergangenheit Bescheid?« Der Riesling im Regal gleich hinter uns. Ob man ihn kosten kann? Aber wir sollten weiter.

»Ist doch interessant, was schon in diesen Mauern passiert ist. Geschichte hat ja immer auch mit der Gegenwart zu tun. Die Gegend da kann übrigens noch jede Menge Belebung brauchen. Die Arbeitslosigkeit ist ziemlich hoch, und Leipzig gehört zu den Städten mit der größten Armutsgefährdung in Deutschland.«

»Das hat aber nichts mit dem Niedergang der Baumwollproduktion zu tun, oder?«

»Nicht direkt. Aber mit dem industriellen Wandel. Und dem, was am Ende der DDR-Zeit und nach der Wende passiert ist. – Ich muss jetzt noch den restlichen Wein rüberbringen. Danach bin ich zwei Stunden hier, wenn ihr noch mal vorbeischauen wollt, lasse ich euch gern ein paar Weine kosten.«

»Super, wir kommen wieder«, sage ich. Spannende Geschichte. Netter Typ, nette Fabrik, zumindest jetzt. So sollte es sein. Wie wird Industrial City WestWest in hundert Jahren aussehen? Ich fürchte, dass von ihr dann nichts mehr übrig ist. Schnell gebaut, schnell wieder abgerissen. Und an die Arbeiterinnen wird sich keiner mehr erinnern. Werden dort Wohnblocks einer Megacity stehen? Werden dort wieder Reisfelder sein? Hundert Jahre später. Ich werde es wohl nicht mehr erfahren. Völlig absurd, dass wir sterben müssen. Ich bin zu neugierig dafür.

»Hof-Art«. Schlichte schwarze Buchstaben auf einem großen weißen Email-Schild. So, als ob es den Laden schon zur Blütezeit der Spinnerei gegeben hätte. Was hier wohl früher untergebracht war? Auf einem gepflasterten großen Platz der hohe Schornstein, rundum Fabrikgebäude. Wir gehen einige Metallstufen nach oben. Die Tür ist bloß angelehnt. Eine weiträumige Halle, von schön gearbeiteten alten Metallsäulen gestützt. Und auf diesen Säulen die Kreationen von Simon Hofmann. Ein langer roter Rock, der aussieht, als wäre er aus einem Bühnenvorhang geschneidert. Karierte Blusen mit überdimensionalen Rüschenkrägen. Ein naturweißer Mantel aus grob gewebter Baumwolle. Ein oranges Cape mit schwarzen Buchstaben drauf.

»Je nachdem, welche Falten es wirft, entstehen neue Worte«, sagt eine Stimme hinter uns. Simon Hofmann, ich kenne ihn von den Bildern im Internet.

»Praktisch für Leute, die schreiben und ihnen fällt nichts ein«, sagt Vesna.

Ich gebe Hofmann die Hand. »Mira Valensky, vom ›Magazin‹. Wir haben vor kurzem telefoniert.«

Er sieht mich mit einem eigenartigen Blick an. »Ich erinnere mich«, sagt er dann.

»Meine Freundin hatte in der Nähe zu tun, ich hab sie begleitet. Und habe mir gedacht, das ist eine günstige Gelegenheit, bei Ihnen vorbeizuschauen.«

»Natürlich. Das freut mich. Ich kann Ihnen auch gerne den aktuellen Katalog geben. Und die Info-Mappe zu den Hof-Art-Läden.«

»Alles läuft gut?«

»Wunderbar. Wir sind dem Zeitplan sogar ein wenig voraus. Zur Eröffnung des Flagship-Stores in Berlin haben sich die wichtigsten Leute der Modebranche angesagt.«

»Beachtlich. Zuerst Ihr Bruder und jetzt Sie«, sagt Vesna.

Hofmann runzelt die Stirn. »Das hat mit meinem Bruder nichts zu tun.«

»Nein, natürlich nicht. Ich habe nur gemeint, zwei so erfolgreiche Brüder.«

»Wenn auch mit unterschiedlichen Konzepten.«

»Er hat einen Konzern und Sie Textilkunst«, lächle ich.

»So kann man es sagen. Mir haben die T-Shirts nicht gereicht. Aber ich habe ja auch Design studiert.«

»Und der Wirtschaftsabsolvent ist auf ALLES GUT! gekommen.«

»Sagen wir mal so: Er hat es vermarktet.«

»Das waren Sie mit den Shirts?«

»Es sollte eine ironische Anmerkung zum Leben und zu Modetrends sein. Damals kam der Spruch gerade auf und auch dieses Heile-Welt-Getue. Hippie-Revival. Du bist gut, wir sind gut, ALLES GUT!«

»Die Sache hat eingeschlagen.«

»Und wie, wir sind mit dem Produzieren gar nicht mehr nachgekommen. Daniel wollte investieren und hat sich nach mehr Geld umgesehen.«

»Die Geschichte kennen wir«, sage ich. »Österreichische Banken haben ihm Geld geboten, dazu kam staatliche Unterstützung, vorausgesetzt, er baut das Headquarter in seinem Heimatland. Die AG-AG ist entstanden. Sind Sie daran eigentlich beteiligt?«

276

»Nein. Mein Weg ist vielleicht ... langsamer, aber nachhaltiger. Selbst die ›Vogue‹ interessiert sich für meine Kollektion.«

»Gratulation! Das ist ... hochwertiger als ALLES GUT!.«

»Das eine ist eben Sportsware. Bei mir steckt etwas anderes dahinter. Ganzheitliches Bewusstsein.«

»Und darunter kann man sich was vorstellen?«, mischt sich Vesna ein.

Der Designer sieht sie irritiert an. »Kreativ. Im Einklang mit der Welt. Ökologisch.«

»Und wird produziert in Vietnam?«

Ich werfe Vesna einen warnenden Blick zu. Sie soll mich reden lassen. Und Simon Hofmann nicht unnötig reizen. Ich will ihn über seinen Bruder aushorchen.

»Die Prototypen werden hier, in Leipzig, gefertigt. Und ich habe vor, in Europa zu produzieren.« Das kommt ziemlich scharf.

Ich lächle Hofmann möglichst harmlos an. »Wer wird die Öko-Standards zertifizieren? Welches Siegel wird Hof-Art haben?«

»Gleich mehrere. Da gibt es leider noch nichts Einheitliches.«

»Die Grüne Hand?«

»Sieht danach aus.«

Oho, da habe ich anderes gehört.

Vesna ist ein wenig in der Halle herumgeschlendert. »Wenn bekannt wird, dass die Bedingungen in Industrial City WestWest nicht so gut sind? Was tun Sie dann?«

»Es ist nur eine Übergangslösung. Sie haben eine Fertigungshalle für ökologische Produkte. Ich habe mich selbst davon überzeugt.«

Vesna lehnt sich an eine Säule. »Die Koreaner sind ziemlich streng, hat man gehört.«

»In jedem großen Betrieb braucht man Disziplin, das ist nun einmal so. Und es wird immer Leute geben, die sich beschweren.«

Ich nicke. »Hier in der Baumwollspinnerei haben sie einst für den Zehnstundentag gestreikt.«

»Ich hätte wohl mit ihnen gestreikt. In Vietnam regieren die Kommunisten. Bei allem, was man gegen sie sagen kann, die achten darauf, dass es den Leuten nicht schlecht geht.«

»Die Arbeiterinnen können von Einkommen kaum überleben«, widerspricht Vesna.

»Wolltest du nicht Wein kaufen?«, frage ich sie. »Sonst schließt der Laden noch.«

»Wenn du möchtest.«

»Du wolltest Hans etwas mitbringen. Ich komme nach.«

Vesna geht davon. Jetzt ist sie sauer. Aber sie wird sich schon wieder beruhigen.

Simon Hofmann hat das natürlich mitbekommen. »Ihre Freundin hat in gewissem Sinn recht. Die Einkommen sind sehr niedrig. Aber wenn immer wieder behauptet wird, das reiche nicht zum Leben, dann stimmt das nicht ganz. Ihr Leben ist anders als unseres. Und auch die Staatsangestellten bekommen nicht mehr als sie, mit Überstunden verdienen fleißige Frauen mehr als ein Polizist.«

»Aber wenn ein T-Shirt bloß um fünfzig Cent mehr kosten würde, dann könnte man den Arbeiterinnen den dreifachen Lohn zahlen und sie müssten nicht mehr so viele Überstunden machen.«

»In so einer Fabrik wird für verschiedene Labels und Firmen gefertigt. Daher nützt es gar nichts, wenn zum Beispiel ich etwas teurer einkaufe. Was für mich kein Problem wäre. Ich würde es gerne tun. Aber die anderen tun es nicht. Ganz abgesehen davon, dass man nicht weiß, ob die Fabrikbosse das Geld, das ich mehr bezahle, wirklich an die Arbeiterinnen weitergeben.«

Ich nicke. Nur dass es so aussieht, als wäre der Fabrikboss sein Bruder. – Oder weiß er gar nichts davon?

»Ich wäre allerdings froh, wenn es bei unserem Interview um die Kollektion ginge«, fährt Simon Hofmann fort.

»Natürlich steht sie im Mittelpunkt.« Ich ziehe mein Aufnahmegerät aus der Tasche und lasse mir von Materialien und Farben und Einflüssen und Zukunftsplänen erzählen. Als ich es wieder einpacke, sage ich: »Und Ihr Bruder: Ist er eigentlich stolz auf Sie?«

Hofmann runzelt die Stirn. Eines ist unbestreitbar: Daniel ist deutlich attraktiver als dieser Mann mit Bauchansatz und Stirnglatze. Und doch hat man die beiden in Hanoi verwechselt. Unser Blick auf das Fremde ... Details gehen da offenbar verloren. »Ich nehme es an. Wir gehen unterschiedliche Wege, aber wir bleiben verbunden«, antwortet der Designer.

»Wissen Sie, dass auch er an einer Öko-Linie arbeitet?«

»Das machen jetzt doch alle. Es beruhigt das Gewissen, und man kann mehr verlangen.«

»Und bei Ihnen ist das anders?«

»Natürlich. Es gibt immer auch andere. Bei mir gehört es zur Philosophie. Hochwertiges gehört hochwertig verarbeitet.«

»Er dürfte mit der Österreich-Chefin von Green Hands ganz gut stehen.«

»Er ist charmant.«

»Gibt's eigentlich Konkurrenz zwischen den Brüdern Hofmann?«

»Konkurrenz?«, er lacht. »Die Leute kennen ohnehin nur einen Hofmann. Ich habe damit kein Problem.«

»Ich frage, weil Lea Stein von Green Hands durchblicken hat lassen, dass Sie ihr Siegel vielleicht doch nicht bekommen.«

»Für mich ist die deutsche Abteilung zuständig. Ich gehe meinen Weg. Es werden sich noch viele wundern. Ich bin zäh. Ich lasse mich nicht stoppen.«

»Und wie weit würde Ihr Bruder gehen, um seinen Erfolg zu sichern?«

Simon mit der Stirnglatze sieht mich an. »Das Textilgeschäft ist hart. Haben Sie schon einmal von den Reputationsrisiken gehört? Große Fonds von Banken haben schwarze Listen. Unternehmen, die abträglich fürs Image sind, werden aus ihrem Portfolio gestrichen. – Er tut viel dafür, um erfolgreich zu sein und es zu bleiben.«

»Daniel hat Ihnen die Idee mit den T-Shirts abgejagt?«

Lachen. Es klingt nicht fröhlich. »Sagen wir so: Ich habe unterschätzt, wie viel die Idee wert war.«

Ich schlendere durch die Straßen des ehemaligen Fabrikgeländes. Inzwischen sind deutlich mehr Menschen unterwegs. Später Nachmittag. Was würde Vui zu diesem ehemaligen Textilbetrieb sagen? Ich habe den Eindruck, dass Simon Hofmann einiges verschweigt. Anderes hat er zumindest angedeutet. Sein Bruder scheint ihn übervorteilt zu haben. Jetzt darf er in seiner Fabrik in Vietnam produzieren. Oder hat er ihn gar dazu gezwungen? Wahrscheinlich ist es der beste Weg, um kontrollieren zu können, was er tut. Klar, Hof-Art ist keine Konkurrenz für ALLES GUT!. Aber wer tickt wie Daniel Hofmann, der will Erster bleiben. Und seit sein Bruder einige Male in der Industrial City WestWest war, hat es vielleicht auch noch andere Ursachen, warum er seinen Bruder abhängig sehen will.

Wir könnten Vui zu Simon Hofmann bringen. Sie soll ihm ihre Geschichte erzählen. Wie viel weiß er? Und ob er dann redet? Wo ja auch seine Mode dort produziert wird? Klug eingefädelt, Daniel Hofmann. Aber vielleicht nicht klug genug.

Vesna hat inzwischen Wein verkostet. Ich sehe es an ihren geröteten Wangen. Sie trinkt nicht viel und verträgt noch weniger. Sie scheint sich blendend mit dem Weinhändler zu verstehen.

»Das ist ein ganz besonderer Tropfen. Grauburgunder Dachsberg, er wächst auf einem terrassierten Weingarten, das macht ein einzigartiges Kleinklima. Und der Winzer weiß hervorragend damit umzugehen. Diese feine Mineralik!«

Vesna kostet. »Ganz großartig! Voll und mit Feuer.«

»Sie haben ja so recht.«

Vesna sieht mich kommen und zieht die Augenbrauen hoch. »Oh, unsere Modejournalistin!«

»Das hat ganz schön lange gedauert, ich hoffe, es war nicht allzu zäh. Es gibt Leute, die meinen, Simon sei für einen Designer ein wenig langweilig«, sagt der Weinhändler.

»Hat schon gepasst«, antworte ich. »Vielleicht ist er nicht so sprühend wie sein Bruder, aber dafür nicht so ... überehrgeizig.«

»Da kennen Sie Simon aber schlecht, ehrgeizig ist der schon. Und seinen Bruder hab ich eigentlich als feinen Kerl kennengelernt. Wir haben gemeinsam mit dem Maler, dem er die Bilder abgekauft hat, eine ganze Nacht Weine verkostet.«

»Geld hat er. Und zumindest sein Headquarter ist vom Feinsten.«

»Vielleicht auf Kosten von Arbeiterinnen in Vietnam«, sagt Vesna mit nicht mehr ganz sicherer Stimme.

»Außerdem dürfte er Simon damals bei der Sache mit den berühmten ALLES-GUT!-T-Shirts übervorteilt haben«, ergänze ich.

»Kann ich natürlich nicht sagen. Besonders leiden können sich die beiden offenbar nicht. Am Abend, als wir den Bilderkauf gefeiert haben, hat sein Bruder nicht mal vorbeigeschaut. Vielleicht auch, weil es vorher einen Riesenstreit gegeben hat.« Der Weinhändler schenkt mir einen Schluck vom Grauburgunder aus dem Terrassenweingarten ein.

»Einen Streit?« Ich koste. Wirklich hinreißend. Fein und mit schöner Frucht und wie Vesna gesagt hat: feurig. Wenn sie jetzt auch noch zur Weinkennerin wird ... Na und? Aber von irgendwas will man eben doch mehr verstehen. Konkurrenz. Sogar unter so guten Freundinnen, wie wir es sind.

»Ich hab den Streit per Zufall mitbekommen. Ich wollte hinunter zum Kino – wir haben sogar ein Kino hier, mit analogen Filmen –, als ich sie brüllen gehört habe. Sie standen oben am Treppenabsatz vor der Verkaufshalle von Simon.«

»Und es ist gegangen um was?«, fragt Vesna.

Ich sollte ihr sagen, dass ihr Deutsch im angetrunkenen Zustand deutlich zu wünschen übrig lässt.

»Ich konnte das Wenigste verstehen. Simon hat so etwas gesagt, dass er schon wisse, was er tue, und dass er sich nicht länger bevormunden lasse. Und Daniel hat geschrien, dass er irgendetwas sicher nicht zulassen werde. Vielleicht ist es da auch bloß um irgendeine Familiensache gegangen.«

Ich überlege. Simon weiß etwas und will nicht mehr schweigen, er will sich nicht bevormunden lassen. Daniel will verhindern, dass er redet. »Wann war das?«

»Das muss vor zwei, drei Wochen gewesen sein.«

Also nach dem Mord an Hanh. Und bevor sie in meine Wohnung eingebrochen sind.

»Wir müssen sie aus der Reserve locken«, sage ich zu Vesna, als wir im nahe gelegenen Stelzenhaus sitzen. Ein Tipp des Weinhändlers. Kein Haus, in dem es Stelzen gibt, wie ich zuerst vermutet habe, außerdem heißen die da ja Eisbein. Sondern ein Restaurant in einem Gebäude, das auf Stelzen gebaut an einem Wasserlauf steht. Auch hier rundherum hohe Backsteingebäude. Haben sie zur Baumwollspinnerei gehört? Wohnhäuser für die Arbeiterinnen? Dann ist es ihnen vor hundert Jahren immerhin besser gegangen als den Frauen in Vietnam in ihren Schlafbaracken.

Das Lokal hat große Fenster, außen Beton, innen warme dunkle Böden. Sie machen etwas aus ihrer Stadt, die Leipziger. Wir haben beide einen Teller Suppe gegessen. Was eigentlich eine Untertreibung ist. Die »Suppe von gebackenen Kartoffelschalen mit pochiertem Forellen-Wan-Tan und Kaviar« ist ein kreatives kulinarisches Gedicht. Alles perfekt. Und, ich gebe es zu, ich hätte es hier nicht erwartet. Höchste Zeit, ein paar Vorurteile abzulegen. Mache ich gerne, wenn es so gut schmeckt. Vesna hat viel Wasser getrunken und ist jetzt wieder halbwegs klar im Kopf. Ich war es, die ihren Boliden sicher hierhergefahren und geparkt hat. Ein paar Pferdestärken mehr als mein netter Elektroflitzer. Aber ich konnte sie bändigen.

»Wie stellst du dir das vor? Aus der Reserve locken? Hofmann rennt nicht rum und will dich erschießen, wenn du ihm drohst. Dafür hat er andere. Wenn er überhaupt was mit der Sache zu tun hat.« Vesna nimmt noch einige Schluck Wasser.

»Schön formuliert. Mich erschießen. Richtig aufmunternd. – Und was, wenn wir seinen Bruder miteinbeziehen?«

»Wir wissen nicht, wer hinter allem steckt. Unger und seine Hooligans. Vietnamesischer Geheimdienst. Vielleicht in Zusammenarbeit mit der Fabrik. Sein Bruder tut salbungsvoll. Aber er ist irgendwie seltsam. Verkrampft.«

»Er steht vor der Eröffnung seiner Ladenkette. Er will, dass mit der ersten Kollektion alles klappt. Womit wir wieder bei Daniel Hofmann wären. Und bei Lea Stein. Die für Simon Hofmann sehr wichtig ist, weil er eine Bio-Zertifizierung braucht. Sie hat einen Kratzer an der Hand. Wenn sie ihr Siegel vergibt, ohne dass die Voraussetzungen dafür gegeben sind, und es fliegt auf, dann bekommt sie große Probleme. Sie wollte, dass ich meine Story verschiebe.«

»Du siehst überall Verschwörung, Mira. Ich warne dich. Dein Chefredakteur hat die Geschichte nicht gebracht. Und bei ihm glaubst du doch nicht, dass er verwickelt ist. Hoffe ich.«

»Nein, natürlich nicht. – Aber Tien. Was ist, wenn man ihn mit irgendetwas erpresst? Weil er doch mit dem Tod von Hanh zu tun hat? Er wollte nicht, dass jemand erfährt, warum Vui wirklich gekommen ist. Und er hat uns sehr lange nichts von den Drohungen und der Sicherheitsfirma erzählt.«

»Klingt wie gordischer Knoten«, sagt Vesna und nimmt wieder einen großen Schluck.

»Wir müssen ihn durchschlagen.« Oder die Krallen reinschlagen. Wie Gismo es gemacht hat.

Vesna schaut aus dem Fenster, Wasser im Abendlicht. Einige Enten, die hintereinander vorbeischwimmen. »Designer Hofmann einbeziehen? Wie viel sollen wir ihm erzählen? Daniel ist sein Bruder.«

»Sie haben gestritten. Was, wenn es dabei um die Industrial City WestWest gegangen ist? Simon Hofmann war einige Male in Vietnam. Vielleicht weiß er mehr, als seinem Bruder lieb ist.«

»Wenn es nicht um Erbe einer alten Tante gegangen ist.«

»Warum?«

»Sollte ein Scherz sein, Mira. Es kann um alles Mögliche gegangen sein. Der Weinhändler findet Simon nicht besonders sympathisch, habe ich das Gefühl. Auch wenn er es nicht direkt sagt. Vielleicht kann er helfen.«

»Wie? Bloß weil er eine Nacht lang mit Daniel Hofmann Weine verkostet hat?«

»Wir sollten Vui herbringen, dann müssen einige reagieren.«

»Über die Grenze?«

»Da schaut keiner mehr. Wir sind alle Europa.«

»Aber sie braucht trotzdem einen Ausweis.«

»Braucht sie auch bei uns. Niemand wird sie kontrollieren.«

»Und dann sagen wir dem ALLES-GUT!-Hofmann einfach, Vui ist bei deinem Bruder, komm doch und hol sie dir, bevor sie redet und er dann zwei und zwei zusammenzählt? Und Lea Stein lassen wir das auch wissen, vielleicht will sie ja beim großen Showdown dabei sein? Und die beiden S locken wir an, indem wir mit dem netten Klima in Leipzig werben. Zwecks deftiger Demos von angeblich besorgten Bürgern und so. Sie könnten mit ein paar deutschen Kumpels Aktionen gegen Ausländer bequatschen. Und sich vielleicht ein paar Bordelle ansehen.«

»Ich muss nachdenken. Ich brauche Wein.«

»Vesna!«

»Ich schwöre, ist so. Du hast schon viel Wein in deinem Leben getrunken, das hole ich nie mehr ein. Ich fange erst an. Weil er mir jetzt schmeckt. Und momentan beim Denken hilft.«

»Und was wird Hans dazu sagen?«

»Dass er keinen Wein trinkt, ist eine traurige Geschichte. Du kennst sie. Er darf tun, was er will.«

Zwei Stunden und eine Flasche Wein später ist der Plan fertig.

[20]

Wir verbreiten verschiedene Versionen derselben Geschichte: Ich habe eine Informantin, die schon mehrfach bedroht worden ist und die wir daher zu einem Cousin nach Leipzig bringen. Immerhin hatten Tien und Hanh jahrelang ein Lokal in der Stadt. Da ist es plausibel, dass ein Verwandter dort lebt. In Leipzig soll sie auch den Bruder von Daniel Hofmann, den Designer, treffen. Weil der mehr über die Sache hören möchte.

Daniel Hofmann erzähle ich es am Telefon: Meine Story wurde verschoben. Ich müsse eine wichtige Informantin nach Leipzig zu ihren Verwandten bringen. Sein Bruder habe uns Unterstützung angeboten. Hofmann reagiert genervt und meint, es wäre wohl sinnvoller, die Informantin bliebe in Wien und würde mit ihm reden. Er hätte wohl mehr Möglichkeiten, zu helfen.

Lea Stein reagiert ähnlich wie Hofmann. Die Informantin solle besser zu ihr kommen. Sie habe mit so etwas Erfahrung, höchste Zeit, wir überlassen die ganze Angelegenheit ihr.

Tien sagen wir, dass wir Vui zum Bruder von Hofmann bringen, weil der viel über die Industrial City WestWest wisse und interessiert daran sei, dass sich dort etwas ändere. Tien reagiert sehr besorgt. Wir sollten Vui auf keinen Fall aus ihrem Versteck lassen. Zu viel sei schon passiert. Und was, wenn sie nach einem Ausweis gefragt werde? Am besten sei, Gras über die ganze Sache wachsen zu lassen. Auch über den Mord an Hanh?, frage ich ihn. Er sieht mich traurig an. Nichts mache seine Hanh mehr lebendig. Ob noch einmal jemand von der Sicherheitsfirma da gewesen sei? Nein. Alles ruhig. Bruno hat er inzwischen eingestellt. Als Koch. Was Vesna gar nicht recht ist. So hat er kaum mehr Zeit für ihre Aufträge.

Minh schicken wir eine E-Mail: Es tue uns sehr leid, dass der Fabrikbesuch nicht geklappt habe. Wir wären untröstlich, sollten wir ihn in Schwierigkeiten gebracht haben, er habe ja von unseren Kontakten zu Vui nichts gewusst. Jetzt brächten wir sie zu ihren Verwandten nach Leipzig und auch der Bruder von CEO Hofmann wolle helfen. Vielleicht würden wir dann endlich mehr über die Sache wissen. – Wenn sein Account überwacht wird, dann erfahren so wohl auch der Geheimdienst und die Fabrikleitung, was wir sie wissen lassen wollen.

Siegfried Gross und Stefan Sorger, die beiden S, sind weiter in Ungers Rotlicht-Imperium untergetaucht. Wenn Vui weg ist, gibt es eine Vietnamesin weniger in Wien. Ob ihnen das reicht?

Vui war mit dem Plan sofort einverstanden. »Zu lange still«, hat sie gesagt. Und dass sie sich nicht fürchte. »Tiger. Wie Gismo.«

Ich hoffe bloß, dass die Sache besser ausgeht. Jana und Hans werden uns begleiten. Ich habe die ganze Zeit über das Gefühl, dass wir etwas übersehen haben. Vielleicht geht es auch einfach zu schnell. Zwei Tage Leipzig, zwei Tage Wien, jetzt wieder nach Leipzig. Oskar ist noch in Frankfurt. Er hätte versucht, uns die Aktion auszureden. Ich sage ihm am Telefon bloß, dass ich noch einmal nach Leipzig muss, weil der Bruder von Hofmann mit uns zusammenarbeiten möchte. Wir sollten alles absagen. Tiger. Wie Gismo. Tot.

Ich fahre mit Hans in Vesnas Chevrolet Camaro. Vesna konnte ich gerade noch überreden, nicht mit ihrem alten Motorrad nach Leipzig zu brausen, jetzt ist sie mit Jana in ihrem alten Ford unterwegs. Auf der Rückbank Vui. In Wien versteckt sie sich unter einem Mantel. Ist schon einmal gutgegangen.

Hans und ich starten als Erste, schon um die anderen vor zufälligen Polizeikontrollen warnen zu können. Simon Hofmann haben wir nur erzählt, was er wissen muss. Nämlich dass wir eine vietnamesische Freundin haben, deren Geschichte ihn interessieren werde. Da wir sie ohnehin nach Leipzig bringen, könne man ein Treffen arrangieren. Allerdings müsse das aus verschiedenen Gründen ziemlich geheim über die Bühne gehen. Ist es fair, ihn da mit hineinzuziehen? Andererseits: Auch er produziert in der Industrial City WestWest. Vesna und ich haben vor zwei Tagen im Hotel Alt Connewitz übernachtet. Es ist zwar ein paar Kilometer von der Baumwollspinnerei entfernt, aber das ist ohnehin besser. Außerdem war es ein Tipp des Weinhändlers. Freundlicher Familienbetrieb. Und allein für das Frühstück mit den sächsischen Wurstspezialitäten und dem Quargel, der hier Harzer heißt, hat es sich gelohnt. In diesem gemütlichen Haus hat man den Eindruck, dass der vietnamesische Geheimdienst und andere böse Mächte einfach keinen Zutritt haben. Wir haben es wieder gebucht.

Wieder durchs Weinviertel, durch Tschechien, wieder Stau bei Prag. Als wir zwei Polizeiwagen sehen, werde ich nervös. Was sollen wir tun? Vesna und Jana müssen die nächste Ausfahrt nehmen, Vui verstecken. Hans beruhigt. Die würden bloß auf Verkehrssünder lauern. Ich bin mit Jana in Telefonkontakt. Hans hat uns Firmenhandys gegeben. Die werden wohl nicht überwacht. Sie sieht das mit der Polizei wie er. Sie werde sich melden, wenn sie an der Kontrolle vorbei seien. Bange fünf Minuten. Müssten sie die Polizeibeamten nicht schon längst passiert haben? Oder hat man sie doch ... Telefon. Kein Problem, die Polizei habe sich für sie nicht im Geringsten interessiert. Vesna fahre aber ausnahmsweise nicht um einen einzigen Stundenkilometer zu schnell.

»Wenn das nicht verdächtig ist«, scherze ich. So richtig lachen kann ich wohl erst wieder, wenn diese Aktion vorüber ist. Man sollte nach einer Flasche Wein keinen Plan machen.

»Weiß ja keiner, wie schnell sie sonst unterwegs ist. Vesna lässt grüßen. Vui auch.« Selbst Jana ist die Anspannung anzumerken.

Es soll aussehen wie ein Familienausflug. Nur Gismo fehlt. Und unbehelligt kommt die Familie dann tatsächlich in Leipzig an.

Bei Daniel Hofmann wollen wir auf Nummer sicher gehen. Wenn er in die Sache verwickelt ist, dann soll ihm nichts anderes übrigbleiben, als zu reagieren. Ich schicke ihm eine E-Mail.

Sehr geehrter Herr Hofmann,

es gibt Hinweise darauf, dass Sie über Firmenverschachtelungen und Anteilsregelungen Eigentümer der Industrial City WestWest sind. Das wirft natürlich ein neues Licht auf die Vorfälle in der Fabrik. Ich bitte Sie möglichst bald um eine Stellungnahme. Da ich momentan in Leipzig bin, am liebsten schriftlich. Selbstverständlich wird das »Magazin« erst berichten, wenn Sie es bestätigen oder uns andere Beweise vorliegen.

Mit freundlichen Grüßen, Mira Valensky

Keine Antwort. Aber das haben wir auch nicht erwartet.

»Wenn er hat mit der Sache zu tun, dann kommt er«, meint Vesna. »Er muss verhindern, dass sein Bruder uns unterstützt und Vui alles öffentlich macht.« Hans, Jana und Vui bleiben im Hotel und werden hier essen. Sich im Zimmer einzuschließen sei viel verdächtiger, hat Hans argumentiert. Das stimmt. Außerdem gibt es einen sehr netten Tisch, der, von den anderen abgegrenzt, um einige Stufen höher steht. Verschachteltes altes Leipziger Stadthaus. Von ihm aus kann man gut sehen, was im Lokal vorgeht und ist doch weitgehend hinter Blumentöpfen verborgen.

Vesna und ich fahren zur Baumwollspinnerei. Der nette Weinhändler war sofort bereit, uns mehr vom Gelände zu zeigen. Wir sollten uns möglichst gut auskennen, wenn wir Vui wirklich hierherbringen. Der große Platz rund um den hohen gemauerten Schornstein lässt mich frösteln. Hundert, zweihundert, vielleicht noch viel mehr Fenster, von denen aus man auf jeden schießen könnte, der hier steht. Wir sehen Ateliers in großen Hallen, Schauräume von Galerien. Ich bin keine Expertin, was bildende Kunst angeht, aber hier könnte ich stundenlang bleiben. Der Geruch nach Farbe und Kreativität, nach Kraft und Neuem. Starke Bilder, die Geschichten über das Leben erzählen. Aber ich versuche mich auf die Anlage der Fabrikstadt zu konzentrieren, auf mögliche Verstecke, auf Fluchtmöglichkeiten. Ob es den Personenschützern so geht, wenn sie anreisen, um für einen wichtigen Staatsgast alles klarzumachen?

»Das ist zu offen«, murmelt Vesna. »Und auf Straße zu viel Platz. Und diese ganzen Hausecken. Jeder kann gleich irgendwohin, irgendwoher.«

»Wir hätten Zuckerbrot informieren sollen.«

»Weil der mitgetan hätte. Außerdem sind seine deutschen Kollegen zuständig.«

Der Weinhändler erzählt vom Ersten Weltkrieg, damals seien hier Granaten-Drehereien eingerichtet und Sprengminen produziert worden.

»Gibt es auch einen Keller? Ich nehme an, man hat sich verstecken müssen im Krieg.« Vesna sieht sich um. Wir stehen jetzt im Kinosaal. Eben eine komplette kleine Stadt hier.

»Mehr als das. Die meisten der Hallen sind durch unterirdische Gänge miteinander verbunden. Früher hat man so auch Waren transportiert. Man kann gleich hier runter. Wenn es euch interessiert . . . Es ist fast ein bisschen gruselig. Zumindest allein.«

Metalltüren. Wände, die mit Zeichnungen und Graffiti bedeckt sind. Wie wenn sich ein kreativer Riesenmaulwurf einen Bau gegraben hätte. Gänge, die abzweigen. Alles in trübem Kunstlicht.

»Wenn es regnet, ist es ziemlich praktisch, hier durchzugehen. Aber man muss sich auskennen. Und auch wissen, welche Türen offen und welche versperrt sind. Klar, dass euch das gefällt. Ihr seid aus der Stadt vom ›Dritten Mann‹. Bloß dass es hier sicher besser riecht als im Wiener Kanalsystem.«

»Ich hoffe, es gibt keine Ratten«, antwortet Vesna. Sie hat vor so gut wie nichts Angst. Aber Mäuse und Ratten sind ihr schwacher Punkt.

Der Gang, durch den wir jetzt unterwegs sind, ist so lang, dass man nicht einmal sein Ende ausmachen kann. Zumindest ich sehe es nicht. Eigenartiges Gefühl.

»Das ist nichts für ein Treffen«, flüstere ich Vesna zu. Es ist laut. Hier drin ist jedes Geräusch laut.

»Was habt ihr eigentlich vor?«, fragt der Weinhändler. »Die Spinnerei ist interessant. Aber da ist noch was anderes, habe ich recht?«

»Ich suche Stoff für einen Spionage-Thriller«, sage ich.

Vesna gurgelt etwas.

»Könnte ich mir hier gut vorstellen. Große Pistolen, deren Kugeln von den Wänden abprallen, ein Typ, der geduckt zickzack läuft, dann an der Tür rüttelt, aber die Tür ist zu. Seine Verfolger kommen immer näher . . .«

»Schon einmal überlegt, das Metier zu wechseln?«, knurre ich. Das Ganze ist mir zu realistisch, viel zu realistisch.

Der Weinhändler lacht. »Da braucht man nicht viel Fantasie. Die Gänge fordern einen nahezu heraus, sich solche . . .«

Schritte. Da nähern sich Schritte. Wir stehen und lauschen.

»Es gibt nicht viele, die hier rumgehen«, flüstert er.

»Zurück?«, frage ich leise.

»Ich glaube, die Schritte kommen von hinten.«

»Von vorne«, widerspricht Vesna.

Wahrscheinlich ist es das, was uns am meisten irritiert: Man kann nicht feststellen, woher die Geräusche kommen. Womöglich sind sogar zwei Personen unterwegs. Einer kommt von hinten, einer von vorne. Die beiden, die in meine Wohnung eingebrochen sind. Die beiden, die Gismo . . . Wir haben es herausgefordert. Sie waren schneller, als wir gedacht haben. Keine Chance, uns irgendwo zu verstecken. Da ist der lange Gang, von dem andere Gänge abzweigen, sonst nichts. Und plötzlich der Weinhändler, der ganz laut »Hallo!« ruft. Ist er verrückt? Aber er weiß ja nicht, was schon alles . . .

»Hallo!«, hallt es zurück. Ein Echo?

»Karsten? Ich bin es. Mit zwei Wienerinnen. Ich zeige ihnen die Spinnerei von unten.«

»Dann ist es ja gut. Ich dachte schon, da würden sich wieder mal ein paar Grufties verkriechen.«

»Wir kommen vorne raus.«

»Passt, bis gleich!«

Eigentlich ist der Gang gar nicht so lang. Eine Tür, eine Treppe, und wir sind wieder oben.

»Karsten macht die offiziellen Führungen«, erklärt unser Weinhändler. »Und er kümmert sich darum, dass auch sonst alles in Ordnung ist.«

»In den unterirdischen Gängen machen wir das Treffen sicher nicht!«, sage ich zu Vesna, als wir Richtung Auto gehen. »Am besten wäre, wir sagen das Ganze ab.«

»Und wozu haben wir Vui hergebracht?«

»Sie braucht sowieso ein wenig Abwechslung.«

»Schön riskant.«

»Aber lange nicht so riskant, wie das, was du vorhast«, erwidere ich.

»Wir haben die Löwen gereizt, es ist zu spät. Jetzt müssen wir schauen, es läuft nach unserer Regie. Sie haben Tien gedroht und versucht einzubrechen und einen Brandanschlag gemacht. Sie haben bei dir eingebrochen und Gismo erschossen. Jetzt drehen wir Spieß um. Vui soll sie anlocken. Oder auch du. Aber sie dürfen nur nahe kommen, wenn wir vorbereitet sind.«

»Und wenn wir doch die Polizei verständigen?«

»Was sollen wir erzählen? Dass wir illegale Vietnamesin als Köder mitgebracht haben?«

»Vielleicht passiert ja ohnehin nichts.«

»Vielleicht«, antwortet Vesna.

Ich sehe, dass bei Hof-Art noch Licht brennt. »Wir sollten mit ihm reden.«

»Und fragen, ob sich Bruder oder sonst wer gemeldet hat. Aber wir sollen auch bei ihm vorsichtig sein.«

»Klar.«

Nein, er habe nichts von seinem Bruder gehört. Man habe nicht häufig Kontakt, erzählt Simon Hofmann. Und sonst? Neuigkeiten von der Industrial City WestWest? Nein, alles laufe gut. »Aber ich möchte wissen, was abseits der Bio-Produktion in der Fabrik los ist. Was ich nicht mitbekommen habe. Wann kann ich die Vietnamesin treffen?«

»Wir müssen vorsichtig sein, sie weiß viel, vielleicht zu viel. Und sie ist illegal hier«, erwidere ich.

Simon Hofmann sieht konzentriert zu mir, dann zu Vesna, dann wieder zu mir. »Warum ist sie hier?«

»Weil in Wien war es zu gefährlich«, antwortet Vesna.

»Haben Sie den Verdacht . . . es könnte mit meinem Bruder zu tun haben?«

Nicht gut, wenn wir so einfach zu durchschauen sind. »Wir wollen eben lieber vorsichtig sein«, murmle ich.

»Sie hat in der Fabrik gearbeitet. Es passt nicht allen, was sie erzählen kann. Es ist besser, wenn wir das Treffen gut planen, damit nichts passiert«, antwortet Vesna.

»Das verstehe ich. Ist ja auch für mich nicht einfach, wenn es dort unakzeptable Machenschaften gibt. Aber ich bin angetreten, um auf andere Weise Erfolg zu haben.«

»Wenn es uns gemeinsam gelingt, Licht ins Dunkel zu bringen, dann haben Ihre Läden einen perfekten Start. Und jede Menge Publicity«, ergänze ich.

Simon Hofmann nickt.

»Wir brauchen einen passenden Treffpunkt. Wenn etwas schiefgeht, wenn jemand kommt und uns stören will, dann sollte sie wissen, wo sie sich verstecken kann.«

»Soll ich . . . Daniel sagen, dass ich demnächst Besuch von einer interessanten Vietnamesin bekomme?«

Sieht aus, als wäre die Kluft zwischen den beiden tatsächlich ziemlich groß. »Sie meinen . . . er könnte etwas dagegen haben, dass sie redet?«

292

»Ich weiß es nicht. Es gibt eine Möglichkeit, das herauszufinden. Und ich wäre der Erste, der sich darüber freut, wenn es nicht so ist. Immerhin ist er mein Bruder.«

Am nächsten Tag kann uns nicht einmal das großartige Frühstück beruhigen. Der freundlichen Besitzerin des Alt Connewitz haben wir erzählt, Vui sei schrecklich übel. Große Besorgnis. Das habe hoffentlich nichts mit dem Essen zu tun, bei ihnen sei alles regional und von erster Qualität. Aber womöglich vertrage eine Asiatin die sächsische Küche nicht so gut. »Sie bekommt Kind«, hat Vesna gesagt. Auch ich habe genickt.

Vesna, Hans und ich fahren mit der Straßenbahn ins Zentrum. Leipziger Gewandhaus, der Büroturm, daneben die seltsame Design-Kirche, die sie anstelle der ehemaligen, im Krieg zerstörten, hingebaut haben. Immerhin besser, als einfach Altes wiederherzustellen. Hübsche Innenstadt, die gleichen Läden wie in den meisten mitteleuropäischen Einkaufsgassen. Eine Stadt mit viel Armut? Vielleicht hat unser Weinhändler übertrieben. Ein vietnamesisches Lokal. Kann es das ehemalige von Tien und Hanh sein? Aber wir gehen doch lieber daran vorbei. Auch wenn es nicht so aussieht, als würde uns jemand verfolgen.

Dass die Zeit so langsam vergehen kann.

[21]

Wir sind mit Vui auf dem Gelände der Baumwollspinnerei. Links Vesna, rechts ich. Dicht an dicht, beinahe berühren wir unsere vietnamesische Freundin. Sie scheint die Einzige zu sein, die nicht angespannt ist. Oder merken wir es bloß nicht? Es ist früher Abend. In einer der großen Galerien findet eine Vernissage statt. Auf der Straße zwischen den Hallen Lachen, Stimmengewirr. Gut und teuer gekleidete Menschen, die aus Taxis steigen, dazwischen Leute, denen man ansieht, dass sie es nicht so mit den Konventionen haben. Eine Frau in Hotpants, dicken lila Strümpfen und Stricknadeln im toupierten Haar. Zwei Männer in weißen farbverschmierten Kitteln und Cowboystiefeln. Ein dürrer alter Mann ganz in Schwarz, der auf seinem Tretroller geschickt den Schienen ausweicht.

Wir dürfen uns nicht zu oft umdrehen. Jana und Hans sind ohnehin irgendwo in der Nähe. Hinter uns. Simon Hofmann will erst zum quasi offiziell vereinbarten Treffen kommen. »Damit keiner Verdacht schöpft«, hat er gesagt. Wie viel weiß er? Wie viel ahnt er? Egal. Jedenfalls scheint er bereit, uns zu helfen. Er hat seinem Bruder, aber auch Lea Stein, mitgeteilt, dass er heute gegen acht eine Informantin treffen werde. Und dass danach vielleicht einiges anders sei. Tien habe ich informiert.

Jetzt ist es noch nicht einmal sieben. Der Modedesigner hat uns genau beschrieben, wo wir hinsollen. Eines der Gebäude weiter hinten am Gelände, der Weg zweigt bei der Galerie Eigen+Art ab. Niedrigere Backsteingebäude. Hier ist weniger los. Wir sollen ganz bis ans Ende der Fabrikstraße gehen, zwischen Halle 12 und Halle 15 sei ein schmaler Durchlass. Okay. Gefunden. Ich schaue mich um. Jana und Hans. Sie schlendern, halten viel Abstand. Gut so.

294

Simon Hofmann hat recht. Das ist ein guter Treffpunkt. Vui soll, wenn es notwendig wird, um die Ecke und in das erste Haus. Dort sei ein Kulissenlager und genug Platz, um sich zu verstecken. Wir werden es uns gemeinsam ansehen. Für Jana und Hans gibt es ausreichend Möglichkeiten, unsichtbar zu bleiben. Da ist ein Abgang ins Souterrain, dort gibt es einen Türvorsprung. Ich sehe auch ein niedriges geöffnetes Fenster. Jana schafft es sicher, herauszuspringen. Jedenfalls sollen sie uns schnell zu Hilfe kommen können. Hans wird überdies filmen. Und wenn keiner auftaucht, soll es uns auch recht sein. Eigentlich wäre es mir sogar sehr recht. Dann schauen wir einfach, was Simon Hofmann unternimmt.

»Da sollen wir auf ihn warten«, sagt Vesna leise. Obwohl hier nun keiner mehr ist außer uns. Hohe rote Backsteinmauern. Schmale Straße an der Rückseite der Fabrikgebäude. Auch wenn die Sonne geschienen hat, jetzt wird es empfindlich kühl. Die Ziegel haben keine Wärme gespeichert, im Gegenteil, kommt mir vor. Am Abend wirken die Mauern abweisend und kalt. Ich sehe auf die Uhr. Zehn nach sieben. Zumindest haben wir Zeit genug, um uns auf das Treffen vorzubereiten. Eigentlich haben wir zu lange Zeit.

»Wir sind viel zu früh da«, sage ich zu Vesna. Vui lächelt.

»Alles okay?«, sagt Vesna zu Vui.

»Natürlich. Okay.«

»Okay, Tiger«, sage ich.

Gleich werden Hans und Jana um die Ecke kommen, und wir können entscheiden, wo sie Stellung beziehen. Und wenn sie sich noch ein wenig Zeit lassen, auch gut. Danach werden wir Vuis Fluchtmöglichkeit klären.

Da ist ein Motorengeräusch. Auf der Schmalseite des Geländes, nur eine Fabrikzeile von uns entfernt, ist der große Parkplatz. Das wissen wir. Irgend so ein Idiot mit Sportwagen. Sicher mehr PS als Kunstverstand. Vesnas Gesicht. Panik. Ich drehe mich erschrocken um. Motorräder. Schwarze Motorräder. Männer mit Vollvisierhelmen. Weg hier! Aber da ist nur die Wand. Vesna darf sich nicht vor

295

Vui stellen, sonst ist sie es, die . . . Ich werde beinahe umgerissen, ein paar Zentimeter von mir entfernt, die Männer auf den Motorrädern, sie rasen vorbei.

Vesna flucht auf Bosnisch und legt mir die Hand auf die Schulter. Ich zittere am ganzen Körper. »Das war eine Warnung. Wie damals in Hanoi.«

»Sollen sie warnen, sie haben nichts getan! Vielleicht war nur Wettrennen.«

Zu spät merken wir, dass ein Auto hält, dass jemand herausspringt, jemand mit Kappe und Mundschutz. Vui, die fünf Schritte von uns entfernt ist. Sie ist so klein und leicht. Er packt sie. Vesna macht einen Satz zum Wagen. Vui ist schon halb drinnen, sie zappelt, schlägt um sich, Vesna zerrt an ihr. Wo, verdammt, sind Hans und Jana? Ich renne auf die andere Seite des Autos, reiße die Fahrertür auf. Tiger, Tiger, hämmert etwas in mir. Sie werden uns nicht kriegen. Kein zweites Mal. Mich nicht. Tiger. Gismo. Ich packe das Lenkrad. Und dann blitzt etwas, und ich sehe, wie sich alles rot färbt. Das kann nicht ich sein, das ist jemand anderer, das bin nicht ich, die blutet. Der zweite Mann mit Mundschutz und Kappe, der hinter dem Steuer, ich muss ihn aus dem Auto kriegen, sie dürfen nicht losfahren, nicht mit Vui.

Ich höre, wie die hintere Tür zugeschlagen wird, der Motor startet. Meine Hand hat keine Kraft mehr, alles rot, er darf die Tür nicht zumachen, er darf nicht Gas geben. Vesna auf der Windschutzscheibe, eine übergroße Katze, oder sehe ich schon schlecht? Da kommt einer. Daniel Hofmann. Er rennt her. Hat er das Motorrad abgestellt? Du brauchst nicht zu glauben, dass dir das gelingt. Und wenn ich im Rot ertrinke. Der rote Rock, der Bühnenvorhang, irgendwas ist gerissen. Nein. Hofmann. Er drängt mich weg vom Auto, ich beiße ihn in den Arm, schmecke Schweiß, ich kann mich nicht mehr halten, muss das Lenkrad loslassen, Hofmann drückt mich zur Seite. Der Motor heult auf, Hofmann stürzt sich auf den Fahrer, er zerrt ihn aus dem Auto. Du wirst nicht gewinnen! Ich versuche mich aufzurappeln. Gewinnen? Warum stoppt Hofmann den Wagen? Warum wälzt er sich jetzt mit dem Fahrer auf dem Boden? Vui, die neben dem Auto liegt. Tot? Jana kniet bei ihr. Einer flüchtet. Da ist Hans, er packt ihn. Da ist Vesna, sie hilft Hofmann. Ist sie verrückt? Und immer noch so viel Rot auf meinem Arm. Und Hofmann, der dem Fahrer den Mundschutz herunterreißt. Und das kann nicht sein. Simon. Sein Bruder.

Dann tanzen sie alle und dann nichts.

Und dann Vesna, die mich tätschelt. »He, vorbei!«

Wo bin ich? Bei Gismo? Die Autobahn bis zum Punkt gerast? Sirenen. Menschen. Ich sitze auf dem Boden. Immer noch bei der kühlen Backsteinmauer. »Vui?«, frage ich.

»Ist okay«, sagt Vesna. »Der Doppel-S hat ihr Spritze gegeben zum Betäuben. Ist umgekippt. Zu dünn. Dich hat Hofmann nicht gut erwischt. Man muss vielleicht nähen, aber mehr ist es nicht. Schnittwunde.«

Ich schaue auf meinen rechten Arm. Er ist oberhalb des Ellbogens abgebunden. Mit einem braunen Ledergürtel. Ein langer tiefer Kratzer, der Arm rot verschmiert, aber die Wunde hört schon auf zu bluten. Ich versuche, das alles im Kopf zusammenzukriegen. Hofmann? Doppel-S?

»Ein Zentimeter anders, und er hätte dir von oben bis unten die Pulsader aufgeschnitten, der Länge nach, das hat er wollen, wahrscheinlich. Aber Designer ist kein Profi für so etwas«, sagt Vesna. Gleich kippe ich wieder weg. Alles verschiebt sich, alles dreht sich. Vesna rüttelt mich. Ich sehe wieder scharf. Oder so scharf, wie ich eben üblicherweise sehe.

Über mir steht Hofmann. Ich ducke mich. Ist es noch nicht vorbei? Bin ich vielleicht doch im Koma? Hat er doch die Pulsader getroffen? »Wie geht es Ihnen?«

Ich starre ihn wütend an. Tiger. Tiger. Ein Sprung...

»Das ist der gute Hofmann«, sagt Vesna neben mir.

»Na ja, so würde ich das auch wieder nicht sagen«, erwidert der.

Wir sitzen in einer Ecke des Weinladens. Gleich beim großen Verkaufstisch. Die Sanitäter haben meine Wunde zur Sicherheit genäht. Sieben Stiche. Ich habe kaum etwas gespürt. Noch immer jede Menge Adrenalin.

»Streuobstwiesen«, sagt der Weinhändler neben mir. »Ein einzigartiger Brand.«

Ich trinke ohne Andacht. Der Schnaps rinnt warm durch die Kehle, macht Feuer im Magen. Gut so. Ich lebe. Jana ist mit Vui ins Krankenhaus. Sie lassen sie über Nacht zur Beobachtung dort. Bis klar ist, was ihr Stefan Sorger gespritzt hat. Neben mir sitzt Hofmann. Daniel. Den anderen Hofmann hat die Polizei mitgenommen. Und Doppel-S auch. Hans hält Vesna fest, als wollte er sie nie mehr loslassen. Wenn Oskar von dem Ganzen erfährt . . . Aber daran denke ich lieber nicht. Wir haben in der letzten Zeit offenbar sowieso viel Blödsinn gedacht.

Hofmann schenkt sich und mir nach und trinkt sein Glas in einem Zug leer.

»Eitelkeit, das ist es«, sagt er. »Irgendwann einmal glaubt man, alles geht. Man kann alles regeln. Und sieht gar nicht mehr, was passiert. Wobei ich nie geglaubt hätte, dass mein Bruder . . .« Er reibt sich seinen linken Unterarm. Deutlich sichtbare Bissspuren. Aber wie hätte ich auch ahnen sollen, dass ich den falschen beiße? Er sieht mich an, zwinkert mir zu. Ich tue, als würde ich es nicht bemerken.

»Sie haben ihn unterschätzt, gewissermaßen«, sagt Vesna. Sie spricht etwas undeutlich, aber das hat diesmal nicht mit zu viel Alkohol zu tun, sondern mit ihrer Lippe. Sie ist ziemlich angeschwollen.

»So kann man es sagen. Er hat sich zurückgesetzt gefühlt, das habe ich gewusst. Wir haben die Firma damals geteilt. Er hat die Schneiderei und die bisherigen Einnahmen bekommen und ich bloß die Rechte für das ALLES-GUT!-T-Shirt. Das er sowieso nicht gemocht hat. Er war sich sicher, dass der Boom in einigen Monaten vorbei ist. Es war wirklich nicht klar, wie sich alles entwickeln wird. Aber ich wollte es probieren. Und sicher nicht mein Leben lang Designermode machen. Das hat bloß für die Jahre nach der Uni gepasst. – Dann hat es eben doch funktioniert mit ALLES GUT!.«

»Samt Erzeugung in Vietnam und sonst wo«, ergänzt Vesna.

»Das machen alle. Ich hab mir eingebildet, dass wir wirklich einiges unternehmen, damit es den Leuten besser geht. Aber man richtet sich die Welt, wie man sie gerne hätte. Mein Bruder wollte übrigens ursprünglich in Leipzig produzieren. Dann haben ihn die Banken unter Druck gesetzt. Zu hohe Kosten in der Startphase. Sie haben gedroht, auszusteigen. Ich habe ihm angeboten, mit der Industrial City WestWest zu arbeiten. Ich Idiot habe ihm erzählt, dass ich sie gekauft habe. Ich schwöre, ich hatte vor, dort vieles zu ändern. Aber das braucht Zeit. Und das Buy-out war auch noch nicht durch. Simon war viel in Vietnam. Er hat seine Kollektion überwacht. Er hat Kontakte geknüpft zu irgendwelchen Leuten im Exportministerium. Und natürlich auch zu den Leuten in der Fabrik. Er hat sich wichtig gemacht und erzählt, dass er der Bruder vom eigentlichen Besitzer sei. Ich wollte nicht, dass das jemand erfährt. Dann hat mir Simon berichtet, dass eine Vietnamesin, eine der Anführerinnen bei wilden Streiks, nach Österreich geflohen sei. Mit Material über die Fabrik. Und dass die vietnamesischen Behörden sehr sauer seien. Und die Koreaner vom Textilkonzern erst recht. Er hat von mir verlangt, dass ich die Vietnamesin am Reden hindere, sonst würde mein Unternehmen den Bach runtergehen.«

»Und? Ist es nicht so?«, frage ich. Meine Kehle ist trocken, aber ich sollte wohl keinen dritten Schnaps trinken.

»Es hätte mir geschadet. Es wird mir schaden. Aber es bringt die Marke nicht um. Und die Öko-Linie habe ich deswegen vorsorglich auf Eis gelegt. Aber Simon war wie besessen von seiner Ladenkette und der Idee, dass er jetzt der große Designer wird, dass er endlich im Glanz steht. Ich habe ihn vertröstet. Habe gesagt, dass ich meine Kontakte nutzen werde, falls etwas passiert. Ich war so viel unterwegs. Ich habe das mit dem Tod der Vietnamesin in Wien viel zu spät

299

mitbekommen, sonst wäre ich alarmiert gewesen. Als Sie zu mir gekommen sind, haben Sie ja bloß von Unterlagen und Dokumenten geredet, und darauf war ich schon gefasst. Aber . . . aber selbst wenn ich die ganze Geschichte gekannt hätte, ich weiß nicht, ob ich auf die Idee gekommen wäre, dass mein Bruder damit zu tun hat.«

»Mörder kann auch einer der S gewesen sein. Stefan Sorger, der Wachmann, der hat passendes Motorrad«, sagt Vesna.

»Simon hat es gewusst. Er hat wahrscheinlich sogar den Auftrag gegeben. Er hängt irgendwie mit diesen Rechtsradikalen zusammen. Dabei: Er . . . er war nie politisch. Aber vielleicht hab ich auch da etwas nicht mitbekommen. Jedenfalls haben sie zuerst offenbar die Falsche erwischt. Sie wollten es noch einmal probieren.«

»Und haben meine Katze erschossen«, füge ich hinzu. Es klingt irgendwie seltsam.

»Ich habe Katzen immer geliebt«, sagt Hofmann und legt eine Hand auf meinen bandagierten Arm.

»Ich habe nachgesehen, bevor er mit der Polizei weg ist. Siegfried Sorger hat einen großen Kratzer am Arm. Und Kratzer im Gesicht. Sie sind nicht neu.« Vesna nimmt einen Schluck, verzieht das Gesicht und greift auf ihre Lippe.

Kein Verdacht mehr. Gewissheit. Oder zumindest ein großer Schritt hin zu ihr. Er hat Gismo erschossen. Ich will, dass er dafür büßt. Ich will . . . stopp. Dafür ist wichtig, dass wir die Zusammenhänge klären. Ich hole tief Luft. »Die Drohungen, der Brandanschlag auf das Lokal von Tien. Das passt zu den Wachleuten. Unger wollte mit dem Song einen Sicherheitsvertrag abschließen. Tien hat abgelehnt. Dann hat das mit den Drohungen angefangen. Noch bevor Vui nach Österreich gekommen ist. Aber was hat das mit Ihrem Bruder zu tun?«

»Ich habe keine Ahnung. Die haben doch keinen Bezug zur Textilindustrie, oder? Kann es sein, dass Ihr Unterwelt-Boss Kontakte nach Vietnam hat?«

»Wir haben nachgedacht, ob Geheimdienst eine Rolle spielt. Weil dem offiziellen Vietnam die Ruhe wichtig ist«, nuschelt Vesna.

Ich habe den deutschen Polizeibeamten Zuckerbrots Nummer gegeben. Siegfried Gross. Man muss ihn finden, bevor er untertauchen kann. War er einer der Biker, die uns abgelenkt haben?

Hofmann schüttelt den Kopf. »Der vietnamesische Geheimdienst? Das scheint mir doch weit hergeholt.«

Kann es sein, dass er seine Vietnamesen schönreden will? Ein Rest von Misstrauen ist geblieben. Und das ist wohl auch gut so. »Warum sind Sie eigentlich früher gekommen?«, frage ich.

»Warum früher?«

»Ihr Bruder hat Ihnen doch gesagt, dass das Treffen um acht stattfindet, oder?«

Daniel Hofmann starrt mich an. »Jetzt begreife ich. Er wollte mir das Ganze in die Schuhe schieben. Ich war irritiert, als Sie mir am Telefon erzählt haben, dass Ihre Vietnamesin nach Leipzig soll. Und dass ausgerechnet mein Bruder helfen möchte. Der ja von mir verlangt hat, dass ich sie am Reden hindere. Und dann kam noch Ihre E-Mail. Dass Sie Bescheid wissen über die Eigentumsverhältnisse. Das konnten Sie doch nur von meinem Bruder haben. Ich hatte schon zu diesem Zeitpunkt vor, nach Leipzig zu fahren. Aber als mir dann auch noch Simon gesagt hat, ich soll kommen, und zwar ohne dass jemand davon weiß, war mir klar, dass da irgendetwas ausgesprochen Eigenartiges läuft.«

»Weiß jemand, dass Sie hier sind?«, frage ich.

Hofmann schüttelt den Kopf. »Ich habe ihnen in Wien gesagt, ich brauche drei Tage Auszeit. Einfach kurz abzutauchen, diesen Luxus gönne ich mir hin und wieder. Aber natürlich habe ich mich auf dem Gelände der Baumwollspinnerei nicht versteckt. Sicher hat mich jemand gesehen oder erkennt mich später auf einem Polizeibild wieder. Simon hätte mich wohl mit dem Auto irgendwohin gefahren, nachdem sie die Vietnamesin abgeladen haben. Also wären meine Spuren im Wagen gewesen. Er hat mir gesagt, dass ich um sieben beim Gebäude neben dem Haupteingang warten soll. Er wolle mir etwas zeigen. Kann sein, dass es etwas dauern werde. Es hat irgendwie … sehr seltsam geklungen. Ich hab mich ab sechs bei seiner Verkaufshalle herumgetrieben. Dann habe ich ihn gesehen. Er hat sich immer wieder umgeblickt, aber zum Glück war ja sehr viel los. Er ist zu Fuß zum Parkplatz, zum Wagen.«

»Zu seinem?«, fragt Vesna nach.

»Ich … ich weiß nicht, welches Auto er fährt. Es wird wohl nicht sein eigenes gewesen sein. Neben dem Wagen drei Motorräder mit irgendwelchen Leipziger Rockern. ›Ja, Chef‹, haben sie gesagt, ›machen wir, ganz nah auf sie drauf und dann 'ne Mücke‹. Sie sind davongebraust. Er ist in den Wagen gestiegen. Gleich darauf ist er losgefahren. Ich hab schon gedacht, Mist, jetzt verliere ich ihn, ich bin gerannt, was gegangen ist. Und dann habe ich gesehen, wie eine Frau am Boden liegt und andere kämpfen und …«

Vesna wiegt den Kopf und sieht den Weinhändler an. »Hast du nicht gesagt, du hast vor einigen Wochen einen Streit zwischen Brüdern belauscht?«

»Ich habe nicht viel verstanden«, antwortet er lahm. Er will wohl keinen guten Kunden und Gönner der Kunstszene verlieren.

»Kann es nicht sein, dass Sie schon vorher Ahnung hatten?«, fragt Vesna Hofmann.

Der sieht von ihr zum Weinhändler und wieder zurück. Er runzelt die Stirn.

»Der Streit … ja. Er hätte mir zu denken geben sollen. Aber ich war bloß wütend, weil meinem Bruder seine Kollektion und seine Läden wichtiger waren als alles andere. Ich meine, bei mir geht es um Millionenaufträge. Und um Tausende Arbeitsplätze. Er hat verlangt, ich soll dafür sorgen, dass er die Grüne Hand kriegt. Das könne für mich kein Problem sein. Im Gegenzug werde er dafür sorgen, dass keiner etwas Schädliches über die Fabrik erzählt. Wenn ich schon nicht imstande sei, das zu verhindern. Ich habe ihm verboten, sich einzumischen. Das sei meine Sache. Und er hat …«

»... geschrien, dass er sich nicht länger bevormunden lässt«, ergänzt der Weinhändler.

»Ja. So war es wohl, und ich habe gesagt, dass ich es nicht dulde, dass er sich in meine Angelegenheiten mischt. Ich ... ich habe mir nicht vorstellen können, dass er wirklich etwas unternimmt. Er war nie ... besonders aktiv.«

Ich seufze. »Wissen Sie etwas von Minh? Er hat Vui geholfen, er hat die Proteste der Arbeiterinnen unterstützt. Er wollte uns aufs Fabrikgelände bringen. Als wir gekommen sind, haben ihn die vom Sicherheitsdienst gestoppt. Wir sind davon. Bevor noch mehr passiert. Er ist Gewerkschafter, leitet eine Abteilung und stammt offenbar aus einer einflussreichen Familie.«

»Keine Ahnung. Ich weiß nicht einmal, ob ich ihn je gesehen habe. Aber ich werde mein Möglichstes tun, um herauszufinden, wo er steckt.«

»Sollte nicht schwer sein, nachdem Fabrik Ihnen gehört«, sagt Vesna trocken.

»Ja, formal. Auf dem Papier. Weil ich eben Verantwortung übernehmen wollte. Es gibt inzwischen auch ordentliche Fabriken in Vietnam und anderswo. Ich wollte, dass Industrial City WestWest zu einem Vorzeigebetrieb wird, das müssen Sie mir glauben. Ich habe es nur denkbar dumm angelegt. Und nicht erkannt, was mit meinem Bruder los ist.«

»Und Vui?«, sage ich.

»Ich werde mich für sie einsetzen. Wenn sie will, kriegt sie bei mir einen Job. Sie kann mich beraten. Sie weiß, wie die Realität in der Fabrik ist. Und wenn sie zurückmöchte, dann bekommt sie eine passende Aufgabe. Ich werde das Management auswechseln, das war ohnehin geplant. Aber es war eben die Übergangszeit ...«

»Praktisch, wenn man nicht zwischendurch zusperren und Geld verlieren will«, ergänzt Vesna.

»Ja, so war es wohl.«

»Und wie gut kennen Sie Lea Stein wirklich?«, frage ich.

Hofmann lacht. »Ich schwöre es: Ich kenne sie gar nicht gut. Sie imponiert mir. Sie ist konsequent und trotzdem realistisch. Sie haben mich das schon einmal gefragt, und ich habe mir damals überlegt, ob ich Lea Stein nicht tatsächlich zum Abendessen einladen sollte. Auch wenn sie wohl ablehnen würde. Schon gar, wenn publik wird, was alles geschehen ist.«

»Sie haben sogar die gleichen Sprüche drauf: ›Die Revolution ist abgesagt.‹«

»Das stimmt ja auch. Aber Veränderungen sind angesagt.«

Der Weinhändler hat stumm zugehört. Und bloß hin und wieder den Kopf geschüttelt. »Ich kann euch sagen, mir ist hier in der Baumwollspinnerei schon vieles untergekommen. Wenn ich da an den reichen Russen denke, der ein Bild um eine halbe Mille mit Bargeld zahlen wollte. Aber so etwas . . . – Wein?«

Ich nicke.

»Ist noch etwas da von dem Grauburgunder von den Terrassen?«, fragt Vesna, die neue Weinkennerin.

Der Weinhändler schenkt ein. Und ich glaube es kaum, aber auch Hans trinkt ein Glas.

Dann wähle ich endlich Zuckerbrots Nummer.

[22]

Simon Hofmann behauptet, er habe die beiden S zufällig kennengelernt. Sie hätten damit geprahlt, sie würden die Vietnamesen so lange bedrohen, bis sie abhauen. Er wollte bloß, dass sie Vui davon abhalten, Anschuldigungen gegen Industrial City WestWest zu erheben. Davon, dass ihre Schwester erschossen wurde, will er erst später erfahren haben. Und natürlich habe er dann sofort vorgehabt, zur Polizei zu gehen – aber Gross und Sorger hätten ihn erpresst. Deswegen habe er in Leipzig auch den Fahrer machen müssen.

»Ihr glaubt ihm das?«, frage ich Zuckerbrot. Wir haben uns wieder im Café Museum getroffen. Wegen der Rumkugeln. Am Vortag habe ich so lückenlos wie möglich zu Protokoll gegeben, was ich weiß. Aber es geht eben nicht nur um die Fakten, sondern um Vermutungen, Zusammenhänge. Darüber scheint Zuckerbrot ausnahmsweise einer Meinung mit mir zu sein. Er ist erstaunlich gesprächig. Gross, Sorger und Hofmann sind in Untersuchungshaft. Was bleibt, ist die wichtige polizeiliche Kleinarbeit.

»Nur teilweise. Wir waren schon sehr nahe dran an den beiden. Einer unserer Verbindungsmänner im Milieu hat bestätigt, dass beide tiefe Kratzer an den Armen und im Gesicht haben. Für eine Rund-um-die-Uhr-Überwachung hat es leider trotzdem nicht gereicht. Die Sparmaßnahmen . . .«

»Und warum haben Sie mir davon nichts gesagt?«

Zuckerbrot sieht mich an.

»Im Allgemeinen melden wir unsere Ermittlungsergebnisse nicht der Presse. In diesem Fall . . . – Sie hätten sich wohl ohnehin nicht warnen lassen. Die Vietnamesin als Köder nach Leipzig zu bringen. Unverantwortlich.«

»Seien Sie froh. Sonst hätten Sie Hofmann nie gemeinsam mit Sorger gekriegt.«

»Seien Sie froh, dass nicht mehr passiert ist.« Zuckerbrot schaut auf meinen eingebundenen Arm.

»So kann Hofmann wenigstens nicht ganz den Unschuldigen spielen«, erwidere ich so cool wie möglich. »Er hat versucht, mir die Pulsader aufzuschneiden. Der Länge nach. Von wegen, dass er bloß gezwungen wurde, der Fahrer zu sein.« Zuckerbrot hat alles zu Protokoll genommen. Samt meiner Vermutung, dass Simon Vui endlich beiseiteschaffen und es seinem Bruder in die Schuhe schieben wollte.

Zuckerbrot seufzt. »Ich hoffe, Sie erwarten keinen Polizeiorden für die Wahnsinnsaktion.«

Ich schlucke. »Das mit dem Designer-Hofmann hat keiner geahnt. Nicht einmal sein Bruder.«

»Hoffen wir es«, gibt der Gruppenleiter trocken zurück.

»Wie sind Simon Hofmann und die beiden S tatsächlich zusammengekommen?«

»Simon Hofmann war offenbar in Wien, er hat Vui gesucht. Die beiden haben gesehen, wie er herumschnüffelt. – Wohl weil sie selbst unterwegs waren, um dem vietnamesischen Lokalbesitzer Angst zu machen. In Ungers Auftrag. Auch wenn der sagen wird, sie haben es in ihrer Freizeit getan. Ich kenne das zur Genüge. So oder so sind sie ins Gespräch gekommen. Erinnert Sie vielleicht an etwas.«

Ich nicke. Ich habe Zuckerbrot auch von meiner ersten Begegnung mit den S erzählt. Ich habe mich gefürchtet. Aber dann habe ich sie vor allem für rechtsradikale Widerlinge und Idioten gehalten. Man sollte die Typen nicht unterschätzen, sie haben nicht bloß absurde Ideen. Die beiden sind Mörder. Nur dass sie die Falsche erwischt haben. Eigentlich eine Folge traditionell-konfuzianischer Denkmuster. Sogar beim katholischen Tien. Seine Frau war nie bei Geschäftsbesprechungen mit dabei. So haben sie Ungers Leute von ER nicht zu Gesicht bekommen und hatten keine Chance, zu erkennen, dass es zwei Frauen gibt, die einander bloß sehr ähnlich sehen. »Wer hat Hanh erschossen?«

»Simon Hofmann hat ein beinahe schon zu gutes Alibi. Er war in Leipzig bei einer Modenschau, auf der ihn unzählige Leute gesehen haben. Er hat offenbar richtiggehend darauf gedrängt, fotografiert zu werden. Hat uns zumindest ein Fotoreporter erzählt. Gross sagt, Hofmann habe ihnen Geld gegeben und sie beauftragt, Vui verschwinden zu lassen. Der Sache mit dem Geld gehen wir nach. Er gibt den Mord nicht zu, aber er ist erstaunlich kooperativ. Kann sein, dass das mit Unger zusammenhängt. Der hat uns sogar ein Video gegeben, auf dem die drei zu sehen sind. Nur so viel zum Thema, wir hätten sie ohne Ihre tätige Mithilfe nie miteinander in Verbindung bringen können. Allerdings ohne Ton und so, dass man nicht ablesen kann, worüber sie reden. Offenbar wollte sich Unger absichern.«

»Er hat von allem gewusst?«, frage ich.

»Wird schwer zu klären sein. Ich glaube es eigentlich nicht. So etwas bringt ihm nichts als Probleme.«

»Als klar war, dass sie die falsche Vietnamesin erschossen haben, mussten sie weitermachen. Zu groß die Gefahr, dass nicht nur die Machenschaften in der Fabrik auffliegen, sondern dass das auch mit Simon Hofmann in Verbindung gebracht werden könnte. Deswegen haben sie uns verfolgt und offenbar herausgefunden, wo Vui ist.«

»Sie haben mit Ihren Recherchen zusätzlich Unruhe gestiftet, das muss Ihnen klar sein. Deswegen auch der Drohbrief. Den sie übrigens zugeben. Gross und Sorger sagen aber, sie sollten bloß Unterlagen aus der Wohnung holen. Dann habe sie eine Bestie angefallen. Ein Luchs. Oder eine noch größere Raubkatze. Mit einem flammend roten Streifen auf der Brust.«

Ich nicke. Einen Mord an einer Katze kann man zugeben. Er zählt nicht viel in unserem Rechtssystem. Egal, was immer wir herausfinden. Es macht Gismo nicht mehr lebendig. Sie haben sie obduziert. Ich will mir nicht vorstellen, wie sie ausgesehen hat. Erdiges Fell. Sonst nichts. Nicht mehr sie.

307

»Wir warten noch auf die Spurenauswertung. Damit wir neben den Kratzern auch einen DNA-Beweis haben. Den Schalldämpfer der Pistole, mit der Ihre Katze erschossen worden ist, haben wir übrigens gefunden. In einer Garage. Die vom Verein ›Ewig einig‹ gemietet worden ist. Für Schals und Transparente und so Zeug. Wir haben allerdings auch Nazi-Propagandamaterial und einige illegale Waffen entdeckt.«

»Was genau?«

»Alles kann ich Ihnen auch nicht sagen, aber die Ermittlungen laufen.«

»Zusammenhänge mit Unger?«

»Sieht nicht danach aus. – Sie meinen, weil er für die Rechten kandidieren wollte? Das wäre eine Sensationsgeschichte, was?«

»Darum geht's nicht.«

»Schon klar. Aber denen sind strafrechtlich relevante Querverbindungen ebenso schwierig nachzuweisen wie Unger. Er hält sich Hooligans als Männer fürs Grobe, er muss da nicht selbst mit dabei sein.«

Ich sitze an meinem Schreibtisch in der Redaktion. Die Story ist eigentlich fertig. Ich habe nichts ausgelassen, und trotzdem hat sie einen Schluss, der zumindest etwas Hoffnung gibt. Natürlich sind das alles bloß Ankündigungen. Hofmann will aus der Industrial City WestWest eine Vorzeigefabrik machen. Millionen Menschen werden weiter ausgebeutet. Aber vielleicht erkennen doch mehr Unternehmen ihre Verantwortung, und sei es nur, weil sonst ihr Image leidet. Was hat Simon Hofmann gesagt? Selbst Fonds von großen Banken würden Reputationsrisiken vermeiden. Er ist für sein gutes Image bis zum Äußersten gegangen. Auch wenn sein Bruder ihm glaubt, dass er nie die Absicht hatte, Vui töten zu lassen. Dass er in die ganze Sache nur immer tiefer hineingeschlittert sei: Ich bin mir nicht sicher. Ob das Gerichtsverfahren alles aufklären wird können?

ALLES GUT! will sich jedenfalls für eine Initiative einsetzen, die in der EU soziale Mindeststandards auch für Zulieferbetriebe durchsetzen möchte. »Es ist in meinem eigenen Interesse. Wenn ich den Arbeiterinnen mehr zahle, werden meine Produktionskosten steigen. Ich sehe nicht ein, dass die anderen auf dem Rücken der Ärmsten billig produzieren können. Außerdem überlege ich, meine Öko-Mode zumindest zum Teil in Österreich zu erzeugen. Wäre ein interessantes Zeichen, eine gute Textilfabrik aufzusperren, wo andere zusperren.« Auch das hat mir Daniel Hofmann in einem langen Interview gesagt.

Vui weiß noch nicht, was sie tun wird. Jedenfalls kann sie vorläufig im Land bleiben. Die Innenministerin selbst hat verkündet, ihre Chancen auf Asyl stünden gut. Außerdem sei es ganz wichtig, die Fabrikarbeiterinnen in Fernost zu unterstützen. Frauensolidarität dürfe nicht an den europäischen Grenzen haltmachen. Schön, wenn so etwas für alle Verfolgten gelten würde. Vui glaubt, dass sie Tien helfen sollte. Weil sie doch irgendwie schuld sei am Tod ihrer Schwester.

Unger hatte ein Video von den beiden S und Simon Hofmann. Er hat es der Polizei freiwillig überlassen. Warum? Ich rufe beim Sicherheitsdienst ER an. Ich habe eigentlich nicht damit gerechnet, dass der Rotlicht-Boss mit mir reden will. Aber wenig später sitze ich mit Unger in einer angesagten Bar gleich bei der Kärntner Straße. Schickimickis statt Halbwelt. Ist mir allemal lieber. Zumindest kenne ich mich auf diesem Terrain besser aus.

»Hätte ich mit der Sache zu tun, würde ich mich nicht mit Ihnen treffen«, erklärt Unger und nippt an einem Glas Champagner.

Ich nicke. Ich werde den Verdacht nicht los, dass auch er einiges herausfinden möchte. »Überwachen Sie Ihre Wachleute?«, frage ich ihn.

»Selten. Aber ich war beunruhigt. Eben weil ich mich üblicherweise nicht darum kümmere, was die in ihrer Freizeit tun. Dann waren Sie bei mir. Ich habe keine Lust, dass meine Sicherheitsfirma in Verruf kommt. Man will mir ohnehin ständig etwas anhängen. Nach der Geschichte in Leipzig habe ich das Material natürlich sofort der Polizei zur Verfügung gestellt.«

»Ohne Ton.«

»Es wurde von weit weg aufgenommen. Die beiden sind fristlos gekündigt.«

»Sie werden ihren Job ohnehin ziemlich viele Jahre nicht brauchen«, erwidere ich trocken.

»Kann sein. Klarerweise hatte ich keine Ahnung. Wie ich Ihnen schon einmal gesagt habe . . .«

»Ich hab es verstanden. Was sie in ihrer Freizeit machen . . . Ist eben ihr Bier, wenn sie sich mit Hofmann zusammentun, um eine Vietnamesin zu ermorden.«

»Das ist so noch nicht bewiesen. Gross hat gesagt, sie hätten eben den Mund ein wenig zu voll genommen. Zwecks Ausländer vertreiben und so. Sie hätten das Geld von Hofmann genommen und wollten den Vietnamesen einheizen.«

»Zum Beispiel mit einem Brandanschlag.«

»Ich habe das im übertragenen Sinn gemeint. Was weiß ich, was sie gemacht haben.«

»Sie haben etwas geahnt, sonst hätten Sie die beiden nicht überwacht und gefilmt.«

»Vorsicht ist die Mutter der Porzellankiste. Sonst überlebt man in diesem Geschäft nicht lange.« Unger nickt dem Barmann zu. Man scheint ihn zu kennen. Zwei neue Gläser Champagner. Mir ist trockener Weißwein lieber. Er nimmt einen Schluck, und als ich schon glaube, da kommt nichts mehr, sagt er: »Ich glaube, dass sich die beiden anwerben haben lassen. Hofmann hat gezahlt. Wofür, war vielleicht nicht so eindeutig. Ich kenne diesen Mann nicht. Er ist jedenfalls kein Profi. Vielleicht hat er sich unklar ausgedrückt. Und musste dann mit den Folgen umgehen.«

»Aber . . . ist der Preis für einen Mord nicht ein ganz anderer, als wenn es darum geht, jemanden bloß einzuschüchtern?«

Unger lacht so, dass er sich am Champagner verschluckt. Prusten, Husten, Lachen, Keuchen. »Liebe Frau Redakteurin, glauben Sie, es gibt da feste Tarife wie beim Taxifahren? Für die einen ist viel Geld, was für den anderen ein Klacks ist. Die Welt ist ungerecht.«

»Sie haben die beiden vom Wachdienst abgezogen und in einem Ihrer Bordelle versteckt.«

»So nicht. Ich teile meine Leute ein, wie ich es will.«

»Jedenfalls war keiner mehr zu finden. Bis Sorger in Leipzig aufgetaucht ist.«

»Ich habe sie nicht weggesperrt. Sorger steht es frei, wegzufahren. Auch wenn es unklug war.«

»Hofmann behauptet, die beiden haben ihn erpresst.«

»Er hat ihnen einen Auftrag gegeben. Da ist es nur fair, dass der ganze Dreck nicht an ihnen hängen bleibt. Sie waren dumm genug. Sie haben ihm geglaubt, dass er einen guten Kontakt zum vietnamesischen Geheimdienst hat. Und dass die Frau gesucht wird.«

»Sie wissen erstaunlich gut Bescheid.«

»Wenn die Scheiße am Dampfen ist, kommen die Jungs angerannt. Gross war bei mir, bevor sie ihn verhaftet haben. Er hat gedacht, ich verstecke ihn. Ich bin doch kein Idiot. Er kriegt einen Anwalt. Einen guten. Und der andere auch. Immerhin sind sie reingeritten worden.«

»Das behauptet Hofmann auch. Mord und Mordversuch. Jedenfalls sind Ihre Knappen geritten.«

Ungers Augen werden schmal. »Ich beschäftige keine Killer! Das Ganze hatte nichts mit mir zu tun. Die beiden sagen aus, das kann ich versprechen. Sie machen, was ich ihnen auftrage. Das ändert sich nicht. Ich kann keinen Patzer brauchen.«

»Auf Ihrer weißen Weste.«

Der Unterwelt-Boss starrt mich an. Dann verzieht sich sein Mund zu einem Grinsen. »Sie sind ganz schön frech. Aber Sie haben natürlich recht. Ich habe eine weiße Weste.«

311

»Nur seltsam, dass es die Drohungen gegen das vietnamesische Lokal schon gegeben hat, bevor Vui nach Österreich gekommen ist.«

»Noch einmal zum Mitschreiben: Die beiden haben sich offenbar im Umfeld von Rechtsradikalen herumgetrieben. Die wollten Ausländer im Bezirk vergraulen. Ich habe davon nichts gewusst. Was sie in ihrer ...«

»Freizeit«, sage ich. Ich hebe das Glas. Und schwöre mir, dass ich alles tun werde, damit er nicht so davonkommt.

In Österreich, aber auch in Deutschland schlägt die Geschichte hohe Wellen. Ich lasse mich interviewen. Ich fordere einen fairen Umgang mit den Textilarbeiterinnen. In Fernost und bei uns in Europa. Ich versuche die Leute aufzurütteln. Ich bekomme Anerkennung. Auch vom »Magazin«. Die Story ist gut. Aber wie viel ändert sie? Wie schnell wird die Reportage vergessen sein? Sicher ist nur, dass nichts mehr Gismo lebendig macht. Gismo, meinen Tiger mit Leidenschaft für schwarze Oliven. Meine Katze, meine Begleiterin.

Wir sind unterwegs ins Autohaus. Ich hatte keine Lust, aber Oskar hat gemeint, ich könne mich nicht für immer verkriechen. Ihm haben wir die Aktion in Leipzig übrigens schonend beigebracht. Er hat geschworen, dass er mich nie mehr allein wohin lässt. Ich hasse es, eingeengt zu werden. Aber im Moment hat es sehr gutgetan.

Hans hat an seinem Lieblingsplatz, in der Oldtimerhalle zwischen großen Palmen und chromblitzenden Schlitten, gedeckt. Auf dem Tisch steht ein großer Topf, darunter eine Kochplatte. Vesna und Jana und Fran sind auch da. Vor jedem eine Schüssel. Stäbchen. Ein Löffel. Rund um den großen Topf Berge an Garnelen, Fischfilets, Gemüsen, Kräutern, verschiedenen offenbar vorgekochten Nudelsorten, Chili, Ingwer, Zitronengras, Rindsfiletstücken, Hühnerteilen, Saucen. So, als ob er noch mindestens zehn weitere Gäste erwarten würde. Aber ich sehe bloß ein zusätzliches Gedeck.

»Auf das Gute in Vietnam«, ruft er. »Es ist schade, dass ich nicht mit dabei war. Aber wir fahren wieder hin, gemeinsam. Und diesmal wird man euch sogar in die Fabrik lassen.«

Eigentlich will ich an all das nicht erinnert werden. Andererseits kann ich ohnehin kaum an anderes denken. Und der Fond riecht großartig.

»Vui lässt euch grüßen. Sie kommt später, sie will ihren Deutschkurs nicht verpassen. Sie hat es mir erklärt. Man kann den vietnamesischen Feuertopf mit Fisch oder mit Fleisch machen. Ich konnte mich nicht entscheiden, also hat sie Hühnersuppe gebracht und Fisch und Fleisch. So vorbereitet, kann auch ich kochen.«

»Vielleicht Chance, dass nicht immer nur gegrillt wird«, sagt Vesna und lächelt ihn an.

»Wir machen es in mehreren Durchgängen. Zuerst werfen wir die Steinbuttfilets hinein und etwas von den Reisnudeln und jeder, was er an Gewürzen will. Dann fischen wir das Zeug heraus und essen es. Danach nehmen wir vielleicht die Garnelen und dann . . .«

Unter dem roten Spider bewegt sich etwas. Ich kneife die Augen zusammen. Eine Ratte? Hier auf dem Marmorboden im nahezu Allerheiligsten von Hans?

Das Ding kommt näher. Es ist weiß und besteht aus Fell. Aus beweglichem Fell. Ich sehe Vesna an. Sie strahlt. Ich sehe Oskar an. Er nickt. Ich sehe Hans an, er verstummt.

»Nein«, sage ich.

»Bitte«, sagt Hofmann und kommt hinter dem Auto hervor. »Ich muss versuchen, wenigstens ein bisschen etwas gutzumachen. Geben Sie uns eine Chance.«

»Wenn Sie die Arbeiterinnen fair behandeln, dann passt das«, erwidere ich. Ich sehe das Felldings auf dem Boden gar nicht an. Wie können sie glauben, dass ich Gismo so einfach eintauschen würde?

»Ich werde die neue Fabrik übrigens Vui nennen«, sagt Hofmann. »Glück.«

»Dann hoffen wir, das ist nicht optimistisch«, antwortet Vesna trocken.

Das Felldings tapst her zu mir. Was logisch ist, in meiner Nähe steht das Rindsfilet.

»Vui wäre doch auch ein schöner Name für einen Kater«, sagt Hofmann.

»Sicher nicht«, sage ich. Das Fellknäuel hat meinen linken Fuß erreicht und beißt mich in die Zehe. Nur um ihn abzulenken, gebe ich ihm ein winziges Stückchen Rindsfilet. Aber eines ist klar: Er braucht erst gar nicht zu glauben, dass das so weitergeht.

[Danke]

an Christian Oster. Er hat uns in Hanoi so viel über das Leben der ganz normalen Menschen erzählt und faszinierende Seiten der Stadt gezeigt, gar nicht zu reden von seinen kulinarischen Geheimtipps ... Auch bei der Entstehung dieses Kriminalromans ist er mir mit vielen wichtigen Informationen über Religion, Lebensweise, Namen, Internet-Versorgung und, und, und ... zur Seite gestanden. Er betreibt gemeinsam mit Ralf Dittko (der uns auf einer großartigen Tour Saigon nähergebracht hat) die kleine feine Reiseagentur HanoiKultour.

www.hanoikultour.com

an Botschafter Dr. Georg Heindl und seine engagierte Frau Neline Koornneef. Über seine Vermittlung konnte ich an den Universitäten von Hanoi und Saigon (das klingt für mich einfach besser als Ho Chi Minh City) lesen und hatte so die Chance, Vietnam ganz anders kennenzulernen. Sie waren es auch, die uns Christian Oster empfohlen haben. Der gastfreundliche interessante Abend in der Residenz in Hanoi wird mir noch lange in Erinnerung bleiben. Inzwischen ist Botschafter Heindl übrigens, wie das im diplomatischen Dienst üblich ist, weitergezogen. Zum Erscheinungsdatum des Krimis leitet er das Generalkonsulat in New York.

www.bmeia.gv.at/botschaft/gk-new-york/das-generalkonsulat

an Peter Jankowitsch, unter anderem Präsident der Gesellschaft Österreich Vietnam, und Silvia Lahner. Für Unterstützung, gute Ratschläge, gemeinsame vietnamesische Abendessen und vor allem jahrzehntelange Freundschaft.

www.vietnam.or.at

an Ulrike Lunacek, Europa-Abgeordnete der Grünen und Vizepräsi-
dentin des Europäischen Parlaments. Sie war seit meiner Idee, einen
Krimi über die Textilproduktion zu schreiben, eingebunden und hat
mich mit ihrem großen Wissen und ihren guten Kontakten unterstützt. Liebe Ulrike, wir sind mächtig stolz auf dich und deine Arbeit.
Wenn es bloß mehr solche Politikerinnen gäbe!

www.ulrike-lunacek.eu

an die vielen engagierten MitarbeiterInnen bei Südwind, Clean
Clothes, Care, WearFair … Es ist ganz wichtig, dass es Frauen und
Männer gibt, die über Europa hinausschauen und sich darum kümmern, wie es den Menschen in anderen Teilen der Welt geht. Was wir
hier tun, beeinflusst, wie sie dort leben. Gerade als die »Reicheren«
(zumindest wenn wir es in Geld messen) haben wir Verantwortung
für jene, die nicht so viele Chancen haben. Ganz abgesehen davon,
dass die vielfältigen Formen des andauernden Kolonialismus mit
schuld sind an der ungerechten Verteilung von Geld und Chancen.
Ganz besonders möchte ich Alexander Pfeffer von Südwind danken,
er hat mir Wichtiges über die Textilproduktion und ihre Zusammenhänge erzählt. Auf den Seiten von Clean Clothes und WearFair findet man übrigens sehr interessante Firmen-Checks. Dort sieht man,
welche Unternehmen sich tatsächlich für faire Produktionsbedingungen einsetzen.

www.suedwind-agentur.at; www.care.at;
www.cleanclothes.at; www.wearfair.at

an Rainer Wimmer, den Bundesvorsitzenden der PRO-GE, und
sein Team. Die Produktionsgewerkschaft setzt sich seit langem für
faire Produktionsbedingungen in Textilbetrieben auch außerhalb
Österreichs und Europas ein. Rainer habe ich seit vielen Jahren
als einen kennengelernt, der tatsächlich Solidarität ohne Grenzen
lebt. Es gibt sie, diese Gewerkschafter und Gewerkschafterin-
nen! Und sie werden bei den gleichzeitigen Trends zur privaten

Profitmaximierung und zum öffentlichen Sparzwang immer wichtiger.

www.proge.at

an Monika Kalcsics. Ihre großartige Radio-Reportage (ORF Ö1 Journal Panorama) »Das Leid hinter den Marken: Der globale Textilmarkt am Beispiel Kambodscha« hat mich in meinem Vorhaben bestärkt. Sie hat mir ihr umfangreiches Recherchematerial zur Verfügung gestellt und mir viel über ihre Sicht der Dinge erzählt. Eine Top-Journalistin, die beweist, dass Professionalität und Empathie keine Gegensätze sind, sondern die beste Ergänzung. Monika ist Teil eines sehr interessanten journalistischen Netzwerks.

http://nameit.at

an Dierk Steinert, einen wunderbaren Weinhändler, den man beinahe im Buch wiederfinden kann . . . In seinem En Gros & En Detail in der Leipziger Baumwollspinnerei lese ich jedes Jahr während der Leipziger Buchmesse. (Hoffentlich bleibt das noch lange so!) Er hat übrigens auch das im Roman erwähnte »Stelzenhaus« mitbegründet. Wenn Leidenschaft für guten Wein, Schmäh (auch wenn das dort anders heißt) und Interesse für die Welt rundum aufeinandertreffen, entsteht Freundschaft. So schön ist Schreiben und Lesen bisweilen . . . Die Baumwollspinnerei ist ein einzigartiges Kulturprojekt, Dierk und das Team der Betreiber haben mir auch die Geschichte der ehemals größten Spinnerei Festlandeuropas nähergebracht. Alles zusammen war einfach prädestiniert für den »Showdown« . . . und DER Tipp für alle, die Leipzig besuchen!

www.weine-leipzig.de
www.spinnerei.de

stellvertretend für die vielen BuchhändlerInnen, Bibliothekare und Bibliothekarinnen und LesungsveranstalterInnen an Rotraut Schöberl für Freundschaft und Buchleidenschaft und Gastfreundschaft und alles, was sie sonst noch so schafft. Und an Johannes Kößler, der schon bei Thalia großartige Veranstaltungen gemanagt hat und jetzt doch glatt gemeinsam mit Bettina Wagner eine Buchhandlung eröffnet hat! So viel (Über-)Mut tut der ganzen Branche im Umbruch gut!!!

Und übrigens: Über Leporello und so gut wie alle anderen Buchhandlungen kann man zum gleichen Preis rasch Bücher bestellen oder E-Books laden ... schneller und sympathischer als bei Branchenriesen, die kein Interesse an lokalen oder gar persönlichen Strukturen haben.

www.leporello.at

www.facebook.com/seeseiten

an meine wunderbaren Rückzugsorte, um die Batterien aufzuladen und in Ruhe die erste Version des Romans (die immer daheim im Weinviertel entsteht) zu überarbeiten: Mule House auf der kleinen Karibikinsel St. Kitts. Zu Sue und Ray zurückzukommen ist immer so, als wären wir gar nicht weg gewesen. Und im Hotel Enzian in Zürs (wo es jedes Jahr auch ein großes Weinviertel-und Krimimenü samt Lesung gibt) schaffen Irene und Richard Elsensohn eine Stimmung, die weit über professionelle Gastfreundschaft hinausgeht. So schön bei euch!!!

http://aboutstkittsnevis.com/mule-house-stkitts-and-nevis/

http://hotelenzian.com

an alle, die bei der Produktion meiner Kriminalromane eine entscheidende Rolle spielen: natürlich den FolioVerlag und auch meinen langjährigen Taschenbuchverlag Lübbe. Unfassbarerweise ist Stefan Lübbe letzten Herbst plötzlich einem Herzinfarkt erlegen. Das trifft einen Privatverlag und alle, die ihm verbunden sind, nicht nur organisatorisch, sondern auch menschlich. Und die Zeiten im Buchgeschäft werden auch nicht eben leichter. Aber trotzdem: Es geht weiter, es gibt Menschen, denen diese magischen Zeichen, die sich zu Worten formen und dann Bilder im Kopf machen, nach wie vor wichtig und Lebensmittelpunkt sind. Marialuise Thurner, Claudia Müller, Ludwig Paulmichl, Hermann Gummerer und natürlich Joe Rabl, meinen einfühlsamen Lektor: Danke für eure großartige Arbeit und für eure Freundschaft. In Anlehnung an ein Mops-Zitat von Loriot: Ein Leben ohne Bücher ist möglich, aber sinnlos.

www.folioverlag.com
www.luebbe.de

an meine Familie und Freundinnen und Freunde. Ohne ein entsprechendes Umfeld hätte ich wohl nicht die Kraft und auch nicht den nötigen Horizont, um jedes Jahr einen Roman zu veröffentlichen. Gerda und Joschi Döllinger steuern darüber hinaus auch noch – im Leben und im Krimi – inspirierende Weinviertler Weine bei. Und der schräge kreative Geist von Manfred Buchinger ist nicht nur für die Rezepte im Buch, sondern vor allem für die Auseinandersetzung mit meinen Themen, Gott und der Welt ganz wichtig. Kein Wunder, dass ich in seinem Lokal immer noch mit großer Freude mitkoche.

www.doellinger.at
www.buchingers.at

an meinen Mann Ernest Hauer, wie immer ganz am Schluss, weil gar so wichtig: Ohne ihn, der mitrecherchiert und die Bücher als Allererster liest und beim Überarbeiten mit dabei ist und dann mit mir auf Lesetour geht und auch sonst mit mir unterwegs ist zu neuen Orten und neuen Ideen, wäre keiner meiner Romane in dieser Form denkbar. Beim Erscheinen von »Fadenkreuz« sind wir bereits zwanzig Jahre verheiratet. Und ich freue mich auf die nächsten gemeinsamen spannenden Jahre . . .

www.ernesthauer.at

. . . ach ja, und da ist noch meine Homepage:

www.evarossmann.at

FLEISCH ESSEN KANN GEFÄHRLICH SEIN, VEGAN LEBEN AUCH.

Österreichs meistgelesene Krimiautorin

„Unkonventionell, realistisch, menschlich und mit köstlichen Dialogen" Die Presse

„Dichter, subtiler Plot" ORF

WIEN · BOZEN

Gebunden: ISBN 978-3-85256-698-6
E-Book ISBN 978-3-99037-059-9

WWW.FOLIOVERLAG.COM